사가미 만

가네 다만

미우라

교난

도미우라

다테야마

가모가와

아 보 군

지쿠라

시라하마

북태평양

오키노야마

나가노세

메라

오오시마

사가미 나다
(相模灘)

남
해
2
아침은 통목

남해 2 ⓒ 진병관 · 김경진 2002

초판 1쇄 발행일 2002년 10월 5일
중판 1쇄 발행일 2006년 5월 4일
중판 2쇄 발행일 2007년 12월 10일

지은이 진병관 김경진
펴낸이 이정원

펴낸 곳 도서출판 들녘
등록일자 1987년 12월 12일
등록번호 10-156
주소 경기도 파주시 교하읍 문발리 파주출판단지 513-9
전화 마케팅 031-955-7374   편집 031-955-7381
팩시밀리 031-955-7393
홈페이지 www.ddd21.co.kr

ISBN 89-7527-330-X (04810)
        89-7527-328-8 (전2권)

진병관 + 김경진
장편소설

남해

2

들녘

차례

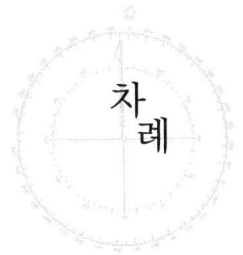

2

2차 남해 해전

퍼붓는 것처럼 내리치던 소나기가 거짓말처럼 걷히고 헬리콥터는 갑자기 드러난 수면 위로 쏜살같이 비행하고 있었다. 시커먼 먹구름을 비집고 드러난 태양이 바다 위로 눈부시게 일렁이자 다카다 세이이치 해상막료장이 상념에서 막 깨어난 듯 주변을 어색하게 두리번거렸다.

"이제 도착합니다, 해막장."

기장이 짧게 보고했다. 곧이어 HH-60J 시 호크 헬리콥터는 자위함대 사령부 본관 건물을 비켜 부두 쪽으로 작은 원을 그리면서 착륙을 시도했다. 소나기로 흠뻑 젖은 헬리포트로 헬기가 하강하자 분수대처럼 하얀 물안개가 피어올랐다.

출입구가 열리고 헬리콥터에서 내리자마자 다카다 해상막료장이 본관 건물을 향해 빠른 걸음으로 걸어갔다. 해상자위대 총수의 방문을 미리 통보받지 못한 가네코 히토시(金子均) 해장이 현관으로 막 들어서려는 다카다 해막장을 황급하게 맞았다.

"가네코 해장! 최단시간 내에 1호위대군을 출동시킬 수 있도록 준비하시오."

가네코는 뜻밖의 명령에 놀라 해상막료장을 뚫어지게 쳐다보았다. 제1호위대군 예하 함정들은 정기보수공사 중이었다. 정기수리 일정을 앞당겨 1호위대군이 출동태세를 갖출 수 있도록 서두르고 있었으나 그것은 단지 예비전력으로 투입하기 위한 것이었다.

해상자위대의 전략기동함대인 호위대군은 4개로 각각 요코스카, 구레, 사세보와 마이즈루에 분산돼 있다. 그 중 요코스카의 1호위대군을 제외한 2개 호위대군이 이번에 한국 연안의 해상봉쇄작전에 투입되기 위해 이동 중인데, 지금 해막장은 마지막 예비함대를 투입할 준비를 하라고 명령한 것이다. 가네코는 문득 잘못 들은 게 아닌가 하고 되물었다.

"상황이 그렇게 급합니까? 1호위대군은 아시다시피 마지막 남은 예비전력입니다. 게다가……."

가네코는 1호위대군 예하의 호위대 2개 전대가 수리 중이라는 말까지는 하지 않았다. 그것은 해상막료장도 잘 알고 있는 사실이었다. 평시에 해상자위대는 호위대군 1개를 즉각출동태세를 갖추며 나머지 2개 호위대군도 상시출동상태를 유지하는 대신 1개 호위대군은 정비에 투입시켰다.

"알고 있소. 그러나 상황이 조금 급합니다. 현재와 같은 강도로 해상봉쇄를 했다가는 한국을 굴복시키기까지 시간이 너무 소요됩니다. 한국 공군이 짜증나게 달라붙는 바람에 일이 그렇게 됐소. 그리고 한국 잠수함도 좀 문제요. 제2잠수대군도 출동시킵시다."

다카다 해상막료장은 한국 해군 잠수함들도 걱정이었다. 수적으로는 해상자위대 잠수함이 훨씬 많지만 한국 해군 잠수함을 압박하기에 충분한 숫자는 아니었다.

"제2잠수대군까지 말입니까?"

가네코의 표정이 더욱 굳어졌다.

"그렇습니다. 한국이 2차대전 때의 독일 흉내를 내려는 모양이오."

다카다가 고개를 끄덕였다. 현대 함정들의 대잠능력은 2차대전 당시에 비해 비약적으로 향상됐다. 그리고 한국 잠수함 세력은 일본에 비해 수적으로 한참 열세에 놓여 있었다.

그러나 지금도 잠수함을 상대하려면 수상함 전력은 그 다섯 배가 필요하고 마찬가지로 잠수함도 두 배, 세 배의 전력이 투입되어야 효과적으로 상대 잠수함을 저지할 수 있다는 계산이 나온다. 지금처럼 한국 잠수함들이 해상자위대 잠수함대와의 결전을 회피한 채로 일본의 통상로를 위협하는 데만 집중한다면 해상자위대로서도 부담스러운 일이었다.

"당장이라도 추가투입을 해야 합니다. 통막의 결정이오"

다카다가 못박았다. 그러나 그것은 엄밀한 의미에서 명령은 아니었다. 통합막료회의는 총리대신과 방위청장관으로 이어지는 작전 계통에서 배제되어 있다. 미국의 합동참모회의와 비슷하게 통합막료회의 역시 각 육해공 자위대에 전략지시를 하달하고 감독할 수는 있지만 직접 지휘·명령할 권한은 없었다.

그것은 해상막료장도 마찬가지였다. 한국 해군에서도 해군참모총장은 합동참모본부─해군작전사령부로 이어지는 명령 계통에서 배제되듯이 일본 해상자위대도 실제 작전명령은 총리대신과 방위청장관을 거쳐 각 지방총감 또는 호위대군 사령에게 직접 하달된다.

"함대결전 없는 해상봉쇄는 무의미하다는 것을 가네코 해장도 방위대학에서 배웠겠죠?"

"태평양전쟁에서 무모하게 함대결전을 시도하다가 제국해군을 말아먹었다는 사실은 확실히 배워서 잘 알고 있습니다, 해막장."

"설마 사령은 한국 해군과의 함대결전에서 해자대가 질 거라고 생각하는 건 아니겠지요?"

해상막료장과 자위함대 사령 사이에 팽팽한 긴장감이 돌았다. 그 사이에 두 사람은 여러 가지 관련 전사를 떠올렸다. 양측 해군의 모든 것을 동원한 함대결전에서 이길 경우, 전쟁 자체를 승리로 이끌 가능성을 비약적으로 높일 수 있다. 반면 실패하면 훨씬 많은 것을, 혹은 모든 것을 잃을 수 있다. 그러나 한국 해군보다 훨씬 강력한 일본 해상자위대를 이끈다는 자부심이 두 사람 사이에 공유되고 있었다.

"한국 해군은 주력함을 다 합해봐야 그걸로 불과 1개 기동전단을 구성하기도 빠듯하지 않습니까? 한국 해군은 숫자만 많지 보유 함정 대부분은 현대 해전에서 도저히 써먹을 수 없는 전력입니다. 그런 한국 해군을 상대로 호위대군 세 개에 지방대 전력까지 투입하고도 부족하다는 말씀입니까?"

가네코 해장은 아무리 생각해봐도 어이가 없었다. 그러나 해상자위대의 최고 수장으로, 그리고 가네코 해장의 선임으로 다카다 해막장의 지시를 무시할 수는 없었다. 가네코 해장이 계속 말을 이어나갔다.

"알겠습니다, 해막장. 하지만 예비함대까지 동원하고 차후로 파생되는 문제는 제가 책임질 수 없습니다. 이 점은 약속해주십시오."

가네코가 눈을 번뜩였다. 명령 아닌 요청에는 따르겠지만 책임까지 질 수는 없다는 태도였다.

"알겠소. 자위함대 사령의 입장은 충분히 고려하겠습니다."

인상이 찌푸려졌지만 다카다는 선선히 응했다. 가네코 해장은 제국해군 당시 연합함대 사령장관이라 할 만한 자위함대 사령관이었다. 그리고 호위대군 4개를 가진 호위함대를 포함, 잠수함대와 항공집단,

소해대군 등 현재 해상자위대 실 전력 거의 대부분이 가네코 휘하에 있었다.

그래도 다카다는 직책상 상급자인 해상막료장이고 가네코는 해상자위대 간부로서 사실상 마지막 직책인 자위함대 사령이었다. 일본에서 지난 1985년 이래 자위함대 사령이 해상막료장으로 보임된 경우는 없었다. 다카다는 자위함대 사령보다 서열이 떨어지는 지방대 총감으로서 해상자위대 총수에 올랐는데, 오히려 지방대 총감 출신이 해상막료장에 임명된 경우가 훨씬 많았다.

"언제까지 출동시킬 수 있겠소?"

"24시간을 주십시오. 오버홀 중인 호위대 하나는 투입할 수 없지만 나머지 두 개 호위대는 가능합니다."

"좋소, 호위대가 하나 부족한 건 어쩔 수 없지. 잠수대군 역시?"

"그렇습니다."

가네코가 고개를 끄덕였다. 제1호위대군은 한국 해군의 전대에 해당하는 호위대 3개를 예하에 두고 있었다.

"아마 내일 새벽쯤 한국 해군 주력과 어떻게든 일단 결판이 날 것이오. 이번 조치는 그 다음을 생각한 것이니 협조를 잘 해주기 바라오."

"물론입니다. 저는 자위함대 사령입니다."

"알겠소. 그럼 나는 이만 도쿄로 돌아가야겠소. 잘 아시겠지만, 통막은 참으로 정치적인 자리요. 군인으로서 버티기가 쉽지는 않소. 아! 그리고, 가네코 사령."

"옛! 해막장."

"나가우라도 좋은 곳이오. 잘 지키기 바라오."

그동안 애써 태연한 척했지만 가네코의 묘하게 비트는 말투는 다카다를 불쾌하고 노엽게 만들었다. 마지막 말에 다카다 해막장이 묘한 미소를 흘리사 가네코 해상이 무표정한 채 절도 있는 경례로 예의를 표했다.

해상막료장이 현관문을 나서는 것을 확인한 조종사가 엔진 스로틀을 높였다. 곧 HH-60J 시 호크 헬기의 강력한 주날개가 회전하며 거센 바람을 일으켰다.

소나기는 그쳤지만 헬리포트 바닥에는 물기가 아직 많이 남아 있었다. 시 호크 헬기가 땅을 박차고 날아오르면서 바닥에 깔려 있던 물방울들이 조각조각 흩어지며 물안개가 시원하게 피어올랐다. 가네코 해장은 얼굴을 두 손으로 가리며 강한 바람에 벗겨지려는 모자를 간신히 붙잡고 있었다.

9월 10일 19:47   제주도 제주시, 해군 제주방어사령부

"해상자위대 제4호위대군이 내일 새벽이면 대한해협 동수로를 통과합니다. 그리고 3호위대군 역시 간몬해협으로 진입해 4호위대군과 합류할 예정입니다."

"개자식들! 부산 앞바다에서 무력시위라도 하겠다는 건가? 우리더러 진해에서 꼼짝하지 말라는 거겠지?"

감우식 소령의 보고를 받은 김병륜 중장 목소리는 언짢은 기색이 가득했다. 한국 해군이 대형 함정들을 긁어모아 이순신 기동전단이 구성되어도 어차피 해상자위대의 호위대군 하나를 대적하기 힘들다. 한국 해군에는 아직도 KD-3, 즉 이지스 방공함이 배치되지 않았기 때문이다.

막 건조가 시작된 한국형 이지스함은 2008년에야 초도함이 실전 배치된다. 그전까지 한국 해군의 함대방공능력은 일본 호위대군 하나보다 못한 형편이었다.

"4호위대군은 대한해협으로 진입하면서 동시에 해협봉쇄작전을 실시할 것입니다. 이 임무에는 마이즈루 지방대 함정들도 가세할 것입니다. 물론 해협봉쇄작전에 대해서는 마이즈루 지방대 총감이 호위대군 함정들까지 통합해서 지휘할 것입니다만……."

정보참모(J2) 강창식 대령이었다. 가능한 정보력을 총동원하고 있었지만 평시 미군의 정보력에 크게 의존하고 있는 상황에서 한국군, 그것도 해군이 독자적으로 정보를 수집하기는 어려울 수밖에 없었다. 강창식 대령은 온몸으로 한계에 부닥치는 중이었다.

"잠깐! 3호위대군이 간몬해협을 통과하는 것은 확실한가?"

"그렇습니다, 사령관님."

강창식 대령의 확인을 받은 작전사령관의 표정이 굳어졌다. 간몬(關門)해협은 혼슈와 규슈를 갈라놓은 해협으로, 폭이 1km도 채 되지 않는 좁은 해협이다.

"젠장! 규슈 남단으로 돌지 않고 왜 간몬해협을 통과하겠다는 거지?"

낮게 불평했지만 김병륜 중장도 3호위대군이 간몬해협을 통과하는 이유를 알고 있었다. 빠른 시간 내에 대한해협을 차단하려는 것뿐만이 아니라 무력시위를 하겠다는 뜻이었다.

"어차피 대마도 동쪽 수역인 동수도(東水道)는 일본이 마음만 먹으면 언제든 폐쇄할 수 있습니다. 문제는 서수도(西水道)에서도 우리가 통항권을 확보할 수 있는가 하는 것입니다."

"당연히 불가능하지! 새삼스럽지도 않아. 다 아는 사실이잖아."

선선하게 대답하는 작전사령관의 대꾸에 오히려 강창식 대령이 놀란 표정을 지었다. 그것은 듣기에 따라 서수도에 대한 통제권을 포기한다는, 아니 대한해협이 동·서수로 모두 봉쇄되더라도 한국 해군은 저항하지 않을 것이란 결정으로 들릴 수도 있었다.

"시간이 문제야. 정보참모! 3호위대군과 4호위대군의 합류시기를 알아낼 수 있겠나? 4호위대군 하나라면 어떻게 해볼 수 있지만 두 호위대군이 합류한 다음에는 손을 쓸 방법이 없다."

해군작전사령관은 한국 해군이 대한해협의 통항권을 계속 확보하지는 못하더라도 해상자위대에 최대한 타격을 줄 심산이었다.

"한 가지 경우가 있기는 합니다. 만약 계획대로 3호위대군이 간몬해협을 빠져나온다면 물때를 맞춰야 4호위대군과 합류할 수 있을 겁니다. 간몬해협은 물이 빠지면 대형 함정들이 통과할 수 없습니다."

이번에는 테이블 맞은편에서 자료를 뒤적이던 이종주 대령이 고개를 들었다. 해군본부 공보실장으로 전투에 참가하려고 승함했지만 그 또한 해군작전참모 경력이 오래 있었다. 간몬해협은 수심이 5미터 정도고, 특히 대한해협 쪽은 3미터가 안 되는 곳도 있기 때문에 조수간만에 따라 통항이 제한되는 해협이다.

"좋았어. 그곳 물때를 당장 알아봐!"

실낱같은 희망이 하나 생긴 것이었다. 만약 3호위대군이 간몬해협에서 잠시라도 지체되기만 한다면 4호위대군에 작전을 걸어볼 기회가 생길 수도 있을 것이다. 그리고 제주도 남방 해역에 포진하고 있는 2호위대군도 상대할 만한 여력이 남는다.

가장 단순하면서 고전적인 작전술이 바로 적 함대가 집결하기 전에 하나씩 때려부수는 각개격파다. 현재 일본 해상자위대 함정들은 뿔뿔이 흩어져 있었다. 이것은 한국 해군에 조금 유리했다. 한국 해군이 특정 시간, 특정 해역에서 수적 우세를 달성할 수도 있다는 이야기였다.

그러나 지금은 며칠 전과 달랐다. 광개토 전대를 대파한 2호위대군도 상당한 피해를 입었다지만 이번에는 해상자위대도 결코 함포 사거리까지 접근하지는 않을 것이었다. 그렇다면 미사일을 탑재한 함정이 많을수록, 그리고 대공방어망이 견고할수록 유리하다는 뜻이었다. 그러나 한국 해군은 어떤 면에서도 일본 해상자위대를 앞서지 못했다.

한국 해군 입장에서는 2호위대군 하나만으로도 결코 호락호락한 상대가 아니었다. 잠시 한숨을 내쉰 김병륜 중장의 눈길이 일본 전도 쪽으로 향했다.

일본 서북부 마이즈루(舞鶴)에 위치하고 동해를 주 활동범위로 삼고 있는 제4호위대군은 현재 호위대 하나가 빠져 있지만 이지스함 묘코가 배속되어 있어 여전히 막강한 전력이었다. 지난 1998년 북한이 대포동 미사일을 발사했을 때 이 미사일의 궤도와 탄두의 낙하지점을 완벽하게 추적한 것도 묘코함이었다.

설마 했지만 김병륜 중장은 구레에 배치된 3호위대군까지 출동하는 상황에서는 깊이 고민할 수밖에 없었다. 히로시마에 나란히 붙어 있는 구레(吳)를 기지로 삼는 제3호위대군도 호위함 여덟 척과 대잠헬기 여덟 대를 보유하고 있는 이른바 8·8함대다. 아울러 이지스함 초카이가 소속돼 있었다.

"그리고 방금 합참에서 해병대를 출동 준비시키기로 결정했습니다. 금일 자정까지 제1해병상륙사단에서 2개 강습대대가 준비된다고 합니다."

강창식 대령이 보고하자 사령부 회의실 분위기가 싸늘하게 식었다. 아무도 말을 할 수 없었다. 한참 시간이 흐른 후 김병륜 중장이 허탈하게 웃었다.

"나 원, 참! 누구더러 해병대를 호위하라는 거지? 합참이 무슨 생각으로 그러는 거야? 규슈에라도 상륙시키겠다는 건가?"

김병륜 중장은 합동참모본부에서 해병을 동원하겠다는 의도를 알고 있었다. 합참과 국방부는 점점 더 정치적인 수단만 모색하고 있었다. 해상자위대의 일개 호위대군보다도 뒤떨어지는 이순신 전투전단을 교전지역으로 급파하는 것이나 해병대를 내세워 일본을 위협하겠다는 것 모두 군사적인 효과는 제로에 가까웠다.

한국 해병대의 전투력은 세계 최강이라 자부할 만했다. 한미연합해병사의 미 해병사령관 말을 빌리지 않더라도, 한국 해병 1개 사단은 육군 3개 사단과 맞먹는 전투력을 가졌다고 평할 만큼 막강한 파괴력을 가지고 있었다.

그러나 그것은 한국 해병대가 상륙에 성공했을 때나 가능한 이야기였다. 무엇보다도 한국 해군의 현재 전력으로는 해병대를 일본 해안에 상륙시킬 만한 전력이 태부족이었다. 혹시나 운이 좋아 상륙에 성공하더라도 지속적인 보급을 해줄 수가 없었다.

해군은 상륙작전에 투입할 수 있는 헬기강습함(LPX) 한 척을 새로 건조했다. 그리고 또 한 척이 건조 중이었다. 하지만 한국 해군은 아직도 적진에 헬기상륙함을 접근시킬 만큼의 제해권도, 제공권도 확보하고 있지 못했다.

만약 북한이 상대라면 이들 상륙함정들은 한국 공군이나 미 해군의 지원 아래 원산만이나 평양 외곽의 남포항까지 직접 들이밀 수 있을 것이다. 그러나 그것은 북한을 상대로 했을 경우였다.

북한을 제외한 그 어느 나라에도 한국 해군은 독자적으로 해병대와 상륙함을 호송할 만한 전력을 갖추지 못했다. 더욱이 상대가 일본이라면 더욱 비참하다. 상륙함들은 일본 해안으로 접근하기도 전에 격침되고 말 것이다.

일부 국가의 해병대 또는 해군 육전대는 해군이 지상전에 일부 참가하거나 포격 이후 갑판을 서로 맞대고 근접전을 연출하는 근대 해전 상황에 맞춰 창설되었다. 그러나 현대 해전에서 해병대가 할 수 있는 일은 아무것도 없었다. 임진왜란 때 일본군은 창칼을 든 채 조선 수군 판옥선에 기어오르려고 노력할 수는 있었다. 그러나 지금은 미사일이 날아다니는 시대이고, 더더욱 상대는 해군왕국 일본이었다. 상륙함에 탑승한 한국 해병대는 적함을 구경도 못해보고 수장당할 가능성이 컸다.

"4호위대군까지라면 몰라도 3호위대군까지 가세한다면 우리는 놈들을 도저히 대적할 수 없어."

"그렇습니다, 사령관님."

감우식 소령도 사령관의 걱정을 잘 알고 있었다. 부족한 전력으로 막강한 상대에 맞서야 하는 고민은 어느 누구도 대신 들어줄 수 없는 것이었다.

"시간이 문제다. 일단 4호위대군이라도 대한해협으로 진입하기 전에 타격을 가해야만 해. 그리고 공군은 포기해! 더 이상 재촉하는 것도 지쳤어."

김병륜 중장은 합참에 공군의 참가를 종용하지 않기로 마음먹었다. 기껏 두 개, 아니면 세 개 편대 이상은 공군도 지원하기 어려울 거라는 사실을 김병륜도 잘 알고 있었다.

해군이 해상자위대에 수적·질적 열세인 상태로 맞서야 하는 것과 똑같은 문제를 공군도 갖고 있었다. 해군처럼 파멸을 각오하지 않는 이상 공군도 일본 항공자위대를 적극적으로 맞서 상대하는 것은 어려울 수밖에 없었다.

9월 10일 20:17　제주도 서귀포시 남서쪽 82km

일본 해상자위대 호위함 공고

"한국 해군 고속정대의 움직임이 보이지 않습니다."

레이더 담당 아퍼레이터의 보고를 받은 기타지마 일등해좌가 고개를 끄덕이며 다시 쌍안경을 들어올렸다. 해상보안청 소속 터그 보트에 예인되는 한국 선적의 컨테이너선은 사세보로 입항할 것이다. 이 분쟁이 끝나기 전에는, 아니 이번 전쟁이 끝나고 나서도 저 거대한 배가 한국으로 돌아갈 가능성은 별로 없어 보였다.

"해상보안청이 어제 호되게 당했답니다. 한국 컨테이너선을 나포하던 SST가 오히려 한국 선원들한테 실컷 얻어맞아 모조리 생포되거나 피살됐답니다. 순시선은 컨테이너선이 깔아뭉개 침몰했답니다."

레이더 아퍼레이터가 목소리를 낮춘 채 속삭였다. 해상보안청 소속 최정예 대테러부대인 SST까지 동원했는데도 1개 팀이 박살났다니, 기타지마 일좌의 입가에 쓴웃음이 흘렀다. 결국 그 컨테이너선은 한국 해경 경비함과 함께 일본 잠수함에 의해 격침되었다.

오늘 이 컨테이너선을 나포하는 과정에서도 한국의 저항이 없었던 것은 아니었다. 빠른 속도로 움직이며 해상보안청 순시선들을 마구 공격하던 한국 해군 참수리급 고속정 두 척은 급히 달려온 해상자위대 함정들에게 큰 피해를 입고 나서야 겨우 물러났다.

2호위대군 사령 에토 에이시오(衛藤英昭) 해장보는 대파된 동료 고속정을 예인하는 또 다른 한국 고속정에 대한 포격을 중지시켰다. 무력화된 함정에 공격을 계속 퍼붓는 것은 견적필살을 외치던 에토 해장보에게도 부담스러웠던 모양이었다. 구 제국해군 시절의 해군 모토가 바로 견적필살(見敵必殺)이었다.

해상자위대라는 단어 자체도 그렇지만 군사적인 표현으로 무력화시킨다(Neutralize)는 것은 사전적 의미보다 훨씬 더 강력한 뜻을 지니고 있다. 그것은 상대를 제거한다는 뜻이다. 서로 예인하면서 북쪽으로 향하던 한국 고속정들은 거의 침몰 직전이었다.

"비겁한 놈들……."

기타지마 일좌가 혼잣말로 중얼거렸다. 해상자위대의 대형 호위함에 한국 고속정들이 달려드는 것은 계란으로 바위를 치는 것과 다름없었다. 기타지마는 호위함에게 함포를 쏘려 접근하는 고속정 정장들의 가상한 용기에 감탄했지만, 그것은 곧 그 명령을 내린 한국 해군 지휘부에 대한 멸시로 이어졌다. 기타지마가 비겁하다고 말한 대상은 고속정 승조원들이 아니라 바로 한국 해군 지휘부였다.

전투는 냉정한 것이다. 만용도 상대를 봐가면서 부려야지, 악다구니를 쓴다고 전투에서 이길 수 있는 것은 아니었다. 일본은 그것을 태평양전쟁에서 수많은 젊은이들을 헛되이 죽이고 나서야 뼈저리게 느꼈다고 기타지마는 생각했다.

"함장! 함대 대잠경보입니다. 추정방위 2-8-0, 거리 4만! 오라이언이 추정위치로 진입합니다."

"알았다. 대잠전사관(ASWO)에게 경계태세를 높이도록 지시하게. 대공전사관(AAWO)은 혹시 적 대함 미사일이 발사될지 모르니깐 만반의 준비를 갖추도록!"

기타지마 일좌는 그다지 서두르는 기색이 아니었다. 호위대군 외곽에 대잠경계령이 발령되면 제일 먼저 상공을 초계 중인 오라이언 대잠초계기들이 즉각 투입되었다. 각 호위함에 탑재된 시 호크 대잠헬기들의 존재가치가 무의미할 정도로 오라이언 대잠초계기의 투입은 신속하고도 대규모로 이루어졌다.

규슈 남단의 가노야 기지에는 해상자위대의 P-3C 오라이언 대잠초계기 항공대로 1항공대와 7항공대, 두 개가 있었다. 여기에 도쿄 인근 아쓰기 기지에 배치된 항공대 하나가 추가로 배속된데다 오키나와에 주둔한 제5항공대와 9항공대까지 이곳 해역의 작전에 투입되고 있었다.

한국 해군의 잠수함에 대해서는 이제 호위함들이 대잠 임무를 걱정할 필요가 없도록 하겠다는 항공집단 사령의 호언장담대로 2호위대군의 주변 해역, 그리고 제주도 남방 해역은 일본 대잠초계기들로 가득차 있었다. 1개 호위대군 전력만으로도 한국 해군이 감당하기 벅찬데, 일본이 남해에 투입한 대잠초계기 숫자는 너무 많았다.

9월 10일 21:14   제주도 제주시 북서쪽 42km
한국 해군 구축함, 충무공 이순신

이순신함의 전투정보실 내부 조명이 적색등으로 바뀌었다. 모니터와 디스플레이들에 밝은 조명이 반사되면 자칫 중요한 전술부호를 놓칠 수도 있기 때문이다. 조작 컨솔 옆으로 굵은 매직펜 크기의 할로겐 조명이 키보드와 트랙볼을 밝게 비추고 있었다.

레이더 스코프가 밝은 색으로 빛나며 신현수 중사의 얼굴을 목과 아래턱 쪽으로부터 비추자 마치 전설의 고향에 나오는 처녀귀신처럼 기괴한 얼굴색이 되었다.

－타탁! 타타탁!

제법 빠르지만 독수리 타법이었다. 포술장 박동훈 대위가 KDCOM2 전투관리시스템의 지휘통제 컨솔 위로 빠르게 손가락을 움직였다. 양 손가락은 경쾌하게 키보드를 두들겨대고 있었지만 정작 움직이는 것은 두 손가락뿐이었다.

박동훈은 초등학생 때부터 무선모형 잡지를 읽으며 직접 프로그램 짜기를 좋아했다. 그러나 컴퓨터가 없었다. 그래서 대안으로 삼은 것이 컴퓨터 매장을 찾는 것이었다. 어린 박동훈은 용산전자상가도 아니고 그 옛날 청계천 세운상가를 자주 다녔다. 그 전날 저녁 내내 짠 프로그램을 가판대에 내놓은 애플 컴퓨터에 입력해보고 틀리면 다시 집으로 돌아가 프로그램을 수정해서, 이튿날 다시 세운상가를 찾는 식이었다.

컴퓨터 상가 주인의 뱁새눈을 뒤통수로 느끼면서, 간혹 혼쭐나게 맞고 쫓겨나면서 허둥지둥 배운 타법이 독수리 타법이었다. 어쩌면 제대로 자판 연습을 하지 못한 박동훈 대위에게는 당연한 일일지도 몰랐다. 결국 몇 년 후 꿈에 그리던 컴퓨터를 얻은 다음 제대로 된 타법을 익히려고 했지만 어느새 손에 익어버린 독수리 타법을 바꿀 수는 없었다.

독수리 타법은 말이 좋을 뿐, 사실 닭이 모이 쪼는 것과 같은 방식으로 자판을 두들긴다는 뜻이다. 닭이 고개를 들고 바닥에 떨어진 모이를 발견하여 조준하고 대가리를 움직여 부리로 쫀다. 그 다음 새로운 모이 발견…… 그런 식으로 자판을 일일이 눈으로 확인해가면서 치면 당연히 시간이 걸릴 수밖에 없다. 독수리 타법에서 벗어나 빠른 타수를 치고 싶으면 한동안 채팅에 빠져들거나 텍스트에 기반한 게임을 자주 하면 효과가 있다는 말은 여러 번 들었지만, 박동훈은 그럴 시간적 여유가 없었다.

"코브라 원, 남서쪽으로부터 접근 중, 거리 5,000, 본함에 착함허가를 요청합니다."

"승인한다."

안병도 대령이 천천히 의자를 회전시켰다. 머리 위에 매달린 함내 송수신기로부터 헤드셋이 이어져 있고, 이를 통해 안병도 대령은 전투정보실의 각 부서 요원들은 물론이고 선택스위치를 이용해 함내 각 부서를 모두 지휘·통제할 수 있었다.

전투정보실의 사방 벽면에 가득한 KDCOM2 전투관리시스템은 소나와 레이더 정보를 통합적으로 처리하고 교전에 필요한 데이터를 계산해내는 컴퓨터 시스템이다. 이 컴퓨터들은 단순히 정보만 관리하는 것이 아니었다. 구축함 충무공 이순신함에 탑재된 스탠더드 함대공 미사일, 하픈 함대함 미사일, 그리고 한국 해군이 자체 개발한 청상어 어뢰를 통제하고 발사할 수 있는 무기시스템이기도 하다.

워크스테이션급의 각 컴퓨터들은 근거리통신망(LAN)으로 서로 링크되어 있었다. 만약 모르는 사람이 이곳을 처음 봤다면 여느 연구소의 전산실과 별 차이 없이 느낄 것이다. 단지 컨솔 앞에 앉은 요원들이 입은 검정색 스웨터와 어깨 위에 붙은 견장이 그들이 바로 군인임을 알려주고 있었다.

대용량 컴퓨터가 과열로 오작동하지 않도록 곳곳에 냉각장치가 작동하고, 그것은 한여름에도 전투정보실을 냉장고처럼 서늘하게 만들었다. 덕분에 요원들은 춘추용 점퍼를 껴입은 채로 콘솔에 열중하고 있었다. 전투정보실의 함장석은 이 모든 모니터와 디스플레이를 조망할 수 있는 위치였다.

"부장! 전정실 지휘를 맡아주게."

"알겠습니다, 함장님."

안병도 대령은 옆자리에 기립해 있던 김홍진 중령에게 헤드셋을 건넸다. 그리고 곧바로 전투정보실에서 나와 함수로부터 함미의 헬기 갑판까지 죽 이어진 제1갑판의 메인 통로를 따라 성큼성큼 걸어갔다.

헬기 갑판으로 나선 안병도 대령은 곧 착함하려는 링스 대잠헬리콥터와 마주쳤다. 이순신함의 비행갑판은 광개토대왕급 구축함보다 약간 넓고, 헬기가 착함하기에는 여유가 많지 않았다.

현측에서 접근하는 링스 헬기는 흰색과 적색이 섞인 유도요원의 수기신호에 따라 천천히 갑판에 내려앉았다. 출입문이 열리고 비좁은 후방석의 대잠요원들 사이에 앉아 있던 사내가 몸을 일으켜 갑판으로 내렸다. 뒤를 이어 또 한 명이 내려섰다. 안병도 대령이 부동자세로 절도 있게 오른손을 이마에 붙였다.

"작전사령관님, 어서 오십시오!"

"그래! 고생이 많군. 현 상황은 어떤가?"

사령관이 승함할 때 울리는 타종은 없었다. 어둠 속에서 모습을 드러낸 김병륜 중장이 던진 첫 마디였다.

안병도 대령이 일본 호위대군의 움직임을 설명하는 동안 김병륜 중장이 슬쩍 검은 바다 쪽으로 시선을 돌렸다. 저 멀리 보이는 검은 그림자는 모두 대한민국 해군의 주력 함정들이었다.

　어둠 속에서 대규모 함대가 움직이는 모습은 장관이었다. 김병륜 중장이 타고 있는 충무공 이순신함을 포함해 을지문덕, 양만춘, 계백, 문무대왕 등 KD-1 · KD-2 신형 구축함들과 울산급 호위함 3척, 포항급 초계함 6척이 물살을 가르며 동쪽으로 나아가고 있었다.

　그러나 김병륜 중장은 마음 한구석에 무거운 돌을 단 것 같은 느낌이 들었다. 이것은 한국 해군의 주력이고 거의 모든 것이었다. 만약 함대를 잃으면 마음의 돌을 껴안고 저 검은 바다로 뛰어들리라 다짐했다.

9월 11일 02:08　대마도 남서쪽 84km
해상자위대 호위함 하루나

　후카미 유조 해장보가 뭔가 미심적은 듯 사령부 막료 에가와 요시히코 일등해좌를 불렀다. 그러나 호위대군 사령의 표정에서 불안한 기색이라곤 찾아볼 수 없었다.

　"한국 해군의 잠수함은 걱정 없겠지?"

　"물론입니다, 사령! 완벽하게 청소했습니다. 그리고 제3잠수대 소속 잠수함 두 척이 함대 전위에서 매복 중입니다."

　후카미 해장보가 고개를 끄덕였다. 후카미는 단지 체크리스트의 항목을 확인하는 것처럼 한 번 더 한국 잠수함의 존재유무를 확인했을 뿐이었다. 전술상황판에서 한국 해군의 이순신 전단이 점점 제3호위대군을 향해 접근하고 있었지만 후카미 해장보는 전혀 걱정하지 않았다.

　"쓰시마해협만 봉쇄하면 놈들은 더 이상 버틸 수 없을 거야."

이순신 전단은 동지나해의 대만해협부터 제주도 남방 해역에 이르는 구역에서 어떻게든 한국 상선대의 이동을 확보하려 애썼다. 하지만 그것은 2호위대군과 사세보 지방대의 능력에 미치지 못하는 것이었다. 수많은 한국의 민간 선박이 일본에 나포됐고, 해군 고속정과 해경 경비함 몇 척을 잃는 결과를 얻었을 뿐이었다.

이제 한국 해군이 대한해협이 봉쇄되는 사태를 막아보려고 어떻게든 움직이고 있었지만 그것은 제3호위대군이 바라는 바였다. 대한해협을 가로막으면 한국에서 수출입 물동량 대부분을 소화하는 허브(Hub)항구라고 할 수 있는 부산항과 광양항이 완전 폐쇄된다. 인천항의 물류처리능력에는 확실한 한계가 있기 때문에 한국은 오래 버틸 수 없을 것이다.

상대가 함대결전을 회피하려고 아무리 발버둥쳐도 결국 함대결전으로 나올 수밖에 없도록 만드는 것 또한 해상봉쇄의 또 다른 효과였다. 호위대군 사령으로, 그리고 해상자위대에 몸을 던진 해군으로 함대결전 상황이 다가올수록 심장이 가슴 밖으로 튀어나올 지경이었다. 야릇한 흥분 속에서 긴장이 꿈틀거렸지만 후카미 해장보는 부하들이 보는 앞에서는 전혀 내색하지 않았다.

일본 해상자위대가 보유한 잠수함과 마찬가지로 한국 해군의 잠수함들도 최고속도는 22노트 정도였다. 그 속도는 이순신 전단을 절대로 따라잡을 수 없는 속도였다.

게다가 잠수함이 시속 22노트를 낼 수 있는 것은 아주 짧은 시간에 불과했다. 고속으로 항주하면 배터리가 한두 시간 만에 방전되기 때문이다.

이순신 전단이 잠수함의 호위를 받지 않고 초고속으로 항주하는 이유는 간단했다. 만약 시간을 끈다면 해상자위대 제4호위대군이 가세할 수 있기 때문이다. 시간을 끌수록 한국 해군에게 불리했다.

"놈들이 무덤으로 들어오고 있습니다."

에가와 일등해좌가 마치 후카미 해장보의 의중을 꿰뚫고 있는 것처럼 옆에서 거들었다.

그때였다. 전투정보실 중앙에서 레이더를 담당하는 전탐부서가 긴박하게 돌아가기 시작했다. 위협 상황을 알리는 경고 메시지가 전술상황 디스플레이에 표시되고 담당 자위관이 통신기를 들고 다급한 목소리로 외쳤다.

"함장! 빅 버드에서 항공기 출현 보고입니다. 방위 3-1-0에서 접근 중입니다. 숫자는 20기, 거리는 190km입니다!"

"사령! 예상보다 한국 전투기 숫자가 많습니다."

순간 안색이 변한 에가와 일좌가 후카미 해장보를 향해 고개를 돌렸다. 그러나 후카미 해장보는 느긋했다. 후카미는 에가와 일좌를 뒤로 하고 전술상황 디스플레이 쪽으로 걸어갔다.

"걱정할 것 없다. 빅 버드로부터 추적정보를 인수받는 즉시 대공전투태세에 들어간다. 제63호위대에게 명령을 전파하라."

후카미 사령은 갑작스런 항공기 내습경보를 접하고도 여유 있는 목소리였다. 이순신 전단이 단독으로 해상자위대 함대를 공격하지 않으리라는 것쯤은 이미 예상하고 있던 바였다. 그러나 이쪽에는 항공자위대가 있었다.

63호위대는 함대방공을 담당하는 이지스함 묘코와 미사일 호위함 시마카제로 편성된 전대다. 이제 그들도 서서히 나서서 몸을 풀 때였다. 후카미 해장보가 전술디스플레이에서 한국 전투기들의 위치를 확인한 다음 불쌍하다는 듯 혀를 찼다.

"마치 북조선 항공대처럼 움직였군. 쯧쯧!"

막강한 탐지능력을 자랑하는 이지스함 묘코가 한국 공군이 190km까지 접근하도록 탐지할 수 없었던 데는 이유가 있었다. 한국 공군 전투기들이 산악지형을 이용해 초저공으로 비행했기 때문이었다.

한국 공군기를 탐지해낸 것은 이지스함이 아니라 쓰시마 남서쪽 상공에서 비행 중이던 항공자위대의 공중조기경보통제기였다. 빅 버드가 바로 E-767 조기경보통제기를 뜻하는 호출부호였다.

항공자위대의 E-767 조기경보통제기는 300km가 넘는 거리에서 전투기를 식별할 수 있다. 그리고 우군 전투기를 지휘할 뿐만 아니라 해상자위대의 함정과도 데이터를 공유할 수 있었다.

그렇기 때문에 E-767에서 추적하는 한국 공군 전투기의 정보는 일일이 말로 통보할 필요 없이 데이터 통신 형태로 호위대 기함 하루나, 그리고 이지스함 묘코를 비롯한 예하 함정에 즉각 전파되었다. 일본 항공자위대 전투기에 관한 정보에 대해서도 물론 마찬가지였다.

"사령! 항공자위대 4개 편대가 곧 함대 공역으로 접근합니다."

"좋아! 아주 신속하군. 마음에 든다!"

후카미 해장보가 규슈 북쪽에 위치한 쓰키(築城) 기지로부터 긴급 스크램블에 나선 항공자위대의 F-15J 이글 전투기 편대를 확인하며 주먹을 굳게 쥐었다.

한국 공군기들은 이제 대함 미사일 사정거리 언저리에 거의 진입해 있었다. 그러나 강력한 공대공 무장을 갖춘 항공자위대의 F-15J 이글 전투기들이 그들을 충분히 제압할 수 있었다.

"사령! 우려되는 것은 저들이 한국 영공 내에서 대함 미사일을 발사하는 것입니다. 만약 미사일 발사 전에 저지하려면 항공자위대의 이글이 한국 영공을 침범해야 합니다."

에가와 일좌는 여전히 느긋한 후카미 사령을 약간은 의아한 표정으로 쳐다보았다. 항공자위대가 한국 영공에 진입하는 것은 바로 한국을 상대로 전면전을 벌이는 거나 마찬가지였다.

"놈들이 한국 영공 안에서 일본 영공 안으로 미사일을 쏜다면, 항공자위대 전투기들도 가만히 있지는 않을 걸세."

"옛?"

에가와 일등해좌가 눈을 반짝였다. 후카미 해장보가 뭔가 이상한 말을 하고 있었다.

"그렇게 되면 항공자위대는 즉각 한국 영공으로 진입하게 되네. 통합막료회의에서 이미 결정한 작전이야."

"그럼…… 맙소사!"

에가와가 벌린 입을 다물지 못했다. 일본의 전수방위원칙에 명백히 위배되는 행위인데도 후카미 해장보이 별다른 감흥 없이 말하는 게 더 기가 막혔다.

"이제 알겠나? 내각은 이번 사건을 국지분쟁으로 제한하려고 하지만 한국군이 공군을 동원하면 전면전도 불사한다는 계획이야. 만약 국제해협인 쓰시마해협에 한국 공군이 아니더라도 혹여 어떤 국가가 봉쇄를 시도한다고 하면 우리 자위대는 언제든 전수방위를 포기해야 하는 딜레마에 맞닥뜨리게 될 테니까."

"그럼 내각은 이번 일을 기회로 삼고 있는 것입니까?"

"에가와 일좌! 우리는 군인이다. 내각의 정치적인 결정에 우리가 의문을 품을 이유는 없어. 그리고 내각이 먼저 한국 공군을 공격하라고 항공자위대에 명령한 것도 아니지. 단지 우리는 상황이 잘 풀리길 기대할 뿐이야. 그리고 양국 공군까지 이 미친 소동에 끼어들지 않기를 바라는 거야."

후카미 해장보는 말을 마치고 묘코와 시마카제가 함대방공 임무를 위해 기동하는 모습을 천천히 지켜보았다. 후카미 해장보 말은 사실이었다. 등뒤로 숨기고 있는 몽둥이는 상대방에게 겁을 줄 수 있다. 그러나 그것은 어디까지나 휘두르기 전까지다. 휘두르고 난 몽둥이는 다시 겁을 줄 수도 없을 뿐더러 궁지에 몰린 상대는 몽둥이를 무서워하지도 않는다. 미친개처럼 달려들 뿐이다.

한국 공군이 대함 미사일을 발사하면 그것은 묘코와 시마카제에서 요격하면 된다. 묘코에는 충분한 능력이 있었다. 어차피 항공자위대 역시 한국 공군을 단단히 벼르고 있는 마당에 후카미 해장보는 상황이 막다른 골목까지 치닫지 않기를 바라는 마음뿐이었다.

9월 11일 02:13   제주도 제주시 북동쪽 59km
한국 해군 구축함 충무공 이순신

"침로 변화 없습니다. 속도 15노트로 순항속도를 유지하고 있습니다, 함장님."

대수상전(ASW)사관이 보고했다. 일본 함대는 남동쪽으로 이동한다는 소리였다. 함장 안병도 대령이 고개를 끄덕이며 전투정보실 중앙의 함장 위치로 성큼성큼 움직였다.

그 옆으로 김병륜 중장이 어두운 시선으로 KNTDS 디스플레이, 즉 해군전술지휘통제시스템 스크린을 응시하고 있었다. 스크린 위로 수많은 붉은 기호들이 각각의 식별부호로 나열되고 있었다. 아퍼레이터가 그 중 한 점을 클릭하자 이순신함과의 상대방위와 거리, 침로와 속력 등이 구석의 작은 윈도우에 표시되었다.

아퍼레이터는 이미 사라진 항적들이 있던 곳을 멀뚱이 쳐다보고 있었다. 그곳은 한국 영공 내에서 전투초계 임무를 수행하던 한국 공군기들이 움직이던 곳이었다. 그러나 희망은 다시 돌아오지 않았다. 아퍼레이터가 짙은 한숨을 내쉬었다.

김병륜 중장은 공군에 더 이상 기대할 수 없다는 것을 새삼 확인하고 난 까닭인지 허탈하지는 않았다. 공군 역시 전날의 공중전에서 항공자위대와의 전력 차를 뼈저리게 느꼈을 뿐이었다.

"고속정대가 방금 출항을 완료했습니다. 20분 후에 공격개시선에 당도합니다."

보고가 이어지자 잠시 고심한 기동전단 지휘관 송기호 준장이 곧 명령을 내렸다. 지금 함대의 선두에 있는 함정은 이순신함과 같은 급의 2번함인 문무대왕함과 울산급 프리깃 서울함이었다. 송기호 준장은 여기에 더해 빠른 속도와 경쾌한 기동성을 가진 포항급 초계함을 내세워 압박할 생각이었다.

"원주함과 천안함을 함대 전위로 이동시켜!"

김병륜 중장 옆에는 해군작전사령부 참모들과 기동전단 지휘관들이 동석해서 비좁은 전투정보실이 미어터질 지경이었다. 그런데 이들은 함대의 전술지휘를 담당할 뿐이었다. 이순신함의 직접적인 지휘는 함장 안병도 대령과 예하 부서장이 담당했다.

기동전단 지휘관 송기호 준장이 이순신 전단의 예하 전 함정들로 이어지는 송신기를 집어들었다. 침착하려고 애썼지만 송기호 역시 긴장감을 숨길 수는 없었다. 예하 함정들에게 기동 명령을 하달하는 송기호 준장의 목소리가 잔뜩 굳어 있었다.

"공격 개시 30분 전! 예하 전 함정은 공격 예정 위치에서 대기하라."

9월 11일 02:26 대마도 남서쪽 142km(제주도 제주시 북동쪽 105km) 해상자위대 잠수함 오야시오

"심도 100미터로!"

"알겠습니다. 잠항각 5도, 심도 100으로!"

야마자키 아키라(山岐明) 이등해좌가 수측실의 작업을 지켜보며 조용히 명령했다. 대한해협의 평균수심은 120미터에 채 못 미친다. 잠수함이 활동하기에 썩 좋은 해역은 아니었다.

"해류 상황은?"

"시속 3노트 정도입니다. 현 위치를 고수하려면 주 추진기를 사용해야 합니다."

쓰시마를 경계로 서쪽, 즉 서수도를 빠져나오는 대마난류는 얕은 대륙붕을 따라 흐르기 때문에 기상 상황에 영향을 많이 받는다. 그래서 북상하는 대마난류의 흐름이 동해에 들어간 다음 두 갈래로 나뉜다는 이분지설이 맞는지, 아니면 세 갈래로 나뉜다는 삼분지설이 정확한지 아직 학계에서 제대로 결론이 안 날 정도로 매년 해류의 움직임이 다르다.

"어떤가? 수측장, 뭔가 잡히는 게 있나?"

"아직은 좋지 않습니다. 전반적으로 항해하는 선박이 적어서인지 배경소음은 별로 크지 않습니다만, 온도층이 복잡한 상황입니다. 일단 심도 변경이 완료된 다음 다시 보고 드리겠습니다."

여전히 해류상태 파악이 어려운지 나카가와 히로유키(中川弘之) 수측장이 난색을 표시하며 함장의 질문에 대답했다. 늙수그레하게 온통 머리를 뒤덮은 흰 머리카락은 함장보다도 오래된 경력을 나타내는 훈장 같은 것이었다.

나카가와뿐만 아니라 오야시오함에 배치된 대부분의 부서 선임해조들은 나이가 50줄에 다가서 있었다. 고된 함정 근무를 이런 나이까지 해야 하는 것도 해상자위대의 특징이었다. 일본의 젊은이들은 힘든 일을 하지 않으려고 한 지 이미 오래되었다.

무언가 희미하게 소리가 들리고 있었다. 하지만 잠수함 오야시오에서는 그 소리의 정체를 파악하는 것이 쉽지 않았다. 야마자키 이좌는 차라리 잠망경 심도로 부상하는 것이 낫지 않을까 잠시 갈등했다. 그렇다면 제2호위대군의 수상함정으로부터 데이터링크로 한국 해군의 움직임을 보다 자세히 파악할 수 있었다.

그러나 야마자키는 곧 고개를 가로저었다. 한국 해군 함정이 상당히 가까운 거리까지 접근하고 있었기 때문에 수면 위로 부상했다가 자칫 오야시오의 매복 임무를 그르칠 우려가 있었다.

"20km 이상입니다. 이럴 리가 없습니다만…… 방위를 측정하는 것도 무리입니다. 변수가 너무 많습니다. 틀림없이 냉수괴가 있습니다, 함장!"

"뭐라고? 냉수괴라고?"

나카가와 수측장이 수온변화 데이터를 야마자키 이좌가 볼 수 있도록 모니터에 표시했다. 야마자키의 눈썹이 치켜 올라갔다.

"해양전선이 형성되는 건가?"

"그럴 가능성이 큽니다."

나카가와 수측장이 조심스럽게 해양전선의 존재 가능성을 인정했다. 해양전선(Ocean Front)은 대규모의 냉수괴가 난류와 만날 때 생기는 현상이다. 고기압과 저기압이 만나서 장마전선이 형성되듯이 해양전선도 그와 비슷하게 선을 형성하며 발달한다. 그리고 해양전선은 점차적으로 해수면 바로 위에 있는 대기에도 영향을 주기 때문에 대규모의 기상변화를 일으킨다. 그리고 딱 그것만큼 군사작전에 영향을 미친다.

"정보업무군의 자료에 따르면 현재 해양전선은 좀더 북쪽에 있어야 합니다. 그런데 이게 갑자기 남하한 것 같습니다."

나카가와 일등해조가 정보업무군에서 매주 배포되는 해양특성보고서를 기억 속에서 더듬었다. 정보업무군은 한국의 해양정보국과 비슷한 기구로, 해상작전에 필요한 기상데이터 분석과 배포를 전담하고 있었다. 해양전선이 발생할 때가 다가오고는 있었지만 예상보다 빠른 시기라 나카가와는 약간 당황했다.

"함장. 현 위치에서는 소나 효율이 너무 안 좋습니다. 해양전선을 돌파하던가, 아니면 거리를 띄우기 위해 뒤로 조금 물러나는 것이 좋겠습니다."

"그건 안 돼!"

야마자키가 단호하게 거절했다. 잠수함이 위치를 잡는 데는 소나의 조건에도 좌우를 받는다. 이 경우 수측장은 함의 이동에 대해 함장에게 요청할 수 있지만 야마자키는 지금 그럴 여유가 없었다. 오야시오 바로 뒤에 제3호위대군이 있었다. 오야시오가 뒤로 물러서면 함대의 전위를 경계하는 임무를 수행할 수 없게 된다.

"안 되겠다. 수측장! 소나 효율이 좋은 곳으로 이동하려면 시간이 너무 걸릴 것 같아. 수측은 포기하고 직접 부상해서 확인하는 게 어떻겠나?"

소나는 잠수함이 잠수한 동안 외부 상황을 알 수 있는 유일한 수단이다. 그러나 해수 상황 때문에 지금 소나는 거의 무용지물이었다. 수측장이 부정적인 표정을 짓는 바람에 야마자키가 잠시 고민했지만, 곧 결정했다.

"부상한다. 잠망경 심도로!"

지금 제3호위대군이 남동쪽으로 이동하는 것은 한국 함대를 해협으로 유인하려는 것이었다. 잘만 되면 그들은 오야시오의 바로 머리 위를 지나치게 된다. 일본 잠수함을 발견하지 못한 한국 함대는 치명적인 손실을 입을 수밖에 없다.

나카가와 수측장은 부상 명령이 떨어진 후에도 소나수신기가 최적의 효율을 발휘할 수 있는 수심을 찾느라 정신이 없었다. 함수의 ZQQ-5 소나 외에도 오야시오함은 측면에 길게 배열된 프랭크 어레이 소나를 추가로 장착하고 있었다. 이 소나에서 수집되는 저주파는 보다 원거리에서 음을 탐지하는 것이 가능하다. 그러나 다른 배경소음 중에서 뭔가를 찾아내는 것은 모래에 섞인 바늘을 찾는 것처럼 어려운 일이다.

"함장! 사운드 채널을 잡았습니다!"

"이런! 현 심도를 유지하라!"

나카가와 수측장의 흰머리가 반짝이는 순간 야마자키 이등해좌가 즉각 잠수함을 멈춰 세웠다.

수중에서 음파는 수평적으로 움직이는 해류나 수괴처럼 여러 가지 차단벽에 의해 굴절되거나 산란한다. 한편 심도에 따라서도 음파의 전달특성이 많은 차이를 보인다.

표층수라 불리는 수면 가까운 물은 대기와 직접 접촉하기 때문에 기상변화에 따라 그 성질이 쉽게 변한다. 한편 표층수의 아래쪽에는 급격히 수온이 변화하는 수온약층이 존재한다.

음파의 전달 경로와 속도 등 음파특성이 수직적으로 급격히 변화하는 이런 특성들 때문에 해군 함정이 소나를 사용할 때는 외부 조건을 잘 감안해야 한다. 특히 잠수함은 수상함과 달리 물 속을 오르내릴 수 있기 때문에 최적의 심도를 스스로 찾아내 그곳에서 소나를 사용하는 것이 가능하다.

"됐습니다, 함장님. 이제 잡힙니다!"

나카가와 수측장이 양 눈썹 사이에 잔뜩 주름살을 만들면서 함장에게 보고했다. 들뜬 목소리에는 스스로의 능력에 대한 자부심이 짙게 배어 있었다.

사운드 채널(sound channel), 그것은 표층수 아래에 있는 수온약층과 심층수 사이에 만들어지는 음파의 진행층이다. 이곳에서는 음파가 전달되는 효율이 높기 때문에 일종의 음파 터널이라고 할 수 있었다.

"추정방위 2-2-5도에 고속 수상함정 다수가 포착되고 있습니다. 이건……."

나카가와가 양손으로 헤드폰을 꽉 누르며 들려오는 소리에 정신을 집중했다. 음파는 한두 군데서 들려오는 것이 아니었다. 나카가와 수측장이 인상을 찌푸렸다.

"함장! 추정방위 수면에 엔진 추진음 다수입니다. 회전수가 빠릅니다. 가스터빈 추진음입니다!"

"그래, 잡았다!"

야마자키 이좌가 회심의 미소를 지었다. 표적의 이동방향은 오야시오함이 현재와 같은 저속으로 움직이더라도 공격 가능한 위치로 이동하는 중이었다. 이른바 접근각도라고 일컫는 것이었다. 접근각이 넓어지면 오야시오는 속도를 내야 하기 때문에 무리가 있었다.

"어엇! 무엇인가를 발사했습니다."

나카가와가 갑자기 들려온 파열음에 잔뜩 긴장했다. 그러나 나카가와는 곧 한국 해군의 수상전투함들은 애스록과 같은 장거리 대잠 미사일을 갖고 있지 않다는 것을 깨달았다. 즉 저 거리에서 오야시오를 공격할 무기가 한국 해군에 없으니 안심해도 된다는 뜻이었다.

"함장! 발사가 계속 이어지고 있습니다. 벌써 10여 발 이상이 발사된 것 같습니다."

고개를 돌린 나카가와에게서 함장 야마자키는 그것이 무엇을 뜻하는 것인지 금세 알아차렸다. 함대함 미사일이었다. 한국 해군이 제3호 위대군을 향해 하픈 함대함 미사일을 발사한 것이었다.

"어뢰실, 즉각 공격 준비하고 명령 대기하라!"

야마자키는 거리를 좁힐까도 생각했지만 이내 움직이지 않는 쪽이 훨씬 나을 것이라고 판단했다. 해양전선이 양쪽을 가로막고 있다면 한국 해군의 수상함정들은 이쪽의 존재를 아직 알아차리지 못했을 것이다.

특히 수상함정은 소나수신기의 위치가 수면이기 때문에 음파가 굴절하는 것에 따라 아예 음파를 접촉할 수 없는 음영(陰影)구역을 피할 수가 없다. 하지만 중간 심도에서 사운드 채널을 찾아낸 오야시오함 쪽은 모든 상황을 파악하는 것이 가능했다. 이쪽이 훨씬 유리했다.

9월 11일 02:44 대마도 남서쪽 87km
해상자위대 호위함 묘코

"미사일 경보! 미사일 경보! 거리 110km! 방위 3-5-0! 도합 20발 이상이 발사됐습니다. 발사기수는 계속 증가하고 있습니다."

"위협평가 시작해!"

"함장! 방위 2-7-5에서도 미사일이 발사됐습니다."

서쪽에서 새로 발사된 미사일은 이순신 전단 쪽이었다. 앞쪽에 배치된 세 척의 함정에서 미사일이 날아오른 것이었다. 처음에는 포항급 초계함일 것이라고 무시했지만 미사일은 이미 열 발을 넘어섰다. 포항급들 사이에 울산급 프리깃이 섞여 있을 것으로 판단됐다.

올 것이 왔다고 생각했는지 야마구치 모투구미 일좌는 오히려 무덤덤한 표정이었다. 함장과 나란히 서 있는 야마구치 일좌가 바로 63호위대 사령이었고 제3호위대군의 방공을 책임지는 총지휘자였다.

야마구치 일좌 앞 전투정보실 벽면에는 두 쌍으로 이루어진 4개의 대형 프로젝션 스크린이 부착되어 있었다. 푸른색 배경화면으로 점점 드러나는 미사일의 항적들이 흰색 기호로 표시되기 시작했다.

묘코함의 핵심 레이더라 할 수 있는 이지스 레이더 SPY-1D는 함교 구조물의 네 곳 벽면에 부착된 고정식 레이더다. 각각의 고정식 레이더에는 4,480개의 레이더 소자가 각각의 위상 차에 의해 전파 방향을 바꾸는 것이 가능하다.

때문에 일반 레이더가 360도 회전해서 전파를 발사하는 데 비해 SPY-1D 레이더는 고정식인데도 수평 방향으로 120도 이상을 커버하고 수직 방향으로도 분당 수천 회 이상 자유자재로 전파의 발사 방향을 조절할 수 있었다.

"미사일 숫자가 계속 증가하고 있습니다. 도합 50발, 먼저 사격한 놈들은 고속정들입니다. 진작에 위협을 경계했어야 하는 건데……"

대공전사관이 옆자리에 서 있는 함장에게 침통한 표정을 지었다. 고속정들은 한국 해군의 사령부가 있는 진해를 빠져나와 거제도를 우회한 뒤 욕지도 인근 해상에서 미사일을 발사한 것이었다.

그러나 야마구치는 안색도 변하지 않았다. 충분히 대응할 수 있을 것으로 자신한다는 뜻이었다. 그러나 야마구치는 호위대군 사령도 어쩌면 한국 해군이 먼저 미사일을 쏘기를 기다렸을지도 모른다고 생각했다. 그것은 그만큼 방어에 자신감이 있어야 가능한 일이다. 그렇지 않다면 애초에 쓰시마해협으로 함대를 통과시키지도 않았을 것이다.

이지스 체계는 지금과 같은 대함 미사일의 집단제파공격에 대응하기 위해 만들어진 시스템이다. 냉전 시절, 구 소련은 미 해군의 항모전투단에 대해 초음속 폭격기와 수상함정, 그리고 순항미사일원잠(SSGN)에서 동시에 발사하는 수백 발의 대함 미사일 공격을 가장 큰 위협으로 보았다. 그것은 기존 함정의 대공전투체계로는 감당하기 어려운 것이었다.

이런 이지스 체계는 탄도미사일까지 방어할 목적으로 개량되어 결국 미국의 미사일방위계획(MD)에도 중요한 역할을 담당하게 됐다. 하지만 엄밀한 의미에서 이지스함의 가장 큰 임무는 적 항공기와 순항미사일로부터 함대를 보호하는 것이다.

"자동스페셜 모드로 대응한다!"

"자동스페셜 모드로 대응!"

"사와카제의 방공작전권을 인수한다. 대공 미사일 유도를 본함에서 통제한다!"

"사와카제로부터 방공작전권 인수! 현 시간부로 미사일 통제는 본함이 수행합니다!"

대공전사관이 야마구치 일좌의 명령에 따라 우렁차게 복창했다. 야마구치가 자동스페셜 모드로 설정한 것은 이제 한국 해군이 발사한 모든 미사일에 대해 묘코함이 스스로의 컴퓨터와 자유의지에 따라 완전자동으로 교전한다는 것을 의미했다.

자동스페셜(Automatic Special) 모드에서는 미리 설정된 방어 절차를 수동으로 해제하지 않는 이상 이지스 체계가 스스로 완전자동으로 목표물에 대응한다. 이지스함에는 이외에 자동, 반자동, 그리고 평시 모드 등 네 개의 대응단계를 가지고 있다.

"모두 58발입니다. 아! 침로가 갈라지고 있습니다."

"다방향 동시공격을 시도하려는 거다."

야마구치 일좌가 전투정보실 전면에 커다랗게 부착된 다기능표시 컨솔에 표시되는 미사일의 정보를 확인하며 팔짱을 꼈다. 이제 전투는 사람 손을 완전히 떠났고, 사람들은 최소한 지금 이 순간에는 구경꾼에 불과했다.

제3호위대군을 향해 날아오던 미사일들은 정확히 세 개 그룹으로 나누어져 부채꼴 모양으로 흩어지고 있었다. 그러나 그 미사일들은 곧 묘코함의 주 레이더인 SPY-1 디스플레이에서 사라지기 시작했다.

"표적들이 사라지고 있습니다. 고도를 낮추기 시작했습니다."

"그래, 시 스키밍을 시작한 거야."

하픈 대함 미사일의 경우, 목표 함정까지 최저 수면고도 3미터까지 비행하는 것이 가능하다. 적 함정의 레이더를 수평선의 그늘을 이용하여 회피하려는 것이다. 미사일들이 이렇게 초저고도로 비행하면

30~40km 거리에 접근할 때까지 추적이 불가능할 수도 있었지만 지금 묘코함에게는 항공자위대의 E-767 조기경보통제기가 있었다.

"JTIDS를 링크합니다!"

묘코에서 회심의 카드를 꺼냈다. 그것은 합동전술정보분배시스템을 의미했다. 육해공군을 불문하고 해상자위대의 Link-16 데이터 호환체계 덕택에 이지스함에서 탐지한 정보나 E-767 조기경보기에서 수집한 정보를 전파방해를 받지 않고 서로 대량으로 교환할 수 있었다.

디스플레이에는 미사일이 세 군데로 흩어지며 각각 다른 방향에서 3호위대군으로 접근하는 궤적이 정확히 표시되고 있었다. 이제 요격을 시작할 때였다. 일단 대공 미사일을 먼저 발사해 공중에 띄워놓는다면 대함 미사일이 수면 위로 모습을 드러내기 전까지 기다려야 하는 시간을 단축할 수 있다. 이것이 바로 합동전술정보분배시스템(JTIDS)의 능력이었다.

"샘(SAM) 대응합니다!"

대공전사관이 짧게 보고했다. 접근하는 대함 미사일에 대해 묘코함의 Mk-41 수직발사기에서 스탠더드 함대공 미사일이 요란한 폭음과 함께 발사되기 시작했다.

9월 11일 02:46 대마도 남서쪽 86km
해상자위대 호위함 하루나

"그놈의 전수방위! 그만 좀 지껄여!"

"그러나 사령. 놈들이 미사일을 발사한 위치는 영해 안쪽입니다. 우리가 공격하는 것은 문제가 있습니다."

후카미 해장보가 펄쩍 뛰었다. 물론 에가와 일좌가 한국 해군 고속정대를 요격하라는 명령에 반론을 제기한 것은 이 고속정들이 한국 영해 안쪽에서 미사일을 발사했기 때문이었다. 그리고 그것에 대항하는 것은 일본의 평화헌법이 규정하는 전수방어에 반하는 행위였다.

"해상자위대는 한국 영해에서 작전하는 것을 승인받지도 않았지만 그것을 금하는 어떤 명령도 받은 바 없네. 알겠나, 에가와 군?"

서슬이 퍼런 후카미 해장보도 에가와 일좌가 막료로, 그리고 후카미의 조언자로 상황을 점검한 것이라는 사실을 모르지는 않았다. 그러나 그는 이제부터라도 부하들에게 그들이 일본의 방위를 책임진 군인이라는 사실을 알려주고 싶어했다.

"현장지휘관으로서 이후에 발생하는 모든 책임은 본인이 진다. 이제부터 자네들은 자위관들이며 군인이라는 것을 명심하라!"

"아, 알겠습니다. 사령!"

에가와 일좌가 가슴을 꼿꼿이 세운 부동자세로 후카미 해장보의 지시에 따를 자세를 취했다.

"1정대와 2정대를 보내 당장 한국 해군 고속정대를 추격시켜! 접촉 즉시 격침시키라고 해!"

"이미 조치를 취했습니다. 1정대는 이미 한국 고속정대를 추격 중이고 대함 미사일 사거리에 두고 있습니다, 사령."

이것은 다른 사람도 아닌 에가와 일좌의 입에서 나온 말이었다.

"뭘 기다리나? 당장 발사해!"

후카미 해장보의 명령이 가볍게 떨어졌다. 에가와 일좌가 이미 준비를 마치고 있었던 것에 대한 만족은 애써 표시하지 않았다. 함대에 거리를 띄운 채로 북쪽에 대기하고 있던 마이즈루 지방대 소속 제1정대와 오미나토 지방대 소속의 제2정대가 한국 해군 고속정을 요격하기 위해 행동을 시작한 것이다.

해상자위대는 원래 고속정 세력을 보유하지 않았다. 그것은 해상자위대의 임무가 주로 대잠수함전이었고 유사시 일본으로 향하는 자국 상선대를 보호하기 위한 1,000해리 통상로(Sea Lane) 확보가 가장 중요했기 때문이다.

그러나 지난 1999년과 2001년에 연이어 발생한 북한 간첩선, 즉 불심선 사건으로 인해 해상자위대도 고속정 건조에 박차를 가하기 시작했다. 그 중 1정대는 하야부사급 고속정으로 이루어졌는데, 기준톤수 200톤에 최고속도 44노트를 발휘하는 고속 선박이고 76밀리 자동속사포 1문과 90식 대함 미사일 네 발을 탑재했다. 외관은 갑판 위에 커다란 상자 두 개로 꽉 채워진 것을 연상하면 딱 맞았다.

또한 2정대는 원래 마이즈루 지방대 소속이었으나 이후 오미나토 지방대로 이관되었으며 수중익선이라는 독특한 선형을 가졌다. 3척으로 이루어진 PG-01급 고속정은 하야부사급에 비해 훨씬 작은 50톤 가량이지만 최고속도 50노트, 역시 하야부사급과 같은 90식 대함 미사일을 네 발이나 장착하고 있었다.

9월 11일 02:47   제주도 제주시 북동쪽 61km
한국 해군 구축함 충무공 이순신

"사령관님, 놈들이 요격을 시작했습니다."

포술장 박동훈 대위가 보고했다. 전술디스플레이에 묘코함에서 발사한 미사일의 궤적이 계속 늘어났다. 마치 다련장 로켓포를 쏘는 것처럼 1초 간격으로 두 발씩 발사되었고, 상공에는 무려 80발에 가까운 스탠더드 함대공 미사일이 떠 있었다.

"탑재하고 있는 샘(SAM)을 다 쏜 것 같습니다. 어떻게 하려고······."

박동훈 대위가 놀랐는지 미사일의 궤적들을 체크하며 중얼거렸다. 묘코함이 가지고 있는 미사일 수직발사기(VLS)는 90셀이다. 그 중에는 애스록 대잠 미사일도 탑재되어 있으니 실질적으로 80발이면 묘코함이 보유하고 있는 모든 함대공 미사일을 한꺼번에 다 쏘아올린 게 된다.

"놈들도 대응시간을 단축하기 위해 미사일을 다 쏜 거야. 이지스 체계는 스탠더드 미사일을 먼저 쏘아올리고 유도는 나중에 해도 되니까······."

정보참모 강창식 대령이었다. 한국 해군이 이지스 체계 기종을 선정하기 직전에 막바지 최종평가작업에 참가했던 강창식 대령은 두 달 동안이나 집에도 못 들어가고 다른 평가위원들과 합숙을 했다. 그만큼 이지스 체계에 밝은 까닭에 새로 건조되는 KDX-3의 인수함장으로 내정될 정도였다. 하지만 지금 그가 지휘할 이지스함은 아직 한국 해군에 없었다.

이지스 체계는 달려드는 미사일을 요격하기 위해 함대공 미사일을 일일이 발사하지 않는다. 위협수가 많을 경우 미리 미사일을 발사해서 시간을 단축하고 유도는 그 다음에 하는 것이 가능했다.

"나머지 함정들도 사격개시선까지 진입해야 했습니다. 미사일을 먹여줬어야 했습니다."

설마 하는 가정을 강창식은 벌써 하고 있었다. 해군이 쏜 대함 미사일이 모두 요격될지도 모른다는 것이었다. 이지스함 묘코는 자함에 탑재된 미사일 외에도 근처에서 움직이는 무라사메급 호위함이 탑재하고 있는 신형 시 스패로(RIM-7P) 미사일을 사용할 수도 있었다.

날아오른 스탠더드 미사일들은 하픈 미사일과 확연히 다른 궤적으로 비행하고 있었다. 하픈은 해면 위를 스치듯 비행하지만 스탠더드 미사일은 상공으로 치솟아 일단 고도를 높인 다음 표적이 아래쪽에 있을 경우에는 다이빙 요격을 한다.

"사령관님. 기껏 70발은 많은 수가 아닙니다. 위협을 무릅쓰더라도 나머지 함정들을 가세시켜야 했습니다. 지금이라도 늦지 않았습니다!"

강창식 대령이 즉각 함대 주력이 공격에 참가할 것을 주장했다. 그러나 현재 이순신함을 포함한 함대 주력의 위치는 하픈을 발사하기에는 사정거리에서 약간 벗어난 곳이었다.

"아닙니다. 우리만 하픈 사거리를 확보하는 것이 아닙니다. 놈들도 우리에게 대함 미사일을 날릴 수 있는 거리로 접근하는 것은 자살행위나 다름없는 짓입니다. 우리는 이지스 체계가 없지 않습니까?"

"뭐라고?"

옆에 서 있던 감우식 소령이 바로 말을 끊자 강창식 대령은 감우식에게 눈을 부라렸다. 감우식은 사령관의 고민을 알고 있었다. 함대의 전 함정을 동원해 하픈 사거리까지 접근하면 그만큼 더 많은 대함 미사일을 발사할 수 있었다.

그러나 그것은 또한 일본 호위함들의 대함 미사일 사거리 내에 벌거벗은 한국 함대를 노출시키는 행위였다. 한국 해군에 KD-2, 즉 이순신급 방공구축함이 있었지만 그 능력은 이지스함에 비할 바가 못 되었다. 빈약한 방공망을 가진 한국 해군 입장에서는 일본 해상자위대와 서로 함께 죽자고 작정하고 나설 수도 없었다.

함장과 나란히 서 있던 김병륜 중장은 두 사람의 설전에는 아랑곳하지 않는 듯 디스플레이에만 시선을 고정했다. 그에게는 오직 제3호위대군의 묘코함이 얼마나 효과적으로 이쪽에서 발사한 대함 미사일을 요격할 수 있는지가 유일한 관심이었다.

"방위 백육십공(1-6-0)에 새로운 접촉입니다. 미사일이 발사됐습니다. 도합 20여 기!"

"확인하라! 대함 미사일인가?"

박동훈 대위의 보고에 기동전단 지휘관 송기호 준장의 안색이 창백하게 변했다. 그쪽에 있을 만한 해상자위대 함정은 기껏 한두 척 단위의 호위함들이었고, 그것도 이순신 전단과는 대함 미사일 사거리를 훨씬 넘어서는 거리였다.

"고도가 계속 상승하고 있습니다. 대함 미사일의 궤적은 아닙니다!"

"그럼 도대체 뭐야?"

애써 침착하려고 애쓰던 김병류 중장도 다급한 부하들의 대화에 점점 더 곤혹스런 표정이 되고 있었다.

"스탠더드 미사일 같습니다."

"스탠더드? 함대공 미사일 말인가? 그쪽으로 향하는 하푼은 없을 텐데, 왜?"

송기호 준장이 전술디스플레이에 새로 나타난 점들을 보며 물었다. 그러나 박동훈 대위도 그 이유가 궁금해 죽을 지경이었다. 그런데 더욱 이해할 수 없는 일들이 일어나고 있었다.

"묘코에서 쏜 스탠더드보다 상승속도가 훨씬 빠릅니다. 침로는 묘코함 쪽을 향하고 있습니다."

박동훈 대위가 미사일의 초기 가속도를 확인하며 고개를 갸웃거렸다. 고체추진제를 사용하는 스탠더드 미사일은 가속도와 상승속도가 일정하다. 그러나 레이더 스크린에서 움직이는 미사일들은 훨씬 빠른 속도로 상승하고 있었다.

"발사한 함정의 위치를 탐지할 수 있나?"

"보이지 않습니다. 레이더 수평선 탐지거리를 넘어섭니다."

송기호 준장의 질문에 박동훈 대위가 고개를 흔들며 남동쪽에 어떤 함정도, 수상레이더 시그널도 없는 것을 확인했다.

"그건 블록 4형입니다, 사령관님! 2호위대군의 공고가 묘코를 지원하려는 것입니다."

강창식이 인상을 잔뜩 찌푸리며 정답을 말했다. 스탠더드 SM-2 미사일 중 블록(Block) IV형은 추진체 하나가 더 결합된 2단 로켓으로, 장거리형이다. 사거리는 120km가 훨씬 넘는다.

"그렇지만 공고에서는 저 미사일들을 유도할 수 없지 않습니까?"

감우식 소령이 고개를 흔들며 소리쳤다. 그러나 유도하지 못할 미사일을 공고에서 묘코 쪽 방향으로 발사할 까닭이 없었다. 강창식 대령이 뻣뻣이 굳으며 간신히 입을 열었다.

"유도는 묘코에서 할 거야. 해자대 함정들은 합동교전능력이 있어. 맙소사! 이렇게 되면 계산이 완전히 틀렸어……."

새로운 미사일들은 정확히 묘코함과 하픈 미사일의 사이를 겨냥해서 움직이고 있었다. 강창식 대령은 그 의미를 알고 있었다. 다른 함정에서 발사한 함대공 미사일을 넘겨받아 유도하는 합동교전능력(CEC, Cooperation Engagement Capability)을 이미 일본 해상자위대 함정들이 보유하고 있다는 사실에 놀라고 있었다.

안색이 점점 더 어두워진 김병륜 중장은 마치 청동상처럼 손끝 하나 움직이지 않고 디스플레이를 노려보았다. 그러나 지금 이 순간 예하 함정들을 더 이상 전진시킬 수는 없었다. 초조하게 공격 상황을 지켜보는 그의 왼쪽 손끝이 미약하게 떨리고 있었다.

9월 11일 02:47 대마도 남서쪽 87km
해상자위대 호위함 묘코

이지스 시스템의 핵심이라 할 수 있을 지휘결정체계 CDS Mk2는 다가오는 미사일들의 속도와 침로, 고도를 분석하여 가장 위협도가 높은 표적부터 공격우선순위를 매기기 시작했다. 이른바 위협평가와 무기배정이라 일컫는 핵심적인 결정단계(TEWA, Threat Evaluation and Weapons Assignment)는 이지스 체계의 가장 큰 특징 중 하나다. 언뜻 레이더로 탐지한 목표를 미사일로 쏴버리는 것은 간단한 일로 보이지만 지금과 같이 수십 발의 대함 미사일로부터 제파공격을 받는다면 상황은 절대로 호락호락하지 않다.

반능동유도방식(Semi-Active Radar Homing)을 사용하는 스탠더드 SM-1 함대공 미사일은 미사일이 발사된 직후부터 목표에 명중할 때까지 일루미네이터라는 사격레이더로부터 전파빔을 쏘아보내야 한다. 일종의 서치라이트 빔과 같은 강력한 전파빔을 표적에 쏘아서 맞고 되돌아오는 반사파를 따라 미사일이 유도되는 방식이다.

함정에 탑재된 사격레이더는 보통 1~2개에 불과하다. 이지스함 묘코는 이에 해당하는 SPG-62 사격레이더를 3대 탑재하고 있다. 그런데 이 레이더들은 미사일이 발사된 직후부터 레이더 유도를 시작하지는 않는다.

발사부터 요격까지의 모든 시간 동안 레이더파를 비춰주는 경우(Home All The Way) 사격레이더는 다른 표적으로 미사일을 날릴 수도, 그리고 유도를 하는 것도 불가능하다. 그래서 미사일을 동시에 공격할 수 있는 숫자는 사격레이더의 숫자와 동일하다. 이 경우 기껏 미사일 세 발밖에 요격할 수 없다.

그러나 이지스 시스템과 스탠더드 SM-2 미사일은 반능동유도방식을 사용하는데도 불구하고 이와 같은 방식으로 유도하지 않는다. 이 미사일은 관성항법장치(INS)에 지령유도방식까지 복합해서 사용하기 때문에 레이더 유도는 명중하기 직전의 아주 짧은 시간 동안만 사용할 뿐이었다.

"미사일, 예정 교전위치로 접근 중입니다!"

대공전사관이 보고했다. 대형 프로젝션 스크린을 지켜보고 있던 야마구치 일좌도 초조한 기색을 감추지 못했다. 자동스페셜 모드에서 이지스 시스템이 스스로 함대공 미사일을 날려 대응하고 있었고, 그 틈에 인간이 개입할 영역은 전혀 없었다.

다만 어느 순간 컴퓨터가 오작동할 수도 있고 잘못된 목표에 대응할 수도 있었다. 지금 전투정보실에서 이지스 체계를 통제하는 자위관들은 CDS Mk2 지휘결정체계가 상황인식을 그르칠 경우에만 대비하고 있을 뿐, 손을 놓고 벌어지는 상황을 구경만 하고 있었다. 만약 치명적인 위협에 대해 CDS Mk2 지휘결정체계가 반응하지 않는다면 곧바로 자동스페셜 모드를 해제하고 반자동 모드로 바꿔 대응해야 한다.

80발에 가까운 하픈 미사일이 함대로 접근하고 있고, CDS Mk2 지휘결정체계는 가장 먼저 공격해야 하는 목표들에 대한 계산을 순식간에 마쳤다. 이제부터는 WDS Mk8 무기통제장치의 영역이었다. 미사일들은 데이터에 따라 각각 예상 요격위치를 부여받고 관성유도장치에 의해 자동적으로 날아가야 할 위치로 향했다.

"사격통제레이더, 일루미네이션 시작합니다!"

함교 위쪽, 그리고 2번 연돌 뒤로 나란히 설치된 SPG-62 사격통제레이더가 수평선을 향해 빙그르르 회전했다. 그리고 수면 위를 스치듯 비행하는 하픈 함대함 미사일을 향해 전파빔을 쏘았다.

각 사격레이더는 같은 주파수 대역이지만 각기 다른 코드의 신호가 내장되었고 동일한 코드로 설정된 미사일만 레이더 유도를 받게끔 설정되었다. 그리고 요격위치에 채 도달하지 않은 나머지 미사일들은 레이더 유도에 반응하지 않도록 명령된 상태였다.

가장 먼저 하픈 미사일에 접근한 스탠더드 미사일이 지령유도에 의해 반능동레이더유도방식으로 전환된 다음 수면 위로 다이빙하기 시작했다.

"표적 1과 2, 3번 성공했습니다."

강력한 스탠더드 미사일의 탄두에 직격당한 하픈 미사일은 공중 분해되며 그 잔해들이 레이더 스크린에 흩어졌지만 잠시 후 곧 자취를 감추었다. 곧이어 사격통제레이더는 그 다음 표적을 향해 전파빔을 쏘았고 명중과 동시에 순차적으로 계속 다음 목표에 전파빔을 쏘기 위해 레이더 안테나가 선회했다.

"침로 2구역에 대응합니다!"

대공전사관의 고함처럼 상황은 점점 더 긴박해지고 있었다. 동시에 세 방향에서 3호위대군을 공격하도록 발사된 하픈 미사일 중 이제 남서쪽에서 접근하는 미사일도 위험구역으로 들어서고 있었다.

스탠더드 미사일들은 미리 각자 격추할 목표가 설정되어 있었다. 미사일이 입력된 공역에 다다르고 난 후에 반능동유도방식으로 전환되어 최종유도에 필요한 레이더 전파빔을 기다렸다. 0.5초도 채 되지 않는 지연시간 동안 미사일은 다이빙 요격 코스로 접어들었고, 이윽고 전파빔이 하픈 미사일에 부딪혀 되돌아온 반사파를 감지하고는 하픈 미사일로 빠르게 쇄도했다.

묘코가 탑재한 SPG-62 사격통제레이더는 접근하는 한국 해군의 대함 미사일에 대해 쉴새없이 방향을 바꾸며 전파빔을 쏘았다. 명중이 된 목표는 CDS Mk2 지휘결정시스템에서 동시에 인지를 하고 곧이어 WDS Mk8 무기통제시스템이 다음 번 공격 스케줄을 재조정했다.

간혹 빗나간 스탠더드 미사일은 문제가 되지 않았다. 곧바로 상공에 떠 있는 또 다른 스탠더드 미사일이 물찬 제비처럼 수면을 날쌔게 비행하는 하픈 미사일을 향해 위에서 내리꽂는 공격을 반복했다.

상공에는 스탠더드 미사일의 고체추진제가 뿜어댄 하얀 연기로 가득했다. 그리고 어둠 속에서 여러 방향으로 뻗어가는 수많은 흰 연기기둥들이 기괴할 정도로 어지러운 포물선을 그려놓았다.

그렇게 1분여가 지나자 검은 하늘을 하얗게 수놓았던 스탠더드 미사일의 항적은 더 이상 보이지 않았다. 묘코함이 발사한 스탠더드 미사일이 어느새 바닥난 것이었다. 불과 1분이 조금 넘는 시간이었다.

나머지 해자대 함정들은 함대로 쇄도하는 미사일에 대해 개별함정들을 보호하기 위한 시 스패로 함대공 미사일 체계를 가동했다. 북쪽에서 날아오는 대함 미사일 무리는 이제 현저히 줄어들어 겨우 서너 발에 불과했다. 그리고 그것들을 향해 무라사메급 호위함의 연돌 뒤쪽에서 다시 하얀 연기가 치솟기 시작했다.

9월 11일 02:48 제주도 서귀포시 남동쪽 105km
해상자위대 이지스함 공고

사거리의 대부분을 날아간 스탠더드 미사일들은 이제 상승속도가 많이 줄어 있었다. 그러나 높은 고도에서부터 포물선을 그리며 하강을 시작하자 속도는 점점 증가하기 시작했다.

"함장! 묘코함에서 추적을 인수했습니다!"

대공전사관이 보고하자 기타지마 사부로 일등해좌가 조용히 고개를 끄덕거렸다. 기타지마 일좌가 스탠더드 블록 IV형 미사일, 즉 사거리 연장형 미사일을 묘코함 쪽으로 발사한 것은 순전히 독단적인 판단이었다.

그런데 상황은 기타지마가 우려했던 대로 돌아갔다. 한국 해군이 실시한 하픈 미사일 공격은 묘코함의 대응능력을 아슬아슬하게 넘어선 공격이었다. 묘코함에 탑재된 함대공 미사일 숫자로는 대응하기가 턱없이 부족한, 즉 완벽한 방어가 불가능한 공격이라는 뜻이었다.

"바보같이! 표적 31은 이제 위협을 상실했습니다. 왜 계속해서 대응하는지 모르겠습니다!"

전술데이터링크를 지켜보던 부장이 불만을 터뜨렸다. 표적 31은 이미 스탠더드 미사일이 세 발이나 근접해서 폭발했는데도 불구하고 그 사이를 뚫고 나오는 중이었다.

직접 요격하지는 못했지만 그 정도 폭발 위력이라면 대함 미사일의 유도장치는 이미 심한 손상을 입었을 것이다. 미사일의 침로가 바깥쪽을 향하는 것이 그 증거였다. 그러나 지정된 공역 내에서 이지스 체계는 표적 31을 다른 미사일과 똑같은 위협으로 간주하고 또다시 새로운 미사일을 그 방향으로 유도하고 있었다.

"부장! 미사일이 모자라는 상황에서 목표 31을 무시하면 좋겠지. 그러나 만약 내가 묘코에 타고 있다고 가정해본다면 그렇게 냉정해지는 것이 내게도 무리라고 생각하는데?"

툴툴거리는 부함장에게 기타지마 일좌가 조용히 대꾸했다. 그것이 직접 교전지역에 있는 지휘관과 멀리 떨어져 있는 구경꾼과의 차이였다. 구경꾼은 훈수를 둘 수는 있지만 직접 결정을 내려야 한다면 역시 똑같은 오류를 범하는 법이었다.

그리고 자칫 자동으로 대응하는 이지스의 지휘결정시스템에 손을 댔다가는 더 큰 위험을 자초할 수도 있었다. 어쩌면 묘코함의 야마구치 일좌도 뻔히 알면서 그렇게 대응하고 있는지도 모르는 일이었다. 그만큼 분초를 다투는 대공전투는 잠깐의 판단실수가 치명적인 결과로 이어진다. 부함장은 머쓱해졌는지 다시 전술디스플레이로 눈을 돌려 묘코함의 방공작전을 관찰했다.

이른바 합동교전능력을 갖고 있는 이지스함 공고와 묘코함은 서로 상대방에서 발사한 미사일을 자함에서 발사한 것과 동일하게 사용하는 능력이 있었다. 지금처럼 묘코함이 탑재 미사일을 모두 소모한 상황에서는 더욱 유용한 능력이었다.

벽면의 대형 프로젝션 디스플레이를 쳐다보는 기타지마 일좌도 막 고비를 넘겼다고 판단했는지 점점 여유로운 표정을 짓고 있었다. 이제 공고에서 발사한 미사일까지 모두 사용한 묘코함은 무라사메급이 탑재하고 있는 시 스패로(RIM-7P) 미사일을 사용해 최종단계의 요격에 접어들고 있었다.

다른 호위함들이 탑재한 시 스패로 미사일과 달리 무라사메급이 탑재한 미사일은 사거리 약 15km로, 스탠더드 미사일에 비해 대응할 수 있는 거리가 짧다 뿐이지 발사 후 조준을 지연시킬 수 있는 능력이 있었다. 즉 먼저 쏘고 유도는 나중에 하는 기능인데, 이 역시 사격통제 레이더가 마지막까지 다른 미사일들을 유도할 수 있어서 다수의 목표를 처리하는 데 유용한 능력이었다.

"함대에서 대함 미사일 공격을 시작했습니다."

대수상전사관이 보고하자 기타지마가 고개를 다시 끄덕였다. 한국 해군이 발사한 미사일을 묘코함에서 거의 다 요격하고 나자 이번에는 제3호위대군에서 한국 해군 함대의 전위함들을 향해 대함 미사일을 쏘기 시작한 것이었다. 반격이 시작되었다.

제3호위대군에서 발사한 대함 미사일들은 일단 침로를 북쪽으로 향한 후 묘코함의 방공구역을 지나고 나서야 방향을 틀어 서쪽을 향했다. 그것은 한국측에서 발사한 미사일을 묘코함이 요격하는 작업에 자칫 방해가 될 것을 우려해서였다.

"우리 고속정들은 어떻게 되었나?"

기타지마 일좌는 3호위대군에 가장 먼저 공격을 퍼부었던 한국 해군의 신형 미사일 고속정들을 떠올렸다. 그러자 전술디스플레이를 담당하던 아퍼레이터가 즉각 해당 부분의 화면으로 트랙볼을 움직여 커서를 클릭했다. 곧이어 거제도 인근 해역이 확대된 화면으로 표시되었다.

　빠른 속도를 가진 하야부사급 고속정과 PG-01급 고속정들을 한국 해군 고속정들은 떨쳐낼 수 없었다. 화면 위로 빠르게 움직이는 작은 전술부호들이 한국 해군의 고속정 집단으로 순식간에 다가서고 있었다. 그리고 잠시 후 화면에서 적성함정을 나타내는 마름모꼴 전술부호들이 화면에서 사라지기 시작했다.

　9월 11일 02:49　제주도 제주시 북동쪽 61km
　한국 해군 구축함 충무공 이순신

　"사령관님. 미사일이 모두 요격된 것 같습니다."
　전술데이터링크를 지켜보던 감우식 소령이 망연한 듯 서 있는 사령관에게 말을 꺼냈다. 설마 했지만 일본의 이지스 체계에 의해 대함미사일이 모두 요격됐다는 사실이 믿어지지 않은 듯 김병륜 중장의 눈가로 검은 그림자가 드리워졌다.
　애초 계획은 고속정과 이순신 전단 일부 함정들을 앞세워 하푼을 발사하고, 제3호위대군이 대공방어능력을 소진하고 나면 주력이 나서서 잔여 함정을 추격해 소탕할 계획이었다. 그러나 계획은 이렇게 완전히 어긋나고 말았다.
　"미사일 접근 중! 미사일 접근 중! 문무대왕함이 대공방어를 실시합니다!"
　박동훈 대위가 바짝 긴장하며 보고했다. 한국 함대로 향하는 미사일 숫자는 점점 더 늘어나고 있었다.
　"사령관님! 문무대왕함 혼자서는 요격이 불가능합니다. 나머지 함정들도 방어에 가담해야 합니다!"

정보참모 강창식 대령이 다급하게 외쳤다. 하지만 강창식도 이순신 함과 또 다른 KD-2인 계백함이 모두 가세하더라도 해상자위대가 발사한 대함 미사일을 요격하기 힘들 거란 사실을 알고 있었다. 그렇다고 문무대왕함 혼자 미사일을 몽땅 뒤집어쓰도록 방관할 수도 없었다. 두 눈에서 불똥이 튀었다.

"일본 제3호위대군이 전속항주를 시작했습니다. 침로는 본 함대를 향합니다."

"링스로부터 보고입니다. 방위 백오십오(1-5-5), 이지스함 공고를 비롯한 2호위대군 소속 함정들도 북상을 시작했습니다."

전투정보실 이곳저곳에서 당황한 기색이 역력한 아퍼레이터들이 잇달아 보고했다. 이순신 기동전단은 어떻게 하든 즉각적인 대처가 필요했다.

"이 문제는 작전사령관님이 결정하셔야 합니다."

그러나 전단장 송기호 준장은 우뚝 서서 작전사령관인 김병륜 중장에게 결단을 요구했다. 이것은 전단장의 책임회피가 아니었다. 한국해군의 현재와 미래를 결정하는 순간이기 때문이었다. 두 눈을 감은 김병륜 중장은 입을 꾹 다문 채로 마치 대리석상처럼 꼼짝도 하지 않고 서 있었다.

나머지 함대 모두를 투입시켜 3호위대군을 향해 재차 대함 미사일을 퍼부을 수는 있었다. 이미 스탠더드 미사일 대부분을 소진한 3호위대군의 묘코함은 비슷한 수의 대함 미사일로 공격받을 경우 제대로 방어하기 어려울 것이 분명했다.

그러나 김병륜은 무엇이 더 중요한지 고민하지 않을 수 없었다. 잠시 고민과 갈등이 해군작전사령관의 뇌리에서 맴돌았다.

한국 해군 전 함정과 일본 호위대군 하나를 바꾼다. 이렇게 좋은 기회는 결코 다시 오지 않을지도 몰랐다. 그만큼 일본의 해군력은 강했다. 그러나 김병륜 중장은 무엇이 더 중요한지 스스로 반문해보지 않을 수 없었다.

"함대 변침 명령을 전파하라. 침로는 이백팔십공(2-8-0)! 비상최전속!"

김병륜 중장이 조용히 고개를 들었다. 이순신함을 포함한 함대 주력을 서쪽으로 향하게 한 명령은 문무대왕함과 예하 함정 세 척을 버리겠다는 뜻과 다름없었다. 그리고 해상자위대 제3호위대군에게 등을 돌리고 도망가겠다는 뜻이었다.

"세상에! 사령관님! 그럴 수는 없습니다. 아군 전 함정이 소실되더라도 제3호위대군 하나만큼은 절단을 내야 합니다. 이렇게 물러날 수는 없습니다!"

강창식 대령이 불가하다는 의견을 내려고 하는 순간 옆에 조용히 서 있던 이종주 대령이 먼저 나섰다. 어느새 시뻘겋게 달아오른 두 눈은 당장이라도 핏발이 터질 것같이 꿈틀거렸다. 죽음을 각오하고 전투에 자원한 이종주 대령 입장에서는 일본 호위대군에 아무런 피해를 입히지도 못하고 아군 함대가 살아남을 이유가 없었다.

또한 이대로 대한해협을 내주고 나면 이순신 전단은 갈 곳이 없었다. 서해로 북상해 위협을 회피한다고 함대가 보존되는 것도 아니었다. 함대로서, 해군으로서 가치를 상실한다면 더 이상 한국 해군이 존재할 이유마저 없었다.

"내가 겁쟁이 같은가?"

김병륜 중장이 이종주 대령에게 시선을 맞추며 조용히 물었다. 이글거리는 김병륜 중장의 눈동자가 이종주에게 쏘아졌다. 그러나 그것은 상관의 명령에 저항하는 부하에게 화를 내는 것이 아니었다. 끓어오르는 분노는 김병륜 스스로에 대한 것임을 이종주 대령도 잘 알고 있었다.

"사령관님……."

"자네는 부하들을 사지로 몰아본 적이 있는가? 그리고 손도 못 쓰고 부하들을 내팽개쳐본 적이 있느냐고 내게 물어봐주겠나?"

어느새 김병륜 중장의 눈가가 촉촉해졌다. 이종주 대령이 터져 올라오는 울분을 꾹 참으며 진정하려 했지만 쉽지 않았다.

"날 욕해도 좋아. 자네가 문무대왕함을 지휘하고 있다면 이런 비겁한 나를 상관으로 용납할 수 없겠지. 그러나 내 결정은 똑같아. 다음에도 이런 상황이 되면 나는 부하들을 구하지 않고 가차없이 내팽개칠 거야. 알았나?"

김병륜 중장이 절규했다. 강창식 대령이 대한해협과 부산항 사수라는 대한민국 해군 절체절명의 전략목표를 들먹이며 사령관의 뜻에 저항하려고 했지만 소용이 없었다. 김병륜 중장이 피울음 섞인 목소리로 부르짖었다.

"퇴각한다!"

전투정보실 내에서는 잠시 아무런 소리도 들리지 않았다. 잠시 후 김병륜 중장이 조용히 고개를 들었다. 제3호위대군과 이순신 전단을 맞바꿀 각오를 그는 할 수 없었다.

"퇴각하면서 구조용 함정 한 척을 남긴다. 전단장! 예하 전단에서 자원을 받을 수 있겠나?"

"사령관님……."

김병륜 중장이 고개를 돌린 곳에는 이종주 대령이 서서 머뭇거리고 있었다.

"저도 구조용 함정에 함께 남겠습니다, 사령관님. 이제 이 배에 있을 이유가 없을 것 같습니다."

김병륜 중장은 대꾸를 하지 못했다. 할말을 마친 이종주 대령이 몸을 돌려 천천히 전투정보실을 나섰다. 그러나 아무도 이종주 대령을 말릴 수 없었다.

9월 11일 02:51 제주도 제주시 북동쪽 89km

한국 해군 구축함 문무대왕

배후에 있던 이순신 전단이 퇴각한다는 통보를 받았지만 결연한 표정의 노영철 대령은 결코 동요하지 않았다. 전투정보실의 다른 요원들도 마찬가지였다. 남은 길은 문무대왕함 혼자서라도 해상자위대의 대함 미사일에 맞서는 것뿐이었다.

SWG-1 대함 미사일 통제컨솔에 하픈 미사일 발사대가 텅 비었음을 알리는 램프가 표시되고, 함장은 그것을 보며 짧은 한숨을 내뱉었다. 이제 더 이상 적을 공격할 수단이 없어졌다. 방어무기밖에 남지 않은 것이다.

"대함 미사일 접근 중, 도합 40여 기! 방위 공구십오(0-9-5)도! 거리 45km!"

문무대왕함이 탑재하고 있는 SPS-49 장거리 대공레이더가 제3호위대군이 발사한 하픈 미사일과 90식 대함 미사일을 탐지했지만 이 레이더는 방위와 거리만 탐색할 수 있는 2차원(2-D) 레이더였다. 고도까지 탐지하는 3차원 레이더 MW-08에서는 아직 표적을 탐지하지 못하고 있었다.

네덜란드제 MW-08 3차원 레이더는 우수한 레이더이긴 하지만 문무대왕급같이 스탠더드 SM-2를 탑재한 함대방공구축함이 사용하기에는 너무 짧은 탐지거리가 문제였다. 접근하는 하픈과 90식 대함 미사일같이 레이더 단면적(RCS)이 0.1미터도 안 되는 초소형 목표물에 대해서는 불과 20여 킬로미터에 접근해서야 추적이 가능했다. 70km의 최대사거리를 갖고 있는 스탠더드 SM-2 함대공 미사일을 탑재하고 있는 문무대왕함에게 그것은 어울리지 않는 결합이었다.

결국 함대공 레이더는 KD-2 이순신급 구축함이나 KD-1인 광개토대왕급 구축함 모두 동일했다. 광개토대왕함의 시 스패로 함대공 미사일보다 훨씬 사거리가 긴 스탠더드 SM-2 미사일을 장착하고 함대방공함의 역할을 맡은 이순신급 구축함이 기존의 광개토대왕급 구축함과 동일한 레이더를 탑재하고 있다는 자체가 난센스나 다름없었다.

KD-2가 다만 사거리가 긴 사격통제레이더를 탑재했다 뿐이지 탐지능력에서는 별 차이가 없다. 그리고 그것은 설령 건조 중인 KD-3가 완성된 다음에 확보될 합동교전능력을 상정했다 하더라도, 즉 KD-2가 KD-3의 미사일 창고 역할을 할 경우 KD-3의 능력이 배가되더라도, 이순신급 구축함의 단독작전능력을 강조할 경우 장거리 방어능력이 현저히 떨어지는 단점이 확실히 있다. KD-2는 개함방공능력으로 따지면 분명 매우 우수한 수준이지만 결국 KD-2는 이지스함도 아니고 방공구축함이라 불리기에도 사실 부족한 점이 많았다.

많은 해군무기체계 전문가들이 우려한 것처럼 이순신급 구축함 문무대왕함은 이제 힘겹게 대함 미사일에 대응하는 수밖에 없었다. 함장은 MW-08 레이더가 자동추적하기를 기다려 공격하는 방법은 고려하지 않고 곧바로 매뉴얼 모드로 공격하기로 결정했다.

문무대왕함의 함교 앞쪽에 탑재된 Mk-41 수직발사기로부터 스탠더드 미사일이 차례대로 날아올랐다. 그리고 장거리 탐색레이더인 SPS-49 레이더가 탐지한 방향으로 스탠더드 미사일을 지령유도시켰다. 그리고 그 시간 간격 동안 곧바로 사격통제레이더인 STIR-240 레이더를 가동시켰다.

둥근 반구형으로 생긴, 어찌 보면 바구니를 뒤집어놓은 것과 비슷한 모양의 STIR-240 사격통제레이더가 전파빔을 비추는 데 따라 스탠더드 미사일이 검은 하늘 위에서 춤을 추듯 연기를 끌며 급강하했다. 접근하던 90식 대함 미사일 두 발을 향해 세 발의 스탠더드 미사일이 내리꽂혔고 곧이어 수면 위로 밝은 화염과 함께 물기둥이 치솟았다.

수면 위를 겨우 3미터도 안 되는 고도로 저공 비행하던 대함 미사일은 폭발과 함께 거대한 물보라를 만들었다. 두 동강이 난 미사일 본체와 파편들은 화염 주위로 작은 물기둥을 수없이 만들어냈다.

"미사일 두 발 요격 성공했습니다. 남은 미사일 38기! 침로가 나뉘고 있습니다, 함장님!"

대공전사관 임종헌 소령의 보고였다. 그러나 함장은 놀라지 않았다. 대함 미사일이 여러 방위에서 동시에 접근하도록 공격 방향을 달리하는 것은 당연한 전술이었다. 다만 이제부터 문무대왕함의 추적레이더가 대응할 시간이 점점 짧아진다는 것이 문제였다.

막 침로를 바꾼 대함 미사일 한 발이 또다시 스탠더드 미사일의 공격으로 자취를 감추었다. 목표를 놓치고 빗나간 스탠더드 미사일 한 발은 방향을 잃고 수면 위로 곤두박질쳤으나 이번에는 상공에 떠 있던 또 다른 스탠더드 미사일이 그 표적을 인수받았다.

코드신호가 내장된 전파빔은 스탠더드 미사일을 대기 모드에서 유도 모드로 변경시켰다. 이러한 대기 모드에서는 STIR-240 사격레이더가 한 미사일을 유도하는 동안 또 다른 미사일이 유도되는 일이 없도록 사격레이더의 전파빔을 무시하는 기능을 포함하고 있었다.

"함장님! 그룹 A부터 공격 할당하겠습니다!"

"허가한다!"

곧바로 노영철 대령이 대공전사관의 공격전술 변경을 인가해주었다. 방향이 두 군데로 나뉠 경우, MW-08 대공레이더와 STIR-240 사격레이더 모두 다른 방향을 추적하거나 공격하려면 레이더 안테나를 회전시켜야 한다. 반대 방향으로 회전하는 데 걸리는 시간은 불과 0.5초 정도밖에 안 되지만 그 시간 동안 대함 미사일의 위치는 수백 미터가 달라져버린다. 때문에 두 레이더는 아예 한쪽 방향을 무시하고 다른 한쪽에 추적을 집중했다.

"MW-08 레이더에서 표적 추적합니다. 무기통제장치로 자동 링크하겠습니다!"

기다리던 추적 보고였다. 이제 문무대왕함도 이지스함에는 못 미치지만 훨씬 빠른 속도로 함대공 미사일을 통제하는 것이 가능했다. 문무대왕함의 WDS Mk14 무기통제장치도 사격레이더를 쓸 수 있는 시간을 할당해서 사격레이더의 숫자보다 훨씬 많은 표적에 대응할 수 있기 때문이었다.

접근하는 미사일들의 속도는 시속 1,000km. 이제 문무대왕함까지 도달하는 데 걸리는 시간은 70초가 채 되지 않았다. 그 사이 계속 발사되는 스탠더드 미사일이 레이더에서 탐색한 하픈 대함 미사일과의 예상접촉지점으로 빠르게 날아가고 있었다.

먼저 좌현 쪽으로 접근하려는 미사일들이 표적이었다. MW-08 레이더는 회전을 멈추고 다가오는 미사일 그룹을 향해 전파를 쏘았다. 그리고 표적의 고도와 방위를 추적한 것과 동시에 문무대왕함의 KDCOM-2 주 전투시스템에서는 공격우선순위를 배정하고 차례대로 STIR-240 사격레이더를 작동시켰다.

재차 하픈 미사일과 90식 대함 미사일을 향해 스탠더드 미사일들이 쇄도했다. 수면 위로 폭발이 이어지고 수초 간격으로 다시 새로운 표적을 조준한 사격레이더가 향한 위치에서 폭발이 일어났다.

"B그룹 대응합니다!"

그동안 추적을 포기했던 우현 방향으로 공격할 차례였다. 레이더 스크린에서 일본측이 발사한 미사일의 궤적이 다시 사라지기 시작했다. 그 순간 통신사관이 긴박하게 지휘통신에 끼어들었다.

―함장님. 서울함으로부터 긴급보고입니다. 어뢰를 탐지했답니다. 거리 800!

"뭐라고?"

이미 늦었다는 느낌이 함장의 뇌리를 스쳤다. 이렇게 가까운 거리까지 어뢰가 접근하도록 알아차리지 못한 음탐반 요원들이 당혹스러워하며 작업에 몰두하고 있었다. 하지만 문무대왕함에서 함대공 미사일을 쏘는 폭음 자체만으로도 소나의 기능은 상당히 저하된다. 이것은 누구의 책임이 아니었다.

─서울함이 우현으로 이탈하겠답니다. 어뢰를 유인해보려는 것 같습니다! 아…… 원주함과 천안함도 이탈합니다!

어뢰가 접근하면 함정들은 산개하는 게 원칙이다. 그러나 문무대왕함을 제외한 나머지 함정들은 모두 최고속도로 앞을 향해 가속하고 있었다. 스스로가 어뢰를 회피하기 위한 것이 아니라 어뢰를 문무대왕함에서 멀어지게 하려는 목적이었다.

갑자기 울컥 뭔가가 목구멍으로 치밀어 올라왔다. 이렇게 당할 수 없다는 생각이 노영철 대령의 가슴을 뜨겁게 달구고 있었다.

"A그룹에 램(RAM) 대응 준비해! 남은 미사일들은 램으로 가능한가?"

"시도해보겠습니다!"

함장의 명령에 대공전사관 임종헌 소령이 힘차게 대답했다. 예하의 다른 함정들이 적어도 대함 미사일에는 얻어맞지 않도록 해야 했다. 그것이 바로 함대방공함 역할을 맡은 문무대왕함의 임무였다.

"함장님! 램 대응 준비됐습니다!"

노영철 대령이 보고를 받고 디스플레이를 초조하게 응시했다. 문무대왕함의 스탠더드 미사일들이 우현으로 접근하는 대함 미사일을 요격하는 동안 반대편 미사일들은 어느새 10km 거리까지 접근하고 있었다.

스물한 발이 장착된 RAM 근접방어체계는 골키퍼가 자체탐지추적 기능을 갖고 있는 것과 달리 함정의 전투시스템에서 직접 통제하는 구조다. 공대공 미사일로 유명한 사이드와인더(Sidewinder) 미사일의 본체와 추진로켓에 스팅어 미사일의 적외선추적센서와 레이더 전파수신기가 결합된 RAM 미사일은 한마디로 잡종이라고 할 수 있었다. 그러나 적외선 유도장치와 레이더파를 추적하는 수동레이더유도방식을 복합적으로 사용하기 때문에 대함 미사일과 같은 소형 표적을 전문적으로 사냥하기 위해 만들어진 미사일이었다.

"사거리에 들어왔습니다."

"당장 발사해!"

거리 8km, 램을 사용할 수 있는 최대사거리다. 표적의 위치를 지정한 다음 각각의 램 미사일에 표적이 할당되었고, 첫 번째로 여섯 발의 미사일이 발사기를 떠났다. 접근하는 미사일 중 가장 양쪽에 치우친 미사일이었다.

발사와 동시에 추가유도가 불필요한 램은 완전한 Fire & Forget 미사일이다. 그러므로 처음에 지정된 표적에 대해서는 발사한 이후에 표적을 변경하는 것이 불가능하다. 탑재돼 있는 스물한 발 모두를 연속적으로 발사하는 것도 가능하지만 한 개의 목표에 여러 발이 낭비될 가능성도 있었다.

다급한 상황에서 첫 번째 공격 결과를 기다려야 하는 노영철 대령에게 짧은 시간이 마치 하루처럼 길게 느껴지고 있었다. 마하 2, 평균속도가 초속 650미터의 램 미사일은 불과 10초도 되기 전에 선두의 대함 미사일을 격파하기 시작했다. 그와 동시에 두 번째 램 미사일들이 발사기를 떠났다.

문득 노영철 대령은 문무대왕함 혼자서라도 대함 미사일을 저지하는 것이 가능할지도 모르겠다는 희망을 품고 있었다. 골키퍼가 또 남아 있고 최종적으로 대함 미사일의 추적레이더를 방해하는 채프 발사기도 있었다. 그러나 가슴속에서 조용히 부풀어오르는 희망을 음탐장이 단 한마디로 터뜨려버렸다.

"함장님! 서울함에서 닉시를 쓰고 있지만 어뢰를 유인하지 못했습니다. 한 발이 본함을 향합니다! 거리 200!"

"우리 예인기만기에는 걸려들지 않았나?"

"으으…… 무시하는 것 같습니다!"

"제기랄! 이런 개자식들! 이 망할 놈들아!"

노영철 대령의 입에서 욕이 거침없이 계속 튀어나왔다. 해군의 광개토대왕급 구축함과 이순신 구축함에 새로 탑재되기 시작한 TACM 어뢰음향대항체계는 음탐연동컨솔에서 예인형 기만기와 함께 발사형 기만체를 함정 주위로 뿌리는 것이 가능했다.

어뢰가 강력한 음향방해신호를 무시하고 정확하게 함정으로 달려들 수 있도록 만들려면 단 한 가지 방법밖에 없었다. 접근하는 어뢰들이 모두 유선으로 유도된다고 볼 수밖에 없었다. 멀리 떨어져서 문무대왕 전대의 움직임을 잠망경으로 꿰뚫어보고 있을 일본 잠수함을 생각한 노영철 대령이 분노를 가라앉히지 못했다.

―쿠쿵!

"서울함이 어뢰에 맞았습니다. 으아아! 원주함과 천안함마저……."

음탐장이 절망적으로 절규하고 있었지만 오히려 전탐부서 요원들과 대공전 담당 아퍼레이터들은 안색도 변하지 않고 마지막 남은 함대함 미사일을 요격하는 데 온 신경을 곤두세웠다. 이제 미사일은 5km 이내로 접근하고 있었다.

위험에도 아랑곳하지 않고 임무에 열중하는 요원들 모습을 바라보며 노영철 대령의 눈가가 북받쳐 올라오는 흥분과 분노로 촉촉이 젖었다. 부하들에 비해 부끄럽지 않겠다고 노영철 대령이 고개를 흔들며 정신을 차려보려 애썼다. 그러나 감정은 쉽게 수습되지 않았다.

원주함은 하와이 근해에서 실시된 2002년 림팩 훈련에 참가해 30마일 이상 거리에서 목표에 정확히 하픈을 명중시킨 적이 있었다. 림팩 2002

훈련에는 광개토대왕급 양만춘함, 장보고급 나대용함이 함께 참가했다. 그때 나대용함도 잠수상태에서 하픈을 발사, 목표에 명중시켰다.

"어뢰, 본함의 예인 소나 옆을 통과했습니다."

―콰쾅!

음탐장의 보고가 채 끝나기도 전이었다. 거센 충격이 문무대왕함을 휘감았다. 강력한 폭발과 함께 전정실의 아퍼레이터들이 충격으로 일제히 자리에서 쓰러졌다.

그러나 그보다 더 강력한 충격은 바로 1초 뒤였다. 지진보다 더 강력한 충격이 바닥을 뒤흔들었고, 마치 놀이기구가 뒤집어지는 것처럼 전정실 벽과 바닥이 비틀리며 모든 것이 산산조각으로 부서지며 몸 위로 쏟아지는 것 같았다. 쓰러진 노영철 대령은 더 이상 아무것도 느낄 수 없었다.

9월 11일 02:55 제주도 제주시 북동쪽 89km
한국 해군 구축함 문무대왕

"으으……."

충격에서 깨어난 임종헌 소령이 매캐한 연기 속에서 제일 먼저 확인한 것은 양 발목이었다. 두 발이 움직이자 우습게도 종아리부터 머리까지 모두 멀쩡한 것 같다고 안심하는 꼴이라니. 임종헌은 순간적으로 들었던 그 감정에 몹시도 수치스런 기분이 되었다. 마음은 문무대왕함을 떠나 이미 멀리 도망가고 있었기 때문이었다.

간신히 떠진 눈에 맨 먼저 들어온 모습은 포탄에 직격당한 벙커처럼 엉망진창으로 부서진 전투정보실 내부였다. 충격으로 뒤집히고 쓰러진 컨솔들, 그리고 천장에서 무너져 내린 파이프와 배선들로 전정실은 엉망이었다.

임종헌 소령이 쓰러지기 직전의 마지막 상황을 떠올렸다. 요란했던 램 미사일의 잇따른 발사 폭음. 그리고 충격과 함께 나동그라졌고, 골키퍼가 대응을 했을까? 기관포 폭음을 들은 것 같기도 하고 아닌 것 같기도 했다. 임종헌은 모든 게 헷갈렸다. 그리고 또 한 차례 들이닥친 폭발과 충격. 그 다음은 어둠이었다.

임종헌은 가만히 앉아 있기 어려울 정도로 심한 소음이 들려오기 시작하자 조금 정신을 차렸다. 뭔가를 해야 했고, 움직여야 했다. 스파크가 튀는 저쪽 구석 컨솔에서 검은 연기가 피어오르고 있었다.

임종헌이 자리에서 일어나려고 양손으로 바닥을 짚었다. 그리고 뭔가 이상한 느낌이 든 임종헌이 뜨끈뜨끈하고 끈적끈적한 손바닥을 들어올리자마자 비명을 터뜨렸다.

"으아아! 피!"

양손이 검붉은 페인트에 담갔다 꺼낸 것처럼 질펀하게 끈적거렸다. 그리고 옆에 포개져 누워 있는 전탐사 신현수 중사의 머리 위로 상갑판에서 쏟아져 내린 강철재 빔이 눌려 있는 것을 보자마자 고개를 돌렸다. 참혹한 광경에 임종헌이 눈을 뜨지 못하고 신음만 지르며 잠시 그렇게 있었다.

"으으~."

차마 신현수 중사를 구해보려는 생각이 들지도 않았다. 모로 누워 있는 신현수 중사의 다리는 반대쪽 또 다른 아퍼레이터의 몸 위로 올려져 있었고, 마치 전기신호를 넣은 개구리 다리처럼 팔딱거리며 움직이고 있었다.

용수철처럼 벌떡 일어난 임종헌 소령이 전투정보실의 배치가 이상하다고 느낀 것은 그때였다. 수많은 컨솔들은 이리저리 흐트러져 있었고 고무피복이 탄 것 같은 매캐한 냄새, 그리고 불꽃이 여기저기서 튀겨지고 있었다. 그리고 한쪽 구석에서는 바닷물이 쏟아져 들어오기 시작했다.

"악! 아악! 사…… 살려주세요오!"

낯익은 목소리에 임종헌이 고개를 돌렸다. 무장통제사 김민철 중사였다. 임종헌이 김민철 중사에게 달려갔다. 차가운 바닷물이 무릎까지 차오르기 시작했다.

"맙소사! 김 중사! 정신차려!"

왼쪽 어깨가 빠진 김민철 중사는 허수아비 인형처럼 팔이 뒤로 꺾인 채 신음하고 있었다. 주변에 멀쩡한 사람은 보이지 않았다. 김민철을 살리려면 일단 밖으로 끌고 나가야 했다.

"김 중사! 나가자. 어서 나가야 해!"

비틀거리는 발걸음으로 다가선 임종헌이 김민철 중사의 오른팔을 잡아 어깨에 걸쳤다. 그리고 그제야 임종헌은 김민철 중사의 오른 발목 아래 전투복이 걸레처럼 시뻘겋게 변해 찰싹 달라붙은 것을 볼 수 있었다. 그것은 김민철 중사의 무릎 아래가 형체도 남아 있지 않다는 것을 뜻했다.

"저, 저 괜찮습니까? 적 미사일은 다 요격했습니까? 저는 살아날 수 있겠습니까?"

"응. 괜찮아. 이젠 안전해. 그런데 추…… 출구가…….'

아직도 제정신이 아닌 김민철이 횡설수설하며 혀 꼬부라진 소리로 묻자 임종헌 소령이 말을 더듬거리며 주변을 돌아보았다. 아수라장으로 엉망이 된 컨솔들 사이에서 제대로 출구 방향을 찾을 수 없었다. 그러다가 경사진 방향 위쪽으로 전투정보실 출입문이 보이자 힘겹게 김민철을 끌고 임종헌이 기어올라가기 시작했다. 찢어진 벽 사이를 통해 전투정보실로 쏟아져 들어온 바닷물이 급속하게 불어나며 그들을 뒤쫓았다.

"잠깐만…… 요……. 함장님을…… 구해야 합니다."

의식이 반쯤 오락가락하면서도 김민철은 옆으로 지나치면서 본 노영철 대령을 구해야 한다고 중얼거리고 있었다. 그러나 피범벅이 된 얼굴과 어깨의 견장을 확인한 임종헌 소령은 그 참혹함에 눈을 돌리고 말았다.

"젠장! 이걸 잡을 수 있겠어? 조금만 더 힘을 내봐, 김 중사. 헉헉!"

난간을 잡고 간신히 입구까지 끌고 올라간 임종헌 소령이 열려진 해치를 빠져나갔다. 바닷물은 숨가쁘게 불어나며 두 사람을 집어삼키려 했다. 상갑판으로 나온 두 사람은 무작정 물이 없는 위쪽을 향해 힘겹게 걸었다.

"맙소사!"

임종헌이 주변을 돌아본 순간 쇠망치로 두들겨 맞은 것 같은 충격을 받았다. 다리에 힘이 빠진 임종헌이 김민철 중사를 껴안은 채로 털썩 주저앉았다.

바깥 갑판에서 보이는 함교의 벽면은 온통 날카롭게 찢어져 있고 함교의 절반 가까이를 바닷물이 뒤덮고 있었다. 어둡지만 맑은 하늘에는 별이 총총했다.

"우…… 우리 배가 침몰……."

통증에 정신이 오락가락한 김민철 중사도 상황을 알아보고는 닭똥 같은 눈물을 뚝뚝 떨어뜨렸다. 선체 후방구획은 완전히 침몰했는지 자취도 남기지 않았다. 물이 차올라 두 사람의 발목까지 바닷물에 잠겼다. 바닷물을 피하려고 일어섰지만 갑판이 점점 기울어져 제대로 서 있을 수조차 없었다.

그러나 진짜 참상은 바다 위에 있었다. 의외로 잔잔한 바다에는 주인 없이 둥둥 떠다니는 구명대와 등짝을 내보인 채로 엎어진 수병들의 시신들로 뒤덮여 있었다. 그러나 승조원 대부분은 함에 갇힌 채 이미 죽었거나 죽어가고 있을 것이다. 임종헌 소령은 그 광경을 보고 슬픈 생각도 들지 않았다.

그때 오른쪽 방향에서 커다란 폭발이 일어났다. 반 동강이 나 흉측하게 솟아 있는 서울함의 함수 쪽 전방 함포 아래서 시뻘건 화염이 치솟았다. 주변에 다른 함정은 보이지 않고 다만 서울함 북쪽 바다에서 시꺼먼 연기가 뭉게뭉게 하늘 높이 솟아오르고 있었다. 그 연기 아래에도 해군 수십 명이 한꺼번에 죽어 있을 것이 분명했다.

"김 중사. 우리, 잠깐…… 앉을까?"

다리에서 힘이 쫙 빠져나갔는지 임종헌은 더 이상 서 있기 힘들었다. 스르르 주저앉은 임종헌 소령에게 의식을 잃은 김민철 중사의 어깨가 힘없이 기대어졌다. 배가 천천히 가라앉으며 바닷물이 두 사람의 가슴까지 차올랐다.

잠입

9월 11일 17:48 가나가와(神奈川)현 요코스카(橫須賀)시 서쪽 32km

한국 해군 잠수함 나대용

사가미(相模)만은 후지산 남쪽, 이즈(伊豆)반도 동쪽에 있는 만으로, 오른쪽 끝이 도쿄만 입구와 연결되어 있다. 그러므로 배를 타고 도쿄만으로 진입하려면 반드시 거쳐야 하는 해역이다. 도쿄만이 길고 좁은 만인 데 반해 사가미만은 입구가 넓은 만이다. 일본의 수도 도쿄로 통하는 그 바다 속에 한국 잠수함이 있었다.

"수면 이상 없습니다."

김승민이 음탐장 김선욱 상사와 다시 한 번 시선을 교환한 다음 함장에게 보고했다. 한국 근해라도 처음 가는 해역에서는 주변 상황을 파악하는 동안 항상 긴장된다. 그런데 여기는 더구나 적지였다. 승조원들 가운데 과도한 긴장에 지친 자가 절반, 신경이 무뎌진 자가 절반이었다.

"수고했어. 음탐장은 항상 냉철하군."

김승민이 알기로 함장 말은 진심으로 칭찬한다는 뜻이었다. 여기는 적지 한복판인데다 온갖 소음이 들끓는 곳이었다. 새로운 음원이 나타날 때마다 최지훈 중사가 깜짝깜짝 놀라며 작업에 열중하는 동안에도 김선욱 상사는 재빠른 손놀림으로 바로바로 처리했다.

조금 전에 최지훈은 방위 공삼십오(0-3-5), 추정거리 5,200미터, 속도 37노트인 정체불명의 음원을 포착하고 이것이 혹시 나대용함을 노리는 어뢰가 아닌가 바짝 긴장했다. 그러나 김선욱 상사는 최지훈에게 화물 트럭이 해안도로를 달리는 소리는 무시하라고 조용히 타일러주었다. 잠수함의 소나에 탐지되는 음원은 바다뿐만 아니라 이렇게 땅에도 있다.

항로를 벗어난 먼바다라면 선박 왕래도 적기 때문에 주변 상황을 파악하기 쉬운 편이다. 그러나 이곳은 물동량이 많은 도쿄 인근 해역이었다. 게다가 지금처럼 해안에서 불과 5km밖에 떨어지지 않은 곳에서는 육지에서 들려오는 배경소음이 무시할 수 없을 정도로 시끄러웠다. 해안 가까운 곳에 있는 공장 기계 돌아가는 소리, 그리고 해안도로를 달리는 자동차소리가 끊임없이 바다 속에 울려퍼지고 있었다. 그 속에서 음탐부서원들은 잠수함에 위협이 되는 소리를 찾아내려고 애썼다.

그러나 배경소음 때문에 나대용함에서 바깥 상황을 파악하는 것이 어려운 대신 잠수함이 몸을 숨기기에도 그만큼 유리했다. 멀리 유럽이나 중동에서 출발한 각종 선박들이, 그리고 일본 근해에서 운항되는 온갖 선박들이 도쿄만을 들락거리느라 이곳 사가미만을 통과하고 있었다. 그래서 나대용함이 조금 시끄러운 소리를 내더라도 그 소음은 멀리 가지 않을 것이다.

"아직 신호는 잡히는 게 없나?"

"예! 그렇습니다, 함장님. 어떻게 하면 좋겠습니까. 위성통신을 시도합니까?"

부장 이찬복 소령이 고개를 저으며 함장에게 대답했다. 예정된 시간에 통신문이 접수되지 않자 함장은 신경을 곤두세우고 있었다.

최종 명령이 떨어지면 오늘밤 안으로 도쿄만에 잠입해 작전을 실행하는 게 원래 계획이었다. 그러나 어찌된 셈인지 해군작전사령부에서는 아직 암호문을 송신하지 않았다. 전투정보실에서는 10분 넘게 긴장감이 감돌고 있었다.

김승민은 혹시 한국이 지금 어떤 어려움에 처해 있지는 않은지 걱정되었다. 어쩌면 대한민국 해군이 완전히 전멸하고 해군작전사령부가 일본의 폭격에 날아가 명령 송신이 이루어지지 않고 있는지도 알 수 없는 노릇이었다. 김승민은 혹시 일본이 비밀리에 개발한 핵미사일을 발사해 한국의 주요 도시를 초토화시켰을지 모른다는 생각까지 했다가 고개를 세차게 저었다.

잠수함은 21세기 들어 인터넷을 이용할 수 없는, 세계적으로 몇 안 되는 근무환경이었다. 나대용함 승조원들은 지난 사흘 동안 바깥에서 도대체 어떤 일이 일어났는지 알 수 없었다. 무척 썰렁하고 한편으로는 다행이라고 할 수 있는 경우인데, 한일 정부간에 원만히 합의가 이뤄져, 혹은 한국이 일본의 압력에 일방적으로 굴복해서 그동안 고조됐던 군사적 긴장이 이미 사라졌는지도 몰랐다. 어쩌면 한국 정부가 이성을 상실하고 일본 본토를 공격하기 위해 국민총동원령을 내렸는지도 알 수 없는 일이었다.

"작전관, 사령부와 위성통신을 준비해."

갑자기 고개를 번쩍 든 함장이 김승민에게 지시를 내렸다. 함장은 명령을 직접 확인하겠다고 결정한 것이다. 김승민은 내심 불안했지만 더 이상 통신부이에 의존해 언제 올지 모를 통신만 기다리고 있을 수는 없다고 생각했다.

"알겠습니다, 함장님. 잠망경 심도로 부상하겠습니다."

김승민이 부상 절차와 함께 통신 마스트를 수면 위로 올릴 준비를 밝혔다. 왠지 명령이 취소될 것이라는 느낌과 함께 아까보다 더 짙은 불안감도 일렁이기 시작했다. 잠수함이 천천히 떠올랐다.

"잠망경 심도에 다다랐습니다!"

"잠망경 올려!"

보고가 떨어지기 무섭게 김대헌 중령이 잠망경에 달라붙었다. 그리고 빠른 속도로 수면 위 360도를 관찰하고는 신호를 냈다.

"통신 마스트 올려!"

통신 마스트가 수면 위로 올라가자마자 동경 118도의 적도궤도상공에 떠 있는 무궁화 5호 통신위성으로 극초단파(UHF)를 쏘아보냈다. 그 내용은 발신자가 나대용함임을 확인시켜주는 코드번호와 함께 이미 예정돼 있던 명령문을 요청하는 것이었다.

"수신 완료됐습니다. 마스트 내려!"

김승민은 마스트를 내리고 통신문을 프린트하는 동안 새삼 이렇게 빠른 시간에 교신이 끝난 것에 놀랐다. 전파가 위성에 닿았다가 되돌아오는 데 걸리는 0.5초 정도의 지연시간을 고려하더라도 답신이 오기까지 채 3초가 걸리지 않았다.

이것은 버스트(Burst) 전송기술이라 불리는데, 통신신호를 컴퓨터로 압축하여 5,000분의 1초도 되지 않는 극히 짧은 시간에 통신을 끝내기 때문에 적국에서 수신자의 위치를 파악하는 것이 극히 어렵다. 게다가 암호화되어 있기 때문에 해독하는 것도 간단한 일이 아니었다.

프린트된 종이를 받은 이찬복 소령이 곧바로 암호 코드북을 펼쳐 해독하기 시작했다. 김승민은 이찬복의 표정이 점점 굳어지는 것을 불안한 눈으로 지켜보았다. 이찬복이 암호문과 코드북, 그리고 해도를 서로 몇 번이나 확인하더니 이내 온몸이 굳어졌다.

"진입 명령입니다. 그런데 위치가, 위치가…… 맙소사!"

"어딘데 그러십니까? 동경 139도 42분 9초, 북위 35도 18분 21초."

이찬복이 메모한 좌표를 본 김승민이 작도판 평행자에 붙은 연필을 그어나갔다. 경도선을 따라 세로로 짧은 직선을 긋고 나서 김승민이 위도를 다시 한 번 확인했다.

"위도가……?"

김승민은 잠깐 고개를 갸웃거렸다. 그는 이찬복에게 정확한 좌표인지 확인하려는 눈길을 보냈고, 틀림이 없다는 눈짓을 받았다. 김승민이 처음 표시한 세로선을 북쪽으로 한참이나 연장한 다음 가로선을 그었다. 일단 위치를 표시한 김승민이 고개를 돌렸다.

"함장님. 지령 받은 좌표가 좀 이상한 것 같습니다."

"아냐. 틀리지 않았어. 정확한 좌표야."

"예?"

김승민이 말문이 막혀 더 이상 대꾸하지 못했다. 자리에서 일어선 김대헌 중령이 작도판으로 성큼성큼 걸어왔다.

"함장님! 그곳까지 들어가는 것은 도저히 불가능합니다!"

이찬복 소령이 펄쩍 뛰었다. 뜻밖에 깊숙한 곳까지 잠수함이 들어가야 한다는 사실에 놀라 김승민은 입을 꾹 다물었다. 그러나 함장은 도쿄만 해도가 올려진 작도판에만 시선을 계속 파묻은 채 이찬복 소령의 진언에는 대답하지 않았다.

전투정보실 내에 있던 요원들이 함장의 침묵을 숨죽인 채로 지켜보고 있었다. 함장의 손가락이 해도의 어느 지점 위로 다가갔다. 그곳은 김승민이 좌표를 표시한 곳보다 훨씬 북쪽이었다. 함장이 바로 그곳에 위치를 표시하는 핀을 힘껏 꽂았다.

"맙소사!"

저도 모르게 이찬복 소령이 이마로 손을 가져갔다. 함장이 해도에

표지를 한 곳은 도쿄만 깊숙이 들어가 우라가수도항로(浦賀水道航路)가 거의 끝나고 나카노세(中ノ瀬)항로가 시작되는 위치였다. 그곳은 도쿄만 입구에서 무려 30km 가까이 더 깊숙이 들어가야 하는 곳이었다.

일반적으로 말하는 우라가수도(浦賀水道)는 도쿄만 입구 해역을 지칭한다. 그러나 우라가수도항로, 줄여서 우라가항로는 우라가수도와 다르다. 우라가수도항로는 도쿄만 해도에 붉은 빗금으로 길게 이어져 있다. 우라가수도항로는 도쿄 본항 등 각 항구로 들어가기 위해 반드시 통과해야 하는 폭이 좁은 특별한 물길이며, 일본 정부에서 꾸준히 준설하고 등대와 해로표지 등을 관리하는 항로다. 바로 그곳을 통해 수많은 상선들이 요코하마나 가와사키항, 그리고 도쿄 본항으로 진입한다.

"불가능합니다, 함장님! 그곳엔 소서스(SOSUS)가 있습니다. 게다가 우라가항로에 진입하는 것은 작전명령과도 다릅니다. 왜 위험한 곳까지 들어가려는 겁니까? 함장님! 재고해주십시오!"

이찬복 부장이 펄쩍 뛰는 것은 이유가 있었다. 당초 도쿄만에 기뢰를 부설하는 것은 알고 있었지만 이렇게 깊숙한 곳까지 들어가야 하는지는 미처 몰랐던 것이다. 그것은 처음에 수령한 작전명령과도 달랐다.

부장이 모르는 새로운 작전명령이 있을 수는 없었다. 함장 김대헌 중령의 독단적인 작전이라고 생각하는지 이찬복 소령 목소리가 가늘게 떨리고 있었다. 김승민도 나대용함이 일단 그곳으로 들어가면 다시 빠져나오기는 불가능에 가깝다는 판단이었다.

"그렇습니다. 저도 부장님 의견에 동의합니다. 저런 협수로로 진입했다가는 함의 기동이 심하게 제약을 받습니다. 워낙 얕아서 좌초될 위험도 큽니다. 게다가 이번 작전의 목적은 가능한 광범위하게 기뢰원을 구축해 도쿄만을 봉쇄하는 것이 아닙니까? 요코스카는 당연히 하푼으로만 공격하는 줄 알았습니다."

이번에는 김승민 대위가 나섰다. 우라가항로는 곳에 따라 수심이

40미터가 채 안 되는데다 항로를 벗어나면 더욱 낮았다.

잠수함에게 좌초는 가장 큰 두려움 중 하나다. 1996년 동해안에 좌초됐던 북한의 상어급 잠수함도 결국 수심을 무시하고 해안으로 접근하려다가 옴짝달싹못하는 신세가 됐다.

'요코스카!'

다시 함장에게 진언하려고 다가선 김승민 대위에게 번뜩 한 가지 생각이 떠올랐다. 이어 무언가에 얻어맞은 것처럼 김승민은 잠시 멍하니 움직일 수 없었다. 어제 함장이 훈시했던 내용도 새삼스레 다시 떠올랐다. 함장은 요코스카를 직접 공격하려는 것이다.

김승민의 눈이 작도판 위를 빠르게 더듬었다. 당초 기뢰를 부설하기로 계획된 구역은 도쿄만으로 진입한 다음 우라가항로의 바깥쪽까지였다. 이번 작전에 참가한 잠수함 중 나대용함이 가장 깊숙한 곳에 부설하는 임무를 맡았는데, 함장은 더 안쪽을 원하고 있었다. 그 이유는 단 한 가지였다. 요코스카를 직접 공략하려면 더 안쪽까지 들어가야 했다.

김승민은 왜 진작 제대로 생각하지 못했을까 스스로에게 무척 실망했다. 일본의 야욕을 꺾으려면 도쿄만을 봉쇄해야 하고, 그것을 위해서는 당연히 요코스카를 공격하는 것말고는 다른 방법이 없었다. 일본 해상자위대 제1호위대군의 모항이 요코스카라는 것은 다 알고 있지만 지금 일본 함정들이 어떤 형태로 항구에 정박 중인지는 알 수 없었다. 잠수함에서 발사하는 하푼만으로는 제1호위대군에 제대로 타격을 가할 수가 없는 것이다.

그러나 결국 그 위험부담은 거의 전적으로 나대용함이 지는 것이다. 김승민은 작전사령관이 왜 나대용함을 가장 북쪽에 투입했는지, 그리고 왜 김대헌 중령과 잠시 따로 얘기했는지 알 수 있을 것 같았다. 김대헌 중령은 책임감이 강하고 공격 성향이 높은 스타일의 함장이었다. 김승민은 새삼 작전사령관의 냉정함에 치를 떨면서도, 어쩔 수 없다는 생각이 들었다.

"함장님. 나대용함은 그곳까지 들어가야 합니다. 하지만 다시 나오기는 어려울 겁니다."

생각을 정리한 김승민이 차분하게 말했다. 눈빛을 반짝이며 김승민을 지켜보던 승조원들 얼굴에 얼핏 낭패감이 떠올랐다.

"맞아. 나도 쉽게 나올 수 있을 거라곤 기대하지 않아."

함장이 선뜻 수긍했다. 그러면서도 김대헌 중령의 표정은 가벼웠다.

9월 11일 17:52 경상남도 진해시 해군 잠수함전단

이재원 하사는 오늘까지 휴가였다. 그러나 집에 머물 수 없었다. 그래서 어제 저녁 진해에 도착했지만 이재원은 돌아갈 곳이 없었다. 나대용함은 이미 작전에 나섰고, 나대용함이 돌아오면 탑승해야 하기 때문에 다른 배에 탈 수도 없었다. 이재원은 서울에서 내려온 어젯밤부터 이곳 잠수함전단 본부 내무반에서 식객으로 하는 일 없이 지냈다.

오늘 새벽 한국 해군은 다시 큰 피해를 입었다. 문무대왕함을 비롯해 초계함 3척이 침몰하고 고속정대가 큰 피해를 입었다. 인명 피해는 수백 명이 더 늘어났다. 해군은 병과, 계급을 불문하고 분노에 치를 떨었고, 갑자기 늘어난 일에 정신이 없었다.

이재원은 새벽부터 시작된 구조작업에 따라가려 했다. 군항 진해의 하늘을 뒤덮은 무거운 좌절감 속에서도 서해대(誓海臺) 부두에는 출항하는 구조함에 탑승하려는 지원자들로 넘쳐났다. 그러나 이재원이 할 수 있는 일은 아무것도 없었다. 같이 본부 내무반에서 지냈던 의무병 두 명이 청해진함을 타고 출항하는 것을 그저 배웅한 것이 이재원이

할 수 있는 일의 전부였다.

밖에서는 처량한 장송곡이 하루종일 흘러나왔다. 첫 해전이 있었던 며칠 전과 달리 이제 박진감 넘치는 행진곡은 더 이상 나오지 않았다.

이재원이 여러 가지 생각이 맴도는 머리를 감싸며 앉아 있는데 내무반 문이 열렸다. 이재원이 말없이 지켜보는 가운데 어깨가 축 늘어진 의무병 둘이 아무 말 없이 들어와 침상에 털썩 주저앉았다. 두 사람은 초점이 풀린 눈으로 그렇게 한참을 앉아 있었다.

"휴우~."

다른 사람이 아닌 이재원의 한숨이었다. 오늘 새벽 해전 결과는 소문으로 들어 그 참상을 알고 있었다. 그러나 의무병들의 행동을 보고 나서야 그 결과가 얼마나 참혹한지 몸으로 느낄 수 있었다.

긴 침묵이 끝나며 의무병 하나가 입을 열었다.

"이 하사님. 저희가 할 일은 아무것도 없었습니다. 저희가 명색이 의무병인데, 저희를 정말로 필요로 하는 부상병은 하나도 없었습니다. 응급처치를 하고 후송해줄 부상병도 하나 없었습니다. 다들 아프지 않은 모양이었습니다. 거기까지 달려갔는데 우리가 필요하지 않다니, 저는 너무 불쾌했습니다!"

그 의무병이 머리를 감싸쥐었다. 이재원은 이들을 위로할 말이 생각나지 않았다. 그 의무병이 울먹였다.

"그저 그들을 편하게 눕혀주는 것이, 저희가 한 일 전부였습니다. 바다에서 찢어진 전투복 한 조각이라도 건지는 것이, 저희가 한 일 전부였습니다."

남을 도움으로써 기쁨을 느끼는 사람은 어느 사회든 구성원 가운데 일정 비율로 존재한다. 그 의지가 강한 사람들 일부는 의사나 간호사, 소방사 혹은 사회사업가 등을 천직으로 삼는데, 그런 사람들이 스스로 능력의 한계를 발견하거나 도저히 감당할 수 없는 상황을 만났을 때

느끼는 좌절감은 그 누구보다도 크다. 더욱이 이 두 사람은 단순한 의무병이기 때문에 고참 의사들처럼 수많은 죽음을 겪어보지 않아 절망감은 더욱 컸다.

"압박붕대, 몰핀 주사기."

그때까지 침묵을 지키던 의무병 하나가 갑자기 실실 웃음을 흘리며 의무배낭을 열어젖혔다. 그리고 거기에서 뭔가를 차례차례 꺼내더니 내무반 침상으로 집어던졌다. 이들은 정식 의사나 군의관이 아니기 때문에 이재원이 상상하던 날카로운 매스 종류는 나오지 않았다. 그러나 정말 수많은 종류의 물품들이 작은 의무배낭에서 쏟아져 나왔다.

"핀셋! 내과 계통 만병통치약인 소화제! 웬만한 외과 수술을 대신하는 빨간약! 하하하!"

의무병이 집어던진 물건들을 이재원이 주섬주섬 주워 모았다. 아무리 생각해도 이들을 위로해줄 말이 떠오르지 않았다.

"이런 걸로는 이미 죽은 사람들을 살릴 수가 없었습니다! 우리에게도 기회를 줘야 할 것 아닙니까? 왜 죽었어! 왜! 배는 침몰하더라도 사람은 살아 있으면 안 돼? 왜 죽었어어!"

의무병의 절규와 이재원의 한숨이 어우러졌다.

9월 11일 17:56 가나가와(神奈川)현 요코스카(橫須賀)시 서쪽 32km
한국 해군 잠수함 나대용

"기뢰만으로 해상자위대가 손을 들지는 않을 거야."

함장이 아직도 얼이 빠져 있는 부장에게 설명했다. 김승민은 충분히 인정하고 있었지만 뭐가 뭔지 감을 잡지 못하는 승조원들을 위해 함장은 부장과 대화하는 형식으로 설명하기 시작했다.

"그렇다면 어떻게……."

"해상자위대를 직접 쳐야지."

부장의 당혹감이 애매한 질문으로 표현되자 김대헌 중령이 간결하게 대답했다.

"직접 어뢰로 말씀입니까?"

이번엔 김승민이 묻자 함장은 고개만 끄덕이며 싱긋 웃었다.

"기껏 거기까지 들어갔는데 그냥 나올 수는 없잖아. 그렇지 않겠어?"

이어 김대헌 중령의 시선이 작도테이블에 꽂혔다. 이찬복 소령은 항로를 계산하기 위해 썼던 소축척 해도를 작도판에서 치우고 어느새 도쿄만의 수심과 수로 현황 등이 세세하게 기입된 대축척 해도를 깔아 놓았다.

"하지만 소서스가 문제입니다. 도쿄만에는 미군과 일본이 공동으로 운용하는 소서스가 있잖습니까? 그곳을 돌파하는 것이 쉽지는 않을 겁니다."

이찬복 소령이 기겁한 이유는 낮은 수심보다 소서스 때문이었다. 소서스(SOSUS, Sound of Surveillance System)란 수중고정소나감시망을 뜻한다. 이는 음향 트랜스듀서를 케이블에 달아 해저에 부설한 것으로 외관은 해저통신케이블과 비슷하고, 그와 유사한 방법으로 바다 밑바닥에 설치한다.

소나를 해저면에 직접 부설하는 장점을 가진 소서스는 소규모일 경우 항만방어시스템의 경보장치로도 이용된다. 지난 냉전 시절 그린란드-아이슬란드-영국을 잇는 식으로 부설된 GIUK 라인은 북대서양으로 진입하는 소련 잠수함을 감시하기 위해 대규모로 부설된 소서스였다.

"저도 어뢰 공격에는 찬성입니다. 하지만 소서스 돌파를 하지 못한다면 자살공격이나 다름없을 겁니다."

김승민도 소서스 돌파에는 부정적이었다. 게다가 도쿄만은 수심조차 얕기 때문에 소서스가 부설되더라도 낮은 심도에 소나수신기가 머무르므로 더욱 잠수함이 탐지되기 쉽다. 일본의 압박을 받는 한국이 귀중한 잠수함을 무의미하게 잃는다면 잠수함 승조원 입장에서도 무척 아쉬운 일이었다.

"소서스는 무시해. 그건 쉽게 무력화시킬 수 있다."

김대헌 중령은 오히려 이찬복과 김승민의 우려를 일축했다.

"어떻게 말입니까?"

김승민은 순간 함장이 사보타지를 말하는 것이 아닐까 생각했다. 만약 한국 특수부대가 소서스에 대해 파괴공작을 가한다면 가능할지도 몰랐다. 그러나 그것은 오히려 도쿄만에 잠수함을 들이밀겠다고 대대적으로 선전하는 것과 다름없는 행동이었다.

"나는 장엄미 넘치는 희생정신과 과잉 충성을 요구하지 않는다고 말했다. 다시 말하지만, 우리에게 필요한 건 냉혹함과 교활함이다."

함장은 이 말이 뜻하는 바를 부장과 작전관을 포함한 전 승조원들이 절실히 이해할 수 있도록 시간을 줘 충분히 강조했다. 자살공격을 하지 않겠다고 이미 선언한 함장이었다.

김선욱 상사가 갑자기 경악하며 보고했다. 김승민은 음탐장이 저렇게 놀라는 것을 본 적이 없었다.

"함장님! 방위 백칠십공(1-7-0), 거리 3,300! 새로운 음문 접촉! 수중음인 것 같습니다!"

"즉각 공격 준비해!"

함장이 명령하자 작도테이블에 모여 있던 부장과 작전관 등 모두가 기겁해서 허겁지겁 움직였다. 이렇게 가까운 거리에 잠수함이 있었다니, 이해할 수 없었다. 그리고 이곳에 잠수함이 있다면 그건 바로 일본 잠수함이었다. 우치적함은 다른 위치에서 만나기로 했기 때문에 당연히 근처에 있는 모든 잠수함을 적으로 간주해야 하는 상황이었다.

"스크루 회전수는 30, 본함으로 접근하고 있습니다! 플러스 도플러 상태입니다."

도플러 기록계를 확인한 김선욱 상사는 갑자기 나타난 잠수함이 정확하게 나대용함을 향하고 있는 것을 파악했다. 도플러 기록계는 음파를 발신하고 있는 함정의 위치를 측정할 수 있는데, 지금같이 함정이 접근하면 도플러효과에 의해 음파의 진폭이 짧아지기 때문에 '플러스 도플러(Plus Doppler)' 상태가 된다.

"2번 · 3번 발사관 발사준비 완료됐습니다!"

김승민이 디스플레이에 어뢰 두 발이 전투시스템과 링크된 것을 확인했다.

"그래. 그럼 즉각 발사해!"

다른 무기체계들도 대부분 그렇지만 잠수함도 먼저 쏘는 쪽이 유리하다. 더욱이 일본 잠수함이 보유한 89식 어뢰는 한국이 사용하는 어뢰처럼 전기추진방식이 아니고 열기관추진방식으로, 속도가 두 배 가까이 빠르다. 서로 위치를 정확히 알고 있을 테니 이럴 때는 조용한 어뢰보다 빠른 어뢰를 가진 쪽이 유리했다. 함장은 주저없이 발사를 결정했고 김승민이 그 명령을 따라 복창했다.

"발사!"

"취소! 취소! 발사 취소! 잠깐 기다려라!"

김대헌 중령이 벼락같이 고함을 내질렀다. 공격 컨솔의 발사 버튼을 누르려던 김승민 대위가 화들짝 놀라 뒤로 물러났다.

"가만! 이상하지 않은가? 놈이 우리를 발견하고 접근하는 게 아닌가?"

갑자기 떠오른 느낌 때문인지 함장은 마지막 순간에 발사를 주저했다. 그러나 김선욱 상사의 보고가 이어지자 승조원들을 더욱 초조하게 만들었다.

"함수각 영(0)도입니다. 놈은 이미 우리를 확실하게 발견했습니다."

김승민 대위도 상대방이 나대용함을 발견했다는 것은 이미 확신하고 있었다. 함수각 영도. 그것은 양 함정이 서로 머리를 맞댄 상황을 말한다. 함수 방향을 기점으로 전면의 12시 방향이 바로 함수각 영도다. 어뢰 공격을 위해 나대용함도 회두했기 때문에 목표 잠수함은 정확하게 함수각 영도에 위치해 있었다.

"그런데 놈이 왜 안 쏘는 거지? 음탐장! 거리 확인하라!"

"거리 2,100! 속도를 높이고 있습니다, 함장님!"

거리가 점점 더 가까워지고 있었다. 당장 결정을 내려야 하는데 함장은 무슨 이유에선지 망설이고 있었다.

"함장님. 지금 즉시 쏴야 합니다! 이곳은 회합지점이 아닙니다. 우군 잠수함일 리가 없습니다!"

초조하게 지켜보던 이찬복 소령도 긴장을 견딜 수 없는지 함장에게 진언했다. 함장이 걱정하는 것은 상대 잠수함이 우치적함일지도 모른다는 가능성 때문이었다.

"아! 함장님. 표적이 역추진을 시도하고 있습니다."

"뭐라고? 이 망할 자식!"

김선욱 상사가 저쪽 잠수함의 갑작스런 움직임을 보고하자 함장이 참았던 욕설을 바로 쏟아냈다.

"우리도 역추진한다. 그리고 수중전화 연결해. 대체 어쩌자고 여기까지 돌아다니는 거야? 망할 자식 같으니라고!"

"그러게 말입니다. 이건 중대한 작전구역 위반입니다."

이찬복도 가슴을 쓸어내렸다. 김승민은 잠시 머리가 어지러웠다. 하마터면 동료 잠수함을 향해 어뢰를 발사할 뻔한 순간이었다.

배전반으로부터 주 전동기에 보내진 전류의 극성이 바뀌자 나대용함의 스크루는 곧바로 반대 방향으로 회전했다. 순간 급브레이크가 걸린 것처럼 함체가 기우뚱하자 김대헌 중령이 중심을 잡기 위해 마이크 본체를 잡아야 했다. 김승민은 배에 힘을 잔뜩 주었다.

두 잠수함이 주 추진기를 5초간 역추진한 행동은 회합했을 경우 취하기로 서로 정해둔 암호나 마찬가지였다. 그러나 이것으로 확인이 끝난 것은 아니었다.

김대헌 중령이 수중전화에 연결된 마이크를 잡고 착 가라앉은 목소리로 말했다. 혹시나 상대방이 아군이 아니더라도 이쪽이 한국 잠수함이라는 사실을 노출시키지 않도록 영어로 된 암구어였다.

"호텔."

─살밥!

곧 함내 스피커로 응답이 왔다. 잡음이 뒤섞여 있었지만 명확한 암구어였다. 그리고 경상도 중에서도 창녕 사투리가 강하게 섞인 발음도 뚜렷하게 들렸다. 우치적함 함장 추정우 중령이었다.

"놀랐다! 갑자기 접근하면 어떡하나! 쏠 뻔했다! 왜 접선 위치가 아닌 곳으로 진입했나? 나대용 장군이 뿔났다!"

김대헌 중령의 대답은 함장 본인만 놀란 게 아니라 나대용함의 다른 승무원들도 다들 잔뜩 화가 나 있다는 뜻이었다.

─놀랐나? 미안하다. 하지만 손님을 맞기 전에 주변 청소를 해두려고 했다. 사관학교 졸업 성적이 꼴찌에서 세 번째로 우수하고 성격 또한 음흉한 함장이라면 이런 시끄러운 곳에 있을 줄 알았다. 그런데 예정 도착시간보다 빠른데, 어떻게 된 일인가?

"음. 알면 다친다. 어뢰를 먹여줄 뻔했으니 쉽게 알려줄 수 없다. 그리고 사관학교 졸업 성적이 꼴찌에서 두 번째인 함장한테는 설명해줘도 모를 것이다. 그런데 최무선함은 어떻게 됐는가?"

김대헌 중령이 씩 웃었다. 최무선함은 먼저 출항했지만 나대용함과 우치적함은 같은 시간에 출항했기 때문에 추정우 중령이 놀라는 것도 당연했다. 우치적함은 수중항행능력이 훨씬 좋은 214급 잠수함이기 때문이다.

차기잠수함사업으로 도입한 한국 해군의 신형 잠수함 214급은 공기불요체계(AIP)를 탑재했고 우치적함도 그 중 한 척이었다. 연료전지방식으로 함내에 저장된 산소와 수소로 전기를 직접 반응시키기 때문에 기존의 209급 잠수함보다 수중에 머물 수 있는 기간이 월등히 길었다.

그것은 나대용함이 배터리를 충전하기 위해 수면으로 부상해서 스노팅하는 것을 그만큼 덜해도 되며, 또한 그만큼 안전할 수 있다는 것을 뜻한다. 연료전지방식의 AIP 시스템을 탑재한 잠수함은 디젤-배터리식 잠수함보다 대략 10배 가량 더 오래 수중에서 항주하는 것이 가능하다.

김대헌 중령은 굳이 해류에 잘 올라탔다는 것을 말하지는 않았다. 쿠로시오 해류는 빠른 경우 시속 5노트까지도 나오며 그것은 수심과 해저지형에 따라 속도가 더 빨라지거나 느려지기도 한다. 쿠로시오 해류의 존재에 대해서야 중학생도 알고 있는 사실이지만, 흐름을 제대로 파악해서 효율적으로 이용하려면 수많은 계산과 섬세한 관측과 날카로운 직관이 필요했다.

함장이 흐뭇한 미소를 지었다. 어뢰를 발사할 뻔했지만 결과적으로 우치적함이 나대용함보다 먼저 진입해 주위를 경계했다는 것이 듬직하게 느껴졌다.

─최무선은 이미 진입했다. 만약 기뢰부설이 실패하면 추가작전은 실시하지 않는다.

"그럼 싣고 온 이 무거운 기뢰팩은?"

─엿 바꿔 먹고 가는 거지 뭐! 사령부에서는 각자 판단 하에 가장 효과적인 해역에 투기하라는 명령이다. 고베가 어떨까? 그런데……

추정우 중령의 말이 잠시 끊겼다. 잡음이 거세져 제대로 들리지 않자 김대헌 중령은 집에서 쓰던 고물 TV처럼 주먹으로 수중전화기를 몇 대 툭툭 쳤다. 수중에서 발생하는 다양한 잡음에도 수중전화는 이처럼 교신이 불량할 때가 많다.

고래 종류만 물 속에서 소리를 내는 것은 아니다. 새우떼나 고등어떼도 다른 개체들과 대화를 나누기 위해 무수한 소리를 내는데 그 다양한 음들이 소나에 방해가 되는 것처럼 수중전화에도 나쁜 영향을 미친다.

"다시 이야기하라. 교신상태가 안 좋았다."

─귀함에게 가장 안쪽을 맡겨서 미안타. 조심하기 바란다.

추정우 중령은 나대용함의 안전을 걱정하고 있었다. 게다가 우치적함보다 성능이 뒤처지는 나대용함이 만 깊숙이 들어가는 것이 더 안쓰러운 모양이었다.

최무선함의 경우에는 먼저 들어갔지만 만의 가장 바깥쪽에 기뢰를 부설하기 때문에 위험이 훨씬 덜했다. 그러나 최무선함이 성공한 다음 나대용함과 우치적함이 동시에 만으로 진입하는데, 그 중 나대용함은 우라가항로 안쪽 깊숙이 기뢰를 부설하는 임무를 맡은 것이었다.

"걱정하지 말고 뒤나 확실하게 엄호해주기 바란다. 내 부탁은 그것뿐이야."

─알았다. 뒤는 나에게 맡겨라. 그런데, 깨끗이 씻었나?

"행운을 빈……. 빌어먹을! 제발 지저분한 소리 좀 하지 마라. 도대체 나이가 몇인데. 오오스미에서 다시 만나자."

묘하게 악센트가 올라간 추정우 중령의 사투리 섞인 농담에 김대헌이 빙긋 웃으며 대답했다.

오오스미(大隅)해협, 그곳은 규슈의 남단이고 해협을 통과하면 바로 제주도 남방 해역으로 이어진다. 나대용과 우치적이 일본 깊숙이 들어왔던 길이며 나가는 길이기도 했다.

9월 11일 21:14 제주도 서귀포시 서쪽 83km
한국 해군 구축함 충무공 이순신

"사령관님. 접니다."

감우식 소령이 노크를 한 뒤 조용히 안쪽에서 대답이 들려오길 기다렸다. 그러나 아무런 대답이 없자 다시 노크했다.

"사령관님!"

감우식은 들고 있던 커피 잔을 바닥에 내려놓았다. 커피는 입에도 대지 않던 김병륜 중장은 바다로 나온 며칠 동안 둥글래차는 거들떠보지도 않았다. 김병륜 중장은 커피를 하마처럼 마셔대고 사병들 몫으로 지급되는 군용담배만 줄기차게 피워댔다.

뭔가 소리가 들린다고 생각한 감우식이 문 앞에 귀를 바짝 들이댔다. 그리고 통로를 지나치던 수병 하나가 감우식에게 황급히 경례를 붙이려 하자 손을 휘두르며 그냥 지나치도록 한 다음 사령관실 안쪽에서 들려오는 이상한 소리에 귀를 기울였다.

감우식이 눈을 동그랗게 떴다가 피식 웃었다. 그것은 코 고는 소리였다. 감우식은 사령관실 문을 열어젖히고 안으로 성큼 들어섰다. 지독한 담배냄새가 코를 찔렀다.

함정에서 가장 넓은 개인 공간이 바로 함장실과 사령관실이다. 특히 전투함의 경우 상급부대 지휘관, 즉 전대장이나 전단장이 직접 승함해서 지휘할 때를 대비해 함장실과 같은 규격으로 사령관실이 별도로 마련되는 경우가 많으며, 대개 함장실과 마주 이어져 있다. 이는 비단 한국 해군뿐 아니라 미국 해군이나 일본 해상자위대 함정들도 마찬가지였다.

책상 스탠드를 켠 채 잠이 든 김병륜 중장은 여느 때와 마찬가지로 누가 업어가도 모를 정도였다. 웬만큼 깨워서는 일어나지도 않는 지휘관이니 만약 육군에 갔다면 도저히 적응하지 못했을 거라고 생각이 들었다. 감우식 소령 입가에 다시 미소가 번졌다.

눈을 감은 김병륜 중장 얼굴에는 구레나룻이 잔뜩 자라 있었다. 입 언저리와 턱에 잔뜩 솟은 수염들이 돼지털처럼 질기고 억세 보였다. 깨울까 말까 잠시 망설인 감우식은 잠시 자리에 앉아 있기로 했다. 며칠 동안 자란 수염 탓에 사령관이 폭삭 늙어버린 것 같았다. 게다가 머리카락 한 올 없이 반질반질한 대머리와 대조적으로 보여 더욱 우스꽝스런 느낌이 들었다. 속에서 솟아나는 웃음이 입 밖으로 튀어나오기 전에 무거운 피로감과 허탈함에 감우식 소령은 더욱 착잡한 기분이 되었다.

작전사령관이 깰 때까지 기다리기로 결심한 감우식이 스탠드가 켜진 책상으로 눈길을 돌렸다. 소설책 한 권이 덮여져 있는 것을 발견하고 감우식이 그 책을 집어들었다. 김병륜 중장이 수면제 대신, 아니면 현실에서 벗어나기 위해 발버둥치면서 읽었는지도 모를 책이었다.

책제목은 '교전규칙'이었다. 감우식은 지난 해 국내에서 출간된 이 책의 작가가 독일인이라는 말을 들었다. 사실 제2차 세계대전 때 지은 원죄 때문에 독일과 독일인은 이스라엘을 공개적으로 비판하지 못했다. 그런데 바로 그런 독일인이 썼다는 사실 때문에 이 책은 유럽에서 큰 반향을 일으켰다.

붉은 보름달이 음산하게 달빛을 뿌리는 난민촌은 온통 불바다였다. 굉음이 울리며 불타오르는 마을 위로 전투기가 지나갔다. 그 직후 마을 중심부에서 엄청난 폭음과 함께 날카로운 비명이 울렸다. 여자들이 울부짖으며 죽어간 남편과 자식 이름을 부르고, 분노한 젊은이들은 무턱대고 하늘을 향해 자동소총을 갈겨댔다.

마을 한쪽 구석 무너진 집 안에서 절망적인 신음소리가 새어나왔다. 흙담이 무너지고 부서진 지붕과 흙벽돌, 보잘것없는 가재도구가 나뒹구는 초라한 흙담집 곳곳에는 불길이 일고 있었다.

하반신이 잘려나간 여자가 등과 팔로 안간힘을 쓰며 한 방향으로 움직였다. 젊은 임산부가 지나간 곳은 끊어진 내장과 피로 흘러 넘쳤다. 그 임산부가 멈춘 곳 앞에는 중년 남자가 눈을 감은 채 누워 있었다.

"아아! 신이여!"

열렬한 평화주의자였던 남편은 이렇게 덧없이 스러졌다. 무장봉기를 주장하는 다른 사람들과 달리 평화공존을 원하던 남편은 이렇게 무의미한 분쟁의 와중에 사라진 것이다.

"아아! 당신은 무자히드(역자 주 : 성전을 수행하는 사람)가 아니었으니 샤히드(역자 주 : 지하드를 위해 희생한 사람, 즉 알라를 위해 헌신한 최고의 명예자)가 될 수 없어요. 하지만 당신에게 지고의 평화가 있기를⋯⋯."

여자가 입술을 깨물며 남편이 흘린 피에 붉은 피를 더했다. 여자는 피를 흘릴지언정 눈물은 흘리지 않았다. 눈물 따위를 흘릴 여유와 감성 따위는 이미 남아 있지 않았다. 그 대신 여자는 무너진 지붕 사이로 보이는 검은 하늘을 향해 절규를 토했다.

"알라(저자 주 : 아랍어로 신을 뜻하는 단어 일라에 정관사 알이 붙은 다음 동화되어 알라가 되었다)이시여! 알 라흐만(역자 주 : 알라의 속성에서 비롯된 명칭으로 자비로운 자), 알 말리크(역자 주 : 존귀한 왕), 알 할리크(역자 주 : 창조자)이시여! 사악한 저들에게 당신의 저주를!"

여자가 화려한 장식이 붙은 검집에서 날이 굽은 단검을 뽑아들었다.

"적들에게 죽음을! 이 세상에 불벼락을!"

그러나 여자는 절규하는 것말고는 아무것도 할 수 없었다. 몸이 차갑게 식어가면서 여자는 이제 가야 할 시간이 됐음을 느꼈다. 허망한 인생이라고 비통에 잠기며 무거워진 눈썹이 감기는 바로 그 순간이었다.

"이이잉~."

숨가쁜 울음소리가 작게 들렸다. 천천히 의식을 잃어가던 여자가 흠칫 놀라 뒤를 돌아보았다. 여자가 지나오며 붉은 피로 온통 물든 바닥에 빨간 피투성이가 조그맣게 움직이고 있었다. 하반신이 잘려나간 여자 몸에서 쏟아져 나온 미숙아는 아직도 살아 있었다. 모체의 비극을 아는지 모르는지 찢어진 태반에서 나온 아기가 스스로 숨을 쉬기 시작한 것이다.

여자가 팔로 간신히 기어가 그 아기를 감싸안았다. 여자는 의혹이 가득 찬 시선으로 아기를 살폈다. 자그맣고 온통 쭈글쭈글한 것이 아기는 채 일 곱 달도 되지 않은 미숙아였다.

"아가야. 이 세상에 살고 싶었니? 찢어진 어머니 몸에서 나오더라도 그 렇게 살고 싶었니?"

여자는 분노한 표정이었다. 그러자 아기가 내쉬는 숨소리가 점점 작아졌 다. 여자가 갑자기 다급해져 아기를 보듬었다. 그리고 가슴을 풀어헤쳐 젖 꼭지를 아기 입에 물렸다. 그러나 젖이 나올 리가 없었다. 젖을 빨던 아기가 고개를 뒤로 젖히며 세차게 울기 시작했다.

"아아! 그래. 살아라. 너는 살아남아야 한다. 그래서 이 저주받은 땅에 더 큰 저주를 내려다오."

여자가 아기를 향해 슬며시 미소를 지었다. 그러나 곧 슬픈 얼굴로 바뀌 었다.

"네가 살아서 태어나지 않았다면 이 세상에 더한 저주를 퍼부을 수 있을 텐데……. 신이여! 이 아기에게 당신의 자애를! 아가야. 너는 차라리 이 불 행한 땅에서 벗어나 행복하게 살기 바란다."

여자는 처음으로 눈물을 흘렸다. 아기가, 겨우 일곱 달밖에 안 된 미숙아 가 그 작은 손으로 어머니 얼굴을 만지며 활짝 웃었다. 여자가 흘린 눈물이 아기의 뺨을 적셨다.

여자의 눈이 조용히 감겼다. 살짝 미소지은 입술에서 가냘픈 목소리가 흘러나왔다.

"슬픈 네 출생에 알라의 은총과 평화를……."

증오는 악마로부터 나온다.

책을 읽던 감우식이 씁쓸한 표정이 되었다. 나라가 약하면, 또는 나라를 잃으면 백성은 이런 꼴을 겪는 법이었다. 한국은 지난 100년 전에 그런 비참한 꼴을 당했고, 50여 년 전에도 그런 비극을 겪었다.

감우식이 한숨을 내뱉으며 김병륜 중장의 잠든 얼굴로 눈길을 돌렸다. 김병륜도 아마 그런 비극을 상상하며 눈물지었을 것이다. 그러나 그렇게 되도록 내버려둘 수는 없었다. 감우식은 군인이었고, 해군이었다. 그래서 김병륜 중장에게 희망을 걸었다. 지금은 그 희망이 자그맣게 사그라졌을지라도 희망의 불꽃 자체가 아예 꺼진 것은 아니었다.

'증오는 악마로부터 나온다.'

감우식은 책에서 읽은 마지막 구절이 마음에 걸렸다. 지금 이 상황에서 증오하지 않을 수 있을까? 분노하지 않을 수 있을까? 적을 증오하고 이 상황에 분노하는 나는 악마일까? 알 수 없었다. 그러나 일본을 증오하지는 않더라도 지금 분노하는 것은 정당하다고 생각했다.

그때 김병륜 중장이 한번 몸을 뒤척이더니 눈을 감은 채로 감우식에게 말했다.

"왜 자는데 멀뚱멀뚱 지켜보고 그래? 기분 나쁘게시리."

"예……."

"그래. 무슨 일이야?"

사령관이 눈을 비비며 일어나 앉았다. 좁은 침대에서 일어난 김병륜 중장은 허리를 자꾸 손으로 짚었다.

"합참에서 교신이 들어왔습니다. 사령관님을 또 호출하고 있습니다. 명령하신 대로 한 시간 동안은 핑계를 댔는데, 아무래도 더 이상은 안 될 것 같습니다."

"그래, 뭐라고 둘러댔는데?"

"화장실에 계시다고 했습니다. 사령관님은 변비가 심하시지 않습니까?"

"으하하! 잘했어, 잘했어."

간만에 유쾌해졌는지 김병륜 중장이 누런 윗니가 보일 정도로 씩 웃었다.

"아까 총장님께서 보내신 전문은 읽었습니다."

감우식 소령이 조심스럽게 말을 꺼냈다. 부관참모지만 작전 중에 사령관 단독 수신으로 된 명령문을 읽는 것은 위험한 행동이었다.

"그래? 원래 그런 거야. 신경 쓰지 마. 바다에 나온 이상은 내 맘이야. 자기들이 어쩌겠어. 명령 불복종으로 날 소환할 수도 없을 테고 말이야. 하하하! 소환? 할 테면 하라지."

짧은 잠이지만 푹 잔 것처럼 김병륜 중장이 원기왕성하게 웃어젖혔다. 그리고 테이블 위에서 꼬깃꼬깃한 담뱃갑을 집어들었다. 그 안에서 꺼낸 담배도 꾹 눌려진 채로 휘어져 있었다. 감우식 소령이 깨끗한 담배를 꺼내려 하자 김병륜이 고개를 가로저었다.

라이터 불이 유난히 환하게 켜지며 김병륜 중장의 얼굴을 밝게 비추었다. 그리고 빨간 점 하나와 퍼져 나오는 흰 연기. 작전사령관은 이렇게 몸과 마음이 한꺼번에 무너지고 있었다. 안타까운 감우식 소령이 조심스럽게 말문을 열었다.

"사령관님, 합참에서는 사령관님을 겁쟁이로 몰고 있습니다."

"그래? 그러라고 하지 뭐. 그렇다고 권율이 원균한테 그랬던 것처럼 날 불러들여서 곤장이라도 칠 거야?"

김병륜이 퉁명스럽게 대답했다. 무성한 수염 중간중간에 삐쳐나온 하얀 터럭을 감우식은 비로소 처음 알아보았다. 그리고 사령관은 감우식이 갖다놓은 커피 잔을 집어 한 모금 깊숙이 들이켰다. 맛이 쓴지 김병륜 중장이 인상을 찌푸렸다.

"설탕이라도 듬뿍 넣지 그랬어? 커피 세 스푼, 크림 네 스푼, 설탕 다섯 스푼. 알겠어? 내가 마시는 것은 커피가 아니라 커피 시럽이나 커피 수프야. 혹시 벌써 보급에 문제가 생겼나?"

"그건 아닙니다. 다음부터는 그렇게 하도록 하겠습니다. 죄송합니다."

일본의 해상봉쇄는 완벽하지 못했다. 한국으로 향하는 대부분 해역을 일본이 감시하고 있다 해도 중국 영해에 바짝 붙어서 다니는 화물선들까지 일본이 통제할 수는 없었다. 게다가 제주도 근해는 한국 공군의 강력한 엄호와 해안에 배치된 미사일 포대 때문에 일본 해상자위대 함정들이 접근하기도 어려웠다.

임진왜란 때는 이순신 함대에 호되게 당한 일본 수군이 해전을 피하고 강력한 지상 요새의 엄호 아래 항구에서 버티는 전술을 구사했다. 덕택에 일단은 일본 함대가 살아남을 수 있고 육군이 굶주림에서 벗어날 수 있었지만, 그로 인해 바다와 땅을 모두 조선군에게 내주는 결과를 가져왔다.

그런데 400여 년 전과 반대로 이번에는 한국 해군이 이런 요새함대 전술을 쓰고 있었다. 그런 생각을 한 감우식이 한숨을 길게 내쉬었다. 오늘 새벽에 벌어진 해전의 패배로 한국 해군은 바다를 일본에 완전히 내주었고, 조만간 육지도 공격받을 우려가 있었다. 이제는 부산이나 울산을 일본 전투기가 공습하거나 미사일이 시가지 상공을 제멋대로 날아다녀도 전혀 놀라운 일이 되지 못했다.

"됐어."

김병륜 중장이 길게 담배연기를 내뿜었다. 말은 그렇게 했지만 감우식은 김병륜이 해상봉쇄로 인한 사회 혼란을 크게 우려하고 있다는 사실을 알고 있었다. 그리고 김병륜의 민감한 반응을 지켜본 감우식은 별것 아닌 것 같은 설탕이 실은 대단히 의미 있는 물품이란 사실을 새삼 깨달았다.

2차대전 때 나치 독일이 실시한 무제한 잠수함전에 의해 봉쇄당한 영국은 당시 심각한 물자부족에 시달렸다. 식량 등 필수품은 배급제에 의해 부족하나마 어느 정도 해결할 수 있었지만 설탕은 필수품으로 취급되지 않았다. 그래서 영국에 주둔하던 미군 병사들이 도도한 영국 숙녀들을 각설탕 겨우 몇 조각으로 유혹하는 경우가 생겼고, 이런 소문이 널리 퍼져 영국 사회를 충격과 비탄 속에 빠져들게 했다.

"후우~ 합참에서는 함대결전을 하라는 거지. 그래서 단번에 한국 해군 전체를 바다 속에 가라앉히길 원하겠지. 자네도 내가 겁쟁이로 보이나?"

"그건 아닙니다."

뻔히 알고 있는 것을 묻는다고 감우식은 생각했다. 김병륜을 제대로 아는 사람은 그 누구도 감히 그를 겁쟁이라고 몰아붙이지 못한다. 그렇게 저돌적인 양반이 지금 양쪽에서 압박을 받고 있었다. 한쪽은 일본, 그리고 다른 한쪽은 합참과 국방부, 그리고 대통령이었다.

"나, 겁쟁이 맞아. 부하들을 죽어가게 내버리고 도망간 비겁한 놈이지. 또 다른 소식은 없나?"

김병륜 중장이 눈을 반짝였다. 그것은 잠수함 부대로부터 보내올 소식을 말하는 것이었다.

"없습니다."

"무소식이 희소식이지. 실패가 아니라면 보고는 들어오지 않을 테니까."

"그렇습니다."

감우식이 고개를 끄덕였다. 사령관 말대로 잠수함들은 무선침묵상태로 작전을 명령받았다. 만약 잠수함들에 사고가 생긴다면 긴급통신체계를 통해 잠수함 지휘소에서 사태를 파악할 수 있을 것이다. 그러나 아직까지 연락이 없는 것을 마냥 희소식이라고 생각할 수 있을 만큼 상황은 한국 해군에 우호적이지 않았다.

"함교로 올라가지. 함장은?"

"함교에 있습니다. 함교에 기자들이 몇 있습니다."

김병륜 중장이 구명동의를 입은 다음 방탄모를 집어들었다. 김병륜은 해군공보실장 이종주 대령에 대해 물어보지는 않았다. 이종주 대령은 이순신함을 떠나 거제도 주변 해상에서 구조작업을 계속하고 있었다.

이순신 전단이 후퇴할 때 이종주 대령이 피눈물을 흘리고 있었다는 사실은 감우식도 잘 알고 있었다. 그러나 이종주 대령의 행동으로 인해 작전사령관 가슴이 새까맣게 타들어갔을 거라 생각하니 감우식도 가슴이 아팠다. 김병륜 중장이 출입문을 나서면서 괜히 유쾌한 척했다.

"오오~ 우리나라에도 용감한 기자들이 있나 보군. 해군 전체가 희생양이 된다는 사실을 정말 모른단 말인가?"

**9월 11일 23:52 가나가와(神奈川)현 요코스카(橫須賀)시 남쪽 21km
한국 해군 잠수함 나대용**

"어휴! 시끄러워. 귀가 터질 지경입니다."

최지훈 중사가 헤드셋을 벗고 고개를 흔들었다. 볼륨을 줄였지만 엄청난 소음에 고막이 터질 것만 같았다.

"헤드셋을 벗어도 좋아. 육안으로 모니터링 해도 충분할 것 같은데……."

김대헌 중령이 그제야 음탐반 요원들에게 헤드셋을 벗어도 좋다고 허락했다. 이렇게 큰 소리라면 소음을 넘어 거대한 진동이라 불러도 좋을 정도였다. 그 소리는 시간이 갈수록 점점 더 커졌다.

군이 소나로 듣지 않더라도 무지막지한 진동이 나대용함의 선체를 두들기고 있었다. 거대한 엔진음에 선체가 울려서 발생하는 진동도 있지만 수중 소음은 주파수가 낮을 경우 진동으로 변하는 특성이 있다.

"출력이 10만 마력은 될 것 같은데요"

소나 디스플레이를 지켜보던 김승민이 음탐장을 향해 중얼거렸다. 화면에는 대형 컨테이너선의 거대한 엔진음과 스크루 회전음이 음문 스펙트럼으로 분석되어 표시되고 있었다. 스펙트럼의 높은 부분과 낮은 골짜기는 음의 파동을 나타냈다.

"실린더가 열두 개짜리입니다. 회전수는 60 정도입니다. 그런데도 추진기가 하나뿐입니다. 진짜 무식한 놈입니다."

김선욱 상사도 상선이 내뿜는 거대한 소음에 질렸는지 고개를 설레설레 저었다. 그것은 고속 컨테이너선이었다.

예전에 김선욱 상사는 이런 종류의 엔진을 본 적이 있었다. 초대형 컨테이너선이나 유조선에 탑재된 디젤엔진은 상상을 초월하는 크기였다. 실린더 직경이 80센티미터가 넘는 것은 흔하고, 심지어 1미터에 이르는 것도 있으며 엔진은 3층 건물보다 더 높았다.

"함장님. 속도를 줄이려는 것 같습니다."

음문 패턴을 읽어 내려가던 김선욱이 다급하게 보고했다. 그리고 어느새 나대용함의 선체를 두들기던 핑음도 줄어들기 시작했다.

"좋아, 지금이다. 놈 옆으로 바짝 따라붙어!"

"알겠습니다. 키 왼쪽으로 10도! 출력 3분의 2로!"

기다렸다는 듯이 김대헌 중령이 명령을 내리자 부장 이찬복 소령이 구체적인 조함 명령을 내렸다. 이제 나대용함이 움직일 때가 온 것이다.

"놈은 속도를 10노트까지 줄일 거야. 우리가 따라가기에는 좋은 속도다. 서둘러!"

도쿄만 입구로 들어서면서 상선들이 속도를 줄였다. 그것은 우라가 항로의 통행속도가 12노트 이하로 규정돼 있기 때문이다. 우라가항로의 폭은 2km에 달하나 양쪽으로 교차 운행하기 때문에 한쪽 폭은 1km 정도다.

부상하지 않고 오직 소음에만 의존해서 상선을 따라가는 것은 결코 만만히 볼 일이 아니었다. 자칫 상선과 충돌사고가 일어날 수도 있고 아차 실수해서 항로를 조금만 벗어나면 수심이 10여 미터 정도로 급격히 낮아졌다.

김승민이 해도를 보니 우라가항로 바로 옆에 암초도 몇 개 있고 도쿄만 입구 폭의 절반 정도는 각종 바닷말로 뒤덮여 있었다. 또한 주변에 양식장이 산재해 있기 때문에 자칫하다간 잠수함 스크루가 그물에 감기기도 쉬웠다. 김승민은 함장을 포함한 모든 승조원들이 바짝 긴장하는 것을 보고 오히려 마음을 조금 놓을 수가 있었다.

"작전관님. 이런 식으로 안 들키고 들어갈 수 있겠습니까?"

갑자기 더럭 겁이 났는지 최지훈이 김승민 대위에게 나지막하게 속삭였다. 더군다나 시끄러워서 소나로 아무 소리도 들을 수 없어 더욱 불안해진 모양이었다.

"걱정할 것 없어. 어쿠스틱 마스킹을 쓰는 거니깐."

김승민이 차분하게 최지훈을 다독거렸다. 어쿠스틱 마스킹(Acoustic Masking). 그것은 주변 소음을 이용해 잠수함 자체에서 나는 소리를 숨기는 방법이다.

구 소련의 경우, 특히 서방측 잠수함기지에 잠입하기 위해 이와 같은 소음차폐전술을 많이 이용했다. 1984년 9월, 지브롤터에 잠입하던 소련의 빅터(Victor) Ⅰ급 핵잠수함은 항구를 빠져나오던 같은 소련 선적의 상선과 충돌해서 큰 피해를 입은 적이 있었다.

그것은 항구로 침투하던 잠수함이 상선과 우발적으로 충돌했다고 일반적으로 알려져 있다. 하지만 소련 상선이 잠수함의 침투에 시간을 맞추어 협동작전을 펼치다가 사고가 발생했다는 설이 있을 정도로 아예 상선을 결합한 침투전술도 존재하고 있었다.

"교통질서는 잘 지키는군."

김대헌 중령이 음문 상황을 지켜보며 한마디 거들었다. 상선들은 쭉 뻗은 우라가항로를 따라 일정한 침로와 속력을 유지하고 있었다. 그러나 지금 나대용함처럼 상선에 바짝 붙어, 그것도 잠항상태로 따라가는 것은 쉽지 않은 일이었다.

조함을 맡은 이찬복 소령은 행여 나대용함이 바닥을 긁을까봐 전전긍긍했다. 가장 신경이 쓰이는 것은 최무선함이 부설한 기뢰들이었다. 도쿄만 입구로부터 시작되는 기뢰밭에는 나대용함보다 먼저 최무선함이 투입됐고, 최무선함은 주로 침저기뢰를 살포했다.

물론 시간이 충분히 지난 다음 기뢰가 작동하도록 조정돼 있지만 모든 것을 100퍼센트 확신하는 것은 불가능했다. 더욱이 지금처럼 기뢰가 부설된 위치에서 바닥에 접촉할지도 모르는 불안감이 이찬복 소령을 더 초조하게 했다.

9월 12일 01:43 가나가와(神奈川)현 요코스카(橫須賀)시 남동쪽 7km 한국 해군 잠수함 나대용

"부상한다. 심도 40미터로!"

"심도 40으로 부상! 밸러스트 불어!"

함장의 명령을 받자 이찬복 소령이 복창하며 부상을 지시했다. 그러나 말이 부상이지, 완전한 부상은 아니었다. 이것은 나대용함을 겨우 10미터 정도 상승시키는 명령에 불과했다.

―끼우웅~.

침좌된 나대용함이 천천히 부력을 받으며 움직이려 하고 있었다. 그리고 짧은 시간 동안 선체가 비틀리며 날카로운 파열음이 울리자 부상을 지휘하는 이찬복 소령도 잔뜩 긴장한 표정이 되었다.

"압축공기 차단! 좌우 트림 조정!"

나대용함이 바닥에서 떠오르자 곧바로 이찬복이 밸러스트 탱크로 유입되는 압축공기를 차단하도록 명령했다. 만약 너무 많은 공기가 탱크로 유입되면 나대용함은 양성부력을 과도하게 받아 아예 수면 위로 완전 부상해버리고 만다.

잠수함 전후좌우에 장착된 트림 탱크를 조정하자 기울어져 있던 나대용함이 차츰 중심을 찾아 일어서기 시작했다. 수심이 낮은 이곳 바다에서는 여유가 별로 없었다. 도쿄만으로 진입해 우라가항로의 안쪽 깊숙이 들어온 나대용함은 불과 50~60미터의 수심 속에서 긴장과 다투어야 했다.

"기뢰 투하 준비!"

"기뢰 투하 준비!"

김승민이 함장 명령에 복창하며 공격관제 컨솔을 조작했다. 함 외부에 장착된 기뢰 컨테이너는 ISUS-83 전투시스템과 연결돼 있었고 김승민은 기뢰를 작동시키는 데 필요한 설정을 잡아가기 시작했다.

가장 중요한 것은 기뢰를 발화시키는 데 필요한 외부 조건을 세팅하는 것이다. 기뢰들은 특정한 신호에 따라 반응시킬 수도, 아니면 똑같은 신호를 무시할 수도 있도록 설정하는 것이 가능하다. 그리고 일정 시간이 지난 다음 작동을 시작하도록 지연시킬 수도 있다. 그리고 이제 디스플레이에는 투하를 위한 모든 준비가 마쳐진 것을 알리는 메시지가 깜빡였다.

"준비 완료됐습니다."

"좋아. 1번·2번 기뢰 투하해!"

"1번·2번 기뢰 투하!"

기뢰가 빠져나가자 나대용함의 균형이 잠시 흔들렸지만 곧 다시 중심을 잡았다.

기뢰를 부설하는 작업은 그냥 기뢰를 투하하면 끝나지 않고 여러 복잡한 문제들이 발생한다. 기뢰 하나의 무게는 500kg이 넘고, 특히 독일제 FG-1 기뢰는 중량이 700kg이 넘는 괴물이었다. 그런데 이러한 무게가 갑자기 잠수함에서 떨어져나가면 부력에 변동이 발생한다.

즉 기뢰의 무게가 줄어든 만큼 잠수함은 부력초과상태가 되어 그만큼의 중량을 보상해주지 않으면 잠수함이 갑자기 물위로 솟구치게 된다. 마치 하늘에 떠 있는 기구에서 매달고 있던 모래주머니를 떨어뜨리면 더욱 높이 상승하는 것과 같은 원리다.

기뢰뿐만 아니라 어뢰도 이 때문에 발사한 후에는 어뢰 무게만큼 다시 채워넣기 위해 중량보상탱크(Compensating Tank)가 설치되어 있다. 이런 복잡한 과정 때문에 어뢰를 발사하는 순간도 매우 까다로운 절차들이 존재한다.

잠수함이 수중에 머물고 있는 상태는 그야말로 부력 균형이 세밀하게 맞춰진 상태다. 이러한 균형상태는 쉽게 변동이 오는데, 만약 재빨리 조치하지 못하면 갑자기 가라앉거나 수면 위로 치솟는 등 심각한 위험에 맞닥뜨리고 만다.

부력을 조정하는 문제에서 가장 대표적으로 어려운 점이 주위 해수의 밀도 차이다. 지금 나대용함처럼 도쿄만 안쪽으로 깊숙이 진입하면 내수면의 직접적인 영향을 받는다. 강 하구에서 유입되는 민물 때문에 주변 바닷물의 염도가 수시로 변했고, 나대용함은 심도를 유지하는 데 온 신경을 곤두세워야 했다.

이스라엘 사해(死海)에서는 수영을 못하는 사람도 둥둥 뜰 수 있다. 그리고 그것은 잠수함에도 똑같이 적용된다. 염도가 높은 바다에서는 잠수함이 부력을 기준보다 더 받으며, 반대로 민물과 염도가 거의 없는 곳에서는 부력을 잃는다.

도쿄만으로 이어지는 여러 하천들에서 유입되는 민물이 이곳 바다에서 만나면서 섞이는데, 성질이 다른 물은 쉽게 섞이지 않고 오랫동안 수괴 형태로 남아 있게 된다. 이런 바다를 통과하는 잠수함은 일정 심도를 유지하도록 균형부력상태를 맞춰놓았는데도 불구하고 갑자기 떠오르거나 가라앉는 현상이 일어날 수 있다. 부력 변동이 워낙 심하기 때문이다.

덕택에 조함을 맡은 이찬복 소령이 땀을 뻘뻘 흘리며 고생하고 있었다. 이렇게 낮은 심도에서 갑자기 잠수함이 떠올라버리면 손을 쓸 시간도 없이 수면 위까지 상승해버리고 만다. 아니면 반대로 바닥에 좌초하거나.

"우현 10도로 변경한다. 3·4번 기뢰 투하하라."

굳은 표정을 한 김대헌 중령에게서는 감정 변화를 찾아보기 힘들었다. 덕분에 초조해하던 김승민도 이제는 될 대로 되라는 마음이었다. 어서 기뢰를 쏟아놓고 빨리 물러나고 싶은 생각뿐이었다.

"3·4번 기뢰 투하!"

또다시 FG-1 기뢰 두 발이 수중으로 투하되고 나대용함이 잠시 미동했다. 중량보상탱크로 물이 들어차는 소리가 망치로 철판을 내리치는 것처럼 큰 소리로 가슴을 쿵쾅거리게 만들었지만 침착해야 했다.

나대용함이 북쪽으로 침로를 변경하고 더 깊숙한 위치에 기뢰 몇 발이 더 투하되었다. 이번에는 국방과학연구소(ADD)에서 개발한 최신형 침저기뢰를 부설할 차례였다. 김승민이 이 기뢰들에 지연시간을 입력하고 사출을 시작했다.

긴 원통형의 기뢰들은 기뢰팩에서 사출되자 곧추선 자세로 해저 바닥을 향해 가라앉았다. 그리고 곧이어 기뢰 하부에 장착된 굴삭용 스크루가 회전하기 시작했다.

해저면에 도달한 기뢰는 스크루가 바닥의 부드러운 진흙층을 파내면서 점점 더 깊숙이 파고들기 시작했다. 그리고 기뢰의 선단 부분이 완전히 바닥 속을 파고 들어간 후 멈춰 섰다.

"지연시간 설정은?"

"세 시간 반입니다. 최무선이 부설한 기뢰가 0530시에 활성화되기 때문에 그렇게 설정했습니다."

김승민의 대답을 들은 함장이 잠시 생각하더니 고개를 끄덕거렸다.

"좋아. 그 정도면 충분한 시간이지. 민간 선박 피해를 이유로 전범재판에 회부되지는 않겠군."

암습

"잠망경 올려! 표적이 나타나는 즉시 공격한다."

"알겠습니다, 함장님."

김대헌 중령이 먼저 미끄러져 올라간 탐색잠망경을 붙잡자 곧바로 김승민도 공격잠망경을 손에 쥐었다. 보통 함장이 접근장교(Approach Officer)로서 어뢰 공격 임무를 맡고 부장이 공격을 평가하지만 이번에는 김승민 대위가 공격을 맡았다. 숨을 깊이 들이마신 김승민은 잠망경이 다 올라가기를 초조하게 기다리며 잽싸게 잠망경에 달라붙었다.

"수면 확인! 이상 없습니다!"

주변을 빠르게 수색한 김승민 대위는 곧 이백사십오(2-4-5)도 방향으로 잠망경을 회전시켰다. 그리고 거울같이 잔잔한 바다가 눈에 들어오자 탄성이 터지려는 것을 간신히 참았다.

수면 위는 미풍도 불지 않는 듯, 거울처럼 잔잔했다. 잠수함 승무원이라면 이런 기상 상황을 결코 좋아하지 않는다. 수면 상황이 조용하면 배경소음도 그만큼 줄어들기 때문이다.

나가우라(長浦)항, 그것은 해상자위대의 최고 주력함대인 자위함대의 주 항구다. 나가우라는 요코스카의 부속항이라고 할 수 있는데 2차 대전 패망과 함께 요코스카 본항은 일본을 점령한 미국 해군에게 내주고 자위함대는 나가우라를 모항으로 삼았다.

요코스카 본항은 구 제국해군 시절 항공모함 몇 척이 계류가 가능하고 각종 수리·보급시설이 가득한 대규모 해군기지로 건설되었다. 그에 비해 나가우라항은 잠수함기지가 있는 것을 제외하고는 호위구축함, 소해정 등 비교적 소형 함정들이 사용하는 보조항구였다. 그런데 지금은 반대로 나가우라항이 해상자위대의 주 기지가 되었다.

"함장님, 요시쿠라가 시야에 들어옵니다."

"요시쿠라는 필요없어. 그곳은 공격하지 않는다. 자칫 미군을 건드릴 수 있어."

김승민이 요시쿠라(吉倉) 부두를 잠망경으로 확인했지만 김대헌 중령은 전혀 관심을 두지 않았다. 요시쿠라는 요코스카 본항 쪽의 부두로, 일본 해상자위대의 지역함대인 요코스카 지방대의 기지다. 그런데 그 북서쪽에 있는 나가우라항과 달리 요시쿠라는 미 해군 7함대가 주둔한 요코스카 본항 바로 옆에 붙어 있었다. 바로 그것이 문제였다.

한국 해군 입장에서는 미국을 건드릴 필요가 없는 것이 아니라, 조금이라도 오해를 사면 곤란한 문제가 많이 발생할 수 있었다. 그래서 요코스카 지방대를 공격하다가 혹시라도 어뢰가 목표를 잘못 잡으면 미국과 한국 사이에 큰 문제가 발생할 수 있었다. 한국과 일본 사이에서 중립을 지키면서도 일본 정부가 분쟁을 끝내도록 강하게 설득하고 있는 미국의 신경을 나대용함이 건드릴 필요는 전혀 없었다.

"기다려. 조금만 더 있으면 벌집을 쑤신 것처럼 난리가 날 테니깐. 그놈들이 알아서 기어나올 거야."

김대헌 중령이 시간을 확인했다. 아직 시간이 몇 분 남았지만 지금 나대용함이 할 수 있는 일은 조용히 기다리는 것밖에 없었다.

'요코하마!'

김승민은 북쪽 방향으로 잠망경의 배율을 최대로 잡아당겼다. 그러자 곧 어둠 속에서 휘황한 불빛과 함께 주변을 불야성처럼 밝게 비추는 요코하마항이 시야에 들어왔다.

거리는 13,000미터. 방위각을 확인한 후 잠망경을 맞추자 요코하마 본항 입구를 가로막고 있는 오우기시마(扇島) 구역과 베이사이드 매리너(Bayside Marina)지역이 나타났다. 그리고 그 섬에 걸쳐 있는 거대한 다리의 교각이 보이기 시작했다. 요코하마의 명물이라는 베이 브리지였다.

"작전관. 도쿄에 한 방 먹여주고 싶나?"

잠망경에 얼굴을 파묻은 채로 김대헌 중령이 말했다. 그 휘황한 불빛을 향해 대형 컨테이너선들이 나카노세수로를 따라 계속 안쪽으로 항진하고 있었다.

"한 방으로는 모자랍니다. 두 방 정도 먹여주고 싶습니다."

"그래? 하하하."

김대헌 중령이 유쾌하게 웃었다. 요코하마까지는 제대로 보였지만 안쪽 가와사키(川崎) 지구와 도쿄 본항은 거리가 멀어 뿌옇게 보였다. 그러나 어뢰를 발사하면 충분히 도달할 수 있는 거리였다.

"이제 시간이 됐다. 나가우라항 입구를 감시해. 해자대 놈들 배가 확인되면 곧바로 어뢰를 먹여줄 거니깐."

"이제 1호위대군만 출동하면 한국놈들을 바다 밑으로 완전히 쓸어 버릴 수 있을 거야. 바보 같은 한국, 상대를 잘못 골랐지."

"난 어떻게 되든 지금 상황이 빨리 끝났으면 좋겠어. 자위대가 전쟁을 하다니, 아직도 믿어지지 않아."

다사키 마나부(田崎學) 삼등해조가 투덜거리자 모리타 미노루(森田實)가 시무룩한 표정으로 대꾸했다. 며칠째 계속된 야간작업에 몸이 녹초가 될 지경이었다. 함정 근무에 투입된 동료들 가운데 이미 무수히 많은 수가 전사했다는 소식이 들려왔지만 모리타 삼조는 그것이 현실로 느껴지지 않았다.

원래 해상자위대에는 호위대군이 네 개로 편성되어 있다. 보통 때는 호위대군 1개가 상시 출동준비 상태를 유지한다. 그리고 2개 호위대군은 훈련과 대기상태를 유지하며 나머지 한 개 호위대군은 정비를 받는다.

건너편 다우라(田浦) 부두 쪽으로 아침 일찍 시험 항주를 나가기 위해 이지스함 기리시마가 묘박지로 서서히 움직이고 있었다. 오버홀(Overhaul)에 해당하는 해상자위대의 정기보수공사가 진행 중이던 기리시마함은 요코스카 기지대 요원들이 나흘 밤낮을 서두른 끝에야 겨우 출동태세를 갖췄다. 기리시마와 같은 61호위대 소속 하타카제와 1호위대·5호위대 소속 호위함들은 부두에 투묘한 선박끼리 현측을 맞댄 채로 계류돼 있었다.

"이게 무슨 소리지?"

"무슨 소리?"

졸린 눈을 비비던 모리타 삼등해조가 동쪽 하늘로부터 다가오는 날카로운 소리에 눈을 번쩍 떴다. 어둠 속에서 밝은 빛이 매우 빠른 속도로 날아가고 있었다. 뭔지 모르지만 그 빛은 매우 위협적으로 보였다.

"저게 뭐지?"

남동쪽에서 날아오던 그 빛은 요코스카 본항과 나가우라의 경계에 자리잡은 오쓰마시마(吾妻島) 쪽으로 접근했다. 그리고 섬 상공을 지나치자마자 곧바로 오른쪽으로 방향을 틀어 모리타 삼등해조의 머리 위로 다가왔다.

수면 위쪽으로 스치듯이 다가오던 회색 비행물체는 모리타의 시선에 들어오자마자 급상승을 시작했다. 그리고 방향을 바꿔 나가우라 부두를 향해 쏜살같이 날아갔다.

"미사일! 미사일이다!"

그것이 무엇인지 깨달은 순간 모리타는 당직실 쪽으로 뛰어가려 했다. 그러나 다리가 얼어붙은 것처럼 말을 듣지 않았다.

─딱! 따다닥!

미사일에서 기묘한 소리가 난다고 느꼈을 때였다. 그것은 부두 위를 길게 가로질러 날아가면서 하늘 위로 뭔가를 흩뿌리기 시작했다. 그리고 잇달아 날아온 또 한 발의 미사일이 첫 번째 미사일과 반대 방향으로 교차하며 콩 볶는 소리와 함께 자탄을 뿌려댔다.

─콰콰쾅! 쾅!

부두에 나란히 계류된 함정들 위로 폭음과 함께 섬광이 잇달아 터졌다. 조금 전에 막 계류작업을 시작한 이지스함 기리시마도 상부 갑판으로 쏟아지는 불벼락을 그대로 뒤집어썼다. 도쿄만 한복판에서 공격을 받으리라고 생각하지 못했던 기리시마는 이지스 시스템은 물론 근접방어시스템도 작동하지 않고 있다가 힘 한 번 못 쓰고 고스란히 당하고 말았다.

"모리타! 빨리 피해! 뭐하는 거야?"

어느새 부두 뒤 축대 밑으로 뛰어간 다사키 삼조가 고래고래 소리치며 모리타 미노루 해조를 불러댔다. 그 순간이었다. 강렬한 빛에 놀란 두 사람이 거의 동시에 엎어졌다.

"으아아~."

이번에는 북동쪽에서 미사일 두 발이 새로 접근하고 있었다. 스미토모(住友) 중기계공업의 건선거(Dry Dock) 상공을 지나친 미사일은 계속 날아가 닛산자동차 오이하마(追濱) 공장을 통과한 뒤 정남향으로 방향을 바꿔 나가우라 부두로 진입했다.

부두에 정박한 호위함으로 접근한 미사일은 양쪽 측면 덮개가 폭발볼트에 의해 벗겨지고 내부에 빼곡하게 들어차 있던 자탄(子彈)들이 공중으로 흩뿌려졌다. 집속자탄들은 대장갑 파괴용 자탄과 인마살상용 고폭탄이 섞여 있었으며 미사일은 정확하게 호위함들의 중심선을 통과하면서 자탄을 쏟아냈다.

호위함의 상부 구조물로 낙하한 탄두들은 바닥에 부딪히자마자 터지기 시작했다. 그리고 마치 가을밤 해변에서의 불꽃놀이처럼 콩 볶는 소리를 내며 아름답게 폭발했다.

무라사메급 호위함과 아사기리급 호위함은 함교 주변이 고장력강판으로 보강돼 있었다, 그러나 장갑차에 피해를 입힐 수 있도록 만들어진 대장갑용 탄두를 방어하는 것은 어려웠다. 시커먼 연기가 사라지자 상갑판과 함교 이곳저곳은 흉측한 구멍으로 어지럽혀졌다.

더욱 치명적인 것은 다른 곳에 있었다. 고폭탄이 폭발하면서 대공수색레이더와 미사일을 유도하는 화력통제레이더, 그리고 위성통신기 등 상부 구조물에 밀집돼 있던 안테나들을 여지없이 뒤집어놓았다.

자탄을 모두 토해놓은 미사일들은 나가우라항 주변을 길게 선회한 후 마지막 침로를 위해 GPS로 위치를 확인했다. 목표는 자위함대 사령부였다.

호위함대 외에 잠수함대, 그리고 소해부대와 각종 지원연구 부서, 제2
술과학교가 들어찬 건물들 위로 미사일들이 차례로 부딪치며 화염을 일
으켰다. 이미 탄두를 다 소모했지만 미사일 내부에는 추진용 JP-5 연료
가 아직 90% 이상 남아 있었다. 곳곳에서 불길이 하늘 높이 치솟았다.

"괜찮아? 어서 일어나! 빨리 움직여야 된다고!"
다사키 삼조가 주저앉아 움직일 줄 모르는 모리타를 잡아끌었다.
바로 눈앞에서 미사일이 폭발했고, 그 자탄들이 다사키와 모리타가
서 있던 장소로부터 100미터도 채 안 되는 곳에서 폭발했다.
부두에 바짝 붙어 있던 하루사메함 옆에서 작업하던 자위관 10여
명이 연기가 가시자 바닥에 너부러진 채로 흩어져 있었다. 두 사람이
목숨을 건진 게 다행이었다. 다사키도 후들거리는 다리를 간신히 지탱
하며 모리타를 붙잡고 걷기 시작했지만 어느 쪽으로 움직여야 할지를
결정할 수조차 없었다.
화재가 발생한 정비고 건물로 돌아갈 수는 없었다. 망연자실한 표정
으로 서 있던 다사키에게 계류색을 풀고 함정 사이를 빠져나오는 호위
함 두 척이 시야에 들어왔다. 긴급출동태세를 갖추고 있던 5호위대 소
속 무라사메급 호위함 이카즈치와 아사기리급 호위함 아마기리였다.

9월 12일 03:42 요코스카(橫須賀)시 나가우라(長浦)항 동쪽 5km
한국 해군 잠수함 나대용

"선두 무라사메급 확인!"
잠망경의 십자선 안쪽으로 함정이 포착되자 김승민이 큰 소리로 보
고했다. 배율을 최대로 당긴 잠망경으로 검은 실루엣이 잠망경에 가득

찼다.

"한 척이 더 있습니다. 표적 2 지정, 아사기리급 호위함!"

나가우라항의 입구는 폭이 500미터도 채 되지 않는다. 때문에 부두에 계류된 함정들이 출입할 때는 선회반경이 작게끔 속도를 줄여야 한다. 그러나 지금 김승민 시야에 들어온 호위함 두 척은 낼 수 있는 최대속도로 가속하며 입구를 아슬아슬하게 빠져나오고 있었다.

"우와! 호떡집에 불났다. 1번에서 4번 발사관까지 개방! 일제 사격한다!"

만족스러운 미소를 지으며 김대헌 중령이 참았던 명령을 내렸다. 마치 썰물이 빠져나간 갯벌에서 퍼덕이는 숭어들처럼 호위함들은 불타는 부두를 빠져나오느라 정신이 없었다. 그것은 우치적함에서 발사한 미사일이 제대로 명중했다는 것을 의미했다.

"1·2·3·4번 발사관 개방! 발사준비 완료!"

함장의 명령을 복창하며 김승민 대위가 어뢰발사관의 외부 덮개와 머즐 도어를 차례대로 개방했다. 발사관은 이미 바닷물이 충수되어 있었기 때문에 즉각 발사관을 개방하는 것이 가능했다. 만약 발사관에 해수를 충수하지 않으면 수압 때문에 발사관이 열리지 않는다.

"2번·3번 어뢰 발사! 1번·4번 어뢰는 잠시 대기한다."

함장의 명령이 떨어진 즉시 가운데 발사관에서 어뢰 두 발이 차례대로 자체 추진력을 이용해 발사관을 빠져나갔다. 나대용함이 여덟 발을 동시에 발사하는 것도 가능하지만 한꺼번에 중량이 가벼워지면 잠수함의 자세를 유지하는 것이 어렵다. 어뢰 두 발의 중량만큼 보상 탱크에 물이 들어차고 있는 것을 확인한 김승민이 곧바로 함장에게 보고했다.

"2번·3번 발사관 어뢰 발사 완료!"

"좋아! 2번 어뢰를 표적 1에 배정한다!"

"2번 어뢰! 표적 1에 배정!"

"3번 어뢰! 표적 2에 배정하라!"

"3번 어뢰! 표적 2에 배정!"

공격 컨솔에 순서대로 어뢰의 표적이 입력되었다. 확실한 명중을 보장하기 위해서는 표적마다 어뢰를 두 발씩 발사하는 편이 안전하다. 그러나 김대헌 중령은 어뢰를 낭비하고 싶은 생각이 추호도 없었다. 지금처럼 잠망경으로 추적이 가능하면 단 한 발만으로도 충분했다.

"함교 구조물이 엉망입니다. 우치적에서 제대로 먹여줬습니다."

"그래, 박살이 났구만!"

어뢰를 발사하고 난 김승민이 점점 다가오는 무라사메급 호위함의 외관을 세밀하게 살폈다. 열영상 카메라를 통해 보이는 밝은 연두색 실루엣이지만 함교 위쪽으로 대공감시레이더와 화력통제레이더가 고물상 창고 구석에 찌그러진 채 처박혀 있는 낡은 선풍기처럼 반쯤 떨어져나갔고 함교는 여기저기 흉측하게 찢겨져 있었다. 그리고 팰렁스 CIWS 발사기도 형편없이 부서져 있었다.

"저 정도면 대공 · 대수상 임무는 힘들 것 같습니다."

"아냐. 그래도 소나는 쓸 수 있을 거다."

김승민의 의견에 김대헌 중령은 피해를 받지 않은 선체 하부와 소나 시스템을 상기시켰다. 맞는 이야기였다. 그러나 소나를 쓸 수 있을지 언정 현대 군함에게 눈이라고 할 수 있는 레이더가 파괴되면 전투함으로서 역할을 다하기가 어려웠다. 그래도 저 함정들에 소나가 남아 있었기에 나대용함에게는 확실히 위협적인 상대였다.

"어뢰와 표적과의 거리는?"

"2,000미터 남았습니다. 표적 속도 감안한 충돌예정시간 99초."

공격 컨솔에는 목표까지 남은 거리와 함께 현재 SUT 어뢰가 24노트로 달리고 있는 것, 그리고 표적에 명중하기까지 남은 시간이 일목요

연하게 표시되고 있었다.

"놈들 침로에 변화가 없습니다. 설마 아직도 우리 어뢰를 발견하지 못했을까요?"

김승민이 고개를 갸웃거렸다. SUT 어뢰의 속도가 아직 저속 모드이 긴 하지만 일본 함정의 소나가 이제는 알아차릴 때가 됐는데 반응이 없는 것이 이상했다.

"멍청한 놈들! 아직 전투배치를 못한 모양이다."

김대헌 중령은 걱정하지 않았다. 그것은 호위함들이 만을 빠져나오 기에 급급하다는 뜻이었다. 요코스카 입구까지 한국 잠수함이 들어와 매복하고 있을 줄은 꿈에도 생각하지 못한 것이다.

김대헌 중령이 탐색잠망경은 다시 수납하고 공격잠망경만 쓰기로 결정했다. 수면 위로 가는 막대기가 불과 30~40센티미터 정도만 솟았 을 뿐이지만 거리가 가까워질수록 탐지될 위험이 높아졌기 때문이다.

"함장님. 표적 1이 표적 2를 가립니다."

잠망경과 공격 컨솔을 번갈아 확인하던 김승민이 함장에게 보고했 다. 무라사메급 호위함과 아사기리급 호위함이 일직선으로 항주하기 때문에 두 함정이 완전히 겹쳐 보였다. 소나 디스플레이에는 두 함정 이 따로 포착되고 있었지만 첫 번째 함정에 어뢰가 명중하면 나머지 어뢰들이 폭발의 영향을 받을 수 있기 때문에 김승민은 조심스러웠다.

"2번 어뢰, 탐신시켜!"

잠시 신중히 생각하던 김대헌 중령이 어뢰를 탐신 모드로 변경하도 록 지시했다.

"탐신!"

독일제 SUT Mod 2 어뢰는 자체적으로 액티브 탐신 기능이 있었다. 김승민이 탐신 스위치를 조작하자 어뢰의 선단 부분으로부터 지향성 음파가 무라사메급 호위함으로 쏘아졌다.

SUT 어뢰가 유선유도 중일 때는 표적을 탐지한 정보를 잠수함의 공격 컨솔에서 되받을 수 있다. 김승민은 SUT 어뢰에서 포착한 표적 정보를 메인 소나에서 표시된 정보와 대조했다. 거리가 가까운 만큼 둘은 정확하게 일치했다.

"표적 1이 왼쪽으로 선회하고 있습니다!"

김승민이 소리쳤다. 무라사메급 호위함은 그제야 어뢰를 탐지했는지 급선회에 들어갔다.

"어뢰 35노트로 증속! 충돌예정시간 32초!"

어뢰는 이제 목표와의 거리를 900여 미터도 남겨놓지 않았다. 무라사메급 호위함이 마주 오는 속도를 줄이고 선회를 마칠 때까지 어뢰는 기다려주지 않을 것이다.

―지잉~.

"우앗!"

갑자기 들려온 저주파 소나음에 김선욱 상사가 인상을 잔뜩 찡그렸다.

"선두 함정 무라사메급에서 소나를 탐신했습니다. 이놈, 이카즈치 같습니다."

"무시해! 3번 어뢰는 어떻게 됐나?"

설사 이쪽을 발견했다 하더라도 무라사메급에게는 대응시간이 남아 있지 않았다. 어뢰를 피하기 위해 급선회하고 있지만 저 정도 속도에서 무라사메급이 90도를 선회하기까지는 20여 초가 족히 걸린다.

"3번 어뢰, 표적 2를 확실히 포착했습니다."

"됐어. 이제 나머지 어뢰를 몽땅 쏴준다. 서둘러라. 튀는 일만 남았다. 어서!"

김대헌 중령이 재촉했다. 발사관에 장전된 어뢰는 이제 여섯 발이었다. 하픈을 장전해두지 않은 것이 다행이었다. 어차피 김대헌 중령은 만 안쪽에서 하픈을 사용할 생각이 없었다. 하픈의 경우, 발사하면 수면 위로 기포도 오래 남을 뿐더러, 수면 밖으로 로켓 연기가 치솟아 쉽게 위치가 탄로나기 때문이다.

"어뢰 여섯 발 발사준비 완료! 모두 자이로 데이터 입력을 끝냈습니다."

ISUS-83 전투시스템의 공격 컨솔에는 어뢰 여섯 발이 발사 가능하다고 알리는 표시가 깜박였다. 안전장치를 해제한 김승민이 함장의 최종 명령을 기다렸다.

"좋아. 발사해! 그리고 발사가 끝나는 대로 곧장 만을 빠져나간다!"

"1번·4번 발사관 발사!"

김승민 대위가 큰 소리로 복창하며 발사 버튼을 눌렀다.

어뢰발사관에 장전된 백상어 어뢰 여섯 발이 차례대로 추진기가 회전하며 발사관을 빠져나갔다. K-731이라는 형식명을 가진 백상어 어뢰는 국방과학연구소와 LG정밀이 공동 개발한 한국 해군 최초의 잠수함용 중어뢰다.

어뢰들은 미리 입력한 관성좌표에 따라 움직였다. 그것은 만의 입구까지 프로그램 명령대로 항주한 뒤에 다시 만의 안쪽에서 방향을 바꿔 부두 쪽으로 향하게 될 것이다. 그리고 그 다음부터는 자체 소나로 포착한 음문이 있을 경우 그것을 목표로 삼도록 설정돼 있었다.

"방위 공구십오(0-9-5)도 잡아. 이제 빠져나간다."

"알겠습니다. 방위 공구십오! 속도 2분의 1로 증속한다!"

이찬복 소령이 드디어 떨어진 이동 명령에 따라 함을 움직이기 시작했다.

"만약에 확률의 신이 있다면 우리를 도와줄까?"

"예?"

김대헌 중령이 알 듯 모를 듯한 미소를 지었다. 어뢰가 단지 관성유도장치에 의해서만 항주할 때 어쩔 수 없이 발생하는 오차가 있다. 이제 김대헌 중령이 기대할 수 있는 것은 공산오차 범위 안에 자위대 함정들이 들어오는 것뿐이었다. 이 세상에 만약 확률을 관장하는 신이 있다면 어뢰가 제 역할을 할 수 있는지 결정하는 것은 오직 그의 몫이었다.

9월 12일 03:46 요코스카(橫須賀)시 나가우라(長浦)항 외곽
해상자위대 호위함 이카즈치

　─거리 200미터!"
　소나 아퍼레이터가 떨리는 목소리로 외쳤다. 갑작스런 어뢰 경보에 채 기기점검과 배치를 마치지도 못한 무라사메급 호위함 이카즈치의 함교와 전투정보실 모두 공포로 가득 찼다.
　어뢰는 이제 함정의 정면을 파고들고 있었다. 이렇게 좁은 수로에서는 어뢰를 피해 변침을 할 수도, 그렇다고 예인형 어뢰기만체인 닉시를 사용할 수도 없었다. 어뢰가 함정을 포착하지 못하고 방향을 틀기를 안타깝게 기도하던 부함장도 아퍼레이터의 보고를 받고는 몸이 그대로 얼어붙었다.
　"함장. 지금이라도 늦지 않았습니다. 전속변침으로 해안 쪽으로 좌초시키는 것이……."
　"너무 늦었다."
　함장이 어둠 속으로 검은 바다를 노려보며 소리쳤다. 아직도 무슨 일이 일어났는지 정신을 차릴 수 없었다. 최초로 폭발음이 울린 지 10분도 채 되지 않았다. 폭음에 놀라 서둘러 항구에서 뛰쳐나가던 다급한 상황이 지금은 꿈처럼 느껴졌고, 이곳까지 접근한 한국 잠수함에게 어뢰를 얻어맞는다는 사실이 도무지 믿어지지 않았다.

마지막으로 포착한 한국 잠수함에 대해 현측 어뢰발사관에 장전된 마크46 경어뢰를 발사하고 싶었지만 시간이 부족했다. 자객에게 등뒤를 찔린 것처럼 고통스러웠다. 그리고 이카즈치함을 물위로 1미터는 들어 올린 것 같은 엄청난 충격에 함장과 함교요원 모두 자리에 나뒹굴었다.

어뢰로부터 고주파 지향음이 이카즈치를 향해 마지막으로 쏘아졌고 반사음을 포착한 어뢰의 추적프로세서는 다시금 접근 방향을 수정했다. 마지막 순간, 어뢰는 진행하던 심도에서 수심 20미터의 최종적인 충돌 코스로 변경하기 위해 10여 미터 하강했다.

자기신관(Magnetic Fuse)이 활성화되었고, 곧 5,000톤이 넘는 이카즈치함의 강철 선체가 내뿜는 강력한 자기장의 십자선 중심으로 어뢰는 빨려들듯 쇄도했다.

TNT 350kg의 위력에 상당하는 고성능 HBX 폭약이 충진된 SUT 어뢰의 탄두가 폭발하자 폭발가스는 순식간에 직경 20미터에 이르는 크기로 팽창했다. 초고속으로 부풀어진 가스 기포는 엄청난 힘으로 물을 밀어냈고, 곧 강한 수압의 충격이 이카즈치함을 밑으로부터 위로 올려쳤다.

곧이어 팽창했던 가스 기포는 폭발한 지 0.5초가 지나자 물의 압력을 이기지 못하며 다시 수축했다. 짧은 순간 이카즈치를 물 위쪽으로 밀어올리던 강한 힘이 사라지며 반대 방향으로 응력을 만들어냈다. 선체 중앙이 아래쪽으로 강력하게 당겨지는 힘에 의해 이카즈치의 용골은 엄청난 변형 스트레스를 받았다. 그리고 다시 1초 후 최후의 일격을 맞았다.

수축됐던 가스 기포는 고속 제트로 변해 급상승했고 이카즈치의 선체 이곳저곳에 벌어진 작은 틈새로 파고들며 순식간에 함내에서 팽창했다. 엄청난 압력의 폭발가스가 상부 구조물을 휘저었고 전투정보실과 선체 중앙부에 있던 승무원들의 목숨을 순식간에 앗아갔다.

몇십 초 후 함수와 함미 쪽에서 살아남은 승무원들이 거센 충격에서 간신히 헤어날 즈음이었다. 심하게 부서지고 찢겨진 용골은 더 이상 함 자체의 배수량을 이겨내는 것이 불가능했다. 강철의 선체가 반으로 찢겨지며 내뿜는 기괴한 파열음이 물을 두드렸고 함수와 함미는 공평한 크기로 나누어지며 다시 끝부분이 수면 위로 기울어지듯 일어섰다.

그것이 마지막이었다. 두 개로 나누어진 선체는 옆으로 기울어지며 수면 속으로 미끄러지듯 빨려들기 시작했다. 침몰하는 배에서 탈출해 바다에서 허우적거리던 승조원들도 물보라와 함께 그 소용돌이 속으로 사라지고 말았다. 해상자위대 제1호위대군 소속 무라사메급 호위함 이카즈치의 최후였다. 그러나 아사기리급 호위함 아마기리의 최후는 더 끔찍했다.

9월 12일 03:48 요코스카(橫須賀)시 나가우라(長浦)항

"발 밑을 조심해! 다사키!"

모리타가 소리질렀다. 부두 이곳저곳에는 어른 주먹보다 조금 큰 덩어리들이 흩어져 있었다. 미사일이 흩뿌린 자폭탄들 중에 폭발하지 않은 것이 군데군데 흉측스럽게 나뒹굴고 있었다.

"불발탄일 거야."

"지연신관이라도 달려 있는 거라면 어쩌려고 그래!"

호되게 겁먹은 모리타가 빽 소리지르자 다사키 삼조도 꺼림칙한지 멀찍이 물러났다. 지연신관이 달려 있다면 그것은 시한폭탄이나 마찬가지였다. 그리고 이런 종류의 자폭탄들은 일격 후 일정 시간이 지나고도 그 지역에 계속 위협을 주기 위해 지연신관이 장착되는 경우가 흔하다.

"어떻게 이런 일이……."

모리타는 당장이라도 울음을 펑 터뜨릴 것처럼 어깨가 들썩거렸다. 정비고 바깥에서 함정을 수리하던 동료들도 피해를 입었다. 자탄들은 수류탄보다 훨씬 파괴력이 강했고 피하지 못한 자위관들은 몸을 숨길 곳도 찾지 못하고 그대로 당했다.

경광등을 번쩍이며 앰뷸런스 두 대가 빠르게 다사키와 모리타 옆을 지나갔다. 그러고는 바닥에 흩어진 자탄을 발견했는지 날카로운 브레이크 소리와 함께 급히 방향을 틀며 멀어졌다. 다행히 폭탄은 그 순간에 터지지 않았다.

수로 바깥쪽에서 다시 폭음이 들려왔다. 다사키 삼조는 소리가 들린 쪽으로 고개를 돌렸으나 만 입구에 가려 아무것도 보이지 않았다. 혹시 먼저 빠져나간 하루사메 쪽에서 폭발이 난 것도 같았지만 소리는 크지 않았다.

이제 남은 함정들이라도 빨리 출동시키는 게 급했다. 살아남은 자위관들은 각각 함정들로 달려가 승조원들을 도와 계류색을 거둬들이는 작업을 도왔다.

모리타가 기지와 함정간에 연결된 전원을 차단하고 동력선을 감기 시작했다. 맨 바깥쪽에 계류된 제1호위대군 기함 시라네가 능숙한 솜씨로 현측에서 멀어져나갔다.

시라네는 다른 함정과 거리를 띄우자 일부러 닻을 올리지 않은 채 바닥에 박힌 닻의 파지력을 이용해 급격한 선회를 시도했다. 6,000톤에 가까운 대형 함정이 고작 2톤도 안 되는 닻을 이용해 좁은 수로를 빠른 속도로 빠져나가는 것은 멋진 모습이었다.

부두에서 거리를 띄워 계류됐던 시라네는 피해가 그나마 적은 편이었다. 현문 쪽에 서 있던 승조원 몇몇이 다사키 삼등해조의 거수경례에 대함경례로 멋지게 응답했다. 갑자기 습격당한 것에 대한 공포와 어수선함 대신 모두의 얼굴에서 이제 굳은 결의가 솟아오르고 있었다.

충격을 받은 모리타도 침착을 되찾은 듯 나머지 함정들로 여기저기 바쁘게 뛰어다녔다. 해상자위대의 본거지라고 할 수 있는 요코스카가 공격당한 것에 대한 수치와 복수심이 뒤엉켜져 다사키 삼조의 표정도 잔뜩 굳어졌다.

시라네 뒤로 호위함 한 척이 더 빠져나가고 이번에는 부두 안쪽의 잠수대군 기지에서도 잠수함 두 척이 묘박을 풀고 바다로 향했다. 또 다시 미사일 공격이 재개될지도 모르기 때문에 함정들을 일단 외해로 피신시키려는 의도였다.

"어엇!"

나가우라항 입구를 막 벗어나려던 시라네함에서 밝은 불빛과 함께 거대한 물기둥이 하늘 높이 치솟았다. 그리고 그것을 지켜보던 모리타가 무슨 일이 일어났는지 미처 알아채기도 전에 거센 폭음이 귓가를 때렸다.

—쿠쿵!

시라네의 함수 쪽으로부터 3분의 1 정도 되는 곳에서 치솟은 물기둥은 순식간에 시라네함을 하얀 포말로 휘감아버렸다. 그것은 조금 전에 부두로 쇄도한 미사일이 분명 아니었다.

어뢰의 위력은 너무나 강했다. 그 커다란 군함이 어뢰 맞은 곳을 중심으로 45도쯤 꺾여버렸다. 그리고 관성에 의해 배가 앞으로 움직이자 함수 쪽이 완전히 180도 회전해 함수와 나머지 함체가 겹쳐졌다. 시라네는 그 상태로 얼마쯤 앞으로 가다가 멈춰 섰다. 그리고 함정 곳곳에서 불길이 치솟았다.

"어뢰다!"

물기둥이 가라앉고 화염이 치솟기 시작한 시라네 근처 검은 물 속으로 무엇인가 쏜살같이 움직이고 있었다. 그 물그림자들은 방향을 나가 우라항의 부두 쪽으로 차례대로 방향을 바꾸기 시작했다. 모리타가 급한 나머지 말을 더듬었다.

"바······ 바보들······!"

앞쪽으로 나아가던 잠수함 유키시오의 사령탑 좌우로 견시들이 나와 있었다. 하지만 사각에 가려서인지 견시들은 시라네함의 상황을 빨리 알아채지 못한 것 같았다. 이윽고 유키시오도 어뢰를 발견했는지 타를 움직이며 선회를 시도했다. 그러나 물 밖으로 드러난 스크루만 맹렬히 회전할 뿐 유키시오는 쉽게 움직이지 못했다.

잠수함 갑판 위에서 계류색을 풀고 갑판 장구를 정리하던 자위관 몇몇이 달려드는 어뢰에 놀라 혼비백산한 채로 뛰었다. 하지만 비좁은 잠수함 갑판 위에서 그들이 몸을 피할 곳은 없었다. 곧 유키시오의 함수에서 엄청난 폭음과 함께 검붉은 화염이 빠른 속도로 팽창해서 그들을 삼켜버렸다.

하늘 높이 불타는 파편이 날아다녔다. 군항 이곳저곳이 온통 불바다였고, 검은 바다도 불에 타오르고 있었다. 모리타는 입을 쩍 벌린 채 움직이지 못했다.

**9월 12일 03:52 요코스카(橫須賀)시 나가우라(長浦)항 동쪽 6km
한국 해군 잠수함 나대용**

"명중입니다! 이카즈치 피격 확인! 아마기리 피격 확인!"

"와아아!"

잠망경을 들여다본 채로 김승민 대위의 보고를 들은 전투정보실 요원들이 일순간 환호했다. 그러나 음탐장이 팔을 요란하게 휘저으며 조용히 하라는 신호를 보내자 이곳저곳의 요원들이 입을 가린 채로 터져나오려는 함성을 가로막았다. 침묵 속에서도 승조원들은 흥분을 주체할 수 없었다.

그러나 아직 공격은 계속되고 있었다. 나대용함에서 발사한 백상어 어뢰 여섯 발이 나가우라항 깊숙한 곳에서 목표를 찾아 헤집고 다닐 것이다.

─깡! 까강!

낯익은 폭음소리가 또다시 나대용함의 선체를 두들겼다. 그것은 나가우라항 안쪽에서 들려온 폭발음이었고, 그 소리가 무엇을 뜻하는지는 분명했다. 잠시 후 조금 더 낮은 폭발음이 네 번 연속 들려왔다.

"여섯 발 모두 폭발했습니다. 그러나 먼저 폭발한 두 발을 제외하고 나머지는 표적들에 명중하지 못한 것 같습니다."

스톱위치로 항주시간을 계산한 김승민 대위가 의견을 말했다. 무선유도와 단순한 침로만 설정하여 발사했던 백상어 어뢰에게 그 이상을 기대하는 것은 무리였다. 여섯 발 중 두 발도 대단한 성공인 셈이었다. 조금 전에 나대용함에서 들은 소리는 백상어 어뢰가 시라네와 유키시오에 명중한 폭발음이었다.

"혹시 알아? 나머지 어뢰 네 발이 부두에 계류된 놈들을 잡았을지도 모르잖아. 잘했어, 작전관."

김대헌 중령이 모처럼 김승민의 어깨를 두들겼다. 그리고 나서 느긋하게 잠망경 접안구에 눈을 댔다.

"꼴 좋군. 이카즈치가 완전히 주저앉았다. 욕탕 안에서처럼 편안하게 누워 있어. 여기가 온천인 줄 아나? 으하하!"

김대헌 중령이 호기롭게 웃어젖혔다. 먼저 피격된 이카즈치함 곳곳에서 구멍부이가 펼쳐지고 함교 상단부에서 계속 해자대 수병들이 꾸역꾸역 빠져나오고 있었다.

무라사메급 호위함 이카즈치는 뜻밖에도 완전히 가라앉지 않았다. 수심이 불과 30여 미터밖에 안 되기 때문에 선체가 모두 잠겼지만 상부 구조물 중 함교 위 부분과 마스트는 수면 밖으로 드러난 모습이었다.

그 뒤에 있는 아사기리급 호위함 아마기리는 훨씬 끔찍한 최후를 맞았다. 피격된 후 탄약고가 폭발하면서 선체의 복원력을 상실한 까닭에 아마기리는 선복이 기울어진 채로 수면 위에 완전히 노출됐다. 뒤집어진 배에서 탈출하는 것은 매우 힘든 일이다. 언뜻 보기에도 이카즈치함에 비해 아마기리함은 탈출자가 확연히 적었다.

"잠망경 내려! 속도 앞으로 둘!"

마냥 전과에 기뻐하던 김대헌 중령은 피격된 두 함정 승무원들의 운명에 대한 애도가 불현듯 밀려들어 가슴을 차갑게 냉각시켰다. 광개토대왕함 역시 저 함정들처럼 비참하고 굴욕적인 모습으로 최후를 맞았던 것이다.

누군가의 아들이며, 아버지이며, 또 누군가의 남편인 해상자위대 수병들이 죽어나가고 강력한 호위함들은 치명적인 상처를 입은 채로 허우적거리고 있었다. 어쩌면 그것은 나대용함의 모습이 될 수도 있었다.

잠망경을 수납하고 나자 부장 이찬복 소령이 마지막으로 잠망경으로 잡은 모습을 비디오 플레이어로 재생했다. 작은 모니터 화면이지만 그 안에서 무슨 일이 일어났는지는 전투정보실 요원들도 명확하게 알 수 있었다.

이렇게 가까운 거리에서 어뢰를 쏴서 명중시킨 적은 없었다. 그리고 함정이 가라앉지 않고 저렇게 비참한 모습을 드러내는 것을 본 적 또한 한 번도 없었다. 승리에 취해 있던 승조원들의 가슴도 차츰 그렇게 무거워져갔다.

"함 좌현에 선박 출현!"

"조심해! 우현 전타!"

가라앉은 기분으로 침묵하고 있던 김대헌 중령이 갑작스런 선박 출현 보고에 놀라 허둥지둥 변침 명령을 내렸다. 나가우라항 북쪽의 작은 곳에서 튀어나온 대형 선박은 바로 조금 전까지도 잠망경에서 알아채지 못했기에 김대헌 중령은 더더욱 당황할 수밖에 없었다.

조타수가 있는 힘껏 타를 꺾자 나대용함이 반대 방향으로 빠져나갔다. 이곳에 잠수함이 있다는 것을 전혀 알아채지 못한 상선은 계속 침로를 유지하고 있었고, 선회반경이 좋지 않은 나대용함으로서는 위기일발의 순간이었다.

"자동차 운반선이다. 대체 어디서 튀어나온 거야? 그쪽은 항로도 아니잖아?"

김대헌 중령이 함형을 확인하며 중얼거렸다. 다른 승조원들은 우라가항로에서 떨어진 곳에서 배가 갑자기 나타난 까닭에 놀란 가슴을 쓸어내렸다.

"닛산자동차 부두에서 나온 배입니다. 죄송합니다. 미리 발견하지 못했습니다."

김선욱 상사의 얼굴이 순간 벌개졌다. 나가우라와 요코스카 본항의 움직임에만 온 신경을 기울이다 보니 미처 만을 돌아나오던 민간 선박을 발견하지 못한 것이었다.

"괜찮아. 그게 음탐장 잘못은 아니지."

부하를 채근하고 싶은 마음은 없었다. 그보다는 이곳까지 무사히 들어와 임무를 성공한 데 기여한 부하들의 용기에 김대헌 중령은 더욱 감사했다.

"최대한 빠른 속도로 만을 빠져나간다. 놈들이 아직 정신차리지 못하는 지금이 마지막 기회다. 제군들! 한 번만 더 노력을 경주하자. 이제 우리는 집으로 돌아간다!"

김대헌 중령이 해줄 수 있는 최대한의 말이었다. 이제 부하들을 살려서 내보내는 것이 그의 어깨에 매달린 유일한 짐이었다. 어쩌면 가벼울 수도 있고, 아니면 세상에서 가장 무거운 짐일 수도 있었다.

9월 12일 04:16 가나가와(神奈川)현 아야세(綾瀨)시 아쓰기(厚木) 기지 해상자위대 자위함대 항공집단 제4항공군 제3항공대

"1번 엔진 시동!"

조종석 유리창 밖으로 주날개에 붙어 있는 엔진이 요란한 소리를 내며 시동이 걸린 것을 확인하고 카미오카 요시오(上岡淑郎) 삼좌는 나머지 엔진을 차례대로 점화시켰다. 이렇게 긴박한 상황이 무언가를 떠올리고 싶지 않았다. 단지 또다시 두려움이 시작된 것만은 분명할 뿐이었다.

무장사들이 폭탄창 내부를 최종적으로 확인하고 카미오카 삼좌에게 수신호를 보냈다. 어뢰 네 발, 그리고 폭뢰 두 발이 카미오카가 조종하는 P-3C 오라이언 대잠초계기의 표준 무장이다. 폭탄창이 닫히고 기체는 토잉 카에 이끌려 서서히 활주로 끝으로 나아갔다.

아쓰기(厚木) 기지, 해상자위대 최대의 항공대 기지이며 미 해군 항공대와 공동으로 사용하는 기지다. 아쓰기 역시 요코스카처럼 제국해군 시절에 건설된 해군 비행장이었다.

이곳의 제51항공단에서 대잠항공기 조종과 비행전술을 습득했던 카미오카 삼좌는 규슈 가노야(鹿室)의 제1항공군에서 근무했다. 그가 이곳 아쓰기로 온 것은 채 하루도 되지 않았다.

"기장. 이제 전술 임무는 제6항공대와 교대하지 않았습니까? 대체 무슨 일입니까?"

부조종사 후루가와 쓰구오(吉川次男) 일등해위도 입이 잔뜩 튀어나왔다. 이들이 속한 제1항공군 소속 제7항공대는 한국 해군과 치열한 교전을 마치고 가노야로부터 이곳 아쓰기 기지로 임무를 교대한 지 채 하루도 지나지 않았기 때문에 그럴 만도 했다.

"모르겠다. 긴급출동 명령이야. 대잠전지휘소에서 곧 작전을 직접 지휘할 거야."

"또다시 가노야로 가는 겁니까?"

"글쎄…… 아직 명령을 수령하지 못했으니깐."

간단하게 대꾸한 카미오카도 상황이 궁금할 수밖에 없었다. 작전 브리핑도 없이 먼저 출격부터 하라는 명령은 흔한 상황이 아니었다. 곧이어 카미오카의 편대기인 사쿠라바 일위의 오라이언이 뒤로 따라 붙고 카미오카의 기체는 활주로 끝에 섰다.

이어 관제탑의 이륙허가가 떨어지고 카미오카의 오라이언이 아직 동트기 전의 검은 하늘을 향해 활주로를 힘차게 날아올랐다.

─파일럿! 택. 대잠전지휘소로부터 작전구역을 통보받았습니다.

고도를 높인 지 채 1분도 지나지 않아 전술통제사 고지마 가즈히코(小島一彦) 일위의 목소리가 헤드셋을 울렸다.

"어딘가?"

─요코스카입니다.

"뭐라고? 요코스카라고?"

─그렇습니다. 한국 잠수함이 우라가항로로 들어와서 어뢰와 미사일을 쐈답니다. 놈이 만을 빠져나가기 전에 빨리 해치우랍니다.

카미오카 삼좌는 처음에 잘못 들은 줄 알았다. 그러나 요코스카가 맞기는 맞는 모양이었다. 어찌된 셈인지 알 수 없었지만, 한국 잠수함이 이곳 도쿄만 안쪽까지 기어 들어와 제1호위대군의 모항을 마구 헤집은 것이 틀림없었다.

"맙소사! 저게 뭐야?"

카미오카 삼좌가 요코스카 쪽에서 치솟는 연기를 목격하고는 입을 쩍 벌렸다. 나가우라항 방향에서 검은 연기가 뭉게뭉게 피어오르고 있었다.

"택, 나가우라가 당했다. 나가우라가 당했다. 어떻게 이런 일이……."

카미오카 삼좌는 기체를 나가우라항 쪽으로 돌리며 천천히 고도를 낮췄다. 호위함 몇 척에서 피어오르는 연기가 뚜렷이 보이고 그 주위로 작은 배들이 옹기종기 모여서 흰 물줄기들을 뿜어대고 있었다. 소방선들이었다.

─파일럿! 사령부 건물도 피격된 것 같습니다. 놈이 아직 만 안에 있다고 합니다. 서둘러야 됩니다!

헤드셋으로 당황한 고지마 일위의 목소리가 쩌렁쩌렁 울렸다. 아수라장인 나가우라항을 옆으로 하고 카미오카 삼좌는 기체를 다시 바다 쪽으로 급격히 꺾었다.

여태까지 이렇게 가까운 곳에서 대잠훈련을 해본 적은 없었다. 그것도 요코스카 바로 앞까지 잠수함이 들어와서 이렇게 난장판을 만들어 놓았다는 것이 도저히 믿어지지 않았다.

"어떻게 이곳까지 잠수함이 들어온 거지? 여긴 우리 코앞이야."

─모르겠습니다. 지금 요코스카는 봉쇄된 상태랍니다. 자위함대는 출동이 불가능하답니다. 곧 요코스카 지방대가 출동하겠지만 그전까지는 수상함정의 지원 없이 항공초계만으로 놈을 잡아내야 하는 상황입니다.

"젠장! 긴 말 할 것 없다. 벌써 목표 상공이야. 비티 투하 준비해!"

─알겠습니다. 비티 부이 투하 준비!

기수를 되돌려 요코스카 바로 앞까지 되돌아간 카미오카는 비티(BT)

부이를 투하하기 위한 절차를 밟았다. Bathy-Thermograph의 약어로, SSQ-31 부이는 해수의 온도를 측정하는 수온기록계다. 외관은 소노부이와 비슷하게 생겼는데 물 속으로 투하되면 온도계가 달린 케이블이 수중으로 내려가 각 심도별로 온도를 특정할 수 있었다.

―수온분포 확인. 현 구역에 소노부이를 투하합니다!

"알았다. 택!"

수심이 낮기 때문에 수온분포도 복잡하지 않았다. 카미오카는 기체를 다시 한 번 선회시켜 비티 부이를 투하한 상공으로 되돌렸다. 좁은 만 안에서는 어차피 잠수함이 잠항한 채로 빠져나갈 수 있는 길이 빤했다.

―투투퉁!

소노부이가 기체 후방에서 요란한 소음과 함께 바다 위로 퉁겨져나갔다. 그리고 카미오카는 우라가항로 방향으로 비행침로를 일직선으로 잡았다. 수로 주변은 수심이 얕기 때문에 잠수함이 그곳에 있을 확률은 적었다. 그러므로 수로를 따라 소노부이를 투하하는 것이 가장 이상적이었다.

―파일럿! 택! 13번·15번 소노부이에 신호가 잡혔습니다. 7B 구역입니다.

"잡았다. 이 녀석!"

분기탱천한 카미오카 삼좌의 입가로 옅은 미소가 흘렀다. 이제 놈에게 나가우라를 공격한 대가를 뼈저리게 안겨줄 차례였다.

"조명탄 투하 준비!"

아직도 어둠이 걷히려면 시간이 남았다. 카미오카 삼좌는 참조점으로 삼기 위해 스모커 대신 조명탄을 쓰려고 마음먹었다. 기체가 둔중하게 선회하며 허겁지겁 빠져나가고 있을 한국 잠수함 위에 떠 있는 소노부이 부표로 향했다.

9월 12일 04:36   가나가와(神奈川)현 요코스카(橫須賀)시 남동쪽 8km

한국 해군 잠수함 나대용

"1시 방향! 수면에 소노부이 입수!"

"좌현 전타! 앞으로 하나!"

김대헌 중령이 서둘러 변침을 지시했다. 소노부이들이 나대용함의 앞쪽으로 낙하하고 있었다.

"좌현 전타! 앞으로 하나!"

전속의 3분의 1 속도로 줄어든 나대용함이 급격하게 왼쪽으로 기울어지며 소노부이가 떨어지는 방향을 피하려 했다. 그러나 좁은 수로에서 그것은 한계가 있었다.

"함장님! 10시 방향에서도 소노부이 탐신음이 포착됩니다. 완전히 포위됐습니다!"

고개를 돌린 김선욱 상사의 표정은 절망적이었다. HQS-12 부이에서 쏟아지는 탐신음들이 주변을 에워싸고 있었다. 일본 오키(Oki)사에서 제작한 이 부이는 한국 해군이 사용하는 미국제 SSQ-53 부이에 상응하는 부이로, 잠수함의 위치를 파악할 때 사용하는 가장 광범위한 부이였다. 그리고 별명으로 더 많이 불리는데, 바로 줄리 제저벨(Julie Jezebel)이다.

사방에서 울려퍼지는 핑 소리는 주변의 다른 소노부이에서 쏟아진 반사파와 함께 종합되어 대잠초계기에서 삼각측정으로 나대용함의 위치를 정확하게 파악할 터였다. 그리고 그것은 성서에 나오는 악녀, 아합의 왕비가 내지르는 고함소리처럼 잠수함 승조원에게는 끔찍한 소리로 들렸다.

"항공기 엔진음입니다. 수면 위로 접근 중입니다. 함수 방향 10도!"

이번에는 김승민 대위가 직접 확인하고 보고했다. 바닷물을 두드리는 굉음은 약간 다르게 들렸지만 그 진동은 활주로에서 느끼던 오라이언 대잠초계기가 내는 낮으면서 부드러운 터보프롭 엔진과 프로펠러 회전음이었다.

"매드 탐색일까?"

김대헌 중령이 초조한 표정으로 중얼거렸다. 비행기는 낮게 머리 위를 스쳐지나 뒤쪽으로 사라졌고 굉음도 점점 작아지고 있었다. 그리고 10여 초가 채 지나지 않았을 때였다. 여태까지 경험해보지 못한 엄청난 충격이 나대용함을 위로부터 강하게 내리쳤다.

—쿠쿵!

"어이쿠!"

순간 거센 충격과 함께 잠망경 옆에 기대서 있던 김대헌 중령이 벌렁 뒤로 자빠졌다. 마치 쇠망치로 머리를 얻어맞은 것처럼 몇 초간 정신이 빠진 김대헌 중령이 간신히 몸을 일으켜 세우고 주위를 돌아보았다. 충격으로 주 전원이 차단되고 비상 전원이 연결되며 적색 비상등이 켜졌다.

"폭뢰입니다. 으으……."

자리에 앉아 있던 김승민도 충격으로 제정신이 아닌 듯 멍한 표정으로 그대로 꼼짝없이 있었다. 그리고 잠시 동안 손가락 하나도 움직이지 못할 정도로 온몸이 무력하게 느껴졌다.

얼굴 정면에 회심의 일격을 얻어맞은 복서처럼 눈앞에서 초록빛 섬광이 번쩍였고, 그 다음부터 아무것도 기억이 나지 않았다. 그것은 강한 충격을 받았을 때 인체가 흔히 반응하는 시각적인 쇼크와 같은 것이었다.

근거리에서 폭발한 폭뢰가 엄청난 압력파를 만들어냈고, 그것이 나대용함을 강하게 때린 것이었다. 김승민은 그런 충격에 대해 잘 알고 있었다. 갑자기 어둠 속에서 꼭꼭 숨겨두었던 공포가 스멀스멀 솟아

오르는 것처럼 김승민의 뇌리에서 악몽과 같은 기억이 되살아나고
있었다.

"왜 그랬지? 왜 네가 남지 않았던 거지?"
"아냐. 난 겁쟁이가 아냐. 내가 남기 싫었던 게 아니었다고!"
윤곽조차 보이지 않는 컴컴한 어둠 속에서 누군가 김승민에게 계속
묻고 있었다. 이상하게도 똑같은 질문만 계속됐고, 쳇바퀴를 도는 것
처럼 김승민은 똑같은 대답을 하고 있었다.
"아냐! 난 겁쟁이가 아냐! 내가 남으려고 했어! 이제 그만 날 내버려
둬! 제발!"
김승민이 발광하듯 고개를 세차게 흔들어댔다. 어지러웠고 아무 생
각도 나지 않았다.
"자! 이걸 받아!"
"이게 뭐지?"
아무것도 보이지 않은 손으로부터 김승민의 손바닥에 무엇인가 놓
여졌다. 적당하게 무겁고 차가운 느낌, 그리고 매끈한 감촉이었다. 그
리고 김승민은 곧 달걀보다 조금 더 큰 크기를 가진 그것의 정체를
알아차렸다.
"이걸 어떻게 하라고? 지금 딸까?"
취한 것처럼 목구멍에서 힘없이 새나온 말투는 꼭 잠꼬대와 같았고
스스로도 그것을 느낄 수 있었다. 마구 눈이 감기려는 걸 참으며 김승
민은 어둠 속의 누군가에게 계속 지껄였다.
"응, 이렇게 따면 되는 거지? 먼저 안전고리를 제거하고…… 핀을
뽑은 다음에…… 이렇게 쥐고 있던 클립을 놓으면……."
위험한 장난감이었다. 그리고 그것을 쥐고 있던 손아귀의 힘이 차차
빠져나가고 놓치면 안 된다는 것을 뻔히 알면서도 김승민은 어쩔 수

없는 기분이 되었다.

떨어뜨리면 곧바로 뛰어야 된다고 생각했지만 종아리 아랫부분부터 아무것도 움직일 수가 없었다. 쥐가 난 것처럼 발목에 아무 느낌도 없었고 문득 발등이 바닥에 닿은 것을 느끼는 순간 김승민은 짚단이 쓰러지듯 그 자리에 쾅당 넘어졌다.

"아…… 안 돼……."

손아귀에서 미끄러지듯 빠져나간 수류탄이 바닥 위를 데굴데굴 굴렀다. 그리고 속으로 셈하는 다섯까지의 숫자가 고장난 시계의 초침이 계속 제자리에서 덜컥거리듯 멈춰선 것처럼 느껴졌다.

"으아아!"

폭발할 것 같은 순간 김승민의 입에서 고함과 비명이 터져나왔다. 그러나 아무 소리도 들리지 않았다. 폭음도 없었고 온몸을 찢어버릴 것 같은 파편도 없었다. 단지 고요할 뿐이었다.

"자, 여기 있어. 기회는 한 번뿐이야. 다시는 이런 실수하지 마."

아까와 달리 훨씬 부드러워진 목소리가 들려오고 김승민은 이제 눈을 뜰 수도 없었다. 그리고 손바닥 위로 다시 차갑고 매끄러운 감촉이 느껴졌다.

마지막 힘이 솟았을까. 마비된 것처럼 꼼짝도 할 수 없었던 김승민은 손가락을 움직여 수류탄을 더듬기 시작했다. 제자리에 꽂힌 안전핀, 그리고 단단하게 고정된 안전클립. 그리고 다시 귓가로 고함소리가 들려오고 있었다.

"어뢰 접근 중! 어뢰 접근 중! 3시 방향!"

"침좌한다! 밸러스트 충수!"

김대헌 중령의 고함소리가 전투정보실을 쩌렁쩌렁 울렸다. 그리고 이찬복 소령의 복창소리와 함께 나대용함은 내려가는 엘리베이터를 탄 것처럼 스르르 아래쪽으로 하강하기 시작했다. 곧이어 충격과 함께 바닥에 부딪힌 나대용함은 왼쪽으로 10도 정도 기울어진 채로 멈춰섰다.

"본함으로 다가오고 있습니다. 으아아!"

최지훈 중사가 가까워지는 어뢰의 액티브 탐신음을 듣고 비명을 질렀다.

"조용히 해! 제기랄! 아직 서클 패턴이야! 우리를 포착하지 못했어!"

진땀을 뻘뻘 흘리면서 김선욱 상사는 계속 어뢰의 움직임을 추적했다. 나대용함으로부터 불과 200미터도 떨어지지 않은 곳에 입수한 어뢰는 입력된 수색방식, 즉 길게 원을 그리며 선회하고 있었다.

깊은 수심이라면 나선형으로 하강하면서 잠수함을 수색하지만 수심이 낮은 천해역에서는 심도를 유지한 채로 지정된 위치를 선회할 뿐이었다. 어뢰의 탐신음이 가까워졌다가 멀어지기를 반복하고 그때마다 김선욱 상사의 미간이 잔뜩 좁아진 채로 어뢰의 방위에 온 신경을 곤두세웠다.

"어뢰는 우리를 포착하지 못할 겁니다. 함장님! 다시 밸러스트에 압축공기를 채우십시오!"

"무슨 소리야?"

김대헌 중령이 펄쩍 뛰었다. 지금 어뢰가 바닥에 침좌한 나대용함과 해저면을 정확하게 구분하지 못하기 때문에 계속 수색 패턴으로 맴돌고 있는 것이었다. 여기서 함을 부상시키면 어뢰의 추적프로세서는 단번에 나대용함을 포착하고 말 터였다.

"곧 폭뢰 공격이 재개될 겁니다. 지금밖에 기회가 없습니다. 심도 20까지 부상해주십시오."

말도 안 되는 소리라고 생각한 김대헌 중령은 김승민의 의견을 묵살했다. 그 순간이었다. 수면 위로 다시 폭발이 일었다.

―쿠쿵!

"제기랄! 이 망할 놈들아! 나한테도 기회를 달란 말이다!"

김대헌 중령이 비틀거리며 욕설을 퍼부었다. 숨쉴 틈도 없이 공격이 계속되었다. 그리고 그를 지켜보던 김승민의 눈길과 마주쳤다.

"그래, 어떡하자는 거야? 설명해봐!"

김대헌 중령이 일갈했다. 움직일 수도 없고, 그렇다고 계속 침좌해 있다간 폭뢰 공격에 견딜 수 없을 것만 같았다.

"놈들도 이렇게 낮은 심도에서는 대잠어뢰를 쓰는 것이 어렵다는 것을 알 겁니다."

"그래서?"

"저는 잠수함 학교에서 수중폭발음은 대기중과 달리 완전히 진동에 너지가 없어질 때까지 시간이 걸린다고 배웠습니다."

"그래서!"

김승민의 설명을 건성으로 듣던 김대헌 중령이 순간 머릿속으로 번 뜩이는 것이 하나 있었다.

"진작에 말하지 그랬어? 부장! 당장 부상한다. 심도 20까지!"

"알겠습니다. 심도 20까지 부상! 그런데…… 이렇게 심도를 올렸다 가 어뢰에 탐지되면……."

이찬복이 두려운 듯 중얼거렸다. 게다가 지향성 음파를 쓰는 다이파 부이에는 더욱더 탐지될 가능성이 높다. 이찬복은 지금 나대용함이 부상해서 제대로 빠져나갈 수 있을지에 대해 자신이 없었다.

"시간이 없어! 곧 날이 밝는다. 그전에 우라가항로로 끝까지 빠져나가 야 해! 얕은 곳에 갇혀 있다간 물 빠진 저수지의 가물치 꼴이 되고 만다고!"

김대헌 중령이 해도판에 시선을 모았다. 우라가항로가 끝나는 지점 부터 도쿄만의 수심은 곳에 따라 500미터 깊이로 급격하게 깊어진다.

좁은 우라가항로보다 폭도 훨씬 넓다. 잠수함이 숨을 곳이 많다는 뜻이었다. 나대용 입장에서는 어서 깊은 심도로 잠항해야 살아남을 확률도 커졌다. 지금처럼 낮은 심도에서 머물다간 해수면을 통해 잠수함이 육안으로 발견될 가능성도 크기 때문이다.

그리고 문제는 또 있었다. 김대헌 중령이 차마 말은 못했지만, 이 근처부터 남쪽으로 몇 킬로미터까지는 잠수함 최무선이 기뢰를 부설한 해역이었다. 정말 재수없으면 최무선에서 부설한 기뢰에 나대용이 접촉해 파괴될 수도 있었다. 함장이 시간이 없다고 한 것은 곧 날이 밝기 때문만이 아니라 기뢰가 활성화될 시간이 다가오고 있기 때문이었다.

─쿠쿵!

또 폭뢰가 터졌다. 그러나 나대용함과 떨어진 곳인지 충격은 조금 덜했다. 함장은 부하들 앞에서 초연한 모습으로 흔들리지 않아야 하지만 계속된 폭뢰 공격에는 장사가 없었다. 충격에 몸이 반사적으로 움찔거리자 김대헌 중령은 스스로에 대해 화가 나는지 얼굴이 붉어졌다.

지금같이 폭뢰가 집중적으로 투하되면 폭발음을 배경으로 잠수함이 회피할 수 있다. 김승민이 이야기한 것처럼 수중의 폭발음은 진동이 잔향과 같이 오래 남기 때문에 다른 음파가 진행하는 것을 상당한 시간 동안 방해한다. 물론 소나의 기능도 저하된다.

"증속한다. 기관 전전속으로!"

나대용함이 차츰 속도를 높였고 그에 따라 폭뢰소리도 점점 멀어졌다. 그것은 나대용함이 움직이고 있는 것을 일본 대잠초계기에서 아직 모르고 있다는 뜻이었다.

이윽고 나대용함에 구역별로 탑재된 배터리 세트가 직렬로 연결되자 주 전동기로 공급되는 전력이 최대로 높아졌다. 그리고 나대용함은 낼 수 있는 최고속력에 조금 못 미치지만 15노트에 달하는 속력으로 힘차게 도쿄만 입구를 향했다.

9월 12일 04:51   요코스카(横須賀)시 남동쪽 10km
해상자위대 대잠초계기 P-3C 오라이언, 썬더 21

"이런 바보 같은 어뢰!"

카미오카 삼등해좌가 분통을 터뜨렸다. 낮은 수심으로 발사된 어뢰들은 목표를 포착하지 못했고, 게다가 심도가 유지되지 못해서 해저면에 처박는 어뢰도 생겼다.

비단 도쿄만에만 국한된 일은 아니었다. 지난 수십 년간 대잠공격 무기들은 대양작전에 적합하도록 만들어졌고, 특히 대잠어뢰와 같은 유도용 공격무기들은 천해(淺海)와 같이 낮은 수심에서는 효력이 급격히 떨어진다.

─파일럿! 택, 폭뢰 공격을 중단해야 합니다. 소노부이에서 신호가 잡히지 않습니다!

"어뢰도 무용지물인데 어떡하란 말이야!"

전술통제사 고지마 일위가 당혹스럽게 보고하자 카미오카도 신경질적으로 응수했다. 73식 경어뢰는 바닥에 달라붙어 있는 한국 잠수함을 탐지하지 못하고 계속 탐색 패턴으로만 움직이고 있었다. 게다가 폭뢰가 폭발하면서 생긴 수중에서의 잔향으로 소노부이까지 먹통이나 다름없어 어떻게 대응해야 할지 난감했다.

이른바 GRX-4라는 개발명으로 불리는 신형 97식 경어뢰라 할지라도, 지금과 같은 천해역 프로그래밍이 개선됐다고 하지만 해저면에 침좌한 잠수함을 공격하는 것을 자신하기는 어려웠다. 더욱이 재고가 석은 97식 어뢰는 카미오카의 기체에는 탑재되지도 않았다.

─1호위대군은 시간이 더 걸린답니다. 피해가 큰 모양입니다.

"이건 우리 초계기만으로 감당할 수 있는 일이 아니다. 젠장!"

카미오카가 불길과 연기가 치솟는 나가우라항을 바라보았다. 1호위
대군은 아직도 피해를 수습하느라 정신이 없는 모양이었다.

역시 어뢰에 효과를 기대하기는 어려웠다. 그렇다면 방법은 폭뢰밖
에 없었지만 이미 오라이언 대잠초계기가 가지고 있는 폭뢰는 다 사용
하고 없었다.

호위함들이라면 폭뢰를 훨씬 많이 가지고 있다. 지금 같은 상황이라
면 호위함이 잠수함 머리 위를 항주하며 폭뢰로 일제 공격하는 것이
훨씬 효과적이었다. 그러나 지금 호위함은 필요한 곳에 없었다. 카미
오카는 욕설이 튀어나오려는 것을 참기 어려웠다.

─파일럿! 좋은 소식입니다. 요시쿠라에서 호위대 하나가 빠져나오
는 중이랍니다! 잠수함의 최종 위치를 통보해달랍니다.

"알았다. 놈 위치를 통보해줘! 폭뢰로 쓸어버리라고 해!"

카미오카 삼좌가 내심 다행이라며 한숨을 내쉬었다. 요코스카항이
기항지인 제1호위대군의 비극에만 정신을 팔다 보니 요코스카 지방대
의 존재를 깜빡했다. 나가우라를 기지로 삼는 1호위대군과 달리 요코
스카 지방대는 요코스카 본항에 붙어 있는 요시쿠라(吉倉) 부두를 사용
한다.

카미오카 삼좌는 한국 잠수함이 요시쿠라를 공격하지 않은 이유를
알 것 같았다. 요시쿠라는 미 해군 부두의 바로 옆이었다.

"약아빠진 놈들!"

카미오카가 끓어오르는 분기를 간신히 참아내며 한국 잠수함을 욕
했다. 놈들이 철저하게 나가우라만을 표적으로 삼은 것은 요코스카
본항에 주둔하고 있는 미군을 자극하지 않기 위해서였다.

9월 12일 05:11   요코스카(橫須賀)시 남동쪽 14km
한국 해군 잠수함 나대용

"이 소리는……."
김선욱 상사의 미간이 잔뜩 좁아졌다.
"함장님, 좌현으로 90도 회두해주십시오! 수면에 새로운 접촉입니다!"
"알았다. 좌현 15도! 침로 백십공(1-1-0) 잡아!"
측면 소나를 탑재하지 않은 기존의 209급 잠수함은 양옆의 측방향 탐지능력이 떨어진다. 뭔가 이상한 점이 발견되면 함의 방향을 돌려서라도 함수소나를 사용하는 쪽이 확실하지만 그만큼 불리했다.
남쪽을 향하던 나대용함이 이번에는 거의 동쪽으로 방향을 바꾸었다. 아직도 비좁은 만을 빠져나가기는 요원한데다 보소반도에 면한 만의 동쪽 해안도 수심이 얕아 잠수함이 기동하기 힘든 해역이었다.
"헬기 로터음입니다. 추정거리 4,000! 호버링 중입니다!"
"젠장, 대잠헬기다. 기관 정지!"
당장 소음을 줄여야 했다. 김대헌 중령이 급박하게 명령을 내리고 곧바로 나대용함의 주 전동기가 정지했다. 남은 타력으로 나대용함이 조금씩 더 움직이긴 했지만 조류에 부딪혀 더 이상 멀리 나아가지 못했다.
조함을 지휘하던 이찬복 소령도 이번에는 답답한지 깊게 한숨을 내쉬며 이마를 적신 땀을 닦았다. 소노부이 라인을 돌파하기도 힘든 상황에서 대잠헬기까지 출현했다는 보고에는 김대헌 중령도 온몸에서 힘이 다 빠져나가는 느낌이었다.
산이나 나무를 오를 때보다 내려갈 때 더 위험하다는 것은 누구나 다 아는 사실이었다. 그러나 침투하는 것보다도 귀환하는 것이 더 어럽다는 것이 이 정도일 줄 김대헌 중령도 감히 상상할 수 없었다.

어느 선배에게 들은 말이 있었다. 디젤 잠수함은 조용하고 은밀하지만 적 함대를 포착할 수 있는 기회가 한 번뿐이라고. 그리고 공격 기회를 포착하고 명중탄을 퍼붓는 것보다 더 중요한 것은 어떻게 빠져나오는가라고 했다.

확 트인 대양에서의 작전도 그럴진대, 도쿄만처럼 비좁은 만에서는 더더욱 할말이 없었다. 공격 시간을 줄이고 나대용함은 좀더 일찍 빠져나와야 했다. 아니, 사령부의 명령보다 더 도발적인 침투를 하면서 성공을 확신했던 김대헌 중령 스스로 혼란스러워지고 있었다.

통쾌하게 어뢰를 먹여준 것도 벌써 아득한 일처럼 기억나지 않았다. 그가 결정했던 작전들이 단지 만용이 아닐까라는 회의만 들었다. 이곳에서 잠수함과 부하를 잃을지도 모른다는 불안감이 계속 그의 자신감을 갉아먹고 있었다.

"함장님!"

몇 번이나 불러댔는지 이찬복 소령이 날카로운 목소리로 계속 김대헌을 불러대고 있었다. 순간적으로 정신이 돌아왔을까. 김대헌 중령은 순간 부하들에게 어떻게 보였을까 하는 생각이 번쩍 들었다. 함장까지 동요할 수는 없었다. 어떤 위급한 상황이라도 함장은 태연한 모습을 보여줘야 한다. 보여줄 수 없다면 연기라도 해야 한다는 사실이 다시 그의 머리를 강하게 압박했다.

"호위함에서 출격하지는 않았을 겁니다. 아마도 다테야마에서 지상 출격한 놈일 겁니다. 그곳에 대잠헬기부대가 있습니다."

이찬복 소령이 지도를 보며 보고했다. 보소반도 남쪽 끝에 위치한 다테야마에는 해상자위대 제21항공단이 배치되어 있다. 호위함이 탑재하는 SH-60J 시 호크 대잠헬기들은 바로 이곳에서 출격해 함정으로 이동한다.

"저주파 탐신입니다!"

귀를 찡그리며 김선욱 상사가 보고했다.

"잠수함이나 수상함정이 아닙니다. 탐신 위치에는 헬기밖에 없었습니다."

"그래, 놈은 헬기야. 이런! 신형 소나를 갖고 있는 놈이다!"

김대헌 중령의 목소리도 이번에는 긴장이 잔뜩 배어 있었다. 해상자위대의 신형 헬기, 그것은 기존의 SH-60J 시 호크 헬기를 개조한 SH-60K 헬기로, 가장 중요한 변화는 저주파 능동소나를 탑재한다는 점이었다.

음파는 파장이 길수록, 고주파나 중주파보다 저주파가 에너지 감쇄가 적으므로 훨씬 먼 거리까지 전달된다. 반면 파장이 짧은 고주파는 정확한 위치를 파악하는 데는 유리하지만 탐지거리가 짧기 때문에 각국의 신형 대잠헬기들은 한국 해군의 링스와 달리 저주파 소나를 탑재하는 추세였다.

"어떡하죠? 대잠헬기가 방어망을 구축하고 있습니다. 빠져나가는 것은 이제 불가능합니다!"

"함장님! 고속 터빈음 포착! 호위함입니다. 추정거리 1만! 방위 삼백오십공(3-5-0)!"

음탐반의 급박한 보고가 이어지자 김대헌 중령도 어찌할 바 몰라하고 있었다. 이제 나대용함 앞뒤로 호위함과 대잠헬기가 압박하고 있었다. 게다가 머리 위에는 오라이언이 있다.

"새로운 음문입니다. 수면에 호버링 중인 헬기가 둘입니다. 방위 백칠십공(1-7-0)! 거리 2,000!"

김선욱 상사의 보고는 어두웠다. 사방에서 포위망이 좁혀들고 있는데다 퇴로라 여기고 있던 곳까지 대잠헬기가 등장하자 온몸에서 힘이 빠진 듯 김선욱은 연신 한숨을 내쉬었다.

잠수함 승무원으로 가장 두려워하는 것이 대잠방책(Antisubmarine Barrier)

이다. 헬기가 초계하는 구역으로만 끝나는 것이 아니다. 대잠헬기-대잠초계기-대잠헬기가 구역을 나눠 계속 중첩되는 대잠방책을 구축하기 때문이다. 특히 도쿄만과 같이 폭이 좁은 협수로에서는 잠수함이 더더욱 불리하다.

"그래! 어디 다 몰려와봐! 이 자식들!"

우선 만에서라도 벗어나야 했다. 그러나 지금 당장은 꼼짝할 수 없었다. 김대현 중령의 고함소리가 천장으로 향했지만 공허하게 울릴 뿐이었다.

9월 12일 05:32 요코스카(橫須賀)시 남쪽 36km
한국 해군 잠수함 우치적

"어뢰 급속발사한다! 추정방위 공십공(0-1-0), 서둘러라! 시간이 없다!"

분노한 추정우 중령이 명령을 내렸다. 더 이상 나대용함이 당하는 것을 지켜볼 수가 없었다. 꽉 움켜진 양 주먹이 부르르 떨렸다.

"어뢰 급속발사 준비! 방위 공십공(0-1-0), 3·4번 발사관에 백상어를 사용하겠습니다."

"좋아!"

작전관 이진원 소령의 의견을 추정우 중령이 흔쾌히 승낙했다. 유선 유도가 필요하지 않기 때문에 백상어 어뢰로도 충분했다. 그리고 또 한 가지가 있었다. 표적을 명중시킬 수 있다면 좋겠지만, 그보다 더 중요한 것은 나대용함으로 집중된 적 대잠세력을 분산시키려는 의도도 있었다.

"발사 데이터 입력 완료됐습니다! 3·4번 발사관 외부 해치 개방! 머즐 도어 개방!"

"발사 후 현 위치를 이탈한다. 발사!"

"3번·4번 발사관 발사!"

백상어 어뢰 두 발이 우치적함의 발사관을 조용히 떠나 만 안쪽으로 향했다. 이 백상어 어뢰들은 신형 염화티오닐 전지로 개수된 어뢰였다. 전지추진 어뢰의 경우 배터리 용량에 따라 속도 차이가 크게 난다.

저속으로 발사된 백상어 어뢰 두 발은 차츰 속도를 높여 45노트에 달하는 최대속도로 움직이기 시작했다.

9월 12일 05:42 요코스카(橫須賀)시 남동쪽 15km
한국 해군 잠수함 나대용

'백 번 잠항하고 백 번 부상한다.'

김대헌 중령의 눈길이 전투정보실 전면에 붙어 있는 벽을 향했다. 그것은 한국 해군 잠수함 부대의 구호였다. 백 번을 잠항하더라도 다시 안전하게 부상하여 기지로 귀환하는 염원을 담은 구호지만 지금은 너무나도 공허하게 보였다.

―쿠쿵!

"윽!"

다시 거센 충격이 나대용함을 덮치고 김대헌 중령은 가슴을 움켜쥐었다. 마치 발길질에 가슴을 한 대 제대로 얻어맞은 기분이었다. 강한 수압의 진동이 나대용함의 선체를 때렸고 그 안의 공기는 충격파를 만들어낼 정도였다. 한번 눈앞에 초록빛이 어른거리고 나면 제정신을 차리기까지 수십 초, 혹은 그 이상이 걸렸다.

"전시장치가 모두 나갔습니다, 함장님!"

ISUS-83 전투시스템의 모니터가 일제히 꺼지고 화면에는 아무것도 나타나지 않았다. 사람들과 동시에 잠수함의 기기가 일제히 시력과 사고능력을 잃어버린 것이다. 이럴 때는 사람들이 먼저 정신을 차리고 위기에 대처하기 시작했다.

공격 컨솔 아래쪽에서 연기가 모락모락 피어오르자 여태껏 비틀거리던 김승민 대위가 서둘러 달려가 박스셋을 열어젖혔다. 덮개를 열고 난 김승민이 빼곡하게 들어찬 회로기판 가운데 새까맣게 그을린 기판 하나를 뽑아냈다.

하얀 연기가 실처럼 나오는 뜨거운 기판에 맨손을 댄 김승민이 화들짝 놀라 기판을 바닥에 떨어뜨렸다. 손가락을 데여 무척 쓰라렸지만 지금은 상처를 만질 경황이 없었다. 살기 위해서라도 서둘러 정비해야 하기 때문이었다.

김선욱 상사도 달려들어 김승민을 도왔다. 컨솔이 나간 이유는 심한 충격에 의해 합선이 된 것 같기도 하고 퓨즈가 제대로 작동하지 않기 때문인 것 같기도 했다. 김선욱이 테스터기를 가져와 접지선을 이곳저곳에 대며 고장 원인을 체크했다. 김승민은 일단 예비 퓨즈를 꺼내 갈아 끼우기 시작했다.

"함장님! 7시 방향에 수중 고속음입니다. 어뢰 같습니다!"

"뭐라고? 거리는? 더 자세하게 파악할 수 없나?"

"모르겠습니다. 어뢰가 접근 중이란 것밖에는……."

잔뜩 겁에 질린 최지훈이 그 이상을 알아낼 수는 없었다. 게다가 지금 소나 디스플레이가 고장나서 그 이상의 분석을 할 수도 없는 형편이었다.

"음탐장! 빨리 파악해봐!"

"예! 알겠습니다."

이번에는 김선욱 상사가 다시 헤드셋을 쓰고 음파를 파악해보려 했다. 그러나 그가 얻을 수 있는 것도 최지훈 중사가 알아낸 것보다 더 명확하지는 않았다.

"어뢰 속도는 45노트가 넘습니다! 본함 쪽으로 접근하고 있습니다."

어뢰 정도의 작은 물체에서 스크루 회전음으로 속도를 추정하는 것은 김선욱 상사 정도 되는 베테랑이어야 가능한 수준이다. 전시장치가 나갔지만 그나마 도플러 기록계가 작동하는 것을 다행이라고 해야 할지 김대헌 중령은 그저 안타까울 뿐이었다.

"작전관! 어뢰를 쏠 수 있겠나?"

"아직 공격 컨솔을 링크시킬 수 없습니다. 이 상태라면 발사관실에서 수동으로 발사할 수밖에 없습니다."

퓨즈를 갈아 끼운 기판을 연결해봤지만 전시장치는 제대로 작동하지 않았다. 답답해진 마음에 김승민의 목소리만 높아졌다.

"유선유도도 사용할 수 없다는 말이군."

"그렇습니다."

"기만체는 사용할 수 있나?"

"수동으로 발사할 수밖에 없습니다."

땀을 뻘뻘 흘리며 김승민이 서두르고 있었지만 애만 더 탈 뿐이었다. 더욱이 어뢰가 나대용함으로 접근 중이지만 어뢰의 이동방향을 정확히 예측하지 못하기 때문에 어뢰기만체를 이용해 최적의 대항전술을 짜는 것도 불가능했다.

모니터가 작동하지 않는 컴퓨터가 아무 쓸모 없는 것처럼 지금 나대용함의 전투정보시스템은 무용지물이나 다름없었다. 속이 바짝바짝 타들어갔지만 손발이 꽁꽁 묶인 것처럼 무엇인가 손을 쓸 방법이 없자 김대헌 중령은 어찌할 바를 모르고 있었다.

"제발……."

타버린 기판을 모두 교체해도 모니터는 작동하지 않았다. 멀쩡한 기판까지 일일이 회로점검기로 체크해가며 확인했지만 원인을 알 수 없자 김승민 대위도 속이 새까맣게 타들어갔다.

"부장. 우린 할 만큼 했다고 생각한다."

"함장님?"

눈을 감고 잠시 골똘히 생각하던 김대헌 중령이 결단을 내린 듯 이 찬복 소령에게 말했다. 이찬복은 눈을 크게 뜨고 다음 말을 기다렸다.

"부상하자."

"함장님!"

이찬복 중령의 몸이 크게 흔들렸다. 인정할 수 없었지만 쉴새없이 달려드는 어뢰 앞에서 더 이상 저항할 수는 없었다. 이찬복 소령이 눈빛만으로 강하게 반대의사를 표시했지만 함장의 명령은 단호했다.

"승조원들을 전투배치에서 해제하고 탈출복으로 갈아입히게."

"함장님! 어뢰에 맞을지언정 부상은 안 됩니다. 우리가 탈출할 가능성도 없지 않습니까? 게다가 놈들이 우리를 살려준다는 보장도 없습니다!"

이찬복 소령이 고개를 흔들며 함장의 의견에 격렬하게 반대했다. 그러나 함장의 의지는 이찬복 뜻대로 움직여주지 않았다.

"난 이미 약속했지 않은가. 안전하게 작전을 마치고 빠져나오기로 말이야. 이제 그것이 불가능해진 이상, 난 승조원들의 안전 외에는 더 책임질 게 없어. 미안하네, 부장. 이렇게 끝내려는 게 아니었는데……."

풀이 죽은 김대헌 중령 앞으로 이찬복 소령이 마치 항명이라도 하듯 가슴에 힘을 주고 부동자세로 우뚝 섰다.

"함장님! 저희는 함장님의 지휘에 무조건 따르겠습니다. 다만 부상 명령만은 취소해주십시오. 저희는 나대용함과 함께, 그리고 함장님과 운명을 함께 할 각오가 돼 있습니다. 더 이상 저희에게 미안한 마음 같은 것은 가지지 마십시오! 알겠습니까? 함장님!"

이찬복 소령의 두 눈가가 촉촉해지고 있었다. 김대헌 중령의 어색한 침묵이 잠시 이어질 때, 갑자기 김선욱 상사의 보고가 전투정보실에 깊이 흐르던 정적을 갈랐다.

"함장님! 어뢰 방향이 다릅니다. 본함이 표적이 아닙니다! 어뢰는 우라가항로로 향하고 있는 것 같습니다."

"뭐라고?"

"작전관님! 음문을 확인해주시겠습니까? 이 어뢰는 낯이 익은 것 같습니다."

김선욱 상사가 김승민에게 확인을 부탁했다. 정신없이 수리에 열중하고 있던 김승민이 일어섰다. 그리고 목에 걸치고 있던 헤드셋을 다시 쓰고는 조용히 눈을 감았다. 귀로 들려오는 소리에 온 신경이 모아지고 몇 초 동안 전투정보실 내의 모든 요원들이 숨을 죽인 채 김승민의 확인을 기다렸다.

"백상어 같습니다. 회전수가 훨씬 빠르긴 합니다만, 음향 패턴은 백상어와 비슷합니다. 함장님! 혹시 우리 잠수함 중에 염화티오닐 전지로 개수된 신형 백상어를 탑재한 함이 있습니까?"

"제기랄! 우치적이다! 우리 근처에 우치적이 있다!"

보고를 들은 김대헌 중령이 펄쩍 뛸 정도로 반가워했다. 만약 우치적 승조원들이 바로 옆에 있다면 갈비뼈가 으스러지도록 꽉 껴안아주고 싶을 정도로 기뻐하고 있었다.

"어뢰 코스 확인! 본함을 지나쳤습니다. 계속 북상하고 있습니다!"

"와아아!"

점점 멀어져가는 음향에 귀기울이던 김선욱 상사가 어뢰가 완전히 지나친 것을 확인하자 전투정보실에 일순간 요란한 환호가 피어올랐다. 숨을 죽인 채로 차마 손뼉을 치지 못하고 양팔을 휘두르는 요원들의 감격이 이곳저곳에서 이어졌다. 그 무엇보다도 옆에 우군 잠수함이 존재한다는 사실만으로도 그들은 너무나 기뻤다.

9월 12일 05:43 요코스카(橫須賀)시 남동쪽 10km
해상자위대 대잠초계기 P-3C 오라이언, 썬더 21

대잠초계기 기장 카미오카 삼등해좌는 눈이 벌겋게 된 채로 한국 잠수함을 찾아 헤매고 있었다. 카미오카 삼좌가 분노를 가득 담은 폭뢰를 한국 잠수함을 향해 투하했지만 지근탄 몇 발이 가해졌을 뿐 결정적인 타격은 되지 못했다.

한국 잠수함은 슬며시 사라지고 없었다. 불타는 항구를 조명 삼아 검은 바다 위를 비행하고 있는데 대잠실에서 시끄러운 대화가 오가는 것이 이어폰을 통해 들렸다.

─택! SS1, 이상한 게 잡힙니다. 18번 부이와 20번 부이 사이에 뭔가 고속으로 움직이고 있습니다. 어뢰 같습니다만…….

─다시 확인해. 놈이 어떻게 그곳까지 이동했지? 이동음을 포착하지 못했다! 어뢰음이 확실한가?

─확실합니다! 어뢰가 확실합니다. 21번 부이에서도 포착됐습니다. 속도 45노트! 침로 공십공(0-1-0)!

"무슨 소리야? 어뢰라니! 어디서 어뢰를 쐈단 말인가?"

전술통제사 고지마 일위와 음향분석사의 대화를 듣고 있던 카미오카 삼좌가 끼어들었다. 그러나 상황분석에 정신없는 고지마는 카미오카를 무시했다.

─택! 현 침로로 계속 항주하면 하쓰유키가 위험해집니다! 경고해줘야 합니다!

─제기랄! 알았어.

고지마 일위가 지르는 고함소리가 카미오카 삼좌의 귀에도 쩌렁쩌렁 울렸다. 수심이 낮은 곳에서 대잠어뢰가 잠수함을 탐지하는 데 어려운 점이 많은 것과 달리 수상함을 표적으로 하는 어뢰는 명중률에 제약을 덜 받는다. 만약 유선유도 모드로 쐈을 때는 훨씬 더 정확히 명중시킬 수 있다.

"하쓰유키를 호출하겠다. 어뢰의 침로를 계속 파악하자!"

카미오카 삼좌가 기수를 꺾었다. 그리고 다시 만 안쪽으로 비행하며 어뢰의 침로 전방에 소노부이를 다시 투하하기로 마음먹었다.

─파일럿! 택! 어뢰가 빠릅니다. 한국 해군이 이런 어뢰를 갖고 있습니까?

"나도 모르겠다. 내가 알기로는 없는데?"

고지마 일위의 질문에는 카미오카도 대답할 수 없었다. 한국 해군이 사용하는 어뢰는 독일제 SUT와 국산 백상어 어뢰인데, 둘 다 속도는 35노트를 넘지 않았다. 반면 일본 잠수함이 쓰는 최신 89식 중어뢰는 속도가 55노트에 달한다.

그것은 한국 해군의 어뢰가 전기모터로 구동되는 데 반해 일본 것은 열기관으로 움직이기 때문이다. 그가 알기로 한국 해군에게 열기관추진 어뢰는 없었다. 그런데 지금 소노부이에서 탐지되는 어뢰는 45노트가 넘는 속도로 움직이고 있었다.

"어뢰를 발사한 위치는 찾았나?"

─못 찾았습니다. 어뢰가 처음 발견된 위치에서 다른 움직임은 발견되지 않습니다.

"어쩔 수 없다. 최종 위치로 우선 이동하자. 만약 한국 잠수함이 또 한 척 이곳에 들어왔다면 큰일이다."

─파일럿, 알았습니다. 그러나 하쓰유키에게 지금 당장 경고해줘야 합니다.

"알았다!"

카미오카가 응답한 후 조종간을 돌려 어뢰가 처음 발견된 위치를 향해 기수를 선회시켰다. 그리고 동시에 카미오카의 요기, 사쿠라바 일위의 기체도 따라서 움직였다. 조종 중에 하쓰유키에 어뢰 경보를 발령하자 하쓰유키 쪽에서는 한바탕 난리가 났다.

가능잠수함(Possible Submarine)이 발견되면 그 중심부터 신속하게 소노부이를 투하하며 바깥쪽으로 빠져나와야 한다. 적 잠수함도 어뢰를 발사하고 난 다음 곧바로 위치를 벗어날 것이기 때문에 가능한 빨리 잠수함을 접촉할 기회를 포착해야 하기 때문이다.

─파일럿! 택! 추가 투입되기로 한 101항공대가 지방대로 작전권이 이양됐습니다. 출격한 두 대는 하쓰유키로 배속된답니다!

"뭐라고? 지금 또 다른 잠수함이 있는 것 같다는 보고를 받지 못한 건가? 당장 급한 것은 이쪽이란 말이다!"

카미오카 삼좌가 소리질렀지만 그 결정은 되돌릴 수 없다는 것을 모를 리 없었다. 다테야마에서 출격한 101항공대는 시 호크로 구성된 대잠헬기 비행대다. 잠수함을 잡아야 할 비행대라는 뜻이다. 그러나 지금처럼 급한 상황에서 왜 하쓰유키를 구원하는 것이 우선되어야 하는지 이해하기 힘들었다.

해상자위대 항공군에는 오라이언 대잠초계기가 100대 넘게 배치되어 있다. 그러나 그것은 냉전 시절 구 소련을 상대로 한 전력이었다. 냉전이 붕괴하고 헤이세이 8년(1996) 이후, 일부 기체들은 보관기 상태로 현역에서 제외되거나 전자전지원기인 EP-3로 개조됐기 때문에 실전에 배치된 P-3C 초계기는 8개 부대, 70대로 줄어 있었다.

당장 이곳 요코스카 해역에 대잠초계기가 급히 필요하지만 그 수는 적었다. 대부분 작전 가능한 초계기들이 동중국해에서 작전 중이기 때문이었다. 규슈의 가노야 기지로 이동했던 P-3C가 이곳으로 다시 오려면 시간이 필요했다.

카미오카 삼좌는 도대체 누구 잘못인지 알아내 쫓아가서 욕이라도 퍼부어주고 싶은 마음이었다. 하지만 카미오카 역시 이곳 요코스카에서 대잠초계기가 이렇게 절박하게 필요한 상황이 올 거라고 예상한 지휘관은 없었을 것이라고 생각했다.

─파일럿! 새로운 잠수함은 잠시 보류해야 되겠습니다. 소노부이 투하 임무입니다. 우라가항로에 어뢰 진행 방향을 따라 소노부이를 투하하랍니다.

"젠장! 알았다."

카미오카 삼좌가 이번에는 꾹 참았다. 카미오카가 말없이 조종간을 기울여 다시 우라가항로를 향했다. 어느새 떠오른 태양이 수평선에서 한참이나 떠올라 강렬한 햇살이 카미오카의 눈가를 때리고 지나갔다.

9월 12일 05:46   제주도 서귀포시 북서쪽 68km
한국 해군 구축함 충무공 이순신

"사령관님! 우치적함입니다!"

"어서 가져와봐!"

전투정보실 옆, 상황실에서 작전참모들과 전술을 토의하던 김병륜 중장이 자리에서 벌떡 일어섰다. 오랫동안 기다렸던 보고에 김병륜 중장은 입이 찢어질 듯한 표정으로 감우식 소령으로부터 전문을 건네받았다.

"나대용함은?"

김병륜 중장이 통신문을 펴들고 발신자가 우치적함이라는 것을 확인하기가 무섭게 다시 감우식 소령에게 질문했다. 그러나 감우식은 대답하지 않고 조용히 시선을 내렸다.

"제기랄!"

명령문을 읽어 내려가는 김병륜의 눈살이 서서히 찌푸려졌다. 우치적함을 비롯해 도쿄만에 투입된 잠수함 세 척 모두 기뢰를 성공적으로 부설했다는 보고였다. 그러나 사령관의 표정은 어두웠다. 나대용함이 현재 뭔가 큰 위험에 부닥친 것 같다는 느낌이었다. 이미 침몰됐는지도 몰랐다.

"나가우라 공격은 어떻게 됐습니까?"

조급해진 작전참모가 질문했지만 사령관은 대답하지 않았다. 그러자 대신 감우식이 조용히 엄지와 검지로 동그라미를 만들어주었다. 참모진 이곳저곳에서 작전 성공을 축하하는 환호가 조용히 두런거렸다.

"나대용함으로부터 보고는 왜 없나? 어떻게 된 거야! 나대용은 아직 도쿄만을 빠져나오지 못한 건가?"

"그렇습니다, 사령관님. 우치적함이 나대용함이 나오기를 기다리고 있지만 예정시간까지 빠져나오지 못했답니다. 나대용함은 놈들의 대잠방어망에 제대로 걸려든 것 같습니다."

감우식 소령은 사령관이 화를 내는 이유를 알 것만 같았다. 지금 사령관은 나가우라항에 순항미사일 공격이 성공한 것도, 그리고 나대용함이 어뢰 공격까지 제대로 마친 것도 모두 알고 있었다. 그러나 그는 기뻐하지 않았다.

2차대전 발발 직후, 독일 잠수함 부대 사령관이던 되니츠 제독은 북해에 위치한 영국 최대의 군항인 스캐퍼 플로우(Scapa Flow)를 잠수함이 직접 공격하도록 지시한 적이 있었다. 당시 스캐퍼 플로우는 원래 좁은 입구에 상선을 침몰시켜 더 좁혀놓고 대잠경계도 강화시켜 잠수함이 들어갈 틈이 거의 없었다.

상식적으로 누가 봐도 불가능한 작전이었다. 그러나 독일 잠수함 U-47이 잠입에 성공하여 어뢰로 영국 전함 로열 오크(Royal Oak)를 격침시키고 또 다른 전함 레나운에 치명적인 피해를 입히는 등 대담하게 작전을 성공시켰다.

그런데 당시 그 작전으로 잠수함 영웅이 되었던 귄터 프린 소령이 만약 그때 귀환하지 못했더라면 되니츠가 작전 성공을 그렇게 자축할 수 있었을까? 감우식 소령은 사령관의 고민이 바로 그것이라고 생각했다.

"사령관님. 우치적함을 먼저 귀환시켜야 합니다."

감우식 소령은 우치적함을 걱정했다. 작전을 마친 잠수함은 즉각 귀환하도록 사전에 명령을 받았지만, 지금 우치적함은 자체 판단으로 작전지역에서 잔류하겠다는 내용을 일방적으로 통고하고 있었다. 그것은 중대한 명령 위반이었다.

"그래서. 우치적이 혼자 돌아오면 어떻게 하려고? 성대한 환영 연회라도 벌여주겠다는 건가?"

김병륜 중장이 퉁명스럽게 대꾸했다.

"지금 우리에게 잠수함이 부족하다는 사실은 사령관님도 잘 아시지 않습니까?"

감우식 소령이 진실을 말했다. 해상자위대의 잠수함은 열여섯 척, 그에 비해 한국 해군 잠수함은 열두 척이다. 대잠세력은 비교하기조차 민망할 정도였다. 가뜩이나 수적으로 열세인데 한국 해군은 이미 도쿄만 작전에만 잠수함 세 척을 투입한 것이다.

남은 전력으로는 해자대의 잠수함을 일대 일로 대응하기에도 급급했다. 작전을 먼저 마친 최무선함이 귀환하고 있다고는 하지만 그것으로는 부족했다. 귀중한 214급 잠수함 우치적함의 귀환이 절실하게 요구되는 상황이었다.

"우치적함을 저대로 방치하시겠다는 것은 사령관님 고집입니다! 애당초 도쿄만에 투입된 잠수함은 모두가 희생될 것을 각오한 작전이 아니었습니까? 두 척이 귀환할 수 있는 것만으로도 대단한 성공입니다. 사령관님!"

감우식 소령의 가슴도 어느새 뜨거워져 있었다. 그가 생각하기에 사령관이 망설이는 이유는 오직 하나였다. 그건 자책감 때문이었다.

"그래, 맞아. 내 속내가 드러나서 난 견딜 수가 없어. 내가 사지로 이 녀석들을 보낸 장본인이라고. 되돌아오지 못한다는 걸 뻔히 알고 있으면서 내가 명령을 내렸어. 그래서 어쩌라고!"

사령관이 씩씩거리면서 테이블 주변에 뭔가 집어던질 것이 없나 눈에 불을 켜고 있었다. 그러나 김병륜 중장은 이번에는 아무것도 집어던지지 않았다.

"내 예상대로 됐어. 그래서 더욱 난 참을 수가 없는 거야. 무모한 명령을 받고도 끽소리 안 하고 들어간 내 새끼들을 이제 팽개치라고? 난 그렇게 못해!"

"합참에서도 우치적함의 보고를 알고 있을 겁니다. 만약 작전사령관님께서 귀환 명령을 내리지 않는다면 어떤 형태로든 책임을 물을지도 모릅니다."

감우식 소령은 사령관이 걱정됐다. 지금과 같이 작전사령관이 합동참모본부의 명령을 계속 거부하는 상황이라면 이번 우치적함과 관련된 일도 충분히 문제될 수 있었다.

"택도 없는 소리 집어치워. 합참은 이제부터 바빠질 거야. 자기들 앞가림이나 제대로 하라고 해!"

김병륜 중장의 입이 파르르 떨렸다. 도쿄만에 기뢰를 부설했으니 이제 공은 합참으로 넘어간 것이다. 요코스카의 미 해군 중 태반이 페르시아만으로 이동했다지만 도쿄만에 기뢰를 부설하면 미 해군의 작전도 직접적인 타격을 입는다.

만약 주일 미 해군이 해상자위대에 협조한다면 도쿄만에 부설한 기뢰는 예상보다 훨씬 빨리 무력화될 수 있었다. 합참과 국방부에서는 그 상황만큼은 꼭 막아야 했고, 그것이 높은 군인과 정치가들의 할 일이었다.

"사령관님께서는 하실 만큼 하셨습니다. 더 이상 스스로를 책망하지 마십시오."

"자네가 뭘 알아? 입 닥치고 잠자코 있어!"

씩씩거리는 김병륜 중장이 화풀이를 애꿎은 감우식에게 하고 있었다. 그러나 감우식은 조용히 사령관의 신경질을 받아내기만 했다. 그가 사령관에게 해줄 수 있는 도움이 그것밖에 없다는 것에 가슴이 쓰라렸지만 감우식은 충분히 이해하고 있었다.

"잠수함전단장에게 명령을 내려! 길게 얘기할 것 없어. 현장지휘관으로서 우치적 함장의 판단을 존중하라고 전해. 귀환 명령에 대해서는 불문에 부치라고 전해!"

"알겠습니다, 사령관님."

잠자코 서 있던 감우식이 고개를 숙여 목례를 했다. 결정하는 자는 만들어진다. 결정하지 못하는 자가 지휘관이 되는 것보다 더 큰 비극은 없다.

9월 12일 05:47   요코스카(橫須賀)시 남동쪽 14km
한국 해군 잠수함 나대용

"전시장치가 들어옵니다!"

"이놈의 망할 자식!"

김승민이 전원을 다시 연결하자 ISUS-83 전투시스템이 오른쪽부터 소나 컨솔, 공격 컨솔들이 차례대로 부팅되기 시작했다. CRC 모니터에 불이 들어오면서 밝게 어른거리는 휘점들이 이렇게 반갑게 느껴진 적이 있을까? 욕설을 내뱉은 김대헌 중령은 컨솔을 껴안아주고 싶은 마음이 되어버렸다.

"헬기들이 이동하고 있습니다. 방향, 북북서!"

새로 리셋된 까닭에 이전의 표적 정보들을 모두 새로 분류해야 했다. 김승민과 김선욱 상사가 빠른 손놀림으로 주변 상황을 전술디스플레이에 일일이 입력했다.

"놈들 헬기들이 왜 이동하는 거지?"

"어뢰를 따라가는 것 같습니다."

어뢰가 빠른 속도로 북상하는 것에 맞춰 헬리콥터 로터가 회전하면서 바다 표면에 가해지는 압력도 어뢰 속도에 따라 북상했다. 헬기들이 더 이상 대잠방책에 가세하지 않는 것만으로도 나대용함에게는 기회였다.

"음탐장님! 우리나라 어뢴데 저리 빠른 게 있습니까?"

"이 바보! 신형 백상어 어뢰잖아!"

"에쿠! 아까는 음탐장님도 깜빡했으면서……."

머리를 한 대 얻어맞은 최지훈이 투덜거렸다. 우치적함이 발사한 어뢰인 줄 알았으면 아까 그렇게 놀라지도 않았을 것이다.

전술디스플레이를 노려보던 김대헌 중령이 나지막한 목소리로 부장을 불렀다.

"부장! 지금이야. 준비됐나?"

"준비됐습니다. 명령만 내려주십시오!"

"축전지 상태는 어떤가?"

"솔직히 스노팅을 할 수 있다면 좋겠습니다. 용량의 40%를 소모했기 때문에 전전속은 쓸 수 없습니다."

이찬복 소령이 배터리 충전계를 들여다보며 보고했다. 축전지의 용량은 방전율을 낮추면 더 오래 사용할 수 있지만 주기관을 추진할 때는 많은 양이 소모된다.

특히 최고속 상태를 유지할 경우 고전류가 방전되면서 축전지 용량은 급격히 감소한다. 그런데 이 경우에도 저전류의 농도로 방전할 수 있는 여분의 용량이 남기 때문에 잠수함은 다시 저속으로 움직이는 것이 가능하다. 마치 카세트 라디오에서 배터리가 약해지면 카세트 테이프는 재생시킬 수 없지만 라디오는 켤 수 있는 것과 같은 원리다.

"좋아. 그 정도면 충분해. 그깟 폭뢰 몇 발 따위에 우린 당하지 않는다. 시작해! 우리 나대용함의 남은 능력을 보여줘봐!"

김대헌 중령은 부장과 예하 항해팀의 사기를 한껏 북돋았다. 나대용함이 위험 해역에서 빠져나가는 것도 그들 손에 달린 것이다.

"침로 백구십공(1-9-0) 잡아! 앞으로 둘!"

오랫동안 멈춰서 있던 스크루가 회전하자 나대용함이 서서히 가속하기 시작했다.

"부장. 이곳 일출시간은 어떻게 되지?"

"05시 42분입니다!"

"시간이 지났군. 하지만 걱정 없다. 서두르면 더 밝아지기 전에 심심도 잠항을 할 수 있을 거야!"

일출시간이 이미 넘었지만 김대헌 중령은 짙은 흑갈색 계열의 위장색으로 칠해진 나대용함이 쉽게 발견되지 않을 것이라고 믿고 싶었다.

조금만 더 남하하면 도쿄만 외곽의 해저지형은 심도가 400미터의 급경사로 깊어졌다. 그곳까지 도달하여 심심도 잠항을 해야 육안으로 관측당할 위험에서 완전히 벗어날 수 있다.

수면 아래를 바로 항주하는 잠수함이 대잠항공기에 발견되어 공격당한 경우는 2차대전 때도 비일비재했다. 소나나 다른 탐지장치에 의해 발견된 것과 달리 육안으로 잠수함이 관측되는 것은 곧바로 격침되는 것을 의미했다. 피할 방법이 없기 때문이다.

"머리 위의 놈들은 무시해!"

김대헌 중령이 다짐하듯 천장 쪽을 바라보며 소리 높여 외쳤다. 폭
뢰를 투하하려면 어디 투하해보라는 듯 당당하게 우뚝 선 김대헌 중령
은 그 헬기들이 무장을 다 썼을 것이라고 확신했다. 만약 예상이 틀렸
다면 그렇게 만들어야 했다.

9월 12일 05:49 요코스카(橫須賀)시 남동쪽 4km
해상자위대 대잠초계기 P-3C 오라이언, 썬더 21

"택! 하쓰유키, 시라유키 모두 회두를 완료했다. 어뢰상태는?"

—파일럿! 택! 거리 1,500까지 접근했습니다. 탐신을 시작했습니다.
하쓰유키, 시라유키 모두 닉시를 가동했습니다!

전술통제사의 보고를 받은 카미오카 삼좌가 고개를 끄덕였다. 카미
오카는 기체를 길게 장주 방향으로 선회시키며 호위함들 상공에 머물
도록 조종했다.

SLQ-32 닉시(Nixie)는 함미에 케이블로 끄는 어뢰기만장치다. 어뢰의
소나를 교란하기 위해 허위음향을 쏘아 어뢰가 함정 대신 닉시에 유도
되도록 만드는 허위미끼였다.

—하마치도리 3호가 어뢰 전방에서 호버링 중입니다. 폭뢰를 투하
합니다!

택, 즉 전술통제사의 보고에 이어 곧 시 호크 대잠헬기 한 대가 하쓰
유키 앞쪽으로 500여 미터 위치에서 수면 위를 낮게 정지비행하는 모
습이 보였다.

"가능할까? 쉽지 않을 텐데?"

—어뢰 속도가 빠르지만 하마치도리 3호에서 충분히 포착하고 있습
니다. 어뢰에 명중하지 않더라도 센서에 피해를 입힐 수만 있어도 성

공입니다.

그것은 고지마 일위의 의견이었다. 접근하는 어뢰 전방에 폭뢰를 투하해서 강한 폭풍을 일으켜 어뢰를 잡자는 의견은 하마치도리 3호, 즉 시 호크 대잠헬기 조종사도 수긍했고, 곧 어뢰저지작전에 나선 것이었다.

"보인다! 어뢰 두 발이 하마치도리로 접근 중이다! 거리 100미터!"

수면 바로 아래를 항주하던 어뢰 두 발이 시야에 들어오자 카미오카 삼좌가 짧게 탄성을 내뱉었다. 어뢰를 투하해본 적은 여러 번 있었지만 이렇게 바다 위에서 어뢰가 움직이는 것을 본 적은 처음이었다.

검회색 빛의 위장색으로 칠해진 어뢰는 쏜살같이 하마치도리를 향했다. 곧이어 대잠헬리콥터가 디핑 소나를 감아올린 것과 동시에 폭뢰 두 발을 차례대로 바다 위에 떨구었다.

몇 초가 흐르고 수면 위로 거대한 물기둥이 치솟았다. 물벼락을 피해 호위함 하쓰유키 쪽을 향했던 시 호크 대잠헬기는 수면 위로 재차 정지비행을 시도하며 디핑 소나를 다시 내렸다.

─야호! 한 발이 명중됐습니다. 또 다른 한 발은…….

고지마 일위가 환호하다 잠시 멈추었다. 나머지 한 발은 어떻게 됐는지 말이 없자 카미오카가 초조해지기 시작했다.

"다른 한 발은! 다른 한 발은 어떻게 됐나?"

물기둥이 솟은 뒤로 어뢰는 어느새 모습을 감추고 시야에서 사라져버렸다. 카미오카는 두 번째 헬리콥터, 하마치도리 4호가 새로 접근하는 것을 지켜보았다. 그 순간이었다.

─한 발은 닉시를 물었습니다! 성공입니다!

"와아!"

폭풍을 뚫고 나온 어뢰가 하쓰유키함의 닉시 쪽으로 방향을 선회한 것을 고지마 일위가 확인하자 대잠실과 조종실에서 동시에 환호성이 터져나왔다. 이번에는 부조종사 후루가와 일위까지도 통쾌한 듯 어깨를 들썩이며 환호하고 있었다.

어뢰는 닉시가 있던 하쓰유키함의 좌후방 300여 미터 거리에서 폭발했다. 어뢰는 조금 전 폭뢰가 폭발한 것보다 훨씬 강력한 물기둥을 만들어냈다. 저 어뢰가 하쓰유키나 시라유키에 혹시라도 명중했을 경우 발생할 참상을 떠올린 카미오카 삼좌는 잠시 몸을 떨었다.

"좋아! 이번에는 잠수함들이다. 복수해주자!"

어쩌면 적 잠수함 한 척을 격침하는 것보다 아군 호위함 한 척을 살려내는 것이 훨씬 더 의미 있을 수 있었다. 그리고 곧이어 하쓰유키함의 함장으로부터 직접 전해진 치사는 그를 더욱 뿌듯하게 만들었다.

임무를 성공적으로 마친 101항공대 소속 시 호크 헬기들이 차례대로 수면을 박차고 떠올라 남쪽을 향했다. 이번에는 한국 잠수함에 폭뢰 세례를 퍼부어줄 차례였다. 카미오카 삼좌가 초계기를 남쪽으로 돌렸다.

"어엇! 기장! 하, 하쓰유키에서⋯⋯."

반대쪽 창으로 바깥을 내다보던 후루가와 일위가 벌어진 입을 채 다물지 못하고 카미오카에게 손짓만 하고 있었다.

"무슨 일인데 그래?"

카미오카 쪽에서는 아래쪽 상황을 볼 수 없었다. 그러나 곧 기체가 선회하며 정면 창으로 하쓰유키함이 점점 드러나기 시작했다.

놀라운 광경이었다. 함 중앙에서 솟아오른 거대한 물기둥이 하쓰유키함을 완전히 집어삼키고 있었다.

"택! 하쓰유키가 피격됐다. 하쓰유키가 피격됐다! 어떻게 된 건가? 어뢰가 또 하나 있었나?"

─맙소사! 어뢰는 없었습니다. 어떻게 이런 일⋯⋯.

소노부이로 수신되는 엄청난 폭음이 고지마 일위의 신호분석기를 완전히 어지럽혔다. 고지마는 어떻게 된 일인지 알 수 없었다. 어뢰 두 발은 분명히 파괴됐는데 하쓰유키함이 무엇에 당한 것인지 이해할 수 없는 듯 고지마의 목소리도 잔뜩 떨렸다.

"설마…… 설마……."

카미오카는 설마를 반복했지만 결코 '그것'을 입 밖에 내기 싫었다. 그러나 전술통제사가 그 무서운 이름을 말해버리고 말았다.

─어뢰는 분명히 아닙니다. 어쩌면 기뢰인지도 모르겠습니다.

"으으……."

마치 나락으로 굴러떨어지는 기분이었다. 그가 할아버지에게 들었던 도쿄만의 기뢰가 순간 머리를 때리고 지나갔다. 기뢰 때문에 생긴 무수한 피해들, 그것보다 더 강한 공포 일본 전역에 살포된 기뢰 때문에 연안 어선도 마음대로 나갈 수 없었던 참혹한 기억이 태평양전쟁에서 봉쇄된 일본의 모습이었다.

"사령부에 어서 보고해. 기…… 기뢰다!"

목엣가시

일본국 총리대신 요시다 마사오는 복도를 걸으며 셔츠 소매에 흘러
내린 커피를 대충 양복 바지춤에 문질러 닦았다. 흰 셔츠 소매에 커피
자국이 불결하게 남았지만 요시다는 셔츠를 갈아입을 생각을 할 여유
도 없었다.

이제 목표가 얼마 남지 않았다. 지금은 그저 분노를 퍼부을 상대가
필요했다. 총리의 걸음걸이가 점점 더 빨라지자 수행원들이 허겁지겁
따라붙었다.

요시다 마사오는 눈이 침침했다. 곤히 잠을 자다 깨어난 흔적이 얼
굴 여기저기 남아 있고 무엇보다도 면도를 못해서 불쾌한 기분이었다.
며칠 동안 일이 예상외로 낙관적으로 돌아간다고 좋아했는데 이게 무
슨 꼴인지 요시다는 도무지 답답한 마음 금할 길이 없었다. 어떻게

도쿄만으로 한국 잠수함이 들어올 수 있단 말인가!

복도 모퉁이를 돌아 회의실 문에 다다르자 뒤따르던 비서관이 황급히 달려나갔다. 총리를 보고 경례하는 자세 그대로 얼어붙은 자위관들 대신 굳게 닫힌 출입문을 열려는 것이었다. 그러나 요시다는 손을 흔들어 비서관을 막았다. 그리고 구둣발을 들어 냅다 문짝을 걷어찼다.

―쿠당탕!

요란한 소리를 내며 회의실 문짝이 양쪽으로 활짝 젖혀졌다. 그렇게 열린 문짝 안으로 테이블 주위에 앉아 있던 통막의장과 각 막료장들이 화들짝 놀라며 우르르 일어서는 모습이 보였다.

성큼성큼 걸어 들어간 요시다는 잔뜩 긴장한 막료장들이 요시다의 눈치를 살피며 전전긍긍하는 것을 충분히 느꼈다. 그렇다. 바로 이것이 권력이었다. 도쿄만에서 벌어지는 일의 중요성을 떠나 요시다는 지금 당장은 묘한 쾌감에 빠졌다. 곧 요시다의 고함소리가 회의실을 쩌렁쩌렁 울렸다.

"대체 뭐가 어떻게 돌아가는 것이오? 요코스카가 박살이 났다고요? 해막장!"

"옛! 총리대신!"

다카다 세이이치 해상막료장이 엉거주춤 일어섰던 자세로 요시다 총리에게 기어 들어가는 목소리로 응답했다. 요시다의 눈길이 이글거리다 못해 다카다를 당장이라도 잡아먹을 듯 쏘아보고 있었다.

"피해현황을 보고하시오!"

"그…… 그것이…….."

더듬거리는 다카다 해막장을 지켜보는 총리와의 어색한 몇 초가 지나도 다카다는 입을 열지 못했다. 중앙지휘소에는 찬물을 끼얹은 듯 냉랭한 기운이 감돌았다.

"총리대신. 제가 보고를 드리겠습니다."

보다 못한 사토 야스오 통합막료회의 의장이 나섰다.

"제1호위대군이 입은 피해는 호위함 세 척 침몰, 세 척 반파입니다. 조금 전에 요코스카 지방대 호위함 한 척이 추가로 침몰했습니다. 그리고 제2잠수대군 소속 잠수함 한 척, 자위함대 직할 수송함 사쓰마가 침몰했습니다."

통막의장이 잠시 수상의 눈치를 살폈다. 수상은 입이 떡 벌어진 채 아무 말도 못했다. 내친 김에 통막의장이 보고서의 나머지 부분을 읽었다.

수송함 사쓰마는 사실 만재배수량이 3,200톤급인 대형 LST다. 1977년에 취역했지만 기본적으로 2차대전 때 사용했던 상륙함과 흡사하다. 현재 일본 해상자위대는 다른 나라에서 소형 항모가 아닌가 의심을 하고 있는 오오스미급 수송함을 배치하고 있다. 나대용함에서는 파악하지 못했지만 사쓰마는 나가우라항 깊숙한 곳에서 정박 중이다가 나대용이 발사한 어뢰를 맞고 침몰했다.

"순항미사일 공격에 의해 반파된 호위함들은 즉각 수리를 실시 중이지만 수리기간은 최소 한 달 정도 소요됩니다. 그리고 나머지 전혀 피해를 입지 않은 제1호위대군 함정 두 척과 잠수함 한 척은 침몰한 배들에 가로막혀 항구에서 빠져나오지 못하고 있습니다. 제1호위대군이 사실상 기능을 상실한 현재 한국 잠수함 추적과 도쿄만 방어를 위해서는 요코스카 지방대만으로는 부족하고 다른 지방대 호위함들을 불러와야 할 상황입니다."

차라리 매는 빨리 맞는 게 낫다고 생각했는지 사토 통막의장은 거침없이 피해현황 보고서를 읽어나갔다. 그러고는 요약된 보고서 한 장을 총리에게 내밀었다. 총리는 보고서를 읽으며 할말을 잃고 말았다.

잠수함에서 발사된 순항미사일 공격에 연이은 어뢰 공격이 제1호위대군에 치명적인 피해를 입혔다. 미우라 마사노리 방위청장관이 너무 놀라 입이 쩍 벌렸다가 절레절레 고개를 흔들며 입을 다물었다.

"간단하군요. 정말…… 이번 일 때문에 그 비싼 해자대 함정 아홉 척이 못 쓰게 됐다는 뜻이오?"

"일부 반파된 함정은 수리해서 재사용할 수는 있습니다. 다만 이번 작전에 동원하는 것은 무리입니다."

요시다 총리가 화를 꾹꾹 참아 누르며 비꼬듯이 되묻자 통막의장이 담담하게 보고했다.

"인명 피해는 어느 정도요? 제기랄! 오늘 10시부터 신나게 두들겨 맞게 생겼군요."

"현재 구조작업이 계속되고 있으므로 좀더 기다려야 정확한 피해 상황을 파악할 수 있습니다. 그나마 다행인 것은 계류 중에 피해를 입은 호위함들 대다수는 소수 당직 인원만 함상에서 근무했다는 것입니다."

오전 10시는 일본 국회가 시작되는 시간이다. 중의원 의원들이 벌떼처럼 들고일어나 수상을 비난할 것이 분명했다. 오늘 새벽 희생된 자위관들의 유가족들이 어쩌면 국회 앞에 모여들어 농성을 벌일지도 몰랐다. 그러나 총리는 지금 당장 필요한 일은 이런 것이 아니라고 생각했다.

"좋소. 이왕 이렇게 된 것, 통막의장과 해막장은 수습에 최선을 다해주시오. 해자대는 한국 잠수함을 공격하고 있겠지요?"

"무, 물론입니다. 최선을 다해 짧은 시간 내에 격침시키겠습니다. 혼신의 힘을 다하겠습니다!"

총리가 분을 삭히며 자리에 앉자 다카다 해막장이 연신 머리를 조아렸다. 마치 구세주를 만난 것처럼 격정에 떠는 해막장을 보고 총리가 쓴웃음을 지었다.

총리도 나중에는 몰라도 지금 당장은 해막장을 혼내봤자 의미가 없다는 것쯤은 알고 있었다. 지금은 사태를 수습할 때였다. 그러나 총리는 다카다 해막장이 가진 능력 이상을 발휘하게끔 더욱 몰아붙여야 하는 것이 총리의 임무라고 생각했다.

"한국 해군이 요코스카 대신 요코하마를 공격했으면 어떻게 됐을지 상상이나 해봤습니까? 만약 가와사키를 공격했으면, 또 도쿄 본항이나 도쿄 시내, 아니면 황궁을 공격했으면 어쩔 뻔했습니까? 끔찍합니다!"

수상이 치를 떨었다. 해상자위대가 입은 피해에 놀라 망연자실했던 막료들도 그 의미를 깨닫고 낯빛이 하얗게 변했다. 그러나 사토 야스오 통막의장은 민간 선박 대신 군함이 당하는 편이 낫다는 말인가, 수상에게 반문하고 싶은 표정을 지었다. 그러자 통막의장을 향해 방위청장관이 질책을 쏟아부었다.

"쯧쯧! 한국 해군이 구태여 요코스카를 공격한 이유를 정말 모르겠습니까? 민간 선박을 공격할 필요도 없겠지요. 성능이 우수하다는 해상자위대 함정들을 저렇게 다 때려잡았는데 하물며 민간 선박이야……. 우리는 철저하게 농락당한 겁니다. 이런 일이 있고 나서 세상에 어느 나라 화물선이 안심하고 도쿄만으로 들어올 수 있을 것 같습니까? 요코하마가 공격받지 않았지만 우리는 지금 공격받은 것보다 더 큰 피해를 받게 될 겁니다. 우리 일본 국민들뿐 아니라 국제사회도 일본의 해상교통로는 언제든 위협받을 수 있다는 사실을 앞으로도 영원히 기억할 겁니다!"

막료장들이 고개를 푹 숙였다. 할말이 없었다. 방위청장관 말에 동감하듯 수상도 한참 동안 혀를 찼다.

"이번에 재미를 봤으니 한국 잠수함이 도쿄만으로 다시 기어 들어오려고 할 것이오. 우리는 이것을 철저히 막아야 합니다. 그리고 다른 해역도 경비를 철저히 하시오. 아니면 아예 한국 잠수함이 출항한 순간에 때려잡아 원천봉쇄를 하든지."

발등에 떨어진 불에 놀라 허둥지둥 매달리는 막료장들과 달리 정치인인 총리와 방위청장관은 조금 더 넓고 멀리 보고 있었다. 그러나 수상이 모르고 있는 사실이 있었다. 그 사실을 간파한 해상막료장이 땀을 흘리며 아주 조심스럽게 말을 꺼냈다.

"총리대신! 그런데 상황이 종료된 것이 아닙니다. 문제가 더 있습니다."

"무슨 문제 말이오? 지금 당장 그 한국 잠수함을 격침시켜버리시오! 설마 도쿄만 안에 들어온 한국 잠수함을 못 잡겠다는 건 아니겠지요? 빨리 격침시켜서 박살난 그 잠수함을 인양하시오! 그리고 그걸 전시해서 전 세계에 널리 알리는 거요! 감히 도쿄만에 진입한 대가가 어떤지 한국에게 분명히 깨닫게 하는 거요."

수상이 또다시 부아가 치미는지 해상막료장을 잡아먹을 듯이 노려보았다. 다카다 해막장은 땀을 뻘뻘 흘리며 말을 더듬었다.

"그…… 그게. 지금은 한국 잠수함이 문제가 아닙니다. 한국 해군 잠수함이 요코스카만, 해상자위대 함정들만 공격한 것이 아닙니다. 도쿄만 내에 광범위하게 기뢰를 부설했습니다. 해상보안청도 사태의 중요성을 인식하고 도쿄만 내의 모든 항구를 폐쇄시켰습니다. 아까 통막의장께서 요코스카 지방대 호위함 한 척이 침몰됐다고 보고 드렸는데, 그것은 기뢰접촉에 의한 피해입니다. 안타깝게도 호위함의 진화작업을 돕기 위해 출동하던 요코하마 해상보안부 소속 소방선 히류도 역시 기뢰에 접촉해 침몰했습니다."

"기…… 기뢰라고요?"

총리대신이 경악했다. 2차대전 당시 본토에서 살아남았던 일본인들은 노인이 되어서도 두 가지 끔찍하게 두려운 존재를 손자들에게 말하곤 했다. 하나는 B-29 폭격기에서 투하하는 소이탄, 다른 하나는 바다에 떠다니는 기뢰였다.

높은 하늘에서 투하된 작은 소이탄 단 한 발이 목조가옥이 대부분인 마을 하나를 불바다로 만드는 것 못지않게 기뢰도 두려운 존재였다. 군함이나 민간 선박을 불문하고 한번 부딪치면 떼죽음당하는 것이 바로 기뢰였다. 당시 일본 본토의 모든 해변에는 물에 퉁퉁 불은 시체가 떠다닌다는 흉흉한 소문이 나돌았고, 대부분은 사실이었다.

"그럼, 빨리 제거하면 될 거 아니오? 소해함들은 뭐하고 있소?"

수상에게 기뢰란 2차대전 때처럼 물위에 둥둥 떠다니다 배에 접촉하면 쾅 하고 폭발하는 이미지가 전부였다. 패전 이후 해상자위대가, 곧이어 자위대 전체가 성장할 수 있었던 배경 가운데 하나는 일본의 소해함들이 한국전쟁에 비밀리에 참전해 북한 원산항의 기뢰를 제거했던 사건이었다. 그 이후 미국의 지도 아래 일본은 대잠전력과 소해 세력을 비정상적으로 키웠다.

수상은 잠수함 겨우 한 척이 부설한 기뢰 몇 개 정도라면 막강한 소해함대가 한번 출동하기만 하면 간단히 제거할 거라고 믿었다. 그러나 다카다 해막장이 고개를 세차게 저었다.

"한국 잠수함은 한 척이 아닐지도 모릅니다. 한국 잠수함이 지금까지 실시한 공격은 순항미사일, 어뢰, 그리고 기뢰부설입니다. 전혀 불가능한 것은 아니지만 이 모든 공격을 배수량이 작은 한국 잠수함 단 한 척만으로 수행했다고 믿기는 어렵습니다. 분명 또 다른 잠수함이 도쿄만 근처에 아직도 숨어 있을지 모릅니다."

수상은 뭔가 대꾸하려다가 굳어버렸다. 그런 수상에게 해막장이 마지막으로 정신적인 치명타를 가했다.

"그리고 그 기뢰들은 옛날처럼 물위에 둥둥 떠다니는 구식 기뢰가 아닙니다. 기뢰제거에 상당한 시간이 걸릴 것으로 예상됩니다. 도쿄만은 소해대군 사령이 오케이 사인을 낼 때까지 민간 선박의 출입을 금지시킬 수밖에 없습니다."

다카다 해막장은 뜻밖에 차분해져서 설명을 계속했다. 수상은 여전히 입만 벌리고 있었는데, 해상막료장은 내친 김에 모든 사실을 알려주기로 마음먹었는지 보고를 계속했다.

"이번 한국 해상봉쇄작전에 돌입하면서 저희 해상자위대는 총리대신이 제기한 우려를 수용해서 도쿄만 입구에 잠수함 우즈시오를 배치했습니다. 하지만 우즈시오는 한국 잠수함들을 막기는커녕 침투를 탐지하지도 못했습니다. 이런 상황에서는 세토내해의 안전도 장담할 수 없습니다. 오사카와 고베, 나고야 등지로 들어오는 선박들도 후쿠오카로 항로를 돌리고 있습니다. 도쿄만에 들어온 한국 잠수함들의 추정 진입 코스를 고려할 때 세토내해에 한국 잠수함이 침투해 기뢰를 부설할 가능성은 충분합니다. 세토내해에 기뢰가 없다고 확인되지 않는 이상……."

─우당탕!

수상이 벌떡 일어나자 의자가 뒤로 나뒹굴었다. 수상은 단숨에 테이블 위로 뛰어올라간 다음 반대편에 앉은 해상막료장을 온몸으로 덮쳤다. 그러고는 해막장의 멱살을 잡고 뒤흔들었다. 다른 사람들은 놀라 수상이 하는 짓을 지켜보고만 있었다.

"이 바보야! 차라리 날 죽여, 날 죽이란 말야! 일이 이렇게 되도록 해자대는 도대체 뭘 한 거야?"

절규하던 수상의 오른손이 뒤로 한껏 돌아갔다. 불끈 쥔 주먹이 벌벌 떨고 있는 해막장의 얼굴로 향하려는 순간이었다.

"잠깐! 총리대신!"

"뭐요? 통막의장."

갑작스런 외침에 총리가 고개를 돌렸다. 사토 야스오 통합막료회의

의장이 서둘러 한반도 남동지역이 그려진 넓은 지도를 펼치고 있었다. 메인 스크린을 조작해 디지털 지도를 띄울 겨를이 없었다.

"우리에게도 잠수함이 있는 만큼 고스란히 한국에 되갚을 수 있습니다. 부산항을 공격할 수도 있고, 거제도 주변에 기뢰를 부설하면 한국 해군 제일의 군항인 진해항도 완전히 봉쇄할 수 있습니다."

통막의장이 가리킨 지도 일부분에 수상의 시선이 달려갔다. 그리고 마침 한반도 남동해안 지역은 대단위 공업지대라는 사실을 떠올렸다. 수상의 눈이 호기심으로 반짝거렸다.

"한국 남동해안은 바깥을 향해 열린 바다이기 때문에 연안에 기뢰를 부설하기는 도쿄만보다 훨씬 더 쉽습니다. 울산부터 광양까지 산업단지와 물류기지를 모조리 봉쇄하고, 또한 초토화시킬 수 있습니다."

총리는 해막장을 잠시 노려본 다음 힘을 주어 밀쳐버렸다. 바닥에 쓰러진 해막장이 숨을 가쁘게 몰아쉬었다. 다카다 해막장의 눈은 먼 곳을 향하고 있었다.

"그러나 이곳은 도쿄만과 한 가지 점에서 분명히 다릅니다. 상당히 넓은 해역이라 한국 정부에 의한 민간 선박 통제가 제대로 이루어질지 의문입니다. 자칫 민간인 피해가 대량으로 발생할 수 있고, 그럴 경우 일본이 국제적 비난을 감수해야 합니다."

"한국인들이 죽든지 말든지 그건 우리가 알 바 아니오. 어쨌든 아주 좋은 생각이오. 당장 잠수함을 보내시오. 100미터마다 기뢰를 깔아 한국 배가 항구에서 기어나올 엄두도 못 내도록 만드시오. 그리고 항구에 정박 중인 배는 종류를 가리지 말고 공격하시오! 지금 이 순간부터는 해자대니 공자대니 따지지 마시오."

수상이 말 한마디 한마디에 강세를 넣어 명령했다. 그러나 통막의장은 바닥에 주저앉은 다카다 해막장을 쳐다볼 뿐이었다.

"잠수함을 총동원하여 부산과 한국의 주요 항구를 완전 봉쇄하겠습니다."

해상막료장이 일어나며 옷매무새를 만진 다음 확고한 의지를 전했다. 그러나 수상은 해막장에게 차가운 눈길을 보낼 뿐이었다. 그렇게 해막장을 노려보던 수상이 갑자기 몸을 홱 돌려 회의실을 빠져나가면서 말했다.

"그깟 부산이 중요하다고 생각하시오? 며칠만 지나면……. 흥! 하루하루가 끔찍한 마당에 자그마치 며칠씩이라니. 어쨌든 최대한 빨리 도쿄만에 깔린 기뢰를 제거하는 것이 더 급하오. 분발하시오! 몇십 년 만에 자위대에게 찾아온 기회요. 이 기회를 놓치지 않길 바라오. 이번 일이 자위대의 미래 100년을 결정할 것이오."

막료장들은 복도를 통해 울려오는 수상의 협박에 몸서리쳤다.

9월 12일 07:14 요코스카(橫須賀)시 남동쪽 23km
해상자위대 대잠초계기 P-3C 오라이언, 썬더 21

─파일럿! 택! 소노부이를 다 썼습니다! 대잠전지휘소에 귀환요청을 하겠습니다.

"안 돼! 기다려라. 썬더 22는 어떤가? 남은 부이가 없나?"

카미오카 삼좌가 그의 비행기를 따르는 대잠초계기를 호출했다. 그러나 요기 기장의 의견도 비관적이었다.

─썬더 22도 마찬가집니다. 예비 부이까지 모두 다 써버리고 없습니다.

"돌아가야 합니다! 소노부이와 무장을 재장전해야 합니다. 더 머물 수는 없습니다."

후루가와 일위마저 옆에서 종용했지만 카미오카 삼좌는 수긍하기 어려웠다. 아무런 소득도 없이 돌아갈 수는 없었다. 소노부이들에서는 지금도 한국 잠수함의 신호가 잡히고 있었지만 너무 미약했다.

─파일럿! 썬더 23에게 인계하고 우리는 물러나야 합니다. 재보급을 받고 다시 돌아오면 됩니다!

다시금 고지마 일위의 목소리가 들렸다. 같은 비행대 소속의 또 다른 P-3C 편대가 바깥 구역에서 소노부이를 투하하고 있었다. 하지만 이제 이쪽 소노부이가 바닥난 이상 작전구역을 교대해서라도 임무를 인계해야 한다.

그러나 카미오카의 분한 마음을 어떻게 할 수는 없었다. 손에 쥘 뻔한 한국 잠수함을 놓치고 이렇게 물러나야 한다는 사실을 용납할 수 없었다.

오키노야마(仲の山), 도쿄만을 벗어나 불과 10여 킬로미터만 나가면 수심이 1,000미터까지 낮아진다. 그 중앙을 동에서 서쪽으로 길게 가로지른 해산(海山)이 바로 오키노야마다.

오키노야마가 길게 이어져 바다를 남북으로 나누기 때문에 이쪽 해역에서의 소나가 저쪽을 탐지하는 것이 쉽지 않았다. 카미오카가 마지막으로 신호를 포착한 위치가 바로 이곳이었다.

그리고 심심도와 낮은 심도가 이렇게 복잡하게 뒤섞인 해저지형은 잠수함에게 무척 유리한 지형이다. 남서쪽으로 오오시마(大島)에 막혀 있긴 하지만 이곳에서 잠수함이 어느 심도와 위치를 선택하는가에 따라 대잠작전은 매우 복잡해져버린다.

"알았다. 택! 기지로 귀환한다. 우리는 목표가 도쿄만을 빠져나오기 전에 해치웠어야 했어!"

카미오카의 목소리에는 고지마 일위에 대한 힐난도 강하게 들어 있었다.

지금은 중식시간이었다. 하지만 다른 사람들이 패전 뒤처리로 경황 없이 뛰어다니는 상황에서 이재원이라고 입맛이 날 리 없었다.

이재원은 아무도 없는 내무반에서 침상에 길게 누워 리모콘으로 채널을 이리저리 돌렸다. 요즘은 내무반까지 케이블TV가 들어오는지 채널 수는 엄청나게 많았다. 대부분은 홈쇼핑 채널이었는데, 화면 속에서는 러시아 여성인지 몰라도 아담한 체형의 외국 여자들이 거의 벌거벗고 흐늘거렸다.

이재원이 버튼을 연속 누르자 어느 채널에서 미국의 뉴스 전문 방송인지 영어가 흘러나왔다. TV에서 거대한 빌딩에 여객기가 충돌하는 장면이 나와 이재원이 흠칫 놀랐다가 그것이 몇 년 전에 있었던 9·11 테러사건 자료화면임을 깨달았다. 뉴스에서는 이어서 뉴욕 세계무역센터 붕괴현장에서 열린 추모집회를 보도하고 있었다. 이재원이 10여 년 전부터 사용하지 않았던 영어가 조금씩 들려오기 시작했다.

─벌써 몇 년이 지났는데도 9·11테러사건에 대한 추모열기가 아직도 대단합니다. 그 끔찍한 비극은 미국인들을 결코 그 사건 이전의 과거로 되돌아가지 못하게 만들었습니다. 맨해튼의 세계무역센터가 서 있던 자리, 그라운드 지로(zero)에서 숙연한 분위기 속에서 오늘 행사가 치러졌습니다.

유족 헌화와 소방관들의 행진 등 여러 장면이 화면을 스쳐지나가는 동안 여성 뉴스 캐스터가 차분히 보도했다. 그러나 추모 기사가 끝나자 뉴스 캐스터의 말투가 갑자기 가벼워졌다.

─자! 이번에는 뉴스 얼라이브 세 번째 뉴스입니다. 오늘 저녁 뉴스의 첫 라이브 뉴스이기도 하고, 9·11테러와 비슷한 장면이 연출된 뉴스이기도 합니다.

'기대하시라, 개봉박두' 따위의 멘트는 들어가지 않았다. 그 대신 중년여성의 편안한 매력을 물씬 발산하는 뉴스 캐스터 제시카 웰스가 카메라를 향해 살짝 웃어 보였다.

—어제에 이어 일본과 한국의 분쟁은 점점 더 심각해지고 있습니다. 오늘은 한국이 일본에 대대적으로 반격했습니다. 한국은 급기야 잠수함을 투입해 도쿄만을 완전 봉쇄해버리고 일본 해양자위군을 향해 치열한 공격을 감행했습니다. 어제와 완전히 딴판입니다.

화면에는 캄캄한 밤이 갑자기 대낮처럼 밝아지며 창고 뒤쪽으로 보이는 바다에서 뭔가 번쩍하고 터지는 모습이 보였다. 어둠 속에서 일본어로 뭐라고 외치는 사람들 몇이 정신없이 뛰고 있는 모습도 잡혔다. 다시 저쪽 건물에서 불길이 연속적으로 일어났다.

화면 아래 자막에는 일본 어느 TV방송사의 로고와 함께 일본어와 한자가 적혀 있었다. 어느 일본인이 우연히 촬영했다가 일본 방송국에 제보한 것을 다시 내보내는 것 같았다. 이재원의 가슴이 심하게 두근거렸다.

—정말 화끈하군요. 기자들이 저 장면을 직접 본다면 눈알이 튀어나오겠습니다. 지금 세계 각국의 국제선 공항들이 일본 도쿄로 달려가는 기자들로 북적거린다죠? 일본에 오래 체류하는 바람에 성격이 이상하게 변해버린 허먼 버커드 특파원 나와주십시오. 으흥? 성격이 원래부터 그랬던가요?

—안녕하십니까. 허먼입니다. 미스 제시카 웰스에 비하면 제 성격이 그렇게까지 이상한 건 아닙니다.

버커드 특파원이 싱글거리면서 화면에 나왔다. 흰머리가 가득한 흑인 기자는 시청자를 위해 최대한 많은 구경거리를 보여줄 준비가 되어 있는지 자신에 찬 표정이었다. 갑자기 화면 오른쪽 아래에 작은 화면이 생기더니 미혼인 중년여성 캐스터가 혀를 날름거리는 모습이 비쳤다.

―현지 시간으로 9월 12일 정오가 조금 지난 시간입니다. 제 뒤로 보이는 곳이 일본 해상자위대의 본거지인 요코스카의 나가우라항입니다. 여기저기 하늘을 향해 솟아오르는 시커먼 연기가 보이십니까? 저 연기들은 일본 해상자위대 구축함들의 잔해에서 뿜어지는 것들입니다. 자! 저쪽을 보십시오 몇 시간 전까지 시라네라고 불린 구축함의 잔해입니다.

카메라가 돌아간 곳에는 참혹하게 두 쪽이 난 배가 함수와 함미를 각각 위로 향한 채 물위에 떠 있었다.

이재원이 벌떡 일어나 바로 앉았다. 가슴이 두근두근 세차게 뛰었다. 나대용함은 오늘 새벽 바로 저곳에 있었던 것이다. 이재원은 TV 화면을 계속 뚫어지게 쳐다보았다.

―자! 저 배들은 어떻습니까? 마치 1941년 진주만을 보는 것 같지 않습니까? 휘유~ 끔찍하군요.

카메라가 향한 곳에는 처참하게 부서진 함교를 물위로 드러낸 호위함과 함께 바로 그 옆에 밑바닥을 드러낸 채 뒤집힌 배가 있었다.

"끼야호! 해냈어!"

이재원이 환성을 질렀다. 작전은 완벽한 성공이었다. 이재원은 그때 저곳에 없었다는 사실이 너무 안타까웠다. 패배 이후 엄숙해진 부대 분위기를 깨닫고 이재원이 마음을 진정시키면서 자리에 앉았다.

―잠수함은 조용히 접근해 갑자기 치명적인 타격을 가하기 때문에 2차대전부터 바다의 학살자라는 이름으로 불려왔습니다. 그 잠수함의 특성을 최대한 살린 작전이 현지 시간으로 오늘 새벽 한국 해군에 의해 실시되었습니다. 결과는 이렇게 참혹하며, 같은 잠수함이라 해서 자비를 베풀 하등의 이유가 없습니다.

이번에는 예인선 여러 척에 의해 거꾸로 끌려가고 있는 잠수함이 화면 가득히 잡혔다. 제2잠수대군 소속 하루시오급 잠수함 유키시오는 함수가 뻥 뚫린 채 내부가 그대로 드러나 보였다. 사령탑 아래 전투정보실이 있었던 흔적만 남은 공간 밑으로 바닷물이 하얀 거품을 일으키며 들락거렸다.

희생자는 또 있었다. 부두 옆에 커다란 군함 한 척이 상부 구조물만 내보인 채 바닥에 주저앉아 있었다. 이재원은 그것이 상륙함임을 단번에 알아보았다.

―요코스카 나가우라항에는 일본 구축함 8척이 있었습니다. 시청자 여러분이 보신 것처럼 세 척이 완전 침몰했고 다른 부대 소속인 구축함 한 척도 침몰했습니다. 그런데 나머지 구축함 다섯 척은 어떻게 됐을까요? 이것은 오늘 이른 아침에 찍은 영상입니다.

TV에는 자료화면인지 조명이 약간 어두운 영상이 흘렀다. 부두에 잇달아 정박 중인 일본 구축함들에서 시커먼 연기가 뿜어지고 있었다. 아직도 이곳저곳에서 불길이 치솟는 구축함도 있었다. 주변에서 작은 소방선들이 달라붙어 불타는 군함들을 향해 하얀 물보라를 뿜어내고 있었다.

―맨 오른쪽이 일본이 자랑하는 이지스함 기리시마입니다. 그 옆에는 방공구축함 하타카제, 그리고 마지막이 구축함 우미기리입니다. 침몰하지는 않았지만 상부 구조물은 처참하게 부서졌습니다. 이 세 척은 전투능력을 완전히 상실했다고 봐도 될 정도입니다. 해상자위대 대변인 말에 의하면, 그것은 한국이 자체개발한 순항미사일 공격에 의한 피해라고 합니다.

기자가 화면을 향해 똑바로 서서 엉큼한 웃음을 짓고 있었다.

―자! 여러분. 퀴즈입니다. 구축함 여섯 척은 침몰하거나 파손됐습니다. 그럼 제1호위대군의 나머지 두 척은 어떻게 됐을까요? 미스 웰스 생각은 어때요?

－그 배들은 동료 군함들을 공격한 한국 잠수함을 잡겠다고 눈에 불을 켜고 도쿄만을 헤집고 다니지 않나요?

화면이 반으로 갈라지고 중년 캐스터가 당연하다는 듯이 대답했다. 그러나 노인 기자는 한쪽 눈을 찡긋하면서 대답했다.

－틀렸습니다. 대답은 바로…….

이재원은 이 장면에서 드럼소리가 나지 않는 것이 이상할 정도였다. 어쨌든 이재원도 무척 궁금했다. 구축함들이 나대용함을 추격하고 있는 끔찍한 장면이 뇌리 속에 떠오르기도 했다.

－저것입니다! 나머지 일본 구축함 두 척은 상처 하나 입지 않았습니다.

기대는 당장 실망으로 바뀌었다. 일본 호위함 두 척은 겉보기에 멀쩡한 것은 물론이고 갑판 위에서 움직이는 수많은 자위관들이 보였다. 화면이 절반으로 갈라지면서 캐스터가 나와 조금 짜증난다는 듯이 기자에게 질문했다.

－버커드 특파원. 당신은 여전히 썰렁하군요. 그게 뭐가 이상한가요? 그러니 당신이 조금 이상하다고 다른 사람들이 수군대지요.

－호오~ 미스 제시카 웰스는 조금 전에 저 두 척이 한국 잠수함을 쫓고 있을 거라고 예상했잖아요?

이재원은 처음에는 그게 그거 아닌가 생각했다가 조금 이상하다고 느꼈다. 이재원이 고민하기도 전에 답이 나왔다. 화면이 일본 구축함을 중심으로 한 바퀴 빙 돌아가며 주변을 담아 보여주었다. 그런데 생각한 것처럼 나가우라항은 넓지 않았다. 화면이 마지막으로 향한 곳에는 처음에 나왔던, 가라앉은 구축함이 있었다.

－저 두 척은 좁은 나가우라 항구에 갇혀 있습니다. 대형 구축함 시라네가 입구를 틀어막고 있기 때문이지요. 시라네가 침몰한 곳 외에는 수심이 얕아 배수량이 큰 군함이 통과하기 어렵다고 합니다. 제가

봐도 저 배를 인양하고 통로를 다시 열려면 많은 시간이 걸릴 것 같습니다. 그러나 문제는 또 있습니다.

흑인 기자의 말투가 갑자기 빨라졌다. 이재원도 뭔가를 떠올리고 긴장하기 시작했다. 저것으로 공격이 다 끝난 것은 아닐 것이다.

─조금 전에 제가 다른 부대 소속 군함 한 척이 침몰했다고 했습니다. 그런데 그 배와 함께 일본 해안경비대 소속 소방선 한 척도 희생자 목록에 올라가 있습니다. 이들 두 척은 마인(mine)에 접촉한 것입니다. 시청자 여러분은 마인을 아십니까?

기자는 일본 해안경비대라고 했지만 이재원은 그것이 해상보안청을 가리킨다는 것을 알고 있었다. 이재원은 뉴스 캐스터가 고개를 갸웃거리는 것을 지켜보았다.

─땅에 묻혀 있다가 사람이 밟으면 뻥 터지는 그 무서운 폭탄 말인가요?

─그렇습니다. 그런데 바다 속에 있는 폭탄도 마인입니다. 사람 대신 배를 상대하는 만큼 땅에 묻히는 마인보다 훨씬 크고 위력이 세지요. 지금 도쿄만에는 그런 마인이 수도 없이 깔려 있다고 합니다. 현재 도쿄만은 선박 통행이 완전 금지됐습니다.

─오 마이 가앗~ 일본은 완전히 망했군요.

그 표현은 '쫄딱 망했다'는 식이었다. 이재원이 배꼽을 잡고 바닥을 굴렀다. 마인은 부설하는 곳에 따라 지뢰, 또는 기뢰로 번역된다. 그러나 희생자가 접촉하면 폭발하는 특성만 비슷할 뿐 둘은 완전히 다른 무기체계다.

─그렇습니다. 지금 이 시간에도 일본 국회에서는 난리라고 합니다. 이번 사건으로 일본 수상이 실각할지도 모릅니다.

─버커드 특파원. 그곳에 미 해군기지가 있다는데, 미국 군함들은 어떻게 됐나요? 혹시 피해가 있나요?

—다행히 미국 군함의 피해는 전혀 없습니다. 미 7함대 소속 순양함과 프리깃 한 척이 요코스카항에 정박 중인데 기뢰 때문에 당분간 외해로 빠져나오지 못할 것 같습니다. 기뢰는 피아를 구분하지 않기 때문에 더 위험합니다. 미국 군함이라도 기뢰에 접촉하면 아까 시청자 여러분이 보신 것처럼 처참한 최후를 맞게 될 뿐입니다.

—일본은 지금 상당히 곤란하겠군요?

여성 캐스터가 일본이 불쌍한 듯, 그러나 한편으로는 고소한 듯 말했다.

—그렇습니다. 일본이 빨리 도쿄만에서 기뢰를 제거하지 못하면 물자유통에 큰 곤란을 겪을 것입니다. 그리고 국제적 신인도도 크게 하락할 것입니다. 그뿐만이 아닙니다. 미국 7함대 소속 군함들이 빠른 시일 내에 요코스카에 입항하지 못하면 조만간 일본 젊은 여성들의 분노가 폭발할 것입니다.

—젊은 여성들이요? 그건 왜죠? 아! 됐어요. 이유는 묻지 않을 테니 제발 말하지 마세요!

캐스터가 손을 홰홰 젓자, ‘흑인’ 특파원이 능글맞은 미소를 보내고 있는 화면이 갑자기 확 줄어들었다. 캐스터가 서둘러 다음 뉴스를 진행했다.

—현대 해전에서 잠수함의 역할은 비약적으로 증대되고 있습니다. 물론 저야 이 분야를 잘 모르지만, 스크립터가 작성한 원고에는 그렇게 되어 있네요. 그럼 여기서 현대의 잠수함이 어떤 역할을 할 수 있는지 샌디에이고의 마이클 스미스 함장을 만나보겠습니다.

점점 넓어지는 화면 안에는 해군 정복을 입은 고급장교가 샌디에이고항이 내려다보이는 어느 호텔 스카이라운지에 서 있었다.

—안녕하세요. 저 제시카 웰스예요. 저 아시죠?

—예. 매일 저녁 그 뉴스를 보고 있습니다. 미스 웰스는 언제 봐도

미인이십니다.

─호호! 정말 고마워요. 항상 듣는 말이지만 들을 때마다 기분이 좋아요. 아, 죄송합니다. 프로듀서가 제발 수다 좀 그만 떨라고 하네요. 하지만 시청자 여러분. 언론인은 진실을 말할 의무가 있습니다.

표정이 몇 번씩이나 바뀌던 뉴스 캐스터가 마지막 멘트에서 엄숙한 표정을 지었다. 그러다가 갑자기 눈살을 찌푸리며 손을 귀에 갖다댔다. 방송진행자 귀 안에 이어폰이 있다는 사실을 기억한 이재원이 배꼽을 잡았다. 그동안 이재원의 뇌리를 짓눌렀던 분노는 훨훨 날아가고 없었다.

─함장님은 어떤 군함을 지휘하고 계세요?

─저요? 저는 요즘 지상근무를 하고 있습니다.

─예? 당신은 함장이잖아요?

─직책이 아니라 계급이 캡틴입니다. 캡틴은 커맨더보다 높은 사람이지요. 하하!

동음이의어를 이용한 간단한 우스개였다. commander는 일반적으로 사령관이라는 뜻이지만 동시에 해군 중령 계급을 가리킨다.

게임 스타크래프트에 나오는 테란 종족 유닛 가운데 하나인 배틀크루저를 마우스로 클릭하면 해군 제독인 함장 겸 함대사령관이 모자를 푹 눌러쓴 채 뭐라고 웅얼거린다. 이 유닛은 지령을 내리는 게임 사용자에게 가끔 'Good day, commander'라고 인사하는데, '안녕하십니까, 사령관님'이라는 인사 속에는 해군 제독이 아랫사람에게 하는 인사, '날씨 좋군, 중령'이라는 뜻이 숨어 있다.

항공모함, 순양함 등 미 해군의 주요 함정을 일반적으로 대령이 지휘하기 때문에 보통은 캡틴이 계급 겸 직책, 즉 계급이 대령인 함장이 되는 것은 맞다. 그러나 LA급 공격형 원자력 잠수함이나 프리깃의 함장은 대개 중령이다. 계급에 상관없이 함장을 영어로 commanding officer라고 한다.

―해군 캡틴은 육군이나 공군의 커늘(colonel)과 비슷한 계급입니다. 제독 바로 아래 계급이지요 저는 작년까지 원자력 잠수함을 지휘했습니다.

―아, 그렇군요. 그런가요? 어쨌든 오늘 일본 도쿄만과 해상 어쩌고 하는 일본 해군이 한국 잠수함에 의해 공격당한 사건을 잘 알고 계시죠? 이번 일에 대해 함장님이 한 말씀 해주시겠어요?

―예. 그것은 대단히 멋진 작전이었습니다. 한국 잠수함은 기뢰부설 이후 이어진 순항미사일 공격에서 목표에 정확한 타격을 가했습니다. 그 직후 일본 함정들이 항구에서 쏟아져 나오자 직접 어뢰 공격을 감행해서 추가적인 타격을 입혔습니다. 현대 잠수함이 할 수 있는 모든 것을 이 한국 잠수함이 보여주었습니다.

―함장님. 죄송하지만 질문 하나 할게요. 피해를 입은 일본 군함들 사례를 보면 기뢰 때문에 침몰한 군함이 가장 나중인데요?

―기뢰는 작동 시작 시간을 조정할 수 있습니다. 예. 쉽게 말해 알람 시계 같은 타이머가 달려 있어요. 기뢰부설을 가장 먼저 실시한 게 맞습니다.

―어머! 그래요? 죄송해요. 헤헤.

―예. 이렇게 잠수함은 단 한 척이라도 적국의 항구를 완전 봉쇄해 버리는 것이 가능합니다. 특히 한국의 디젤 잠수함은 탐지하기가 매우 어렵기로 유명한 만큼 일본의 심장부인 도쿄만에 진입할 수 있었고, 일본 해상자위대에 최대한 타격을 입힐 수 있었던 것입니다.

―흐음. 잘 알겠습니다. 그런데 조금 전 일본 수상이 총력을 투입해 그 잠수함을 격침시키겠다고 일본 국회에서 선언했습니다. 함장님은 그 잠수함이 도쿄만에서 빠져나와 무사히 집으로 돌아갈 수 있다고 생각하시나요?

순간 이재원이 바짝 긴장했다. 이재원은 함장 이하 나대용함 승조원들 얼굴이 문득 보고 싶어졌다. 지금은 아마 다들 정신이 하나도 없을 것이다.

—제가 듣기로, 현재 일본 대잠초계기들과 대잠헬리콥터들이 벌떼처럼 그 불쌍한 잠수함에게 달려들고 있다고 합니다. 한국 잠수함은 디젤 잠수함입니다. 속도가 빠르고 무제한적인 수중작전능력을 갖춘 미국의 원자력 잠수함과 달리 디젤 잠수함은 한번 위치가 노출되면 끝장입니다. 함장과 승조원들이 아무리 유능하더라도 어쩔 수 없습니다. 아마 몇 시간 이내에 격침될 것으로 보입니다.

스미스 대령은 다른 정보 입수 경로가 있는지 현재 도쿄만에서 벌어지고 있는 상황을 잘 알고 있는 듯했다. 미국은 지금도 한국과 일본의 분쟁이 확대되는 사태를 막으려 노력하고 있지만 한편으로는 전투를 예의주시하고 있을 것이 분명했다.

이재원은 내심 미국이 빨리 일본 정부를 상대로 제대로 힘을 발휘해주길 기대했다. 그리고 그런 미국의 노력이 나대용함이 격침되기 전에 성공을 거두길 온 마음을 다해 바랐다. 그러나 무척 불안했다.

—그래도 혹시 살아 돌아갈 가능성은 없을까요?

—없습니다! 존재가 노출되면 그것으로 디젤 잠수함의 운명은 끝장입니다. 미국 해군이 디젤 잠수함의 장점을 잘 알고 있으면서도 원자력 잠수함만 운용하는 이유 가운데 가장 중요한 것이 바로 그것입니다.

스미스 대령이 단호하게 답하는 순간 이재원이 눈을 질끈 감았다. 그랬다. 디젤 잠수함으로서 어쩔 수 없는 운명이었다. 공격을 성공시킨 것만으로도 칭찬받아 마땅했다. 그러나 이재원은 너무 억울했다.

—예. 그렇군요. 오늘 인터뷰 감사합니다.

그 다음 뉴스는 일본 국회에서 중의원 의원들이 들고일어나 일본 수상을 비난하는 장면이었다. 수상은 땀을 뻘뻘 흘리며 변명하기에 바빴다. 뉴스 캐스터는 고소하다는 듯이 웃고 있었다.

그러나 이재원은 어느새 눈물을 흘리고 있었다. 이재원은 지금까지 나대용함이 무사히 귀환할 것이라는 자그마한 기대를 갖고 있었는데, 그 미 해군 대령은 가능성이 전혀 없다고 부정했다. 이재원이 품고 있던 가슴속 희망이 산산이 부서지고 있었다.

9월 12일 15:21   요코스카(横須賀)시 남동쪽 7km
일본 해상자위대 기뢰전 모함 우라가

기뢰전 모함이란 작전 해역 내의 기뢰부설 또는 기뢰제거를 담당하는 소해함, 소해헬기 등을 지휘하는 함정이다. 일본에서는 소해모함 (掃海母艦)이라고도 한다. 기뢰전 모함 우라가는 기뢰 외에는 무장이 매우 빈약하지만 완전 자동화된 기뢰부설기능을 자랑한다. 뒤에 헬기 격납고가 있고 MH-53E 소해헬기를 운용한다.

―땅땅~ 따땅~.

"이게 무슨 소리지?"

우라가함의 함장인 아키요시 준이치(秋吉純一) 이등해좌는 갑자기 선체를 두들기는 소리에 고개를 갸웃거렸다. 그러나 그 소리의 정체가 무엇인가를 본능적으로 깨닫는 데는 시간이 얼마 걸리지 않았다. 함교 현측 난간으로 뛰어가던 아키요시 이좌는 곧 엄청난 굉음과 함께 검은 연기가 하늘로 치솟는 광경을 볼 수 있었다.

―콰쾅!

거센 굉음이 아키요시 이좌의 귓전을 흔들었다. 소리가 난 방향을 향해 아키요시가 반사적으로 고개를 돌리자 수면 위로 치솟는 거대한 물기둥이 눈에 들어왔다. 폭발이 얼마나 엄청났던지 높이 치솟았던 물기둥이 아주 천천히 떨어지는 것처럼 느껴졌다.

"함장! 쓰시마입니다. 쓰시마가 당했습니다!"

"어떻게 이런 일이……"

견시 임무를 수행하던 자위관이 쓰시마함이 침몰하는 현장을 손으로 가리키며 부들부들 떨었다. 아키요시 이좌는 그제야 조금 전에 함교에서 들었던, 선체를 망치로 두들기는 소리의 정체를 깨달았다. 그것이 바로 폭발음이었다.

대기중에서 소리가 전달되는 속도는 상온에서 초당 340미터다. 그러나 물 속에서 음파가 전달되는 속도는 1,500미터다. 귀로 듣는 것보다 네 배나 빠른 속도로 폭발음이 만들어낸 음파가 먼저 선체를 두들긴 것이었다.

검은 연기가 치솟고 있는 바다를 향해 아키요시 이좌가 망연자실한 표정으로 쌍안경을 들었다. 그 연기 아래에는 아무것도 없었다. 폭발과 함께 거대한 물기둥이 쓰시마함을 순식간에 집어삼킨 것이다.

"구조팀은? 지금 당장 소해헬기들을 불러들여!"

낯빛이 하얗게 된 채 함교로 돌아온 아키요시가 구조작업을 서둘렀다. 하지만 지금 눈앞에 벌어진 상황에서 승무원들이 살아남을 가능성은 거의 없었다.

우라가함의 전투정보센터에서 곧바로 근처에서 소해작업 중이던 헬기를 호출했다. 무게가 5톤이 넘는 예인형 기뢰제거장치를 끌고 있던 MH-53E 시 드래건(Sea Dregon) 헬기가 케이블을 팽개치고 쓰시마함이 피격된 위치로 빠르게 접근했다.

쓰시마함이 가라앉은 바다 위로 산산이 부서진 선체 파편들이 이곳저곳에서 떠오르기 시작했다. 그러나 온전한 형태로 남아 있는 것은 하나도 없었다. 시커멓게 탄 부유물 덩어리와 함께 잔해들이 연기를 내며 불붙어 있고 그 안에서 사람처럼 움직이는 것은 아무것도 보이지 않았다.

최신형 소해함인 쓰시마함은 이렇게 완전히 파괴되었다. 그것도 길바닥에서 구둣발에 밟혀 조각조각 부서진 감자 스낵처럼 처참하게 부서졌다. 완전히 가루가 된 소해함에서 생존자가 있을 리 없었다.

소해함들은 선체 재질을 강화플라스틱의 일종인 GRP나 FRP로 건조하는 경우가 많다. 강철 선체가 자기(磁氣)감응기뢰에 반응할 수 있기 때문에 그것을 피하기 위해서다. 그리고 어떤 소해함들은 아예 나무로 만든다. 나무 역시 절연성이 우수하고, 또한 엔진이나 전자장비처럼 선체 내부에서 여러 가지 장비가 발생시키는 강력한 자기를 외부와 차단시켜주기 때문이다.

최신형 소해함인 쓰시마함은 그렇게 나무로 만든 배였다. 기준배수량이 1,000톤이 넘는 쓰시마함은 현역 군함으로는 세계에서 가장 큰 목조 군함이기도 하다. 그러나 그 대신 강한 폭발력 앞에서는 전혀 무방비나 다름없을 만큼 취약했다.

"음향기뢰는 모두 제거됐다고 하지 않았나?"

씩씩거리면서 함교로 들어선 사람은 소해대군 사령 노구치 히로미쓰(野口弘三) 해장보였다. 아키요시 이등해좌의 대답도 곱지 않았다.

"그렇습니다. 그러나 그것은 항공대 녀석들이 한 이야기일 뿐입니다. 그런데, 사령! 어떻게 된 겁니까? 작전이 지나치게 급하게 진행되고 있습니다. 복합감응기뢰들을 처리하려면 시간이 더 필요합니다. 이렇게 서두르다간 또 다른 피해가 발생할⋯⋯."

"무인소해로봇을 사용하면 되잖아! 뭐든 바다 속에 보이는 것만 있으면 몽땅 폭약을 붙여서 파괴해버려!"

노구치 해장보는 평소답지 않게 무척 흥분해 있었다. 새벽부터 하루 종일 소해작업에 매달렸기 때문만은 아니었다. 노구치 해장보는 상부에서 끊임없이 내려오는 재촉을 받고 있다는 것쯤은 아키요시 이등해좌도 알고 있었다. 그러나 아키요시는 기뢰제거작업에 투입된 부하들 목숨도 고려해야 했다.

"사령! 그게 말처럼 쉽지 않은 것은 사령도 잘 아시지 않습니까? 의아표적물마다 일일이 기뢰처리 폭약을 붙일 수는 없습니다. 시간을 좀더 주십시오 기뢰 유형을 좀더 세밀히 파악해서 대책을 세워야 합니다."

아키요시가 항변했다. 의아(疑訝)목표물이란 폐드럼통이나 암석같이 기뢰와 유사한 해저 물체를 일컫는다. 실상 기뢰를 찾아내는 작업 대부분은 수많은 의아목표물들 사이에서 얼마나 빨리 진짜 기뢰를 찾아내는가 하는 것이었다. 아키요시가 다시 시간을 더 달라고 요구하려는 순간이었다.

"닥쳐!"

아키요시가 말 한마디 하기도 전에 분노한 노구치 해장보가 휘두른 지휘봉에 맞아 어깨를 감싸쥐어야 했다. 이글거리는 눈동자로 아키요시를 쏘아보는 노구치 해장보의 눈빛은 당장이라도 이 자리에서 아키요시를 배 밖으로 떠밀 기세였다.

"하지만⋯⋯."

아키요시 이좌 입에서 뭐라고 고함지르고 싶은 말이 빙빙 돌았다. 1차 소해를 너무 시 드래건 소해헬리콥터에 의지한 것이 화근이었다. 신속함에 있어 소해함이 시 드래건을 따를 수는 없었다. 그렇지만 수중과 해저면을 정확하게 수색하려면 소해함을 사용해야 하고, 소해에는 그만큼 시간이 소요된다. 시간을 줄이려면 배와 인명이 그 이상으로 소요되는 법이었다.

소해헬리콥터와 소해함은 상호보완적인 역할을 수행하도록 되어 있었다. 시간이 조금만 더 보장된다면 둘의 장점을 함께 발휘시킬 수 있어 안전하고 효율적인 소해를 할 수 있었다. 하지만 지금처럼 서두르면 아무 성과 없이 피해만 커지게 된다.

이곳 우라가항로처럼 평소 선박 통행량이 많은 곳은 선박들의 스크루가 발생시키는 와류에 의해 해저에 퇴적되어 있던 작은 입자들을 물 속에서 뒤엎어놓는다. 수중먼지 때문에 카메라가 식별하기 어려울 정도로 지저분해지는 것도 문제지만 무엇보다도 작은 침니들이 해저 기뢰를 뒤덮어버리는 것이 더 어려운 문제였다. 이미 부설된 기뢰를 광학적인 수단으로 식별하기란 쉽지 않았다.

또한 도쿄만 안에 침몰선이 많다는 것은 예전부터 유명한 이야기였다. 자기탐지장치는 확실히 빠른 시간 내에 기뢰를 탐색할 수 있지만, 도쿄만 안에서는 거의 무용지물이었다.

"더 이상 시간이 모자란다는 변명은 받아들이지 않겠다, 아키요시 이좌!"

"으윽! 옛…… 사령!"

노구치 히로미쓰 해장보가 지휘봉을 다시 휘둘렀다. 몸을 한번 휘청거린 아키요시가 어깨를 간신히 세우며 빠르게 부동자세를 취했다. 아키요시 이좌는 이번 사태 이후 해상자위대가 옛 제국해군처럼 변하고 있다고 느꼈다. 특히 이번 소해 임무가 시작되자 노구치 해장보는 뭔가에 씐 것처럼 사람이 완전히 바뀌어버렸다.

"도쿄만은 완전히 봉쇄되었다. 이 봉쇄를 빠른 시간 내에 풀지 못한다면……."

노구치 해장보가 말을 멈췄다. 정치권에서 떨어진 명령 때문만은 아니었다. 도쿄만이 봉쇄된 것은 태평양전쟁 이후 처음이었다. 도쿄만 내의 요코하마, 가와사키, 그리고 도쿄 본항으로 진입하려는 상선들을 다른 항구 쪽으로 회항시키고 있었다. 그러나 이번 사태를 계기로 떨어진 일본에 대한 신뢰도는 그 이상의 엄청난 손실을 안겨주었고, 그 피해는 예상보다 훨씬 커질 수 있었다.

해상자위대원으로, 그리고 소해대군 사령으로 노구치 해장보는 이 모든 혼란을 수습해야 할 최고 위치에 있는 지휘관이었다. 한국 잠수함 겨우 몇 척이 부설한 기뢰 때문에 일본이 이토록 무참하게 혼란에 빠져 있다는 사실을 그는 도저히 용납할 수 없었다.

"구레의 소해대도 곧 요코스카로 투입된다. 그전까지는 3소해대와 51소해대가 모든 것을 떠맡는 수밖에 없다!"

노구치 해장보는 요코스카 지방대 소속의 41소해대가 궤멸상태라는 것을 일부러 이야기하지는 않았다. 낡은 하쓰시마급 소해정 3척으로 구성된 41소해대는 기뢰에 접촉되어 한 척이 침몰하고 다른 한 척은 운용이 불가능할 정도로 대파된 상태였다. 결국 남은 소해정 한 척은 다른 소해대로 편입되어야 했다.

모든 지방대에는 소해대가 소속되어 있다. 2차대전 당시 미군이 부설한 기뢰 중에 아직도 처리되지 못한 것들이 일본 근해에 남아 있어서 이를 처리하는 것이 이들 소해대의 주임무다. 오래 전에 태평양전쟁이 끝난 지금도 60년이나 된 기뢰를 계속 찾아 처리해야 한다는 것은 끔찍한 일이다.

"이젠 방법이 없다. 신속한 소해말고 고려할 만한 것은 아무것도 없다. 전 함정의 손실도 감수한다. 알겠나!"

"알겠습니다, 사령!"

아키요시 이좌가 이를 악물며 대답했다. 그건 기뢰에 돌진해 죽으라는 것과 다름없는 명령이었다. 그리고 요코스카의 소해대와 비등한 전력이 배치된 구레(吳)의 나머지 소해대가 도달할 때까지 요코스카의 소해함정은 모두 소모되는 것도 불사하겠다는 끔찍한 명령이었다.

아키요시가 창 밖으로 고개를 돌려 쓰시마함이 가라앉은 곳을 허망하게 내다보았다. 시 드래건 소해헬리콥터들이 수면 위를 계속 선회하며 쓰시마호의 승무원들을 우선적으로 인양하고 있었다. 하지만 살아 움직이는 승무원의 모습은 보이지 않았다.

아키요시는 문득 컴퓨터 운영 프로그램에 들어 있는 지뢰찾기(Mine Sweeper) 게임을 떠올렸다. 지뢰와 기뢰는 영어로는 같은 단어, 마인(mine)이다. 그 게임은 소해함대의 주요 임무인 소해(Mine Sweep)와 이름이 같을 뿐 아니라 몇 가지 공통점이 있었다.

지뢰찾기 게임을 할 때 신중하지 않으면 언제든지 지뢰가 폭발해서 게임을 종료시킨다. 그렇다고 너무 신중하게 수색하다가 시간이 초과되면 게임은 의미가 없다. 그 게임은 가능한 빠른 시간 내에 모든 지뢰를 찾는 데 목적이 있다.

지금 소해대군이 하는 일도 마찬가지로 시간이 중요했다. 그러나 결국 속도를 쫓다가 소해함들이 이렇게 허망하게 격침되는 것이다. 끔찍한 결과였다.

게임에서는 언제든 새로 시작하면 되고, 실수로 지뢰를 밟아도 잠깐 아쉬운 마음이 들 뿐이다. 그러나 현실에서 기뢰 소해는 그렇지 않았다. 소해함이 기뢰에 접촉해 폭발하면 그 안의 승무원들이 폭사하고 물 속으로 가라앉는 것을 눈으로 직접 봐야 했다. 이것은 게임처럼 돌이킬 수 없는 일이었다. 아키요시는 쓸쓸했다.

"우린 중국군이 아냐……."

아키요시 이좌가 혼잣말로 중얼거렸다. 그것은 노구치 해장보의 냉혹한 명령에 대한 인간적인 반발이었다.

아키요시 이좌는 오래 전 중국과 베트남의 국경분쟁 때 시중에 떠돌던 이야기를 아직도 기억하고 있었다. 소학교 다닐 때 들었던가? 사실인지 소문인지 지금도 알 수 없었지만 황당한 이야기였다.

당시 중국 기갑부대는 베트남군이 깔아놓은 지뢰 때문에 한 걸음도 전진할 수 없었다. 중국군에게는 시간도, 지뢰를 탐지할 장비도 부족했다. 그러나 중국은 인구가 많은 만큼 병력도 무지막지하게 많은 군사대국이었다.

중국군 지도부는 부족한 시간과 장비를 인력으로 대처하는 간단한 방법을 사용했다. 명령을 받은 중국군 보병들이 몇십 명씩 서로 어깨동무를 하고 지뢰밭으로 걸어 들어갔다. 지뢰가 여기저기서 터지고, 그럴 때마다 비명이 터졌다. 그러나 전진은 계속됐다. 그 이후 중국 기갑부대는 안전하게 전진할 수 있었다.

아키요시가 고개를 세차게 저었다. 지금 도쿄만에 투입된 자위대 소해함들은 중월전쟁 때의 중국군 보병들이 맡았던 바로 그 역할을 해야 하는 것이다. 중국군은 중월전쟁 이후 '정신이 물질을 앞선다'는 교리를 포기하고 군 현대화에 박차를 가하기 시작했다. 반면 지금 해상자위대 소해함대는 시간을 아끼기 위해 희생되어야 할 상황이었다.

9월 13일 08:03   경상남도 진해시 해군 잠수함전단

이재원 하사는 시뻘건 눈으로 화면을 주시했다. 밤새도록 쉴새없이 리모컨 버튼을 누르던 손가락도 잠시 휴식을 취했다.

TV 화면에 나오는 것은 어느 외국 경제뉴스 전문 채널의 월드 비즈니스 리포트 프로그램이었다. 일본 증권시장이 바닥을 모르고 곤두박질치자 경제뉴스에서도 어느새 도쿄만 사건이 머릿기사로 올라오고 있었다.

이재원은 어느 틈엔가 국내 뉴스를 보지 않게 되었다. 어제 저녁 뉴스에서 국방부 발표가 있었고, 외신이나 일본 TV방송국에서 송출한 전파를 잡아 뉴스시간에 틀어준 화면도 있었다. 하지만 국내 방송에서 도쿄만에서의 일이 어떻게 되는지 자세히, 그리고 가장 빨리 알아낼 방법은 없었다.

한국과 일본은 전쟁 당사자였다. 문화나 뉴스 교류는 당분간 끊길 수밖에 없었다. 그런데 일본 기자들은 한국에서 활발하게 취재활동을 하고 있었다. 이재원은 그게 좀 이상했다.

─기자는 도쿄 남쪽, 보소반도 상공에 있습니다. 일본 자위대가 통제하기 때문에 민간 헬리콥터는 도쿄만이나 그 입구로 통하는 바다 위를 비행할 수 없습니다. 그래서 제가 이렇게 멀리서 보도하게 되었습니다.

헬리콥터 소음이 심하게 들려왔다. 이재원은 간신히 기자가 하는 말을 알아들을 수 있었다. 차가운 인상을 한 백인 기자는 보도를 하면서도 어느 해상에서 갑작스런 폭발이 없나 연신 눈동자를 굴리고 있었다. 그러나 연기나 화염은 화면에 비치지 않았다.

─저 멀리 도쿄만 위로 움직이는 배들은 소해함들입니다. 기뢰를 제거하기 위해 열심히 작업하고 있군요. 그러나 희생은 점점 커지고 있습니다. 어제도 쓰시마함이라는 소해함 한 척이 기뢰제거작업을 하다가 오히려 기뢰에 접촉해 침몰했습니다. 불행히도 승무원 전원이, 단 한 명도 남김없이 사망했습니다. 그보다 작은 소해정 한 척도 침몰했고, 다른 한 척은 큰 피해를 입고 항구로 예인됐습니다.

이재원은 화면에 비치는 도쿄만을 넋 나간 표정으로 지켜보았다. 망원렌즈로 촬영했어도 화면에서는 가물가물 멀리 보이는 도쿄만에서는 작은 배들이 몇 척 떠 있었다. 화면이 천천히 돌아갔다.

─도쿄만 입구 쪽에 대잠초계기들이 많이 몰려 있습니다. 대잠헬리콥터들은 다른 해역 상공에서 활발히 움직이고 있군요. 바다 속은 어떨까요? 아마 마찬가지일 겁니다.

기자가 말한 것은 일본 잠수함들이었다. 이재원은 문득 나대용함이 대잠초계기, 대잠헬기, 잠수함, 수상전투함들로부터 한꺼번에 공격받는 장면을 상상하고 몸을 부르르 떨었다.

—도쿄만의 비극에 놀란 일본 해상자위대는 이번에는 복수의 칼날을 갈고 있습니다. 이런 밀집된 탐색망을 뚫고 과연 한국 잠수함이 살아서 본국으로 귀항할 수 있을까요?

이재원의 이성은 불가능하다고, 감성은 가능하다고 제각각 소리 높여 외쳐대고 있었다.

—도쿄만은 오늘도 여전히 민간 선박의 입출항이 금지되고 있습니다. 저렇게 많은 항공기와 군함이 투입됐는데도 아직 한국 잠수함을 격침시키지 못했습니다. 그것이 바로 은밀성을 최대 장점으로 삼는 잠수함의 힘입니다.

—더글러스 매킨지 기자. 요코스카의 나가우라항은 아직도 통로가 열리지 않았습니까?

화면에는 안 보이지만 보도국 스튜디오에서 앵커가 질문을 던진 모양이었다.

—그렇습니다. 그래서 일본 해상자위대는 한국 잠수함을 잡기 위해 수상함정을 많이 동원할 수 없습니다. 지금 요코스카 지방대 소속 구축함 단 두 척만이 한국 잠수함과의 술래잡기에 동원되고 있습니다. 세상에! 도쿄만에 있던 구축함 열한 척 가운데 단 두 척뿐입니다. 나머지는 침몰하거나 타격을 받아 기능을 상실하거나 항구에 갇혀 있습니다. 그러나 그 구축함 두 척도 기뢰에 접촉할까 두려워 본격적인 잠수함 사냥에는 나서지 못하고 미국 함대가 기항 중인 요코스카항 입구 근처를 맴돌고 있다고 합니다.

—일본 정부의 대책은 무엇이 있나요?

—예. 이 같은 현실 때문에 일본 방위청은 한국 해상봉쇄작전에 투입된 1개 호위대군을 도쿄만으로 돌릴 것을 심각하게 고민 중이라고

합니다. 그러나 그럴 경우 한국에 대한 해상봉쇄가 느슨해질 수밖에 없습니다. 그러면 이 분쟁은 뜻밖에 한국이 주도권을 쥘 수가 있습니다. 일본 방위청이 고민하는 이유는 바로 이것입니다. 도쿄만 상공에서, 더글러스 매킨지입니다.

기자가 갑자기 헬기 바깥으로 시선을 돌리더니 카메라를 향해 다급하게 손짓했다.

─아앗! 카메라 북쪽으로 돌려요. 시청자 여러분! 엄청난 물기둥이 치솟고 있습니다. 대단합니다! 요코스카에서 남동쪽으로 5km 정도 떨어진 바다입니다!

하얀 물기둥이 하늘로 솟구치고 있었다. 그러나 이재원이 보기에 조금 이상했다. 천천히 내려오는 물기둥 근처에 일본 소해함 한 척이 물살을 헤치며 달리고 있고, 그 옆에 뭉툭하게 생긴 소해헬기 한 대가 비행하고 있기 때문이었다.

─혹시 일본 군함이 기뢰에 접촉했나요?

거대한 물기둥을 묘사하느라 지나치게 흥분한 기자를 앵커가 냉정한 목소리로 불렀다. 그러자 기자가 카메라로 얼굴을 돌리더니 쑥스러운 표정으로 말했다.

─그건 아닙니다. 주변에 일본 소해함 한 척이 있는 것으로 봐서 기뢰 하나를 발견해 제거한 것 같습니다! 예. 이런 식으로 차근차근 기뢰를 찾아 없애면 언젠가 도쿄만이 활짝 열릴 것 같습니다. 천만 도쿄 시민들은 그날이 오기를 기다리고 있습니다.

이재원은 무척 안타까웠다. 저 기뢰가 발견되지 않거나 일본 호위함에 접촉해서 도쿄만이 아예 영원히 봉쇄되길 바랐다. 그러나 부질없는 희망이었다. 일본의 막강한 소해세력은 얼마 지나지 않아 한국 잠수함들이 목숨을 걸고 침투해 도쿄만에 부설한 기뢰를 모두 제거할 것이 분명했다.

―다시 스튜디오입니다. 믿을 만한 소식통에 의하면, 일본 도쿄만에 투입됐던 한국 잠수함은 모두 합해 세 척이라고 합니다. 현재 한 척은 한국 진해항으로 귀환 중이고 두 척이 아직 빠져나오지 못했다고 합니다. 어제 뉴스시간에 일부 군사전문가들이 한국의 디젤 잠수함 한 척으로는 그렇게 많은 공격 임무를 수행할 수 없다고 했는데, 그 예상이 맞아들어간 셈입니다.

이재원이 깜짝 놀라면서 그런 정보를 언론에 흘린 당사자가 누굴까 잠시 생각해보았다. 미국을 포함한 유럽계 뉴스 채널이 이런 사건에서 '믿을 만한 소식통', 또는 '정통한 소식통'이라면서 인용하면 대개 그 정보 소스는 익명을 요구한 미국 정부 고위 관료다. 그러나 아무리 미국이 한국의 혈맹이라 해도 지금 이런 사태를 겪는 중에 한국이 미국에게 그 정보를 가르쳐줄 리 만무했다. 한국 정부가 선전 목적으로 정보를 공개했을 리도 없었다.

이재원은 혹시 아버지가 그 정보를 미국에 팔아먹은 게 아닌지 의심이 들었다. 돈을 받았거나 지위를 보장받았거나. 그런데 전쟁에 패한 나라는 대체로 정부가 바뀌게 된다. 이재원은 자꾸 그런 쪽으로 의심이 갔다. 그런데 뉴스 앵커가 이재원의 호기심을 조금 풀어주었다.

―그런데 한 가지 의문이 생깁니다. 도쿄만에 있는 한국 잠수함이 한 척인지, 또는 두 척인지에 따라 일본 해상자위대의 대처 방향은 극단적으로 달라질 수 있습니다. 일본 방위청에서는 한국 잠수함이 두 척 이상일 가능성을 배제할 수 없다는 식으로 발표했지만, 확신하지 못한 눈치였습니다. 그렇다면 그 정보 소식통은 왜 그렇게 중요한 정보를 발설했을까요? 의문이 아닐 수 없습니다. 참고로, 이 정보의 원 소스는 일본에서 나왔습니다. 그러나 일본인은 아닙니다. 그렇다면 어떻게 알았을까요?

이재원은 정보제공자가 아버지가 아니라는 사실에 일단 안도했다.

그러나 더 큰 의혹이 생겼다. 일본인이 아닌 일본 거주자라면 일단 주일미군이라 봐도 좋았다.

'혹시 도쿄만 입구에 깔린 소서스…… 아니. 미국과 일본이 공동 관리하니까 그럴 리는 없고. 아니! 혹시 분석능력이 뛰어난 미국이 그 정보를 일본과 공유하지 않았다면……. 그것도 아니라면 미국 잠수함?'

이재원이 고개를 흔들었다. 의혹은 점점 더 깊어졌다.

9월 13일 14:21 요코스카(橫須賀)시 남서쪽 27km
한국 해군 잠수함 우치적

수심 62미터의 최고봉, 그것이 물 속에 잠긴 오키노야마(沖の山)의 높이였다. 오키노야마는 도쿄만의 오른쪽, 즉 보소반도와 연결된 긴 해중능선이었다. 동쪽에서 서쪽까지 15km 정도 이어진 이 능선은 도쿄만 안쪽을 감싸안은 형세로 완벽하게 경계를 짓고 있었다.

"나대용이 빨리 나와줬으면 좋겠는데."

앞으로 두 걸음, 뒤로 두 걸음. 우치적함의 함장 추정우 중령은 걱정이 많았다. 나대용함은 일본의 대잠망에 제대로 걸려 옴짝달싹못하고 있는 것이 틀림없었다. 지금도 간헐적으로 북쪽에서 폭음이 들려오고 있었다. 갑자기 추정우 중령이 묘한 표정을 지었다.

"작전관! 남은 하픈이 몇 발이나 되지?"

"네 발입니다, 함장님."

작전관 이진원 소령의 보고를 들은 추정우 중령이 잠시 고민했다. 모자를 벗고 머리칼을 난폭하게 비벼댄 끝에 추정우 중령이 표정을 바꿔 씩 웃었다.

"작전관! 지금 공격하는 건 어때?"

"무슨…… 어디를 말입니까?"

난데없는 공격 이야기에 이진원 소령이 함장의 진의가 뭔지 고개를 갸우뚱거렸다. 함장은 간혹 뜻밖의 명령을 내려서 부하들을 당혹스럽게 만들 때가 있었다. 도망 다니기도 급급한 상황에서 공격을 하자는 추정우 중령의 말에 이진원은 가슴이 철렁 내려앉았다.

"남은 하푼이 몇 발이나 되지?"

이진원이 방금 대답했고, 함장도 뻔히 알면서 다시 묻는 질문이다. 이진원이 고개를 도리도리 흔들었다.

"네 발입니다. 그러나 지금 공격하면 우리 위치가 발각될 겁니다."

"이리 와보게, 작전관."

작도판으로 이끄는 함장에게 다가서면서도 이진원 소령은 영 탐탁지 않은 표정이었다. 무엇보다도 당장 공격할 만한 뚜렷한 표적이 없었다. 도쿄만 입구 주변에는 소나로 수신되는 잡다한 함정들이 있었지만 하푼으로 공격할 수 있을 정도로 정확한 위치를 알고 있는 함정은 하나도 없었다. 오키노야마 바로 뒤쪽에 머물고 있는 우치적함에서는 소나로 일본 함정들의 정확한 위치를 탐지하는 것이 불가능에 가까웠기 때문이다.

작도판을 가리킨 추정우 중령은 딱히 무슨 말을 하지도 않았다. 다만 우라가항로와, 여기에 연결된 나카노세항로를 뚫어져라 쳐다보고 있을 뿐이었다.

"더더구나 목표 위치를 모르는 상태에서 하푼을 발사할 수는 없습니다. 재고해주십……. 아!"

다시 한 번 공격이 어렵다고 설명하려는 이진원 소령이 갑자기 뭔가 번뜩한 듯 함장과 눈동자를 마주쳤다. 그리고 곧이어 서로의 의중을 확인한 두 사람만의 미소가 동시에 흘렀다.

"표적 위치를 몰라도 되겠군요!"

"그래. 놈들이 마음껏 소해를 하도록 내버려둘 수는 없지. 안 그래? 우리가 어떻게 가져와 어떻게 부설한 기뢰린데! 그 많은 기뢰를 이고 지고 오느라고 허리가 휠 지경이었어."

추정우 중령이 배에 잔뜩 힘을 주었다. 기뢰부설을 완료했다고 철수 하는 것만이 능사는 아니었다. 기뢰가 효력을 유지할 수 있도록 상황 을 만드는 것도 또 다른 기뢰전의 수행방법이었다.

"하지만 이번뿐입니다. 더 이상 우리 함정의 존재를 폭로시키는 작 전은 위험합니다. 함장님! 이러다가 우리는 정말 돌아갈 수 없을지도 모릅니다."

고개를 끄덕이며 추정우 중령의 명령에 수긍했지만 이진원은 함장 이 상부 명령에 이미 불복종한 상태라는 걸 잘 알고 있었다. 군인으로 서 그 역시 함장의 작전에는 동의했지만, 이미 임무를 요구 수준 이상 으로 완수한 이상 지금은 아버지이자 남편으로서 살아 돌아가는 것이 더 중요한 일이었다.

"이번이 마지막이야. 한 방 먹여주고 나대용과 함께 빠져나간다."

"알겠습니다. 이번뿐입니다."

이진원 소령이 다시 한 번 함장에게 토를 달았다.

"좋아. 좌표를 짜보자고!"

추정우 중령이 또 한 번 씩 웃었다. 이번처럼 목표 위치를 알지 못 하고 공격할 경우 각 미사일들의 침로를 설정하는 것이 가장 중요했 다. 추정우와 이진원은 각 미사일이 자체 레이더로 표적을 찾을 때까 지 계속 특정구역을 선회하도록 미사일의 유도프로그램을 지정할 것 이다.

물론 미사일 각각의 침로는 달라야 한다. 자칫 같은 함정을 한꺼번 에 공격할 수도 있기 때문이다. 계산을 마치고 발사관 4개에 장입된 하픈 미사일에 유도프로그램을 설정하는 이진원의 손길이 바빠졌다.

"발사준비 됐습니다."

"좋아! 예쁘게 발사해봐!"

이진원이 발사 버튼을 누르자 압축공기가 하픈 미사일을 수면 밖으로 밀어내는 소리가 마치 간이 떨어질 것만큼이나 요란하게 들렸다. 우치적함의 위치가 외부에 그대로 드러날 것이 분명했다. 이제 튀는 일만 남았을 뿐이었다.

"함장님. 미사일들의 비행시간은 말입니다."

"그래. 뭐?"

"연료가 떨어질 때까지 계속 반복 비행할 것입니다."

"잘했어. 으하하!"

변침 명령을 내리는 추정우 중령이 이진원의 보고를 받자마자 대뜸 웃어젖혔다. 그것은 미사일이 표적을 포착해 명중할 때까지 계속 반복해서 표적을 찾을 것이라는 뜻이었다. 자동항법(Auto Pilot)기능이 있는 하픈 블록1D형은 클로버 잎 모양의 비행 코스로 입력된 위치를 따라 목표물에 명중할 때까지 계속 재공격하는 독종이었다.

9월 13일 14:31 요코스카(橫須賀)시 남동쪽 12km
일본 해상자위대 기획전 모함 우라가

"함장! 시라유키로부터 대공 경보입니다! 대함 미사일이 발사됐습니다. 07시 방향으로부터 접근 중!"

"요격은? 시라유키에서 요격할 수 없나?"

아키요시 이등해좌가 고함을 질렀다. 하쓰유키와 함께 요코스카 지방대 소속인 시라유키함은 시 스패로 함대공 미사일을 탑재하고 있었다.

"시라유키에서 샘(SAM) 대응합니다. 그런데……."

보고를 받고 다급해진 아키요시가 함교 난간으로 뛰어나갔다. 시라유키함에서 솟아오른 시 스패로 미사일의 흰 연기가 하늘로 포물선을 그렸다가 다시 수면 쪽으로 길게 이어지고 있었다. 그 미사일은 이쪽을 향해 날아오고 있었다.

그러나 간신히 시 스패로 사정거리에 머물고 있는 시라유키가 다가오는 대함 미사일 네 발을 모두 요격하기는 힘들 것 같았다. 시라유키는 요코스카 본항의 입구 근처에서 얼쩡거릴 뿐, 소해함대가 작전 중인 해역에는 가까이 접근하지도 못하고 있었다. 반면 하픈은 반대편인 남쪽에서 날아오는 중이었다.

"전 함정! 즉각 소해를 중단하고 대공방어태세로 전환한다!"

예하 소해함들로 연락하는 아키요시 이좌의 목소리가 떨렸다. 우라가함도 그렇지만 예하의 소해함들 모두 함대공 미사일 같은 것은 애당초 없었다. 누가 소해함들을 대함 미사일의 위협이 있는 곳으로 들이밀 수 있단 말인가? 소해함은 설계 때부터 애초에 그런 상황이 전혀 감안되지 않고 건조되었다.

"미사일 두 발 저지에 성공했습니다!"

아퍼레이터의 긴박한 보고와 동시에 남쪽 수면 위에서 폭발이 일어났다. 흰 물기둥이 솟아오른 것을 아키요시가 확인하는 순간 그 사이를 빠져나온 미사일 두 발이 가물거리며 점점 가까워지고 있었다.

거리가 떨어진 시라유키는 사정거리의 한계에 다다른 하픈 미사일을 요격하는 것이 더 이상 불가능했다. 함대공 미사일은 대함 미사일보다 상대속도가 빠르지만 이미 사거리의 대부분을 날아온 하픈 미사일을 시라유키가 새로 발사한 시 스패로가 따라잡으려면 타임머신이 필요했다.

"미사일 1기, 본함을 향합니다."

"채프 대응하라!"

아키요시가 명령했다. 우라가함에 대공수색레이더는 있지만 그나마 황급하게 설치된 채프발사기는 수동으로 조작해야 했다. 함교 좌우에서 여섯 발씩 튀어오른 채프 로켓이 상공으로 솟구친 다음 흰 연기와 함께 폭발했다.

"함장! 스가시마가 피격되었습니다!"

나란히 빠져나온 하픈 대함 미사일은 남쪽에 있던 소해함 스가시마를 먼저 덮쳤다. 그리고 스가시마 승무원들의 희생을 슬퍼할 시간도 없이 이번에는 우라가함으로 쇄도하는 대함 미사일을 걱정해야 했다.

눈앞에서 뻔히 보이는 미사일로부터 순식간에 날카로운 터보팬 엔진음이 들린다고 생각한 순간 아키요시는 반사적으로 몸을 구부렸다. 그리고 점차 톤이 높아지던 미사일 추진음이 멀어졌다고 느껴지자 아키요시가 고개를 슬쩍 들었다.

"채프에 속았습니다. 미사일이 침로를 바꿨습니다!"

"아아! 다행이다……."

콩알만해진 가슴을 졸이며 아키요시가 한숨을 내쉬었다. 채프 구름을 통과한 미사일은 도쿄만 동쪽 보소반도로 향하고 있었다. 다행히 그 방향에는 소해함이 없었다. 미사일을 완전히 따돌린 것이다.

"당장 노구치 히로미쓰 사령을 연결해! 어서!"

아키요시는 상관인 노구치 해장보에게 강력하게 항의할 작정이었다. 대함 미사일의 위협 아래서 더 이상 소해를 진행한다는 것은 말이 되지 않았다. 기뢰에 피격된 쓰시마함뿐 아니라 이번에는 스가시마까지 대함 미사일에 공격을 받았다. 소해대의 소해능력이 급전직하하고 있었다.

아키요시 일좌가 생각해보니 한국 잠수함 때문에 대잠초계기와 대잠헬리콥터들이 눈에 불을 켜고 대잠방어망을 구축하고 있었지만, 정작 지금처럼 대공방어에는 신경도 쓰지 못한 셈이었다. 적어도 도쿄만 내에서는 적 잠수함에서 대함 미사일을 발사하지 못하게 해야 하는 게 아닌가! 안전은 보장하지도 않으면서 무리하게 소해작업을 밀어붙이는 노구치 해장보에게 당장이라도 달려가 먹살을 잡고 싶을 만큼 아키요시의 분노는 거셌다.

"함장! 미…… 미사일이……."

"왜 그래?"

"침로를 바꿨습니다. 다시 도쿄만 안쪽으로 진입하고 있습니다……."

"이럴 수가……."

보소반도 쪽으로 사라질 것으로 알았던 하픈 미사일이 방향을 바꿔 만 안쪽을 이리저리 헤집으며 날아다니고 있었다.

미사일은 소해함들이 겁먹고 있는 것을 잘 아는 것처럼 만을 가로질러 이번에는 북쪽으로 날아갔다. 한참 시간이 흐르자 그 미사일은 다시 남쪽으로 방향을 바꿨다. 하픈은 자체 레이더를 작동시킨 채 목표물이 탐지될 때까지 계속 특정한 패턴으로 수면 위를 더듬고 있었다.

이윽고 클로버 잎처럼 동서남북 네 방향을 돌아가면서 X자 모양으로 가로지르던 하픈 미사일이 목표를 탐지했는지 고도를 상승하기 시작했다. 그때 시라유키에서 발사된 시 스패로가 하픈을 노리고 날아들었다.

그러나 하픈 쪽이 조금 빨랐고, 시라유키는 너무 멀리 떨어져 있었다. 표적은 1,000톤급 소해함인 야에야마였다. 약 100미터까지 치솟았던 하픈 미사일은 45도 각도로 다이빙 코스를 취하며 그대로 야에야마의 우현에 처박혔다.

"으으……."

검은 연기와 시뻘건 폭염이 부풀고 난 뒤 남은 흔적은 야에야마의
함미 쪽에 달려 있는 커다란 케이블 윈치뿐이었다. 목조로 만들어진
야에야마는 폭발충격에 고층건물에서 떨어진 수박처럼 형편없이 박
살나버리고 윈치가 장착된 함미 쪽 구조물도 곧 물 속으로 자취를 감
추었다. 아키요시 이좌가 이를 딱딱 부딪쳤다.

partisan

9월 13일 17:48   요코스카(横須賀)시 남쪽 42km
일본 해상자위대 잠수함 우즈시오

"바보 같은 놈!"

잠수함 우즈시오의 함장 야마모토 노부히코(山本信彦) 이등해좌가 모자를 벗고 난폭하게 욕지기를 해댔다. 소노부이에서 쏘아대는 액티브 소나음이 우즈시오를 완전히 둘러싸고 있었다. 잠수함 승무원으로서 가장 듣기 싫은 소리가 지금과 같은 소노부이의 고주파음이었다.

"수중음파통신기가 투하된 것 같습니다."

카와이 마사미(河合正三) 수측장이 우즈시오의 바로 위쪽 수면으로 무엇인가 떨어지자 바싹 긴장했으나, 그것이 폭뢰가 아니라는 걸 알아채고는 한숨을 내쉬며 보고했다.

그러나 소나 헤드셋에는 날카로운 고주파음이 계속 흘러나오고 있

있다. 물 속으로 떨어진 그 물체는 수중음파통신기로 박격포탄과 비슷한 크기에 국제신호규약에 의거한 몇 가지의 음파를 내도록 만들어진 장치였다.

"함장님. 녀석들이 우리가 누군지 모르고 있습니다. 자칫 공격할지도……."

카와이 수측장은 불안했다. 신호기는 계속 바닥으로 가라앉으며 소리도 점차 작아졌지만 그것이 투하된 위치는 우즈시오함의 직상공이었다. 그것은 잠수함의 상공을 비행하는 대잠초계기에서 이쪽 위치를 정확히 파악하고 있다는 뜻이었다.

"제길! 누구긴 누구야? 우군 잠수함이지!"

야마모토가 입술을 쭉 내밀고 퉁명스럽게 내뱉었다. 그러나 툴툴거린다고 해결될 일이 아니었다. 부상해서 이쪽이 일본 잠수함이라는 것을 알려주지 않을 경우 대잠초계기들은 즉각 공격할 태세였다.

대잠초계기와 잠수함의 작전구역이 중복되면 자칫 대잠초계기가 우군 잠수함을 공격하는 일도 벌어진다. 그래서 일반적으로 잠수함끼리는 물론 잠수함과 초계기도 담당구역을 따로 지정한다.

그런데 어찌된 셈인지 일본 해상자위대 소속이 틀림없을 대잠초계기들은 바로 이 해역에 나타나 한국도 아닌 일본 잠수함을 공격하고 있었다. 부장 다케오 시니치(竹尾眞一) 삼등해좌가 거듭 우즈시오의 현재 위치를 체크했다. 그러나 우즈시오가 머물고 있는 해역은 분명히 잠수함 작전구역으로 지정된 곳이었다.

"빌어먹을! 한국 잠수함이 틀림없었는데. 열 시간 넘게 추적했는데! 이젠 다 허사가 됐어!"

야마모토 이좌가 위를 향해 저주를 퍼부었다. 미약한 신호음을 포착하고 미속 전진과 정지를 반복한 지 벌써 열 시간이 넘었다. 함장은 상대가 한국 잠수함이 틀림없다고 판단했다.

그러나 한순간에 열 시간 넘게 공들였던 추적작업이 물거품이 되어버린 것이다. 이런 소란이 벌어지면 한국 잠수함에서 모를 리 없었다. 그리고 자칫 이런 정신없는 순간에 한국 잠수함으로부터 역습이라도 받을까 걱정되었다.

"악! 수면에 폭발음입니다!"

"이런!"

카와이 수측장이 헤드셋을 감싸쥐며 소리쳤고 야마모토를 비롯한 발령소의 다른 승무원들도 일제히 머리를 감싸쥐며 엎드렸다. 잠수함 바로 위에서 뭔가 폭발한 것이었다. 폭뢰라고 생각한 야마모토의 낯빛이 하얗게 변했다.

"3항공대 놈들일 겁니다. 이 구역은 대잠초계기 작전구역이 아닌데…… 놈들이 착각하고 있습니다."

부장 다케오 삼등해좌가 해도판을 보며 소리쳤다. 이곳은 분명 우즈시오의 단독작전구역이었다. 그리고 잠수함의 단독작전구역으로 지정되면 우군 대잠초계기나 호위함은 해당구역에서 완전히 배제되어야 하는 것이 원칙이었다.

"폭뢰를 투하한 건가? 바보! 우리를 다 죽이려고 작정한 거야!"

야마모토 이좌가 천장을 향해 주먹을 흔들어댔다. 보이지도 않는 하늘이지만 당장이라도 오라이언 대잠초계기를 격추시키고 싶은 마음뿐이었다.

"수면에 또 폭발음입니다! 제길! 계속 이어지고 있습니다."

수측장이 인상을 찡그리며 보고했다. 또다시 폭음이 울려댔다. 폭발음은 정확하게 2초 간격으로 들렸다. 하지만 이번에는 소리가 아까보다 훨씬 작게 들렸다.

처음에 긴장한 상황에서는 그것이 당연히 폭뢰라고 여겼지만 지금 들어보니 그건 아닌 것 같았다. 폭뢰라고 생각하기엔 소리와 위력 모두 너무 작았다. 야마모토 이좌는 소리의 크기로 보아 그것이 수류탄 일 거라고 짐작했다.

망치로 우즈시오함을 두들겨대는 것처럼 선체 이곳저곳에서 깡깡 거리는 소리가 들렸다. 게다가 민감한 소나로 그 폭음을 계속 들어야 하는 수측장은 지금 지독한 곤욕을 치르고 있었다.

그것은 미 해군 전술교범(TACAID)에 규정된 잠수함 강제부상 절차 였다. TNT폭약이나 수류탄을 2초 간격으로 도합 5회를 폭발시키는 방법인데 미국과 나토, 그리고 미국의 우방국 잠수함은 이 절차를 상호 숙지하고 있기 때문에 서로를 확인할 수 있는 수단이었다.

"이런 망할! 도대체 어느 항공대 소속이야? 당장 징계위에 회부해버 리겠어!"

야마모토는 폭발하기 직전이었다. 해상자위대 제3항공대 소속 오라이언 대잠초계기들은 잠수함 우즈시오가 우군 잠수함인지 모르고 있었다. 어쩌면 지금 당장 공격하지 않는 것에 감사해야 할지도 몰랐다.

"에마잔시 부로!"

더 이상 버틸 수 없었다. 마이크를 쥔 야마모토가 잠항관에게 큰 소리로 명령했다. 그것은 'Emergency Blow', 즉 긴급부상을 실시하라는 명령이었다.

"함내 총원! 함미로!"

야마모토가 잇달아 명령을 내렸다. 어차피 긴급부상을 하는 이상, 전투부서에 배치된 요원들이 자리를 지킬 필요는 없었다. 발령소 요원들을 제외하고 비전투부서에 어뢰실 요원들까지 전 승조원들이 명령을 받자마자 함미로 뛰기 시작했다.

그것은 빠른 시간 동안 최대상승각을 얻기 위한 행동이었다. 우즈시오함의 전방과 후방 밸러스트 탱크에 압축공기가 주입되고 있었지만 탱크에 들어찬 물을 비워내는 데는 시간이 걸린다. 승무원 몇십 명이 배 안을 뛰어다닌다고 3,000톤이 넘는 우즈시오함의 균형이 틀어질까 의심이 들겠지만 실제로도 그랬다.

갑자기 2톤이나 3톤 정도 무게가 함수나 함미 쪽으로 쏠리면 잠수함이 심도를 유지하는 것이 힘들다. 미 해군의 경우, 잠항관이 새로 부임하면 함장이 전 승무원을 함수에서 함미로 왔다갔다 반복해 뛰도록 해서 골탕먹이는 전통이 있다. 그 사이 신임 잠항관은 트림 탱크를 조절하여 잠수함의 균형을 유지해야 하는 것이다.

"심도 50……. 곧 수면 위로 튀어나갑니다."

"전원 제자리에 몸을 낮추고 자세를 단단히 고정시켜라!"

잔뜩 긴장한 다케오 삼좌가 잠망경통을 붙잡은 채로 보고했고, 이어 야마모토도 전 승무원에게 충격에 대비하라는 명령을 내렸다. 25도가 넘는 속도로 상승하던 우즈시오함이 갑자기 공중에 붕 뜬 것처럼 느껴졌다.

"이크!"

물 밖으로 튀어나간 우즈시오가 다시 수면 위로 떨어지며 거대한 물보라를 일으켰다. 거센 충격이 우즈시오를 휘감았고 발령소 요원들 몇몇은 자리에서 퉁겨나가 바닥에 나동그라졌다. 우즈시오함은 안정을 찾기까지 몇 차례 급격하게 출렁거린 뒤에야 균형을 잡았다.

"완전 부상했습니다, 함장!"

부장 다케오 삼좌가 함장에게 소리 높여 보고했다. 그러나 승조원들은 여전히 초조한 표정을 감추지 못했다. 잠수함이 부상했는데도 불구하고 대잠초계기가 공격하지 말라는 보장이 없기 때문이다.

"사령탑 해치 개방해! 내가 직접 올라가겠다."

야마모토가 눈을 부라리며 사다리를 잡았다. 일장기라도 들고 올라가서 사령탑에 꽂아야 할 것만 같았다.

야마모토 이등해좌가 외부 해치를 열자 잠수함 사령탑 위에 고여 있던 물이 사다리를 타고 주르륵 쏟아졌다. 깨끗하게 갈아입은 근무복이 흠뻑 젖었지만 야마모토는 아랑곳하지 않고 사다리를 타고 성큼 올라섰다.

야마모토의 뒤를 따라 올라오던 견시수 두 명이 사령탑 중간 양쪽에 붙은 또 다른 해치 쪽으로 몸을 돌려 빠져나갔다. 그곳은 사령탑에 달려 있는 커다란 잠항타로 이어진 통로다. 견시수들은 이곳으로 나가 잠항타 위에 직접 서서 주변을 경계하게 된다.

야마모토는 사령탑 맨 위, 항해함교에 올라서자마자 하늘을 향해 주먹을 휘둘렀다. 해상자위대 마크가 선명하게 찍힌 새하얀 색깔의 오라이언 대잠초계기가 우즈시오 쪽으로 서서히 기수를 돌리고 있었다.

"야! 이 멍청한 놈들아!"

야마모토가 있는 힘껏 욕설을 퍼부었다. 언뜻 오라이언의 아래쪽으로 폭탄창이 열린 것 같았다. 그 안에는 73식 경어뢰와 폭뢰들이 가득 차 있을 것이다. 야마모토가 놀라 입을 쩍 벌렸다. 잠수함을 향해 폭탄이 투하될 수도 있었다.

―부아앙~.

이렇게 낮은 고도로 비행하는 오라이언 대잠초계기를 직접 본 것은 처음이었다. 터보프롭 엔진의 굉음이 울려퍼지고 아주 짧은 시간 머리 위로 거센 진동이 울렸다. 야마모토가 반사적으로 몸을 웅크렸다.

오라이언은 아주 짧은 시간에 야마모토의 머리 위를 스쳐지나간 다음 곧바로 상승비행에 들어갔다. 폭탄창에서 투하된 것은 아무것도 없었다.

그러나 오라이언도 놀란 모양이었다. 기체 아래쪽의 폭탄창이 바로 닫혔다. 우군 잠수함이란 걸 그제야 알아차린 모양이었다. 오라이언은 다시 우즈시오 쪽으로 선회하지 않았다. 대잠초계기는 기수를 우즈시오와 반대쪽으로 유지한 채 고도를 계속 높여 급상승하고 있었다.

"바보, 멍청이!"

야마모토가 분을 삭이지 못하고 허공을 향해 소리를 질렀다. 생각해 보니 기체 번호를 알아두지 못한 것이 더 분했다. 오라이언은 꽁무니를 내뺀 채로 도망치듯 야마모토 이좌의 시선에서 금세 사라져버렸다.

"잠항한다! 전원 함교에서 철수해!"

이를 갈면서 야마모토가 함내 방송을 했다. 한국 잠수함이 지금 상황을 못 들을 리 없다고 생각하니 더 화가 치미는지 야마모토는 주먹으로 해도대를 힘껏 내리쳤다.

"함장! 혹시 본함의 존재를 대잠초계기들에게 알리지 않았을 수도……."

한동안 함장 눈치만 보던 부장 다케오 시니치 삼좌가 조심스럽게 의견을 꺼냈다. 야마모토 이좌는 그 말을 듣고 그만 할말을 잃고 말았다. 한참 시간이 흐른 다음 야마모토가 입에서 토할 수 있는 것은 한숨과 감탄사뿐이었다.

"하아~ 설마!"

"초계기의 행동 패턴을 봤을 때 그럴지도 모릅니다. 만약 그렇다면 우리는 한국 잠수함의 도쿄만 진입을 예방하지 못한 죄로 체벌을 받는 셈입니다."

"그럴 리가 없어!"

야마모토 이좌가 부장의 견해를 강하게 부정했지만 내심 그럴지도 모른다는 의심이 들었다. 정말로 상부에서 우즈시오가 제 역할을 못했으니 무시하라고 대잠초계기들에게 명령했을지도 몰랐다. 조금 전에 있었던 일은 평시라면 도저히 있을 수 없는 일이었다. 그러나 부장 의견이 사실이라면 그것은 무능한 부하를 질책하는 정도를 훨씬 벗어난 수준이었다.

아니면 도쿄만 방어를 지휘하는 대잠전지휘소가 우즈시오의 존재를 파악하지 못할 만큼 능력 대부분을 상실하고 있을지도 몰랐다. 우즈시오와 대잠전지휘소의 연락이 끊긴 적은 없었으므로 한국 잠수함의 순항미사일 공격에 의해 지휘부가 붕괴된 것은 분명 아니었다. 그러나 지금 상공에서 비행하고 있는 대잠초계기와 대잠헬기의 숫자가 너무 많았기 때문에 대잠전지휘소의 처리능력 초과라는 극한 상황에 처해 있을 수도 있었다. 야마모토가 그런 가능성을 세차게 부정했지만 사실 그런 추정이 불가능한 것도 아니었다.

그것도 아니라면 한국 잠수함을 잡는 일이 너무나 급해 우즈시오의 존재 따위는 무시하는 것일지도 몰랐다. 그렇다면 우즈시오 입장에서는 너무나 비참했다. 그리고 그 어떤 추정이나 우즈시오의 존재 자체에는 극히 위협적이었다.

9월 13일 17:52   가나가와(神奈川)현 요코스카(橫須賀)시 남서쪽 34km 한국 해군 잠수함 나대용

"난리도 아니군요. 놈들 잠수함이 호되게 당했습니다. 엉클 조 프로시저에 너무 늦게 반응했습니다."

"다행이다. 그곳에 벌써 잠수함들이 매복해 있는 줄은 몰랐다."

음탐장이 보고하자 김대헌 중령도 가슴을 쓸어내렸다. 저 일본 잠수함이 어느 쪽에서 왔을까 하는 의문이 들었지만 이미 도쿄만을 발칵 뒤집어놓은 지 하루 반이나 지난 뒤였다. 그 사이에 상대가 한두 척밖에 안 될 것이라고 예상하는 것은 사치였다. 사방이 적이라고 생각해 두는 편이 차라리 안전했다.

나대용함은 여기까지 오는 동안 온갖 공격과 위협에 시달렸다. 강력한 대잠망을 간신히 뚫고 도쿄만을 빠져나온 것은 실로 운이 좋았다고 할 수밖에 없었다. 그러나 나대용함이 운이 아주 좋은 편은 아니었다.

"배터리 상황은?"

"아주 나쁩니다. 이제 8노트 이상으로는 기동할 수 없을 정돕니다."

이찬복 중령이 고개를 흔들었다. 그리고 그 순간 두 사람은 나대용함의 한계를 절감하며 동시에 같은 생각을 하고 있었다. 원자력 잠수함까지 바라는 것은 아니었지만 그나마 214급 우치적함이라면 형편이 훨씬 좋을 것이다. 적어도 지금 나대용함처럼 배터리 부족으로 곤란을 겪지는 않을 테니까. 공기불요추진체계(AIP)의 최대 장점은 수중에 훨씬 더 오랫동안 머물 수 있다는 점이었다.

"함장님. 수중전화입니다!"

김선욱 상사가 갑자기 들려온 음파에 화들짝 놀라며 김대헌 중령을 불렀다. 수중에서 들려온 짧은 신호는 돌고래가 내는 소리와 유사한 기계음이 연속적으로 세 번 반복되고 있었다.

"호랑이도 제 말 하면 온다는 건가? 어서 연결해봐!"

─우치적이다! 상황은 괜찮은가? 배터리는 견딜 만한가?

출력을 최저로 낮춘 목소리는 지글거리는 소리를 내며 들끓었다. 그러나 상대편이 누군지는 명확하게 알 수 있었다. 김대헌 중령의 입가가 쫙 벌어졌다.

"바보 자식아! 왜 빠져나가지 않았던 거야. 명령 위반인 걸 알고는 있는 거냐?"

가슴속에서 올라온 감정은 우치적함을 반가워하고 있었지만 김대헌 중령은 추정우 중령에게 욕설부터 퍼부었다.

─얼레? 선임 함장한테 까불기는! 귀환해서 아예 네놈이 직접 지휘 보고를 해라. 배터리는 어때! 움직일 수 있겠는가?

태연한 목소리였다. 이놈은 이런 상황에서도 여유를 잃지 않는 건가? 김대헌 중령이 울컥 감격하고 있었지만 전투정보실에서 다른 부하들도 함께 듣고 있었다. 수중전화 건너편에 목숨을 건 또 다른 동료들이 있다는 것을 확인하면서도 김대헌 중령은 부하들 앞에서 감격을 풀어낼 수는 없었다.

"간신히 버티고 있지만 충전을 하지 못하면 얼마 못 가서 기동이 불가능할 것 같다."

─좋아. 상황을 풀어보자. 우리가 앞서서 놈들의 주의를 끌어볼 테니깐 따라나와라! 침로는 백이십공(1-2-0)이다. 들었나?

"들었다. 침로 백이십공!"

김대헌 중령이 우치적함에서 제시한 침로를 듣고 처음에는 의아해했지만 일단 따르기로 했다. 한국으로 귀환하는 길목 곳곳에는 일본 잠수함이나 대잠초계기들이 이미 매복에 들어가 있을 가능성이 크다는 사실쯤은 김대헌 중령도 인정하고 있었다. 침로 1-2-0은 대충 동쪽으로 약간 치우친 남동쪽이니 우치적함은 한참 우회해서 탈출하려는 계획이었다.

─어렵겠지만 나대용이 디젤을 충전할 수 있도록 시간을 끌어보겠다. 한번 해보자. 내 뒤를 엄호해주겠나? 내는 깨끗이 씻었다.

이놈이! 김대헌 중령은 불가능할지도 모르는 일을 이렇게 선선히 이야기하는 추정우의 목소리를 들으며 그 순간만큼은 가능할지도 모른다는 생각을 했다. 어차피 죽을 거라면 이렇게 앉아서 당할 수만은 없었다.

"알았다. 앞장서라. 이 자식아! 확! 그냥 어뢰나 한 방 때려줄까 보다."

출력이 작았지만 탐지될 우려 때문에 김대헌 중령의 목소리도 점점 더 작아졌다. 그러나 결연한 의지만큼은 소곤거리듯 기어 들어가는 목소리에 강하게 실려 있었다.

─교신을 끝낸다. 지브롤터에서 보자!

지브롤터! 김대헌 중령이 혼잣말로 중얼거려보더니 씩 웃었다. 수중전화는 이제 끊어져 있었고 우치적함은 조용한 포말을 남기고는 남동쪽으로 멀어져갔다. 나대용함도 움직여야 할 때였다.

"부장. 우리도 움직이자. 침로는 백이십공(1-2-0)! 속도는 4노트를 유지할 수 있겠나?"

"해보겠습니다. 가능한 해류를 탈 수 있도록 해보겠습니다."

이찬복 소령도 우치적함이 곁에 있다는 사실에 흥분했는지 목소리가 자신감으로 가볍게 떨리고 있었다. 이찬복이 김승민 대위를 불러 해저지형도를 펼쳐놓고 계산에 몰두하기 시작했다.

마침 일본 근해에는 강력한 쿠로시오 해류가 북동쪽을 향해 흐르고 있었다. 나대용함이 도쿄만 입구까지 들어왔다 돌아나가는 쿠로시오 해류의 지류를 탈 수 있다면, 적은 동력으로도 많은 거리를 움직일 수 있었다. 그러나 이를 위해서는 복잡한 해저지형 분석과 수많은 외부 변수 측정이 소요되는 고된 작업이 필요했다.

지구 자전에 의한 코리올리 효과 때문에 북반구에서는 해류가 시계 방향으로 돈다. 무역풍과 편서풍은 그 움직임을 더욱 강화한다. 그런데 지구의 자전은 또 다른 영향을 미치는데, 태평양을 도는 해류의 중심점을 서쪽으로 치우치게 놓는 것이다. 해류 중심과 주변 대륙 사이를 도는 물의 양은 같으므로 서쪽의 흐름이 동쪽의 흐름보다 훨씬 빠르고 깊게 흐른다. 북태평양의 쿠로시오 해류가 반대쪽 캘리포니아 해류보다 훨씬 강한 것은, 단지 서쪽에서 흐르기 때문이다.

"근데 지브롤터의 위치는 어딥니까? 다음 회합점입니까?"

이번에는 김선욱 상사가 함장과 부장에게 동시에 물어본 꼴이 되었다. 이찬복 소령도 그곳을 알고 있었지만 빙그레 웃기만 했다. 김승민이 고개를 들고 눈을 동그랗게 뜨자 이찬복이 묘한 미소를 지으며 고개를 가로저었다.

"일급군사기밀이야. 참고로 지중해 입구인 스페인 남단의 항구도시 이름이기도 하지."

"다음 회합점이다. 그곳은 진해에 있다. 음탐장! 우린 무사히 돌아갈 수 있다. 알겠나?"

음탐장이 불만스러운 표정을 짓자 김대헌 중령이 씩 웃으며 설명해주었다. 틀린 말은 아니었다.

지브롤터는 김대헌 중령과 이찬복 소령을 비롯한 잠수함 부대의 고급장교들만 몰래 출입하는 단골 술집이었다. 비싼 고급 술집은 아니고 심금을 울리는 목소리로 노래를 부르는 무명 여가수가 나오는 곳이었다. 영관급 장교들이 모여 편하게 쉴 수 있는 곳이 필요하기도 했지만, 아무래도 그곳은 젊은 사람들에게는 어울리지 않았다.

김대헌 중령은 추정우 중령이 지브롤터에서 한잔 사기를 원한다면 한잔 정도가 아니라 한 달 내내라도 추정우 중령을 그곳에 붙들어매줄 생각이었다. 만약 추정우 중령이 술독에 빠뜨려달라면 정말로 그렇게 해줄 작정이었다. 가끔 술독에 뚜껑을 덮어버리고 싶은 충동이 들지도 모르겠지만.

9월 13일 18:34 가나가와(神奈川)현 요코스카(橫須賀)시 남서쪽 38km
일본 해상자위대 잠수함 우즈시오

"작전구역 변경 명령입니다, 함장."
"어딘가?"

아직도 분기가 가라앉지 않은 야마모토 이좌가 부장 다케오 삼좌의 보고를 받고도 인상을 계속 찌푸리고 있었다.

"J-3구역입니다. 오오시마를 우회하라는 명령입니다."

"무슨 소리야? J-3구역이라니!"

해도대를 확인한 야마모토가 펄쩍 뛰었다. 그곳은 보소반도의 동쪽 해역으로, 게다가 우즈시오함은 오오시마(大島)섬을 남쪽으로 크게 우회해서 접근해야 했다. 지금 당장이라도 한국 잠수함을 추적할 준비를 하고 있던 야마모토에게 그것은 분명히 화를 내게 만드는 명령이었다.

"그곳까지 놈들 잠수함이 빠져나가기 전에 그곳을 차단하려면 전속 항주를 해야 한다. 명령이 확실한가? 이곳은 어떡하고?"

야마모토 이좌는 명령을 이해할 수 없었다. 한국 잠수함의 퇴로를 감안할 때 이 해역만큼 적당한 매복장소는 없었다. 그런데 대잠전지휘소에서는 우즈시오에게 이동할 것을 명령하고 있었다. 야마모토는 이것도 일종의 벌칙이라는 의구심을 강하게 내비쳤다.

"명령은 확실합니다. 19시부로 현 작전 해역은 구레 지방대에서 인수합니다. 이 해역을 포함한 우라가수로 서쪽 출구는 호위함들이 맡는 수상함 전담구역으로 지정됐습니다. 보십시오."

다케오 삼좌가 건네준 명령문을 야마모토는 거들떠보지도 않았다. 그것을 확인해볼 필요도 없었다. 우군 초계기에 탐지되고 온갖 음파공격을 받은 이상 보나마나 우즈시오함이 이곳에 매복하고 있던 것이 한국 잠수함에게 완전히 들통났을 것이다. 이제 싫어도 어쩔 수 없이 작전구역을 바꿔야 했다. 그리고 그것은 야마모토에게 모욕적인 일이었다.

더욱이 이곳 해저지형을 잘 모르는 구레 지방대가 이 해역을 담당한다니, 야마모토는 말도 나오지 않았다. 하긴 제1호위대군은 치명적인 피해를 입었을 뿐만 아니라 살아남은 함정들도 도쿄만 곳곳에 부설된 기뢰 때문에 나가우라항에서 나오지도 못했다. 두 척밖에 남지 않은 요코스카 지방대 호위함들도 도쿄만 안쪽에서 소해함을 지원하기에 급급한 실정이었다.

"멍청이들……"

야마모토가 힘없이 중얼거렸다. 한국 해군의 수상함대 주력을 궤멸시켰다고 환호할 일이 아니었다. 마지막으로 한국 해군의 숨통을 완전히 끊어놓거나 쉴새없이 계속 몰아붙였어야 했다. 잠깐 방심한 순간 기껏 구석으로 몰아넣었던 한국 해군의 주력인 이순신 전단은 빠져나가고 이제 해상자위대의 안방이자 일본의 심장부인 도쿄만을 유린당하고 있는 것이다.

야마모토 이좌는 여러 가지로 해상자위대 지휘부에 대해 아쉬운 점이 많았다. 그러나 일이 이렇게 된 이상 이제는 구레 지방대뿐만 아니라 2호위대군과 4호위대군을 불러서라도 하루빨리 도쿄만에 들어왔던 한국 잠수함들을 박살내야 한다고 생각했다. 이번에 잘못하면 앞으로도 계속 한국 잠수함들이 도쿄만을 노릴 게 분명하기 때문이었다. 이 해역에 있는 우즈시오의 역할이 새삼 중요하다고 느낀 야마모토가 조금 전까지 의기소침했던 기분을 떨쳐버리고 새로이 힘을 냈다.

"침로를 계산해봐. 전속항주라면 우리 함정도 두 시간을 버티지는 못한다."

우즈시오가 최대속력을 내면 소음도 커지거니와, 배터리는 순식간에 방전된다. 수면 위로 다시 부상해 계속 배터리를 충전해가며 오오시마(大島)를 우회해 그곳까지 당도하려면 많은 시간이 걸릴 것이었다.

"이번에는 우군 잠수함 작전구역에 다른 놈들이 끼어들지 못하도록 엄중히 항의해야겠어."

해도대 위로 작도기를 움직여 침로를 설정하는 다케오 삼좌 뒤로 야마모토가 다짐하듯 중얼거렸다. 수상함들이나 대잠항공부대 놈들에게 한국 잠수함의 격침전과를 넘겨줄 생각은 추호도 없었다. 이번 일은 잠수함대에서 결말을 지어야 했다.

새로 항해에 나선 지 겨우 하루가 조금 더 지났을 뿐인데 벌써 선체 안은 디젤유 냄새와 배출되지 못한 각종 악취로 가득했다. 잠수함이란 원래 그런 곳이었다. 그러나 곧 냄새는 피부 깊숙이 스며들 것이고, 야마모토의 코도 더 이상 그 냄새를 맡지 못할 것이다.

9월 14일 04:35   부산광역시 부산항 남동쪽 15km
일본 해상자위대 잠수함 오야시오

잠수함 오야시오의 발령소 내부는 어두운 분위기가 짓누르고 있었다. 흐릿한 조명 아래서 말없이 작업에 몰두하는 승조원들은 한국 영해 안쪽에 들어와서도 별로 긴장하는 기색이 보이지 않았다. 이미 며칠 전에 실전을 성공적으로 겪었기 때문이다. 하지만 이들은 뭔가 불편한 기색을 감추지 못했다.

오야시오는 일본 해상자위대 오야시오급 잠수함 1번함이다. 오야시오는 북극해에서 출발해 캄차카반도 동쪽으로 내려오는 한류 이름이기도 하다. 이 해류는 오오츠크해에서 쿠로시오 해류와 만나 동쪽으로 방향을 바꾼다.

─발령소! 어뢰실입니다. 자항식 기뢰 네 발, 장전 완료됐습니다.

함내 스피커를 통해 보고하는 수뢰장의 목소리가 조금 떨렸다. 함장 야마자키 아키라 이등해좌가 부장에게 눈짓을 보내자, 부장이 공격 컨솔에 앉은 포술장과 잠시 확인 과정을 거쳤다. 부장은 내키지 않는 듯한 목소리로 보고했다.

"목표 설정 이상 없습니다. 하지만, 함장! 시간 설정을 다시……."

"부장! 우리는 자위대원이지만 군인이다. 군인이 상부 명령에 반론을 제기하는 법은 없다."

부장 데라와 하쓰시(寺輪初司) 삼등해좌가 말을 꺼내기도 전에 함장이 먼저 그 말을 잘랐다. 그런데 데라와 삼좌가 어깨를 한번 으쓱한 반면, 공격 컨솔 뒤에 서 있는 선무장은 온몸을 부들부들 떨고 있었다.

선무장(船務長)은 명칭만 보면 작전적 성격이 전혀 없어 보이지만, 전투정보처리, 전술지휘 등 해상자위대 함정에서 중추적 역할을 담당한다. 항해, 선무(船務), 전신(電信), 전측(電測), 수측(水測), 전자정비 등 함정에서 전투에 관련된 핵심부서가 모두 선무장 관할이다.

"우리는 상부 명령에 따를 뿐이다. 기뢰에 접촉해서 배가 침몰하고 사람들이 죽든 말든 그건 우리 오야시오 승조원들이 알 바 아니다."

약간 냉혹한 말투였지만 누구 하나 함장에게 반박하지 못했다.

"저…… 함장!"

선무장을 맡고 있는 야노 겐지로(矢野巖二郎) 삼등해좌가 조심스럽게 나섰다. 함장이 매서운 눈빛으로 쏘아보았으나 야노 삼좌는 숨을 한번 가쁘게 몰아쉬더니 간신히 입을 열었다.

"해상봉쇄작전 중이기 때문에 본 잠수함이 불가피하게 한국의 민간 선박을 공격할 수밖에 없는 사정은 누구나 충분히 인정할 수 있습니다. 그러나 저는 민간인 대량살상에 봉사할 수 있는 행위에는 찬성할 수 없습니다. 지금은 일출 전입니다. 지금 이 시간에 사전 경고도 없이 기뢰를 부설했다간 자칫 민간인을 태운 여객선이 기뢰에 접촉해 엄청난 인명 피해가 발생할 우려가 있습니다. 기뢰는 눈 먼 공격 수단이기 때문에 그럴 가능성이 크고, 그건 너무나도 비인도적입니다. 아! 실례했습니다. '눈 먼'이라는 표현은 '무차별적'으로 바꿔 들어주십시오."

"우리는 전쟁 중이다. 일단 이겨야 한다. 그리고, 선무장! 군인은 상부 명령에 무조건 복종해야 한다는 사실을 자네는 모르나?"

함장 야마자키 이좌는 여전히 냉혹한 목소리로 되물었다. 그러나 야노 삼좌는 확신에 찬 말투로 함장의 결정을 뒤집으려 했다. 말이 조금 전보다 훨씬 빨라졌다.

"함장! 함장과 저는 해자대 간부입니다. 다른 나라 군대의 장교와 같습니다. 일반적으로 장교는 본인의 행위에 대해 사병보다 훨씬 큰 책임을 집니다. 전쟁범죄에 관한 국제재판 판례에서도 상부로부터 비인도적인 명령을 받고도 이를 무조건적으로 수행할 경우, 장교는 그 책임을 벗어나기 어렵다는 것이 정설입니다. 제가 무책임하기 때문에 이런 말씀을 드리는 것은 절대 아닙니다. 여객선이 취하는 항로를 벗어나서 상선 묘박지에 기뢰를 부설하는 방법도 있지 않습니까? 부산항 인근에서 민간 상선이 기뢰 공격을 받은 사실을 알면 부산항은 자연스럽게 봉쇄될 수밖에 없습니다. 어느 배짱 좋은 선장이 감히 부산항에 입항하려고……."

"1번 발사관부터 차례로 발사."

선무장이 말을 길게 이어가자 함장이 단호하게 명령했다. 그러나 선무장 야노 삼좌의 복창이 없었다. 포술장이 함장과 선무장 두 사람 눈치를 보며 우물쭈물하자 함장이 노기에 찬 목소리를 터뜨렸다.

"포술장! 뭐하나? 1번 발사관부터 차례로 발사하라!"

"예! 기뢰 투발 실시합니다. 1번 발사관 발사! 2번 발사관 발사!"

포술장이 버튼을 누를 때마다 잠수함이 한 번씩 크게 떨렸다. 부장과 선무장은 묵묵히 서 있었다. 어뢰를 이용해 만든 자항식 기뢰 네 발이 천천히 물 속을 헤쳐나갔다. 이 기뢰들은 부산항 외곽 입구인 조도 방파제와 오륙도 방파제 사이로 향했다.

자항식 기뢰는 정확히는 잠수함 발사 자주항주식 기뢰(SLMM, submarine -launched mobile mine)를 뜻한다. 어뢰를 개량해 만든 이 자항식 기뢰는 자체 추진력을 이용해 목표 해역까지 도달한 다음 기뢰 역할을 시작한다.

부산항으로 들어가는 해역은 수심이 20미터 미만이다. 오야시오급 같은 중형 잠수함이 잠수한 채로 들어가기는 거의 불가능한 곳이다. 그래서 오야시오가 부산항을 봉쇄하기 위해 항구 바깥에서 자항식 기뢰를 발사한 것이다.

미국 해군이 개발한 마크67은 1960년대에 사용됐던 중어뢰 마크37을 개량해 만든 자항식 기뢰다. 일본은 원래 전수방어 원칙상 공격적으로 적국의 항구를 봉쇄하는 자항식 기뢰를 보유할 수 없었다. 그러나 어뢰만 있으면 간단한 개조를 거쳐 자항식 기뢰를 쉽게 만들 수 있다.

자항식 기뢰 네 발이 모두 발사되자 함장이 마이크를 잡았다. 발령소 내부에 흐르는 무거운 공기를 의식한 함장이 필요이상 큰 소리로 외쳤다.

"수뢰장! 함장이다. 기뢰 추가 발사 준비."

"함장! 잠시만 들어보십시오"

부장 데라와 삼좌가 차분한 목소리로 나섰다. 함장은 처음에는 뻔한 소리라고 생각하며 인상을 찌푸렸다. 그러나 부장의 표정을 본 함장은 곧 생각을 고쳐먹고 무슨 일인가 들어보려 귀를 기울였다.

"저는 민간 화물선이나 상선을 공격하는 것은 괜찮다고 생각합니다. 일본이 한국에 대해 해상봉쇄를 실시하고 있으니, 그리고 충분한 경고를 했으니 한국 제일의 항구인 부산항에 대해 기뢰부설작전이 있다는 것은 너무나 당연합니다. 게다가 한국 잠수함 몇 척이 뻔뻔스럽게도 감히 도쿄만에 기뢰를 부설했으니 우리가 반격을 하는 것도 당연합니다."

데라와 삼좌는 상당히 조심스럽게 서두를 꺼냈다. 그랬다. 이것은 단지 서두에 불과했다. 그러나 기뢰를 추가로 장전하기까지 시간이 꽤 걸리기 때문에 함장은 묵묵히 듣기로 했다.

"그러나 만약, 혹시라도 여객선이 기뢰에 접촉해 수많은 사상자가 발생할 경우를 가정해보십시오. 인도적인 문제를 떠나 전략적으로 일본에 도움이 되지 않습니다. 해자대는 1차 세계대전 당시 유보트의 공격에 의해 여객선이 침몰당한 사건이 미국이 유럽전선에 참전한 직접적인 계기가 됐다는 사실을 고려해야 합니다."

1915년 영국 루지타니아호가 격침되면서 미국인 128명이 희생됐고, 미국이 유럽전선에 참전한 계기의 하나가 되었다. 그러나 이 사건은 사실상 표면적인 이유에 불과했다. 그런 사실을 잘 알고 있는 함장이 코웃음쳤다.

"그래서? 그럼 기뢰가 여객선에 접촉할 경우 신관이 발화하지 않도록 설정하지 그래?"

"그런 설정이 있다면 당연히 해야겠지요. 하지만, 함장! 우리가 민간인 사상자가 대량으로 발생하지 않도록 충분한 배려를 했음을 국제사회에 떳떳이 알릴 수 있어야 합니다. 지금도 세계 여론이 우리 일본을 보는 눈이 따갑다는 사실을 우리 실무 차원에서도 고려해서 행동해야 합니다. 이건 자위대 간부로서 당연한 의무입니다."

"여객선이 기뢰에 접촉하면 민간인 사상자가 다수 발생한다, 그러면 국제 여론이 일본에게 불리하게 돌아간다. 그래서 부산항 입구에 기뢰를 부설하면 안 된다, 이건가?"

"항구봉쇄 자체는 반대하지 않습니다. 그러나 일본 정부에서 발하는 사전 경고가 한국 여객선 선장이나 운항회사에 알려질 시간 여유는 필요하다, 이런 말씀입니다. 도쿄만에 들어갔던 그 비열한 한국 잠수함도 심야에 기뢰를 부설한 다음 시간 설정을 해서 민간 선박이 피할 시간 여유를 충분히 주었습니다. 이번 도쿄만에 기뢰가 부설된 사건은 한국의 비겁한 암습이었지만, 국제사회에서는 한국이 민간인 피해를 최소화하려고 노력했다는 인정을 하지 않습니까? 우리도 최소한 노력했다는 증거를 보여줘야 합니다. 시간 설정을 늦춰주십시오."

야마자키 이등해좌가 어이없다는 표정으로 부장을 쏘아보았다.

"멍청이! 이쪽으로 다니는 여객선은 없다. 부산항은 서쪽에도 통로가 있어. 거제도로 가는 통근선은 서쪽으로 통행한단 말이야! 명색이 부장이라는 해자 간부가 작전 투입 전에 그런 것도 미리 조사하지 않았나?"

"관부페리 항로는 이쪽입니다. 혹시 관부페리가 기뢰에 접촉하면……. 일한간 페리에는 일본인이 많이 타지 않습니까?"

말문이 막힌 데라와 삼등해좌가 눈을 동그랗게 뜨며 물었다. 그 순간에 함장의 분노가 폭발했다.

"자네, 제정신이야? 관부페리고 부관페리고 간에 모조리 운행이 중단됐어! 그리고 부산과 제주도를 오가는 여객선은 현재 항로가 끊겨 운항하지 못해. 그런 사실도 몰랐나? 이곳은 전쟁수역이야! 그리고 지금 일본과 한국은 전쟁 중이야. 알겠나? 전쟁이라고!"

"죄송합니다. 하지만 민간인이 떼죽음당하지 않는다니 마음이 놓입니다."

데라와 삼좌가 뜨거워진 얼굴을 숙였다. 함장이 혀를 차며 확인을 요구했다.

"인도주의가 아니라 일본을 위해서 말이지?"

데라와 삼좌가 당연하다는 눈길을 보내자 함장이 고개를 돌려 부장을 외면했다. 이런 사람이 많을수록 일본의 앞날이 밝지 않다는 생각이 든 것이다.

자항식 기뢰는 차례대로 발사되었다. 발사와 재장전을 반복한 오야시오는 천천히 남서쪽으로 움직였다. 부산항 남동쪽 입구를 완전히 봉쇄하고 오야시오에 남은 기뢰는 단 네 발이었다.

"수측실입니다. 방위 85도에서 초계함이 접근 중입니다. 한 시간 전에 접촉했던 식별부호 025번입니다."

수측장이 느긋하게 보고했다. 함장도 다시 나타난 초계함에 대해서는 그리 걱정하지 않았다. 한국 초계함이 장비한 소나는 원거리 탐지 능력이 조금 떨어지는 문제도 있지만 더더구나 이곳은 대도시 주변이었다. 지금도 해안도로에서는 자동차가 달리고 밤새 가동되는 공장도 있었다. 게다가 부산 앞바다에는 강한 쓰시마 해류가 흐르고 있었다. 도쿄만과 마찬가지로 이곳도 수상함정이 잠수함을 탐지하기 쉽지 않은 곳이었다.

"서쪽으로 이동해서 나머지 기뢰를 부설한다. 하는 김에 완전히 봉쇄해야지. 혹시 알아? 여객선이 기뢰에 접촉해서 한국인 수백 명이 한꺼번에 고기밥이 될지."

주요 임무를 마친 함장은 마음이 가뿐해졌다. 옆에서 선무장이 의혹에 가득 찬 눈으로 함장 눈치를 살피자 함장이 호쾌하게 웃었다. 함장은 순진한 선무장을 상대로 자꾸 장난치고 싶은 생각이 들었다.

"여객선 하나 꼭 잡고 싶구먼. 하지 말라니까 자꾸 하고 싶어."

"함장!"

부장과 선무장이 동시에 울상을 지었다. 두 사람의 속뜻은 전혀 다르지만 결론은 마찬가지라는 게 신기하다는 생각이 든 함장이 입을 열었다.

"자네들은 지금 돌아가는 상황을 아나? 도쿄만에 기뢰가 쫙 깔리고 제1호위대군이 아주 박살이 났어. 우리도 제대로 보복을 해줘야 한단 말이야."

도쿄만에서 일어난 제1호위대군의 비극을 떠올린 함장은 문득 분노가 솟구쳤다. 함장이 잠시 숨을 몰아쉬었지만 한국에 대한, 한국 해군에 대한, 한국 해군 잠수함에 대한 분노는 수그러들지 않았다.

동시에, 함장은 11일 새벽 오야시오에서 발사한 어뢰가 한국 해군

함정 네 척을 한꺼번에 격침시킨 사건을 떠올렸다. 침몰한 한국 함정들에서 구출된 생존자는 거의 없다고 들었다. 자그마치 수백 명이 한꺼번에 몰살당한 것이다.

함장은 그것이 오야시오나 함장 개인에게 책임이 없다고 믿고 싶었다. 하지만 죽어가는 한국 승조원들이 내지르는 비명이 지금도 들려오고 있었다. 야마자키 이등해좌는 그 악몽을 떨쳐버리려면 더욱 임무에 매달릴 필요가 있다고 느꼈다.

"우리 오야시오함말고도 세 척이 동시에 이 작전에 투입된 걸 알고 있나? 이것은 단순한 보복차원의 작전이 아냐! 상부에서는 일본의 운명을 걸고 도박을 한 거야. 우리가 이 작전에 동원됨으로써 한국에 대한 해상봉쇄망은 완전히 풀리고 말았어. 대만해협과 제주도 남쪽 해상을 한국 상선들이 자유롭게 들락거리고 있다고!"

야마자키 이좌가 잠망경을 중심으로 좁은 원을 그리며 걸었다. 이렇게 흥분할 때 코피가 쏟아지는 사람이 있다던가? 야마자키 이좌는 문득 코난 도일의 탐정소설을 떠올렸다가 고개를 번쩍 들었다.

"잠수함 네 척! 이것이 뭘 의미하는지 알아? 이미 침몰한 잠수함이나 도쿄만 주변에서 배회하는 잠수함들을 빼고는 일본이 보유한 모든 잠수함이 이 작전에 투입된 거나 다름없다는 뜻이야! 우린 최대한 효과를 끌어내야 해!"

부장과 선무장이 말을 잃었다.

"도쿄만에 기뢰가 깔린 바로 그만큼이라도 한국놈들이 호되게 당해야 한다. 그건 상부 명령이 아니라 내 생각이야. 일본을 지키기 위해서든, 일본 시민들이 이 고통에서 어서 벗어나게 하기 위해서든! 그리고 우리는 반드시 돌아간다. 그리고 기뢰를 싣고 다시 이곳에 오는 거야. 한국이 항복할 때까지!"

부장이 함장에게 선망의 시선을 보냈지만 선무장은 께름칙한지 고개를 저었다. 야마자키 이좌가 힘없이 모자를 벗었다.

"하지만, 사실 이렇게 해서 무슨 소용이 있겠나? 우리는 이미 패한 거나 마찬가지야. 너무 많은 걸 잃었어. 늦었어. 이제는 이겨봤자 의미가 없어."

야마자키 이좌가 잠망경통에 몸을 기댄 채 부장과 선무장에게 뜻 모를 미소를 보냈다.

"몇 년 전 림팩에 참가했는데, 마지막 날 강평시간에 해자대와 한국 해군 사이에 엉뚱하게 개고기를 놓고 논쟁이 벌어졌지. 그 자리에서 어느 한국 해군 장교가 씩 웃더니 그러더군. '니들이 개 맛을 알아?'"

야마자키 이좌 얼굴에서 어느덧 미소가 사라지고 대신 눈빛이 아주 차갑게 빛났다.

"나는 이 순간 자네들에게 묻고 싶어. 자네들이 전쟁을 알아? 인간이 인간을 상대로 보여줄 수 있는 모든 잔인성과 어두움, 참상, 인간의 슬픔, 분노, 증오, 좌절, 수치, 비열함……."

9월 14일 06:45　부산광역시 부산항 남쪽 12km
일본 해상자위대 잠수함 오야시오

잠망경을 통해 바깥을 보고 있는 함장이 점점 숨을 가쁘게 몰아쉬었다. 그리고 분노는 울컥 욕설로 바뀌었다.

"재수없는 놈들! 바다에서는 지금까지 1,000명이 넘게 죽어 나자빠졌는데 뭐가 좋다고 히히덕대나? 저 더러운 한국놈들 면상에 침을 뱉고 싶군."

2차 남해 해전, 일본 해상자위대에서 일컫는 쓰시마 해전에서 일본이 입은 피해는 거의 없었다. 그리고 도쿄만에서 벌어지는 일을 빼면 지금까지 한국 해군만 일방적으로 큰 피해를 입었다. 그 사실은 함장 야마자키 아키라 이등해좌도 잘 알고 있었다.

그리고 전쟁과 상관없이 민간인들은 평소와 다름없는 생활이 계속되어야 함을 야마자키도 머리로는 인정하고 있었다. 그것이 전쟁을 치르는 나라에도 보탬이 되는 게 분명 사실이었다. 폭격을 당한 도시에서 민간인들이 가족을 잃고 절규하는 모습은 보는 사람에게도 끔찍했다.

그러나 한국 해군이 덧없이 무수한 희생을 당한 사실에 대해 국적을 떠나 같은 해군으로서 분노가 끓어오르자 야마자키 이좌는 참을 수가 없었다. 그리고 만약 자위대원들이 한국 해군처럼 수백 명씩 한꺼번에 죽어갈 때 일본 국민들이 과연 슬퍼할까 하는 의심이 들기도 했다. 예상은 당연히 비관적이었다.

"국민을 위해 대신 싸우다 죽은 해군을 위해 눈물 한 방울쯤 뿌려주면, 뭐 어디가 덧나나? 이번에는 너네 민간인들이 피눈물을 흘려봐야 해. 목표, 310도 여객선. 자! 선무장!"

야마자키 이좌의 분노는 한국인을 향한 게 아니라 사실은 일본인을 향한 것이었다. 부릅뜬 함장의 눈에 선무장이 명령과 신념 사이에서 갈등하는 모습이 보였다.

"예, 옛! 하지만……"

함장이 뚜벅뚜벅 걸어오더니 포술장 뒤에 우뚝 섰다. 직접 명령을 내리려는 것이었다.

"어뢰 발사 준비! 3번·4번 발사관 개방!"

포술장이 화들짝 놀라 어뢰발사관을 개방했다. 선무장은 땀만 삐질삐질 흘리고 있었다. 그런데 묵묵히 서 있던 부장이 조용히 입을 열었다.

"함장!"

"명령에 불응할 텐가?"

"그건 아닙니다. 그러나 부장으로서 조언할 의무와 권리가 있습니다. 민간 여객선에 대한 공격행위는……"

"귀관의 조언은 충분히 이해하고 남았다."

"그러시다면 됐습니다."

데라와 삼좌는 의외로 순순히 물러섰다. 야마자키 이좌가 부장을 향해 슬쩍 비웃음을 띄웠다. 부장이 문제를 제기한 것은 단지 책임소재를 가리기 위한, 또한 만약 일이 커졌을 때 책임회피를 위한 증거 만들기에 불과했다.

"명령에 따르겠다는 건가, 데라와 하쓰시 씨?"

"물론입니다. 당신이 함장입니다."

야마자키 이좌는 부장 입에서 '모든 책임은 당신이 지십시오'라는 말이 나오지 않아 다행이라 여겼다.

"그럼 좋다. 어뢰 발사!"

함장의 발사 명령에는 전혀 감정이 실리지 않았다. 시간이 됐으니 밥 먹으러 가자는 말처럼 가볍게 들릴 정도였다.

포술장이 눈을 질끈 감고 어뢰 발사 버튼을 눌렀다. 익숙한 진동이 두 번 연속 느껴지는 순간 승조원들 얼굴이 새까맣게 변했다.

어뢰 두 발이면 여객선쯤은 산산조각이 난다. 어뢰 두 발을 명중시켰을 때 장점이라면, 의사들이 고생하지 않아도 된다는 것 정도다. 그러나 영안실 직원들은 상당히 바쁘게 움직여야 할 것이다.

함장이 다시 잠망경으로 다가섰다. 거제도로 향하는 통근 여객선은 어뢰가 향하는 줄도 모르고 서쪽으로 천천히 흘러가고 있었다. 그 뒤로 컨테이너선 묘박지에 상선 몇 척이 거대한 몸체를 자랑하고 서 있는 모습이 보였다.

"명중 10초 전!"

"목표 변경. 새로운 목표는 여객선 후방에 묘박 중인 컨테이너선이다."

부장이 보고하자마자 함장이 명령을 내렸다. 그러자 화들짝 놀란 선무장이 컨솔에 달라붙어 허겁지겁 어뢰에 새로운 목표를 입력하기 시작했다. 선무장의 얼굴에는 안도의 미소가 흐르고 있었다. 함장이 팔짱을 낀 채 선무장이 작업하는 모습을 지켜보는 동안 부함장이 탐색 잠망경을 잡았다.

"어뢰가 여객선 뒤로 통과했습니다."

수측장이 보고하자 아슬아슬하게 표적변경작업을 마친 선무장이 털썩 바닥에 주저앉아 헐떡거렸다.

─쿠웅!

"우와! 저 거대한 배가 침몰합니다. 불이 붙었습니다. 함장! 그런데 선원 몇 명이 물로 뛰어들고 있습니다. 아아~ 멋진 장면입니다! 영화 에서 본 것보다 훨씬 멋있습니다."

부장이 중계방송을 하고 있었다. 함장은 공격잠망경으로 보면서 혀 를 찼다. 옆으로 기울어진 컨테이너선 선교 근처에서 몸에 불이 붙은 선원 서너 명이 물로 뛰어들고 있었다. 물에 빠진 선원들은 육지를 향해 죽을힘을 다해 헤엄치는 모습이 보였다.

"부장은 한국 사람이 죽는 걸 보니 기쁜가?"

"당연하지 않습니까? 저들은 적국의 시민입니다. 적국의 민간인은 적국의 후방에서 적국 군사력 향상에 기여하며, 잠재적인 적군이기도 합니다."

"아까는 국제 전범재판 운운하지 않았나?"

"그런 적 없습니다. 그리고 이긴 나라 군인에게 책임이 지워지는 경우는 못 봤습니다."

그래서, 죽여도 된다는 뜻이었다. 이기기만 하면 뒷일은 승전국 정 부가 책임지니 안심해도 된다는 뜻이었다. 함장이 고개를 절레절레

저었다.

"부장은 지독한 사람이야. 차라리 선무장이 낫군. 부장은 앞으로 생각을 조금 넓게 하고, 사람 그 자체에 대한 신뢰를 쌓도록 하게. 한국인도 일본인과 똑같은 사람이야. 이념이라든지 무언가 다른 것을 위해 사람을 수단으로 삼지 말아야 하네."

함장은 뜻밖에 인도주의적인 발언을 하고 있었다. 선무장이 놀라 눈을 크게 떴다. 함장이 지금까지 한 행동과 발언을 볼 때, 함장도 모든 것을 고려하고 있었던 것이다. 함장도 군인이기 이전에 감정을 가진 사람이었다.

함장은 최근 한국과의 관계가 악화되고 일본이 해상봉쇄까지 실시하자 그동안 탐탁지 않은 듯한 자세를 취했다. 사실상 군인이면서도 일본에 전쟁이 날 경우 전투에 참가할 의향이 있을까 일본 국민들로부터 의심받아온 사람들이 자위대 대원들이었다. 심하게는 늙다리 자위대원들은 전혀 군인답지 않고 봉급쟁이와 하등 다름없다는 평가를 받았다.

그러나 예상과 달리 해상자위대 자위관들은 격렬한 반대운동에 나서거나 항명사건을 일으키지 않았다. 함장은 이번 분쟁이 어떤 결과로 끝맺든지 다 끝나고 나면 여러 가지로 자위대원에 대해 생각해야 할 게 많을 거라고 새삼 느꼈다.

야마자키 이좌가 다시 공격잠망경 접안구에 눈을 갖다댔다. 거대한 컨테이너선은 선수만 남기고 모두 물에 잠겼다. 그런데 바다가 얕아서인지 선수까지 모두 잠기지는 않았다. 연기가 피어오르는 선수만 남으니 무척 그로테스크한 예술작품 같아 보이기도 했다. 차라리 이것이 한국인들에게 더 큰 충격을 줄 수 있다고 함장이 생각한 순간이었다.

"맙소사! 저 배는 중국 선적이야! 어떻게 된 거지?"

함장이 잠망경 배율을 조정해 다시 확인했다. 아침 햇살이 비치는 뱃머리에는 틀림없이 시아먼(廈門, XIAMEN) 2호라는 배 이름이 선명하게 드러나 있었다. 전쟁이 발발할 경우 선적이 라이베리아든 파나마든 그것은 중요하지 않고, 그 배의 실 소유지가 더 중요했다. 그런데 저 배는 중국 해운회사 소유이고 지금 물에 빠져 허우적대는 사람들은 중국 선원들일 가능성이 컸다.

"중국이 우리 일본의 해상봉쇄 명령을 무시하고 있습니다. 다 잘난 척하는 중국 탓입니다."

부장이 변명하듯 외쳤다. 그런 부장의 손은 몹시도 떨리고 있었다.

"하지만 중국도 그렇게 생각할까?"

"당연히 아닐 겁니다. 그런데 저 배는 며칠 전부터, 그러니까 한국과 분쟁이 일어나기 전부터 하역 대기 중인 배였을지도 모릅니다, 함장. 1주일 넘게 대기하는 경우도 많다고 합니다."

선무장이 심각하게 의견을 말했다. 침몰한 배가 중국 배라면 이야기가 완전히 달라진다. 야마자키 이좌는 일이 꼬여도 한참 꼬였다며 투덜거렸다.

"미친놈들! 중국군 장교들은 중국 군사력이 미국보다 앞선다고 생각한다지? 객관성이란 단어의 뜻을 제대로 알고나 있을까?"

함장이 공격잠망경을 내렸다.

"어찌됐든 빨리 이 해역에서 벗어날 필요가 있다. 한국 해군이 반응하기 전에 빠져나가야 한다."

그렇지 않아도 한국에 대해 압도적인 우세를 지키지 못하고 있는 일본이었다. 괜히 중국을 이번 일에 끌어들일 필요는 없었다. 함장이 다급하게 움직였다.

"침로 190. 빨리 움직이자. 중국 상선 침몰사건은 한국의 자작극이라고 우기면 되겠지. 우리도 전과보고에서 아예 빼버리자."

스스로도 별로 믿을 만한 말이 아니었다. 부산항뿐만 아니라 울산·

진해·광양 앞바다에 기뢰를 깐 잠수함이 한국 잠수함일 리 없기 때문이다. 하지만 중국 컨테이너선 침몰사건에 한해서는 일단 우겨볼 필요가 있었다.

"함장! 한국 초계함이 급속도로 접근 중입니다! 14km까지 접근했습니다. 아까 부산항에서 접촉했던 025입니다."

수측장이 깜짝 놀라며 보고했다. 한국 초계함이 부산 태종대를 돌아 잠수함이 있는 쪽을 향해 쿵쿵거리며 달려오고 있었다. 수측장을 포함한 발령소 요원들은 한국 초계함의 갑작스런 출현에 너무나 놀랐다.

"뭐야? 이렇게 빨리 오는 경우가 다 있어? 고속정인가? 다시 확인해봐!"

"시속 35노트가 넘습니다. 엄청나게 빠릅니다."

나카가와 히로유키 일등해조가 한국 초계함의 엄청난 속력과 소리에 질려버렸다. 게다가 그 초계함은 오야시오함을 향해 정확히 다가오고 있었다. 그렇다면 일단 오야시오는 들켰다고 봐야 했다.

"침로 180. 최전속으로! 어뢰 급속발사!"

함장 야마자키 이좌는 아이들이 이웃집 감나무에 올라가 감을 몰래 따는데 집주인 노인이 지팡이를 휘두르며 달려오는 장면을 잠시 연상했다. 그러나 저 초계함은 그저 아이들을 쫓아내고 말거나 지팡이로 한두 대쯤 휘두르는 것으로 그치지 않을 게 분명했다. 목숨을 걸고 도망쳐야 할 순간이었다.

그리고 초계함만으로 끝나지 않았다. 이 해역에 한국이 소서스를 깔아놓지 않았다면 초계함이 오야시오의 위치를 단번에, 그것도 정확히 파악할 리 없었다. 야마자키 이좌는 오야시오 상공을 소리없이 비행하는 대잠초계기의 존재를 떠올리며 몸서리쳤다.

"아무래도 상공에 초계기가 떠 있는 모양이다."

야마자키 이좌는 이번 싸움이 결코 쉽지 않겠다고 느꼈다.

"성남함이 계속 접근 중이다."

한기영 소령이 성남함의 인상적인 움직임을 지켜보며 감탄했다. 포항급 초계함인 성남함은 하얀 물살을 만들며 엄청난 속도로 달리고 있었다.

―당장 빠져 있으라 그래!

최강로 소령이 버럭 고함을 질렀다. 대잠초계기 물수리 3호는 거의 한 시간 가까이 일본 잠수함과 술래잡기를 하고 있었다. 지금도 부산, 울산, 광양 등지에서는 기뢰에 접촉한 민간 화물선의 피해가 속출하고 있었다. 저 잠수함도 한국 연안에 기뢰를 부설하는 임무를 맡았을 것이 분명했다.

게다가 저 잠수함은 중국 컨테이너선을 향해 어뢰를 발사해 침몰시켰다. 증거 확보를 위해서라도 반드시 잡아야 했지만 일본 잠수함은 노련한 함장이 지휘하는지 쉽사리 꼬리를 드러내지 않았다.

최강로 소령이 성질을 낸 것은 또 다른 이유가 있었다. 성남함이 가진 대잠무기라곤 기껏 3연장 어뢰발사관과 폭뢰뿐이었다. 그러나 성남함이 탑재한 대잠어뢰로 지금처럼 바닥에 바싹 붙어 있는 잠수함을 공격하기란 쉽지 않을 것이었다.

그런데 일본 잠수함이 큰 실수를 한 것이 있었다. 성남함은 긴급상황에서 35노트가 넘는 전투비상속도를 낼 수 있다. 고속정에 맞먹는 무지막지한 속도이기 때문에 어뢰를 쏜다고 호락호락 맞을 함정이 아니었다.

복잡한 남해안이라면 어뢰가 접근하는 동안 수상함정이 복잡한 만의 안쪽이나 섬 뒤로 숨어버릴 여유가 있었다. 물론 그것까지 고려하고 어뢰를 쏘았겠지만 짧은 시간에 폭발적인 스피드로 어뢰를 회피할 수 있었던 것은 성남함의 공이었다. 성남함을 추격하던 어뢰는 지금 낙동강 하구의 모래톱 위에 얹혀 있었다.

　―그나마 원거리에서 어뢰가 발사됐으니깐 다행이었지 가까운 거리라면 회피할 수 없었을 거야. 야! 한 소령! 뭐하는 거야! 빨리 성남함에 물러나라고 경고해줘!

　대잠실의 최강로 소령이 빗발치게 고함을 질러댔지만 딱히 한기영 소령이 나서서 성남함더러 퇴각하라고 해도 그것은 명령이 될 수 없었다. 그쪽 함장의 직급이 훨씬 높기 때문이었다.

　"젠장! 그만 좀 다그쳐! 네놈 같으면 우리가 물러나란다고 물러날 것 같냐?"

　―에라! 안 되겠다. 일단 폭뢰를 먼저 투하하자. 성남함이 저 상태로 들어갔다간 접근하기도 전에 어뢰에 두들겨 맞기 십상이야!

　"좋아. 동에서 서로 접근하겠다. 성남함의 진로에서 벗어나서 공격하자!"

　―알았다. 스모커고 뭐고 투하할 시간이 없으니깐······. 상대 위치로 통보해주겠다. 성남함으로부터 방위 백육십공(1-6-0)! 거리 1,200!

　"오케이! 목표 방위로 성남함이 바로 향하고 있지 않은가! 확인할 수 있다. 알았다."

　한기영 소령이 응답하고는 조종간을 꺾었다. 짧은 거리를 급횡전한 기체가 고도를 점차 낮춰 폭격 코스로 접어들었다. 확 뚫린 남쪽 바다가 시선 가득 들어왔다.

　"폭탄창 개방!"

　투하용 조준기로 참조할 만한 스모커가 없기 때문에 곤란했지만 지금은 어쩔 수 없었다. 한기영 소령이 수면 위에 가상의 점을 목표 삼아 폭뢰를 투하했다.

"투하! 투하!"

―성남함에서도 어뢰를 발사했다!

물수리 3호가 투하한 소노부이는 성남함에서 발사한 어뢰 두 발이 수면 아래서 움직이는 것을 포착하고 있었다. 곧이어 지정된 수심에 당도한 폭뢰가 폭발하고, 수면 위로 거센 물기둥이 튀어올랐다.

―효력범위에 들지 못한 것 같은데…….

대잠실에서 약간 실망 섞인 목소리가 들려왔다. 음향분석기를 지켜보던 최강로 소령이 명중 여부를 판정하다가 아무래도 폭뢰의 위치가 많이 벗어나 있다는 것을 깨달은 것이다. 가까운 수중에서 폭뢰가 폭발하면 수압의 충격을 동반하기 때문에 강력한 파괴력을 갖는다. 하지만 거리가 약간이라도 떨어지면 충격효과는 급감한다.

"타코! 당장 재공격하자!"

―안 돼, 성남함이 너무 가까이 접근했다. 이제 어쩔 수 없으니 우리는 상공에서 잠시 지켜보자.

"어뢰를 발사했으면 명중될 때까지 기다려야 하는 게 아닌가? 왜 달려드는 거지?"

아무래도 납득이 안 되는지 한기영 소령이 고개를 가로저었다. 그러나 한기영도 성남함이 원래 속해 있던 전대의 초계함들, 즉 천안함과 원주함이 2차 남해 해전에서 몽땅 침몰한 것을 알고 있었다. 성남함 승조원들이 지금 눈이 뒤집혀 있더라도 한기영은 딱히 할말이 없었다.

―지금이 기회야. 놈이 어뢰 공격을 준비했다면 우리의 폭뢰 공격으로 정신을 못 차렸을 거야. 만약 수심이 낮아 어뢰가 명중하지 않으면 성남함은 곧바로 폭뢰로 쓸어버릴 생각인 거야.

최강로 소령이 빠르게 설명했다. 천해에서 대잠어뢰는 그다지 효과가 없었다. 미국에서 천해용 대잠어뢰를 개발했지만 어뢰 자체의 성능보다는 해저지형이 더 문제가 될 수 있었다.

대잠어뢰를 발사한 성남함에서도 그것은 잘 알고 있는 모양이었다. 어느새 성남함의 후갑판 위에는 폭뢰투사레일과 그것을 조작하는 수병들이 우르르 몰려나와 있었다.

—엇! 놈이 어뢰를 쐈다. 놈이 어뢰를 쐈다!

"뭐라고? 거리가 너무 가까운데, 확실한가?"

—젠장! 정확하다. 날 못 믿나?

한기영 소령은 도저히 납득하기 어려웠지만 사실이었다. 일본 잠수함에서 발사된 어뢰 두 발이 점점 빠른 속도로 가속을 시작했고, 소노부이에서는 성남함이 발사한 어뢰와 함께 일본 잠수함이 발사한 어뢰가 음향분석기에 뚜렷이 포착되고 있었다.

저 거리라면 만약 성남함에 어뢰가 명중하면 일본 잠수함도 큰 피해를 입는다. 같이 죽자는 것인지 한기영은 도무지 이해할 수 없었다.

—방향이 이상한데. 왜 성남함 쪽으로 발사하지 않았지?

최강로 소령이 의문을 제기하자 한기영도 고개를 가웃거렸다. 어뢰는 성남함 쪽이 아니라 90도 정도 남쪽으로 돌려진 상태로 발사됐다.

"함수 방향이 그쪽으로 향했는지도 모르잖아. 직접 쏘고 싶어도 못 쏠 거야."

—이놈의 침좌한 잠수함을 공격하기에는 어뢰가 너무 문제가 많아! 젠장! 두 발 다 빗나간 것 같다.

그 순간이었다. 일본 잠수함 위로 스쳐지나간 성남함 뒤로 거대한 물기둥 두 줄이 연속적으로 일어나기 시작했다. 기뢰투사레일 두 개에서 떨어진 폭뢰들이 줄줄이 폭발한 것이다.

"우와~ 타코! 봤냐? 무식하게 깔아줬다!"

한기영 소령이 잔뜩 들떠 외쳤다. 충분히 기겁할 만했다. 수면 위로 100여 미터 정도 치솟은 거대한 물기둥들이 열을 지어 잇달아 치솟고, 이후 그 물기둥들은 천천히 떨어지고 있었다.

"저 정도면…… 으아! 엄청나다!"

낮은 심도에서라면 폭뢰의 집중공격만큼 위력적인 무기는 없었다. 어뢰가 발달하면서 구세대 무기로 치부되던 폭뢰지만 일단 제대로 공격만 할 수 있다면 대잠무기 중에 가장 강력한 파괴력과 집중력을 퍼부을 수 있는 게 바로 폭뢰였다.

—파일럿! 당장 성남함에게 경고를 해줘라. 어뢰 접근 중! 어뢰 접근 중! 방위 이백칠십공(2-7-0)!

"뭐라고?"

—좀 전에 발사했던 어뢰가 방향을 바꿨다. 애당초 거리를 띄운 다음 다시 반전해서 성남함을 공격하려던 거였어. 이런, 제기랄!

사전에 그 가능성을 떠올리지 못했던 게 후회스러운지 최강로 소령이 연신 욕설을 퍼부었다. 한기영 소령이 성남함을 급하게 호출하며 어뢰가 접근 중인 것을 알려줬지만, 뜻밖에도 성남함의 대답은 '노'였다.

"미치겠다. 성남함이 걱정하지 말란다. 2차 공격을 하겠다는데?"

한기영 소령은 기수를 꺾은 뒤 비스듬한 뱅크각으로 오라이언이 선회하도록 조종간을 고정시켰다. 이제 오라이언은 성남함의 머리 위에서 넓은 폭으로 제자리를 선회하게 되었다. 한기영이 재빠르게 투명바이저를 밀어올리고 수면 위를 수색했다.

"어뢰 항적이 보인다! 성남함으로부터 9시 방향!"

—제기랄! 성남함은 이미 살기를 포기한 거야.

관측창으로 상황을 내려다보는지 최강로 소령이 허탈하게 소리쳤다. 어차피 어뢰 공격을 피할 수 없다고 판단했는지 성남함은 오로지 공격에만 전념하고 있었다.

최대각으로 선회를 마친 성남함이 일본 잠수함의 머리 위쪽으로 다시 접근했다. 그리고 성남함 함미 쪽에서 또다시 거대한 물기둥이 치솟기 시작했고, 접근하는 일본 어뢰의 항적이 성남함과 빠르게 포개지고 있었다.

줄줄이 이어진 하얀 물기둥을 뒤로 한 성남함이 마치 플라스틱 장난
감 배처럼 들썩거렸다. 곧 선체 중앙 부분의 좌우로 하얀 물기둥이
튀었다. 한기영이 깜짝 놀라 조종핸들을 잡아당겼다.

"맙소사!"

바로 눈앞에서 어뢰에 명중되는 함정을 보는 것도 처음이었다. 하지
만 그것이 조금 전까지 함께 작전을 펼치던 성남함이라고 깨닫자 마치
영화를 본 것처럼 현실로 와닿지 않았다.

통째로 날아간 함수 부분은 물보라가 채 사라지기도 전에 가라앉았
는지 흔적조차 찾을 수 없었다. 그 뒤로 하늘을 향한 76밀리 함포의
포가 휑하니 솟아 있던 후방선체도 옆으로 기울어져 있었다. 그런
다음 성남함은 순식간에 가라앉기 시작했다.

"결국 폭뢰를 투하했군……."

몸서리가 이런 것일까. 수면 위로 성남함의 잔해와 혹시 모를 생존
자를 수색하던 한기영 소령이 몸을 부르르 떨었다. 진정하려고 마음을
다잡았지만 어깨까지 들썩거리며 떨리기 시작했다.

―아! 생존자다!

최강로의 밝은 외침에 한기영 소령이 고개를 빼들고 참사현장을 살
폈다. 뭔가 꾸물거리는 몇 개가 물 속에서 움직이고 있었다. 초계기에
서는 깊은 슬픔 속에서도 환성이 울렸다.

9월 14일 08:14   부산광역시 영도구 태종대 남쪽 15km
한국 해군 P-3C 대잠초계기, 물수리 3

―파일럿! 타코다. 12시 방향에 부유물이다. 확인하자.

"좋아. 타코. 확인하겠다. 놈이 혹시 살아 있다면 아예 숨통을 끊어 버리자. 폭뢰를 한 번 더 먹여줄까?"

한기영 소령은 아직도 끓어오르는 분기를 참지 못하고 소리쳤다. 일본 잠수함이 쏜 어뢰에 직격당한 성남함은 반 동강이 난 채로 순식간에 바다 속으로 빨려들어가버렸다. 허망했다. 구명조끼를 둘러쓰고 탈출한 성남함의 생존자는 어림잡아도 열 손가락에 미치지 못했다.

물수리 3으로부터 연락을 받은 구난함이 이쪽으로 향하고 있다는 통보는 이미 받았다. 이제 오라이언은 단순한 공격이 아니라 처절한 복수에 전념할 때였다.

─나쁘지 않은 생각이다. 폭뢰 두 발이 남았다.

"좋아. 투하 코스로 진입한다."

최강로 소령이 추가공격에 동의하자 한기영은 오른쪽으로 보이는 검은 기름띠를 기준 삼아 조종핸들을 크게 꺾었다. 이번에는 스모크를 투하할 필요도 없었다. 수면 위를 검게 덮고 있는 기름띠 바로 아래에 상처받은 일본 잠수함이 있었다.

기체가 완만하게 선회하며 폭격장주를 마치자 바다 위로 검게 오염된 기름띠가 조종석 전방 시야로 들어왔다. 그러자 한기영 소령은 기수를 낮추며 스로틀 레버를 뒤로 잡아당겼다. 정확한 투하를 위해서는 속도를 조금 더 줄여야 했다.

─파일럿. 투하를 보류하라. 이상한 신호가 잡힌다.

"무슨 신호? 무시해라. 놈들이 튀려는 거다. 투하 코스로 들어간다. 폭탄창 개방!"

인터컴으로 최강로 소령이 뭐라고 투덜거리는 소리가 들렸지만 한기영은 신경 쓰지 않았다. 수평 투하를 위해 조준기를 주시하며 미간을 잔뜩 좁히던 한기영이 이윽고 투하 버튼 위로 손을 올렸다.

─파일럿! 투하 중지하라! 투하 중지하라! 구조신호다!

"이런, 제기랄!"

갑자기 귀를 때리는 고함소리에 한기영 소령이 반사적으로 조종핸들을 잡아당겼다. 그리고 기수가 급격히 상승하며 몇 초간 시간이 흐른 후에야 투하 위치를 한참이나 지나친 것을 알아차렸다. 무슨 상황인지 이해하려고 하기 전에 분노가 솟구쳤다.

"구조신호는 무슨 망할 놈의 구조신호야? 놈들이 튀려고 수작부리는 거다. 당장 없애버리자!"

한기영 소령은 일본 잠수함에 혹시 생존자가 남아 있더라도 살려두고 싶지 않았다. 그것은 잠수함 승무원에 대한 본능적인 저주에 가까웠다. 2차대전 때도 많은 잠수함들이 치명적인 피해를 입고 승무원들을 탈출시키려 부상하는 과정에서 공격을 받았다.

한기영 소령은 대잠지휘관인 최강로에게 통보하지 않고 다시 기수를 돌렸다. 그리고 이번에는 머뭇거리지 않고 폭뢰를 쏟아부어줄 생각으로 씩씩거리며 거친 숨을 토해냈다.

어떻게 보면 잠수함 승무원들이 탈출할 수 있는 기회는 없었다. 수송선단과 동료 함정들을 공격한 잠수함 승무원들은 일반적인 적보다 훨씬 흉악한 존재로 받아들여졌다. 그들은 마치 몸을 숨긴 채 치명적인 총탄을 동료들에게 날리는 적의 저격수와도 같았다. 알 수 없는 공포와 비참함을 상기시키며 동료들을 쓰러뜨리는 저격수들은 결코 포로가 될 수 없었다. 생포되더라도 그 자리에서 사살되는 것이 대부분이었다.

―입 닥치고 들어봐. 이 자식아!

최강로 소령이었다. 그리고 그는 기내 인터컴 회선에 소노부이로 청취되는 음향신호를 연결했다.

―땅땅땅! 따앙~ 따앙~ 따앙~ 땅땅땅!

"이게 무슨 소리야?"

그것은 잡음이 섞인, 그리고 또렷하지는 않지만 계속 반복적으로 뭔가를 두들기는 소리였다.

―파일럿. 너도 알고 있잖아?

최강로 소령이 다시 말했다. 짧은 연속음 세 번과 긴 연속음 세 번, '톤톤톤―쯔우쯔우쯔우' 그것은 사관학교 시절 실습항해 때 머리를 쥐어짜며 외었던 모스신호였다. 한기영이 그것을 모를 리 없었다. 각각 'S'와 'O'를 의미하는 이 부호가 반복되는 것이 바로 'SOS'신호다. 한기영 소령이 인정할 수 없는지 악을 바락바락 썼다.

"제기랄! 못 들은 걸로 해! 무시하자고!"

―파일럿! 그럴 순 없다. 분명히 구조신호다. 구조신호를 접수한 이상 공격할 수는 없다.

"닥쳐! 성남함을 공격할 때는 언제고 지금 와서야 구조신호야? 당장 해치워버리자!"

한기영 소령이 이를 갈았다. 잠수함 안에 구조를 안타깝게 기다리는 일본 승무원이 있더라도 그들은 성남함을 무참하게 공격한 적이었다. 더더욱 한기영은 바로 눈앞에서 성남함이 침몰하고 대부분 죽는 것을 지켜봐야 했다. 도저히 참을 수가 없었다.

―파일럿! 대잠지휘관으로서, 그리고 선임으로서 명령한다. 공격을 중단한다. 알았는가?

한기영은 대답하지 않았다. 그리고 곧 최강로의 목소리가 다시 인터컴으로 울려퍼졌다.

―파일럿! 공격을 중단한다! 확인하라!

일본 잠수함이 가라앉은 위치에는 어느새 기름띠가 올라와 폭이 100미터가 넘게 퍼져 있었다. 그리고 파랑이 일렁거리며 점점 더 넓게 번져나갔다.

한기영은 그 검은 바다를 묵묵히 지켜보았다. 대답 없는 한기영의 마음을 최강로도 느끼고 있는지 더 이상 채근하지 않았다.

"이이이~ 제기랄! 빌어먹을!"

절규하던 한기영이 눈을 감고 말았다. 몇 초 후 한기영 소령은 투하 코스를 벗어나 기름띠가 떠오른 바다 상공으로 초계기를 선회비행 시켰다. 푸른 바다가 태양을 반사시켜 눈부시게 빛나는 순간 한기영의 분노도 차츰 엷어지고 있었다.

"타코 접수했다. 공격을 중단한다."

한기영은 부조종사에게 조종을 넘기고 핸들에서 손을 뗐다. 온몸에서 힘이 쫙 빠져나간 것 같은 느낌이었다.

—잘 생각했다. 현 위치에서 수면 상황을 계속 감시한다. 난 대잠전 지휘소에 사태를 보고하겠다.

"알았다, 타코. 잘났다, 타코"

최강로 소령에게 한기영이 힘없이 대꾸했다. 가슴속에서 이미 불붙은 분노는 결코 사그라들지 않았다.

9월 14일 09:46   부산광역시 영도구 태종대 남쪽 15km
한국 해군 잠수함 구조함 청해진

—피잉!

날카로운 고주파음이 해저면을 훑었다. 초속 1,500미터의 빠른 속도로 바다에 부딪힌 후 반사된 음파는 청해진함의 탐색소나로 되돌아왔고 음탐사는 그 데이터를 해저지형과 비교했다. 대잠초계기로부터 일본 잠수함의 최종적인 침몰위치를 이미 통보받았지만 정확하게 위치를 잡아야 하는 청해진함으로서는 다시 소나로 정밀수색을 할 필요가 있었다.

"함장님! 찾았습니다."

사이드 스캔(Side Scan) 소나에서 탐지한 정보는 영상으로 합성할 수 있을 정도로 정밀한 신호밀도를 가지고 있다. 곧 주변 지형과는 확연하게 다른 거대한 선체의 윤곽이 모니터에 드러났다.

"좋아. 위치 확인하고 계류한다!"

"계류!"

청해진함이 가라앉은 잠수함으로부터 정확하게 위에 계류하려면 4점 계류라는 복잡한 계류를 해야 한다. 이 계류 방법은 마치 토끼풀 잎 모양과 비슷하다고 해서 클로버 잎 패턴(Clover Leaf Pattern)이라 불린다.

닻을 하나씩 끌러 내리면서 일정거리까지 더 나아간 다음 다시 반전하여 네 잎 클로버 모양처럼 차례대로 두 번째·세 번째 닻을 내려 결국 4개의 닻 중앙에 함정을 고정시키는데, 석유 시추선과 같이 한 위치에 정확하게 머물러야 할 때 사용하는 계류방법이다.

작업을 지켜보던 김용익 대령이 해저면에 좌초한 잠수함의 영상이 점차 확실해지자 모니터 옆으로 다가와 고개를 이리저리 갸웃거렸다.

"함장님. 침몰 잠수함은 오야시오급 같습니다."

영상은 점점 뚜렷해지고 있었다. 소나 아퍼레이터의 보고에 김용익 대령도 모니터를 지켜보며 그것이 오야시오급 잠수함이라는 것을 확인했다. 훨씬 뚱뚱하며 함수 부분이 고래처럼 뭉툭하게 생긴 오야시오급 잠수함은 이전의 하루시오급 잠수함과 외관이 많이 다르기 때문에 식별하기 어렵지 않았다.

"근데 영상이 좀 이상한 건가? 잠수함이 기울어져 보이는데?"

모니터로 보여지는 오야시오급 잠수함의 외형은 약간 특이했다. 함수 부분의 3분의 1 가량이 해저 바닥층에 파묻혔고 대신 솟아오른 함미 쪽은 스크루가 마치 엿가락을 이리저리 구겨놓은 것처럼 형체를 알아볼 수 없을 정도로 훼손되어 있었다. 게다가 사령탑은 절반쯤 날아가 보이지도 않았고 좌현 선체 후방에도 흉측하게 찢겨나간 파공이 있었다.

"함장님. 선체가 기운 것이 맞습니다. 잠시만 기다리십시오. 해상도를 조절하겠습니다."

소나 아퍼레이터는 이번에는 탐지 모드를 주파수가 더욱 높은 스캐닝 모드로 조정했다. 짧은 고주파가 해면을 훑고 이번에는 오아시오급의 윤곽이 훨씬 더 깨끗하게 표시되고 있었다.

"이거, 이렇게 되면 구조 조건이 최악인데……."

"함장님. 중심축 수선을 기준으로 30도 이상 기울어진 것 같습니다. 거기다 전후 수평도 10도 정도 기운 것 같은데요……."

소나 아퍼레이터의 보고를 받은 김용익 대령 표정이 곧 혀를 깨문 것같이 되어버렸다. 잠수함의 탈출용 해치는 함의 수직 방향으로 위쪽에 달려 있다. 그런데 지금처럼 잠수함이 심하게 기울어진 상태라면 구조용 잠수정을 도킹(Docking)시키는 것이 쉽지 않았다.

"제기랄! 구조 못하겠다고 해! 우리가 이런 놈들 고생해가며 건져줄 필요가 있느냐 말야."

갑자기 짜증과 함께 분노가 울컥 치밀었다. 그러나 잠시 후 김용익 대령은 청해진함의 함저 부분에 있는 잠수지휘실로 인터폰을 연결했다. 자칫 잠수종을 사용하는 것이 불가능할 경우 구조잠수정(DSRV)을 쓰는 수밖에 없다. 준비해야 할 것이 점점 더 많아지고 있었다.

9월 14일 12:08 가고시마(鹿兒島)현 오오스미(大隅) 제도 서쪽 45km
일본 해상자위대 호위함 공고

뭐가 잘못된 것일까. 곰곰이 생각하던 기타지마 일좌가 피곤한 듯 함장석 등받이에 등을 깊숙이 기댔다. 다른 곳도 아니고 도쿄만이라니. 기타지마 일등해좌는 도저히 수긍할 수 없었다. 그것은 해자대 간부 누구라도 인정하고 싶지 않은 일일 것이다.

기타지마 일좌는 잠시 며칠 전에 꾸었던 그 생생한 꿈을 다시 더듬어보았다. 꿈속에서 이순신은 죽고 거북선은 잠수함이 되어 일본으로 향했다. 그러나 현실에서 이순신함은 침몰하지 않았고, 나대용함은 지금도 도쿄만을 천방지축 휘젓고 다녔다. 그리고 꿈속에서 주군이었던 시마즈 요시히로는 죽지 않았지만 현실에서는 수송함 사쓰마가 도쿄만에서 가라앉았다. 사쓰마가 시마즈 요시히로를 상징한다면 현실이 꿈보다 훨씬 나빴다.

지금 이순신함을 비롯한 한국 함대의 주력은 살아남아서 제주도 너머에 숨어 있었다. 기타지마는 사흘 전 새벽에 한국 해군의 주력을 확실히 포착해 섬멸해야 했다며 아쉬워했지만, 그것은 상식에서 비롯된 오류였다. 해상자위대는 한국 함대의 위치를 바로 기함인 이순신함의 위치로 간주하고 단단히 착각한 것이다.

해전이 있었던 11일 새벽 해상자위대는 모든 수단을 동원해 한국 해군의 기함 이순신함의 위치를 추적했다. 그리고 한국 해군의 주력을 완벽한 함정에 몰아넣기 위해서 심지어 각 호위대군들이 집결하는 시간을 늦추기까지 했다. 그러나 한국 해군은 해상자위대가 예상한 것보다 조금 더 빨리 공격을 시작했고, 그때 이순신함은 해상자위대의 하픈 사거리 바깥에 위치하고 있었다. 해상자위대의 계산이 완전히 빗나간 것이다.

기타지마가 지금 다시 생각해보니 한국 해군은 주력을 뺀 나머지로 공격을 하고도 잘하면 제3호위대군을 전멸시킬 수도 있었다. 여기에서도 해자대의 작전계획에 문제가 있었다는 뜻이다. 그렇다면 이순신함을 비롯한 한국 해군 주력이 전열에서 조금 뒤로 물러서 있어도 하등 이상할 것이 없었다. 어떻게 보면 제3호위대군이 한국 해군의 공격을 막은 것이 예상 밖이었다고 할 수 있었다. 이때 묘코함이 동료 함들의 시 스패로를 요격에 동원한 것도 도움이 됐지만 사실 공고에서 쏘아 보내준 대공 미사일이 결정적인 역할을 했다.

기타지마는 지금 생각해봐도 절로 한숨이 나왔다. 호위대군이 자그마치 세 개나 동원됐고 대규모 전투가 두 번이나 있었지만 변죽만 울렸을 뿐 확실한 해상결전은 아직 없다고 해도 지나친 말이 아니었다. 그것은 한국 해군이 해상결전을 피하고 있기 때문이었다. 주력 전투함의 열세를 잘 알고 있는 한국 해군은 해상결전 대신 잠수함을 도쿄만에 침투시켜 뜻밖에도 일본에 결정적인 타격을 가했다.

공고함 내부에서는 한국 해군이 약아빠졌다고 분통을 터뜨리는 간부들이 많았다. 전열에서 물러난 2호위대군은 이렇게 잠수함이 침투하는 길목을 지키는 역할을 맡느라 뒤로 물러나게 되었다. 기타지마는 이 모든 것이 한국 해군 지휘부의 뜻대로 움직이는 것인지도 모른다는 의문이 들었다.

쓰시마해협과 제주도 남방 해역에서의 작전을 3호위대군과 4호위대군에 인계하고 이제 2호위대군은 사세보 지방대의 작전구역인 규슈 서쪽과 남쪽 해역의 대잠방어작전에 투입되었다. 첫날 한국의 광개토 전대에게 입은 피해가 의외로 커서, 지금 제1호위대군에 소속된 호위함은 겨우 다섯 척에 불과했기 때문이었다. 그리고 2호위대군의 모항이 사세보이기 때문에 2호위대군 역시 지역방어작전에 투입될 경우 지방총감부의 통제를 받았다.

"한국 잠수함들은 도카라 군도까지 우회하진 않을 거야. 나라면 오오스미 군도를 직접 돌파할 걸세."

애써 참으려고 했지만 결국 기타지마는 부장에게 불평을 터뜨렸다. 호위대군 사령 에토 에이시오 해장보는 지방대 총감부의 작전에 너무 소극적으로 따라가고 있었다.

도쿄만으로 침투한 잠수함들이 규슈 남단의 오오스미 군도를 통과했으리란 추측만으로 사세보 지방대 총감은 추가로 투입될지도 모를 한국 잠수함에 너무도 과민하게 반응하고 있었다.

굳이 오오스미 군도로부터 남쪽으로 200여 킬로미터나 떨어진 도카라 군도까지 광범위하게 대잠방어망을 구축하는 것은 전력낭비나 다름없는 일이었다. 게다가 수심이 낮고 암초가 많아 잠수함이 이동할 수 있는 통로가 그다지 많지 않았다. 오히려 완벽하게 봉쇄하겠다는 욕심이 상황을 더 나쁘게 몰아가는 것 같았다.

해전사를 공부하면서 기타지마는 수많은 전술적인 실패나 오류가 과연 패장들만의 책임일까, 라고 회의한 적이 있었다. 그러나 이젠 적어도 실전을 겪은 기타지마는 단호하게 '노'라고 말할 수 있었다.

대부분의 패장들은 스스로 선택한 전술적인 실수로 인해 지는 것이 아니라 상급자가 옭아맨 전술적인 한계 안에서 버둥거리다가 패전하는 것이다. 승전의 대부분은 전장 상황에 대해 상부의 간섭 없이 즉각 대처할 수 있는 독립적인 작전권을 보장받는 경우가 대부분이었다. 더구나 지휘관의 재량권이 가장 강한 해군에게는 더욱 그랬다.

해장보, 해자대를 비롯한 자위대의 모든 계급이 그렇듯 해장보(海將補)란 계급도 군인 색채가 희석된 용어이지만 그것은 분명 소매에 장성줄 하나에 굵은 줄이 하나 더해진 해군 소장(Rear Admiral) 계급이었다.

에토 해장보 역시 호위함대 사령을 거쳐 자위함대 사령까지 노릴 수도, 아니면 그 이상으로 진급하기 위해 지방대 총감이나 해상막료장에 도전할 수도 있을 것이다. 그러려면 지금부터라도 충분히 정치적이어야 했다. 기타지마가 씁쓸하게 웃었다.

그것이 영관급 장교와 제독의 차이일까? 결국 정치적인 군인은 조직에서 살아남을지는 몰라도 전쟁에서 살아남을 수는 없는 법이었다.

"함장! 긴급보고입니다. 오오스미해협 동쪽 12해리 위치에서 아사유키가 잠수함을 접촉했습니다."

"으…… 어느 쪽으로 빠져나간 거야!"

부장의 보고를 받은 기타지마가 함장석에서 벌떡 일어섰다. 공고급 이지스함은 함교로 전술디스플레이 컨솔이 하나 올라와 있기 때문에 전투정보실의 전투 상황을 동일하게 파악할 수 있었다.

"가장 가까이서 지원할 수 있는 함정은!"

"센다이입니다. 센다이가 해협 남쪽에 위치하고 있습니다."

그곳이라면 공고함과는 50km 거리였다. 공고함에서 지원하기에는 거리가 멀었지만, 다른 호위함들은 더 멀리 떨어져 있었다. 또 다른 방공구축함인 사와카제에서 대잠작전을 지원해야 하는지를 공고함으로 묻자 잠시 생각한 기타지마는 곧 추격을 결정했다. 그러나 사와카제는 현 위치에 남아야 했다.

"오오스미해협으로 한 척만 통과했다고 판단할 근거는 아무것도 없지 않은가! 사와카제는 현 위치에서 초계를 계속하라고 전해! 그리고 호위대 사령을 호출해 당장 이쪽 해역으로 대잠헬기지원을 요청해!"

"알겠습니다, 함장!"

자칫 호위함들이 각기 담당한 초계구역을 이탈했다가 더 큰 손해가 생길 수도 있었다. 이미 도쿄만으로 들어간 한국 잠수함이 두 척인지, 세 척인지도 알 수 없었고 그 이상인지도 몰랐다. 오오스미해협을 겨우 잠수함 한 척이 위험을 무릅쓰고 통과한다고 생각할 이유는 그 어디에도 없었다.

"요청이 승인됐습니다. 즉각 시 호크 두 대를 보내겠답니다."

"좋아. 비행갑판에 헬기지원요원들을 대기시키고 언제든 곧바로 대잠헬기들을 지원할 수 있도록 준비시키게."

곧바로 승인이 떨어지자 기타지마가 고개를 끄덕였다. 아마도 지금 에토 해장보는 한국 잠수함을 놓칠까 전전긍긍 몸이 잔뜩 달아올랐을 것이다.

기타지마가 지시를 내리고 속도를 높여 오오스미해협으로 선회하는 동안 전술디스플레이를 응시했다. 기함 구라마 주변을 초계 중이던 시 호크 한 대는 벌써 공고함 쪽으로 접근하고 있었다.

공고함과 사와카제함은 둘 다 대잠헬기를 탑재하지 않는다. 헬기 격납시설이 없기 때문이다. 다만 공고급의 경우 후방에 헬리콥터 갑판이 있고 유류보급 설비가 있으며 약간의 무장까지도 재보급할 능력을 가지고 있다.

"함장!"

통신을 마치고 전투정보실로 내려가 대잠작전을 지휘해야 할 부장이 아직도 인터컴 앞에 서 있었다. 그리고 교신을 끝내는 부장의 얼굴에는 당황한 표정이 역력했다.

"아사카제가 당했습니다. 어뢰에 당했습니다."

"뭐라고? 아사카제는 잠수함 접촉 보고를 했을 뿐이잖아? 언제 어뢰에 얻어맞았다는 거야?"

"모르겠습니다. 아사카제 탑재 시 호크가 추적하던 위치보다 훨씬 가까운 곳이었습니다. 1,000미터 이내에서 직격당했답니다."

"설마! 설마 또 한 척이……."

기타지마가 머뭇거렸다. 그의 판단은 생각하기 싫은 방향으로 계속 떨어져가고 있었다.

"아사카제 소속 헬기가 본함으로 착함을 요청하고 있습니다."

부장이 보고하자 기타지마 일좌가 버럭 화를 냈다.

"전투예비연료가 아직 남지 않았나! 우리가 도착할 때까지 한국 잠수함을 계속 추적하라고 해! 겁먹은 거야? 왜 귀환하겠다는 거야?"

"센다이에는 헬기가 착함할 수 없지 않습니까? 가장 가까운 함정이 우리 배입니다. 이동시간을 고려해야 합니다."

"알았다. 착함을 허락한다!"

그제야 기타지마가 부장의 의견을 받아들였다. 구라마로부터 접근하는 대잠헬기를 곧바로 아사유키가 침몰한 해역으로 보내는 한편 기타지마는 육상기지의 P-3C에게 지원을 요청했다.

부하들에게 침착하게 보이려고 애쓰던 기타지마도 서서히 피로에 짓눌리고 있었다.

9월 14일 16:21 가고시마(鹿兒島)현 오오스미(大隅) 제도 동쪽 8km 일본 해상자위대 호위함 공고

"호위대 사령에게는 접촉을 잃었다고 보고하겠네."

기타지마가 힘없이 말했다. 네 시간, 전투배치에 들어간 요원들이 지치기 시작할 시간이었다. 총원전투배치에 돌입하면 바로 전 당직 근무자들은 쉬지도 못한 상태라 피로도가 가중되었다. 그리고 그것은 수측실 요원들에게 더욱더 고된 일이었다.

마지막으로 접촉을 잃은 지 네 시간이 지나고 음문 패턴을 재차 대조하고 또 반복하는 지루함으로 수측조원들이 서서히 탈진하고 있었다. 체력이 떨어져서 탈진하는 것이 아니다. 오직 소리에 모든 것을 걸어야 하고 수많은 유사잡음들을 분석하고 실망하다가 결국 지루함에 못 이겨 나가떨어지는 게임이었다.

"수측장."

"예…… 함장."

풀이 죽은 목소리의 수측장 어깨에 기타지마가 손을 얹었다. 40대 후반의 수측장은 아직도 공고함의 소나에서 한국 잠수함을 포착하지 못한 사실을 인정하지 못하고 있었다.

센다이에게 어뢰를 발사한 한국 잠수함은 공고함의 접근을 알아채고 곧바로 어뢰 유도까지 중단하고 도주해버렸다. 그것은 그 잠수함의 원래 임무가 해상자위대 호위함을 제거하는 것보다 더 중요하다는 것을 의미했다.

이번에는 세토내해일지, 도쿄에 필적하는 거대항구 고베를 노리는 것인지, 다시 도쿄만을 타격할 계획인지 도무지 알 수 없었다. 세토내해에는 히로시마가 있고, 그 옆 구레는 제4호위대군의 기항지다. 어쨌든 한국 잠수함 두 척에 의해 또다시 방어망이 뚫린 것은 분명한 사실이었다.

"총원전투배치를 해제하겠네. 현 시간부로 다시 당직체계로 전환할 테니 수측장부터 쉬게."

기타지마가 수측장의 어깨를 두드렸다. 추적을 재개하면 또 언제 쉴 수 있을지 장담할 수 없었다. 침침해진 눈을 비비며 기타지마가 길게 한숨을 내쉬었다.

"한국 해군 지휘관이 누군지 몰라도, 정말 잔인하군. 전략목표만 달성하면 잠수함 승조원들 목숨 따위는 다 내버려도 좋다는 건가? 민주주의 국가의 군인이 이렇게 냉혹해도 되는 거야?"

조용히 혼잣말하는 기타지마는 어이가 없었다. 그러나 침략을 당한 것이나 다름없는 한국 해군 입장에서는 선택의 여지가 별로 없다는 사실쯤은 기타지마도 이해하고 남았다. 한국 해군은 무리수를 두는 반면 일본 해자대는 무능력을 노출한 것 같아 기타지마는 무척 씁쓸했다.

그리고 기타지마는 이번 일이 불러일으킬 결과를 상상하고 몸서리쳤다. 이번에 빠져나간 한국 잠수함 두 척은 그 존재만으로도 총리대신을 포함한 자위대 지휘부에 심리적인 치명타를 가할 것이 분명했다. 국민들이 공포에 떨고 해상자위대가 그 분노를 고스란히 뒤집어쓸 것을 생각하니 난감하기도 했다. 기타지마는 겉으로는 한국 해군의 지휘부를 욕했지만, 속마음까지 부하들이 듣게 할 수는 없었다.

'첫 해전에서 유우다치를 격침시킨 잠수함처럼. 다른 잠수함도 이 대잠망을 빠져나가지 못할 리가 없다. 혹시라도 다음에 또 잠수함을 이곳으로 보낸다면? 이젠 나도 자신이 없다. 정말 피곤하군⋯⋯.'

기타지마 일좌가 머리를 뒤로 하고 손으로 이마를 짚었다. 이마가 불처럼 뜨거웠다. 기타지마는 눈을 감고 미간을 잔뜩 찡그렸다.

9월 14일 16:33 요코스카(橫須賀)시 남동쪽 8km
일본 해상자위대 기뢰전 모함 우라가

"바보 같으니! 그렇게 찾아 헤매도 아직 못 잡았단 말인가!"

아키요시 준이치 이등해좌가 하늘을 향해 주먹을 흔들었다. 머리 위를 낮게 스쳐지나가는 시 호크 대잠헬기의 편대군은 지금 정신없이 주변을 돌아다니고 있었다. 좀 전에는 오라이언 대잠초계기 두 대가 북서쪽에서 진입하더니 이번에 몰려든 헬기들은 남동쪽인 다테야마 방향에서 날아왔다.

아키요시는 처음에 이곳으로 침입한 한국 잠수함이 무모한 것을 넘어서 된통 잘못 걸렸다고 생각했다. 요코스카 서쪽 아쓰기 기지에는 P-3C 대잠초계기를 보유한 항공대가 있고 남동쪽의 다테야마(館山)시에도 시 호크 대잠헬기 비행대가 배치되어 있었다. 특히 다테야마는 도쿄만을 감싸고 있는 오른쪽 보소반도 끝에 있기 때문에 유사시 도쿄만을 완벽하게 통제할 수 있는 위치였다.

그러나 해상자위대가 세계 최강이라고 자부하는 항공군 소속 대잠초계기와 대잠헬기들은 아직도 한국 잠수함을 잡아내지 못했다. 오라이언 대잠초계기들이 수면 위를 거의 덮을 정도로 소노부이를 뿌려대고 있지만 소용이 없었다.

그리고 시 호크 대잠헬기들은 연료가 떨어질 때까지 각각 거의 네 시간 동안이나 수면 위에 정지비행한 채로 소나를 내려 계속 물 속을 수색했다. 하지만 한국 잠수함은 그림자도 찾아내지 못했다.

"함장. 노토지마가 접촉한 기뢰가 압력식 신관인 것 같습니다. 게다가 수치제어방식으로 세팅이 되어 있는 것 같습니다."

"뭐라고? 압력식 신관이라고?"

부장의 보고에 아키요시가 얼굴이 하얗게 변했다. 게다가 수치제어방식으로 설정된 기뢰라면 한두 번 감응해서는 폭발하지 않고 부설할 때 지정된 횟수만큼 감응해야 폭발한다. 그래서 소해가 더욱 어려워지고, 안전한 소해를 기하기 어렵다. 한마디로 난감했다.

"노토지마는 SAM으로 소해하고 있지 않았는가. 어떻게 SAM을 끌고 있던 모선이 기뢰에 폭발할 수가 있지?"

아키요시 이좌가 절망한 표정으로 머리를 감싸쥐었다. SAM은 자항식(自航式) 소해구로, 일종의 작은 무인소해정이라고 할 수 있다. 모함에서 일정거리를 떨어뜨린 채로 음파와 자기를 발생시켜 기뢰가 폭파하도록 유도해서 모함에는 피해가 가지 않도록 만드는 장치다.

"모르겠습니다. 한국 해군이 부설한 기뢰는 다양한 지연신관을 가지고 있는 것 같습니다. 음파 발신원을 감지하고 몇 초 먼저 폭발한다든가, 또는 아예 몇 개 이상의 신호는 무시하도록 세팅되어 있는 것 같습니다."

말도 안 되는 소리라고 아키요시는 고개를 흔들었다. 그러나 그것은 엄연한 사실이었다. 현대의 신형 기뢰는 배 한두 척은 그냥 지나보내고 세 번째나 네 번째로 지나가는 함정을 공격할 수 있도록 수치를 입력시킬 수 있는 기능들이 있다. 그리고 아예 1주일이나 한 달, 혹은 그 이상 시간이 지난 다음에 활성화되도록 만들 수도 있다. 이런 기뢰들이 해저 바닥에 부설되고 나서 일단 침니(沈泥)로 뒤덮이면 수중카메라로 해저를 샅샅이 훑더라도 절대 발견되지 않는다.

특히 압력식 신관은 선체가 물을 헤치고 나가면서 발생하는 물의 압력으로 기폭된다는 점이 문제였다. 음향신관과 자기신관 기뢰는 소해함이 유사한 소음과 자기를 발생시켜서 폭발시킬 수 있는 것과 달리 오로지 압력에 의해서만 파괴되기 때문에 어떤 기뢰처분구로도 폭발시킬 수 없다. 오직 실제 무게의 배와 같은 중량을 가진 미끼가 있어야 했다.

이때 기뢰제거를 위해 쉽게 생각해낼 수 있는 방법은 대형 벌크(Bulk) 화물선이나 유조선 같은 대형 선박의 내부공간에 스티로폼을 채워넣고 기뢰가 부설된 해역을 왕복시키는 방법이다. 기뢰가 폭발하더라도 내부의 스티로폼 충진재가 충격을 흡수해서 배가 가라앉지 않도록 하기 위해서다. 그리고 이렇게 완성된 미끼 선박을 가지고 기뢰가 부설된 해역을 계속 왔다갔다하면서 기뢰들을 폭파시키는 것이다.

그러나 아키요시는 고개를 흔들었다. 지금 당장 소해를 실시해야 하는데 그와 같은 미끼 선박을 개조하려면 시간이 너무 많이 걸렸다. 고개를 푹 숙이고 있던 아키요시 이등해좌가 묵묵히 일어나서 해도판이 있는 벽으로 다가갔다.

우라가항로의 면적만 해도 총 50km² 가 넘었다. 그리고 항로를 벗어난 바다 속에도 기뢰가 부설되어 있었다. 그 넓은 바다 속을 무인소해 잠수정만 가지고 일일이 수색할 수는 없었다.

임시방편으로 아키요시는 기뢰지대를 통과하는 모든 배들을 저속 운항 시켜볼까도 생각해보았다. 배가 속도를 줄이면 물을 헤치면서 발생하는 압력이 현격하게 줄어들기 때문에 압력식 신관의 폭발을 어느 정도 방지할 수는 있다. 그러나 한국 해군이 부설한 기뢰는 압력식 신관 외에도 음향센서와 자기센서가 함께 내장된 복합감응형 기뢰라 어차피 기뢰는 작동할 것이었다.

이제 남은 방법은 지금까지 소해를 완료한 지역을 다시 샅샅이 수색하는 수밖에 없었다. 그것도 해저면에 원격카메라를 내려보내 직접 육안으로 확인해야 했다. 무인소해로봇을 이용해 수중카메라로 바다 밑을 수색하고 기뢰가 발견되면 로봇 팔을 사용해 기뢰 옆에 파괴용 폭탄을 부착하는 식으로 일일이 파괴하는 수밖에 없었다. 그러나 그것이 완벽한 소해가 되리라는 보장은 물론 없었다.

아키요시는 또다시 절망적인 기분이었다. 쓰시마함 외에도 방금 소해함 또 한 척이 이미 소해가 완료된 것으로 확인된 해역에서 기뢰에 접촉해버렸다. 목조로 만들어진 자위대의 소해함들은 기뢰에 탐지될 가능성이 적은 반면 일단 피폭되면 살아남는 것이 절대 불가능했다.

─함장! 전투정보실입니다. 사이드 스캔 소나에 이상한 물체가 잡힙니다. 움직이고 있습니다! 방위 2-9-5, 거리 800미터!

"뭐가 움직인다는 말인가?"

순간 불길한 느낌에 아키요시가 전투정보실을 다시 채근했다.

─속도가 빨라지고 있습니다. 15노트…… 20노트……. 으아아! 액티브 핑입니다.

"뭐야? 어뢰인가?"

함장석에서 벌떡 일어선 아키요시가 현측 난간으로 뛰어나갔다. 푸른 바다 너머를 노려보았지만 물 속에는 아무것도 보이지 않았다. 그리고 함교에서는 비상사태를 알리는 사이렌소리가 요란하게 울려퍼졌다.

─어뢰 경보! 어뢰 경보! 거리 600미터! 침로는 본함을 향하고 있습니다!

"이럴 수가……. 기관 전속! 우현 전타!"

아키요시가 허둥거리며 명령을 내렸다. 정지상태이던 우라가함이 속력을 내는 데는 시간이 필요했다. 지금처럼 어뢰에게 측면을 노출시킨 상태에서 얻어맞으면 피해는 돌이킬 수 없었다.

"어떻게 어뢰가……. 설마 저곳에 한국 잠수함이 있나?"

함이 차츰 속력을 얻고 급선회 기동에 필요한 가속을 얻기까지의 짧은 시간이 마치 하룻밤처럼 길게 느껴졌다. 그리고 우라가함이 선회를 시작하는 순간 아키요시는 수면 아래로 빠르게 쇄도하는 검은 그림자 하나를 발견할 수 있었다. 그것을 본 부장이 비명을 질렀다.

"함장! 어뢰입니다! 대잠헬기를 호출할까요?"

"아냐! 어뢰가 아니다. 맙소사! 저건 침저식 호밍 기뢰다……."

아키요시 이좌가 머리를 감싸쥐었다. 이렇게 가까운 곳에서 어뢰를 쏠 만한 잠수함은 없었다. 그렇다면 그것은 기뢰였다. 그것도 어뢰 같은 기뢰, 즉 침저식 호밍 기뢰였다. 아키요시는 말문이 막혔다.

우라가함도 그것과 비슷한 기뢰를 탑재하기 때문에 아키요시도 잘 알고 있었다. 그것은 미 해군이 사용하는 캡터(Captor Mk60) 기뢰와 같은 방식인데, 내부에는 폭약 대신 Mk-46 어뢰가 들어 있다. 그리고 이 기뢰는 부설된 후 음향센서를 이용해 적함이 발견되면 어뢰를 사출해서 공격한다.

－거리 150미터!

전투정보실에서 상황을 보고하는 수측장의 목소리가 비명을 지르듯 스피커에서 울려퍼졌다. 속도가 느린 우라가함은 아직도 선회를 마치지 못했다. 그리고 바로 눈앞에서 수면 아래로 진공청소기에 빨려 들어오는 것처럼 쇄도하는 어뢰의 검은 그림자를 볼 수 있었다.

"안 돼!"

아키요시 이좌의 절규가 공허하게 메아리쳤다. 그리고 목소리가 채 끝나기도 전에 거센 충격이 우라가함을 휘감아버렸다.

한국 해군의 K-761 신형 침저기뢰에서 발사된 어뢰는 해상자위대도 사용 중인 Mk-46이었다. 그러나 이 기뢰는 캡터 기뢰와 달랐다. 덮개를 뺀 나머지 본체가 뻘 바닥을 스스로 파고들 수 있도록 설계된 이 기뢰는 소해함의 사이드 스캔 소나나, 가변심도소나, 혹은 수중카메라 등 그 어느 것으로도 발견하는 것이 불가능에 가까웠다.

탄두 중량은 43kg으로, 잠수함에서 발사하는 중어뢰보다 위력이 약하지만 수상함정에도 치명적인 피해를 입힐 수 있었다. 1.5미터 두께의 물이 충진된 40밀리 강철이중선체를 꿰뚫는 것이 가능한 위력은 구 소련의 복각(腹脚)식 대형 원잠을 파괴할 수 있도록 만들어진 것이었다.

—콰쾅!

선체 중앙부에서 조금 뒤쪽, 보조기계실이 위치한 하부 선체를 관통한 어뢰가 폭발하자 걷잡을 수 없이 침수가 일어나기 시작했다. 승무원들이 아우성을 치며 뛰어다녔다.

아키요시는 그런 승조원들을 진정시키며 침수에 대비하도록 했다. 그러나 어뢰의 위력이 약한지 우라가함이 침몰할 기미는 아직 보이지 않았다. 아키요시가 안도의 한숨을 내쉰 순간이었다.

그런데 갑자기 조명이 모두 꺼졌다. 각종 컨솔에서도 전원이 나가고 말았다. 아키요시가 이게 무슨 일이냐고 호통을 치는 동안 초급간부 하나가 물에 흠뻑 젖은 채 함교로 달려와 보고했다.

"보조기계실 침수! 전원이 차단됐습니다!"

"맙소사……."

아키요시는 지금까지보다 훨씬 더 깊은 절망의 나락으로 빠져들고 말았다. 주 엔진과 연결된 발전기, 그리고 배전기들이 들어찬 보조기계실이 침수되자 함으로 배급되는 모든 전원이 차단된 것이다.

현대의 모든 군함이 그렇듯 우라가함도 소나와 기뢰전 장비들을 가동하는 데는 전력이 필수적이다. 전원이 끊어진 군함에서 사용할 수 있는 장비는 아무것도 없었고, 우라가함은 무용지물이나 다름없었다.

9월 14일 18:52   지바(千葉)현 다테야마(館山)시 남서쪽 24km
한국 해군 잠수함 나대용

"우치적이 침로 백칠십공(1-7-0)을 잡고 있습니다. 속도 14노트. 해저 소음이 너무 많아 더 이상 자세히 파악하기는 어렵습니다."

음탐장 김선욱 상사가 혀를 내두르며 헤드폰을 벗었다. 그러고는 인상을 쓰면서 귀를 후비기 시작했다. 김승민 대위가 잠시 헤드폰을 써보니 사방에서 들려오는 각종 잡음이 거의 폭뢰 공격을 받을 때 듣던 소음 수준이었다. 김승민은 이런 소음 속에서 동료 잠수함의 움직임을 파악하는 김선욱 상사가 존경스러울 정도였다.

"우치적함이 너무 서두르는 것 같습니다. 항공기 초계구역을 거의 다 벗어나는 것 같은데 말입니다."

"우리 때문이야. 만약 발견되더라도 우치적 쪽으로 대잠망을 유인할 생각인 거지."

김승민 대위의 의문에 함장이 조용히 대꾸했다. 대잠초계기들이 투하한 다이캐스 부이에서 발하는 탐신음의 간격이 점점 더 벌어지고 있었다. 함장이 한 말처럼 우치적은 대잠초계기들을 몰고 남쪽으로 달려가고 있었다.

'메라세만 벗어나면……'

김승민이 조용히 중얼거렸다. 보소반도에서 시작해 남서쪽으로 15,000미터 가량 이어진 해저능선이었다. 도쿄만의 외곽 중에서도 보소반도와 오오시마라는 섬을 감싸고 있는 마지막 해저장애물이었다.

이제 나대용함은 다시 심도를 높여 불과 80미터 정도의 이곳 해저를 조심스럽게 빠져나가고 있었다. 측심기를 사용하고 싶어 이찬복 소령이 안달했지만 결국 측심기는 사용하지 못했다. 측심기에서 쏘아지는 낮은 레벨의 초음파라도 적에게 탐지될지 모른다는 두려움 때문이었다.

그러나 이대로 가다가 잘못하면 해저암초에 부딪힐 우려가 있었다. 아무리 관성항법장치에 의존한다고 해도 오차가 많을 수밖에 없다. 더욱이 요코스카 입구를 빠져나온 이래로 나대용함은 스노팅은커녕 항법장치를 한 번도 보정하지 못했기에 이찬복 소령은 더욱 초조할 수밖에 없었다.

지상전에서는 아무리 낮은 고지라도 전술적으로 중요한 가치를 지닌다. 적의 움직임을 쉽게 지켜볼 수 있을 뿐만 아니라 유리한 방어기지를 제공하기 때문이다. 또한 아군 병력이나 장비를 숨겨둘 수도 있다. 이 고지 주변을 제대로 파악하지 못한 적이 접근할 경우 숨겨둔 병력을 동원해 기습을 가할 수도 있다. 그래서 육군에서는 고지에 참호를 구축하고 반대편에 은폐시설을 구축하는 등 고지의 가치를 높이 평가하고, 또한 적극적으로 활용한다.

바다도 얼핏 비슷하다. 잠수함이 주역으로 등장하는 잠수함전에서 상대가 잠수함이든 수상함이든 일단 대양으로 나가면 보다 더 먼 거리에서 적을 탐지하는 소나의 능력이 중요시된다. 하지만 대륙붕같이 수심 200미터 미만의 천해작전에서는 수중지형 그 자체가 잠수함전에서 가장 중요한 요소다. 수중지형을 제대로 파악하고 이용하는 쪽이 전투에서 훨씬 유리해진다.

천해작전이 중시되면서 미국과 일본은 초단파를 이용해 해저지형을 3차원으로 실측할 수 있는 음향측량함을 앞다투어 건조했다. 천해

작전에서 차지하는 해저지형의 비중이 그만큼 중요하기 때문이었다.

"이상한데요? 우치적함이 속도를 내고 있습니다."

"무슨 일인가?"

김선욱 상사 옆으로 함장이 다가와 소나 디스플레이를 주의 깊게 살펴보았다. 우치적함이 지나치게 빠른 속도를 내고 있었는데, 침로도 급격히 바뀌어 있었다.

"제기랄! 저건 단순히 증속하려는 게 아닌 것 같다. 뭔가로부터 회피하려는 거다."

우치적함이 속도를 낸다고 불편하게 생각하고 있던 김대헌 중령이 그제야 뭔가 이상한 기분이 든 것과 동시였다. 김선욱 상사의 고함소리가 이어졌다.

"함장님. 방위 백십공(1-1-0)에 새로운 음문입니다. 어뢰 같습니다! 본함을 향하고 있습니다!"

"이런, 망할!"

김대헌 중령이 당혹감을 감추지 못했다. 어뢰를 탐지했다 하더라도 지금 나대용은 그것을 회피 기동할 만한 배터리 여력이 남아 있지 않았다. 이러지도 저러지도 못하고 김대헌 중령이 입을 악물었다. 속이 바짝바짝 타들어가고 있었다.

"대응어뢰를 쏘겠습니다, 함장님."

"어뢰를 요격하자는 건가?"

김승민의 의견에 함장이 확인을 요구했다. 이렇게 소음이 많은 해저에서 상대방 어뢰를 요격하는 것은 결코 쉽지 않은 일이었다.

"어뢰를 탐지한 방향으로 일단 발사를 해두어야 합니다. 놈이 유선유도를 지속하는 것만큼은 어떻게든 막아야 합니다."

"좋다. 급속발사 준비해!"

"급속발사!"

공격 컨솔의 SUT 어뢰 한 발이 발사 가능이라는 메시지가 뜨자마자 김승민이 버튼을 눌렀다. 유선유도선을 끌고 빠져나가는 SUT 어뢰로 침로와 추적프로세서의 패턴 설정을 진행하는 김승민의 손놀림이 바빠졌다.

"어뢰 접근 중, 거리 2,000!"

"기관 정지!"

김대헌 중령은 피할 생각이 없었다. 아니, 피한다고 피할 수 있는 것도 아니었다. 나대용함의 주기관이 멈추며 선체가 침묵 속으로 빠져들었다.

"앗! 추정방위 백십오(1-1-5)도, 잠수함입니다. 증속하고 있습니다!"

"됐어. 놈이 우리가 쏜 어뢰를 발견한 거야!"

김대헌 중령이 손바닥을 쳤다. 그러나 김선욱 상사의 표정은 점점 더 어두워지고 있었다.

"우리도 따라가야 합니다. 계속 음문이 약해지고 있습니다."

"이런, 제길! 놈이 그늘에 숨는 거다! 거리 때문이 아니라 지형 때문이다."

일본 잠수함의 추정방위를 계산한 김대헌 중령이 각도계로 직선을 죽 그었다. 메라세의 남동쪽 끝부분, 그곳이 물위에 있다고 해도 깊은 골짜기이자 가파른 절벽이었다. 김승민이 다가가 해도를 살폈다. 김승민도 이제야 일본 잠수함이 갑자기 소음을 줄일 수 있었던 이유를 알 것 같았다.

일본 잠수함은 가로막힌 해저능선에 있다가 떠올라 이쪽을 향해 어뢰를 쏜 다음, 다시 심도를 낮춰 안전잠항심도 한계까지 잠항하는 수법을 사용한 것이다. 그러면 능선에 가려서 상대편 소나에서는 탐지하기가 불가능해진다. 먼저 쏘고 도망간 것이다. 약올라도 어떻게 할 수 없었다. 그것은 분명 실력이었다.

"어뢰 접근 중. 거리 1,000. 방위 공구십공(0-9-0)!"

"기만체 준비하고 심도 변경 대기해!"

"기만체 대기!"

사령탑 후방에 장착된 TAU-2000 기만체 발사튜브의 외부 해치를 열고 김승민이 함장의 명령을 대기했다. 어뢰가 접근하는 것을 기다리는 시간이 마치 1년보다 더 긴 것처럼 아득하게 느껴졌다. 등줄기가 젖어버린 김승민에게 오랫동안 기다렸던 함장의 명령이 떨어졌다.

"기만체 발사! 주 밸러스트 충수!"

마지막 순간이었다. 나대용함에서 TAU-2000 기만체가 솟는 것과 동시에 이찬복 소령이 주 밸러스트의 벤트를 완전히 개방했다. 물거품소리가 욕조에 떨어지는 물소리처럼 요란하게 들리며 나대용함이 하강을 시작했다.

"어뢰 접근 중! 거리 300!"

보고하는 최지훈 중사의 목소리가 가늘게 떨렸다. 마치 엘리베이터가 덜컥 내려가듯 나대용함이 더욱 깊은 심도로 고꾸라지듯 내려갔다. 심도계는 이미 300미터를 넘어서 계속 내려가고 있었다. 나대용함의 안전잠항심도를 넘어서는 것이었다. 붉게 표시된 심도계의 안전눈금을 가볍게 넘어선 바늘은 멈출 줄 모르고 계속 내려가고 있었다.

"어뢰 접근거리 200! 아…… 어뢰 한 발이 기만체 쪽으로 빠져나갑니다. 한 발은 회피 성공입니다!"

"아! 두 번째 어뢰는?"

작은 탄성이 김대헌 중령의 입에서 튀어나왔다. 그러나 김선욱 상사는 더욱 긴장하고 있었다.

"기만체에 유인되지 않았습니다. 본함으로 계속 접근 중입니다. 거리 150!"

"이이……."

나대용함이 움직이지 않았기에 어뢰의 접근속도는 나대용함이 지금까지 헤쳐온 다른 위기 때와 비교해서 훨씬 더 빨랐다. 속도가 55노트가 넘는 89식 신형 어뢰가 내뿜는 강력한 열기관의 엔진음이 이제 선체로도 직접 들릴 정도가 되자 전정실의 승조원들이 바짝 얼어붙었다. 김대헌 중령도 반사적으로 잠망경통 가까이 달라붙고 있었다.

그러나 심도가 증가하는 것과 동시에 89식 어뢰의 속도도 점점 줄어들고 있었다. 이른바 열기관을 사용하는 어뢰는 속도가 빠른 데 반해 심도가 깊어질수록 수압 때문에 배기가스를 방출하는 것이 어려워진다. 그만큼 속도가 줄어들 수밖에 없었다.

"어뢰 접근거리 50!"

"으아아~."

어뢰의 날카로운 고주파 탐신음이 나대용함의 선체를 때리는 것을 느끼며 승조원들이 전율하는 순간이었다. 어뢰는 요란한 엔진음을 내며 나대용함 머리 위로 지나쳐 상승하기 시작했다.

"어…… 어떻게 된 거야?"

"모르겠습니다. 어뢰가 빗나갔습니다. 계속 상승 중입니다."

김선욱 상사가 뛰는 가슴을 주체하지 못하며 간신히 보고했다. 아슬아슬하게 빗나간 어뢰는 계속 수면 쪽으로 움직이고 있었다. 액티브 탐신을 하는 어뢰가 마지막 순간에 빗나간 것이 도저히 믿어지지 않았고, 더욱이 나대용함에서 어뢰 두 발을 모두 피했다는 것도 마찬가지였다. 이해할 수 없었음에도 감격이 전투정보실 요원들을 휘감았다.

"이런…… 맙소사! 밸러스트 당장 불어!"

그제야 김대헌 중령이 나대용함의 심도가 계속 내려가고 있는 것을 깨달았다. 심도계 눈금이 400을 넘어서 있었던 것이다.

"밸러스트 불어!"

이찬복이 재빠르게 밸러스트 조작을 지시했다. 200기압에 가까운 예비압축공기가 나대용함의 주 밸러스트 탱크로 주입되면서 거센 소리와 함께 나대용함의 침강속도가 서서히 줄어들었다. 강한 수압으로 찌그러들기 시작한 선체 이곳저곳에서 고장력강판이 뒤틀리는 소리가 몸서리치도록 흉측하게 들리고 있었다.

"으아! 부력을 회복했습니다. 상승합니다!"

"심도 200까지 올라가. 자칫 수면 위로 튀어나가지 않게 주의하고!"

한숨을 몰아쉬는 이찬복에게 함장의 고함소리가 다시 이어졌다. 양성부력이 강한 상태에서 잠수함은 심도를 유지하지 못하고 자칫 수면 위로 튀어나갈 수도 있었다.

"마지막 어뢰에는 정말로 당하는 줄 알았습니다. 어떻게 우리를 피해갔을까요? 이해하기 어렵습니다."

밸러스트 조작을 마치고 안도의 한숨을 내쉰 이찬복 소령이 함장 쪽으로 고개를 돌렸다.

"어뢰가 기포 덩어리를 나대용함과 혼동한 것 같은데……."

상황을 더듬어보는 김대헌 중령도 머리가 혼란스러울 뿐 이해하기는 어려웠다. 소나에 수괴 덩어리가 잠수함으로 보이는 것처럼 기포도 역시 음파를 난반사하고 산란하여 소나에 많은 영향을 준다.

어쩌면 급속잠항하면서 밸러스트에 남아 있던 공기가 일제히 빠져나간 것이 그와 같은 현상을 만들어냈는지도 몰랐다. 하지만 김대헌 역시 자신할 수는 없었다.

"아! 알 것 같습니다. 해도에 정답이 적혀 있습니다."

해도를 살피던 김승민이 현재 나대용함이 있는 곳 근처에서 이상한 영문 문장을 발견하고 미소지었다.

"Overfalls occur in some season. 오버폴은 단조입니다. 파도가 어찌나 강력했던지 저 어뢰는 해수면까지 달려간 것입니다."

단조(湍潮)는 해류가 해저지형이나 다른 해류와 부딪쳐서 생기는 해면의 물보라 파도다. 도쿄만은 쿠로시오 해류가 강하게 흐르는 중심선 서쪽에 있고 이곳 해저지형이 복잡하니 그런 현상이 일어난 것이다. 음탐장을 괴롭혔던 그 소음이 반대로 나대용함을 어뢰에서 구한 셈이었다. 함장도 조금 느긋해졌다.

"하하! 그 어뢰도 파도가 너무 시끄러워서 참을 수가 없었던 모양이군. 그런데 우치적은 어떻게 됐나?"

"우…… 우치적이……."

음탐장 김선욱 상사였다. 긴장이 빠져 몸이 축 늘어져 있다가 갑자기 들려온 폭음에 놀란 김선욱이 음문을 확인했다. 그리고 잔뜩 겁에 질려 말문을 제대로 열지 못했다.

"왜 그래? 음탐장!"

말을 더듬는 김선욱 상사를 함장이 다그쳤다.

"우치적이 어뢰에 맞았습니다. 방위 백칠십사(1-7-4)도! 5,000미터 정도입니다."

승조원들은 모두 쇠망치로 머리를 두들겨 맞은 기분이었다. 김대헌 중령이 잠시 자리에서 비틀거리다가 털썩 주저앉았다.

9월 14일 18:58   지바(千葉)현 다테야마(館山)시 남서쪽 28km
한국 해군 잠수함 우치적

"수소탱크를 떼어내!"

선체가 심한 충격을 받았고 우치적함은 하부 선체에 폭발성이 강한 수소탱크를 탑재하고 있었다. 고압의 액화산소탱크도 떼어내면 좋겠지만 212급과 달리 214급의 산소탱크는 압력선체 안쪽, 하갑판에 있었기에 떼어버리는 것이 불가능한 구조였다.

"긴급부력발생기 작동시켜봐! 어서!"

"밸러스트가 완전히 깨졌습니다! 압축공기가 새고 있습니다!"

함장의 다급한 지시에 이진원 소령이 이리저리 애쓰고 있었지만 우치적함은 반응하지 않았다. 밸러스트 탱크가 손상되더라도 차라리 아래쪽이라면 부력을 회복하는 것이 가능하다. 그리고 위쪽이 터지더라도 구멍만 크지 않으면 압축공기를 더욱 강하게 집어넣어서 빠지는 양 이상으로 밀어넣으면 부상이 가능할 수도 있었다.

그러나 지금 우치적함은 전방 밸러스트 탱크 위쪽으로 거대한 파공이 생겼기 때문에 압축공기를 채워넣을 수가 없었다. 공기를 주입하는 족족 새버리기 때문에 더욱 치명적인 손상이었다.

이른바 안전탱크(Safety Tank)라 불리는 밸러스트를 제외한 예비부력을 사용할 수 있는 별도의 긴급부상용 탱크를 갖고 있는 잠수함도 있지만 우치적함에는 그런 안전탱크가 장비되어 있지 않았다. 수심 1,000미터가 넘는 급경사로 우치적함이 급속히 하강하고 있었다.

"긴급탈출을 시도할 수 있겠나?"

추정우 중령이 부장과 이진원에게 물어보았다. 그러나 본인도 이미 탈출 가능한 심도를 벗어났다는 것을 잘 알고 있었다. 심도계 눈금이 순식간에 300을 넘어섰다.

이진원 소령이 선체 중앙에 박힌 최대잠항심도를 체크할 수 있는 안전바를 확인하고서는 고개를 도리질쳤다. 강한 수압으로 수축된 선체의 원형늑골이 안전바에 착 달라붙어 있었다.

아직도 우치적함이 가라앉는다는 것이 실감나지 않았다. 점점 더 기울어지는 선체는 전방 밸러스트 탱크에 물이 완전히 들어차자 함수 쪽을 아래로 급강하하듯이 가라앉고 있었다. 기울어진 전정실에서도 승조원들이 중심을 잡으려 애썼지만 어뢰실 쪽과 이어진 벽면을 향해 쭉 미끄러져 내려가기만 했다.

밸러스트를 맡은 요원 하나는 끝까지 자리를 포기하지 않으려고 의자와 컨솔에 몸을 간신히 걸친 채 버티고 있었다. 하지만 그가 기기들을 조작할 수는 없었다.

"미안하다, 작전관. 집으로 함께 돌아갈 수 있었는데……."

추정우 중령이 상처 입은 어깨를 어루만지며 이진원에게 말을 건넸다. 그러나 이진원 소령은 씩 미소만 지을 뿐 아무런 대꾸도 하지 않았다. 오히려 죽음을 앞에 두고도 더욱 차분해지는 것 같은 기분에 스스로 신기해하고 있었다.

서타스(SURTASS)선이었을까? 아니면 수중고정소나망(SOSUS)에 걸린 것일까. 추정우 중령은 가늠해보려고 했지만 어느 쪽인지 확신할 수는 없었다.

그러나 다만 일본 잠수함에서 어뢰를 쏘았지만 그것이 그쪽에서 먼저 탐지한 것이 아니라는 것만은 자신할 수 있었다. 도쿄만을 빠져나오면서 추정우는 몇 차례나 그 일본 오야시오급을 먼저 탐지했고 그쪽에서는 우치적함을 발견하지 못했다.

"차라리 그때 공격할 걸 그랬습니다."

"글쎄, 아마 성공했을 거야……."

그렇게 말한 추정우 중령은 거리를 훨씬 띄운 채로 천천히 움직이던 항적 하나를 어렴풋이 떠올렸다. 아마도 그것 때문에 우치적이 이런 상황이 된 것 같아 입술을 깨물었다.

서타스선이란 히비키급 음향채집선을 일컫는다. 선형이 쌍동선인 히비키급은 선체 후방에 대형 윈치를 탑재하고 여기에 케이블에 연결된 수동소나를 수십 킬로미터까지 드리울 수 있었다.

"함장님, 우리 함은 멋지게 활약하지 않았습니까?"

"그럼! 그렇고 말고……."

추정우 중령이 곧바로 긍정했다. 아쉬움은 있지만 후회는 남아 있지 않았다.

"제기랄! 졸라게 튼튼하군요. 우리 배는……."

선체가 심하게 비틀리며 금속성 끵음이 요란하게 울려퍼졌지만 우치적함은 아직도 끄떡하지 않는 것 같았다. 순간 이진원 소령은 죽는다는 것이 소풍처럼 느껴졌다. 처음 잠수함 근무를 지원하고 낯선 곳으로 들어가는 것에 희열을 느꼈던 것처럼, 또 다른 세상이 있다면 역시 새로운 흥분으로 맞이할 수 있을 것 같았다.

그때였다. 강한 물안개가 피어오르는 것 같았다. 시야를 뿌옇게 흐린 물안개를 천천히 느끼며 이진원 소령은 마지막으로 추정우 중령 쪽으로 고개를 돌리려 했다. 그러나 너무도 힘이 들어 손가락 하나 까딱하지 못할 것만 같았다. 그리고 의식은 심연 속으로 빠져 들어갔다.

9월 14일 19:04   지바(千葉)현 다테야마(館山)시 남서쪽 25km
한국 해군 잠수함 나대용

─끼우웅~.

잠수함이 죽어가며 절규하는 소리가 나대용함 내부에 들려왔다. 그 소리는 압력선체가 파괴되며 내는 소리라는 것을 나대용함 승조원들 대부분은 잘 알고 있었다.

김승민 대위는 그것이 미 해군 잠수함 쓰레셔(Thresher)라고 생각했다. 대서양의 심해저에 침몰했던 쓰레셔는 당시 인근에 있던 잠수함 구조함에서 압궤 상황을 소나로 녹음했다. 그리고 녹음된 음향은 이후 잠수함 학교에서 승조원들의 교육에 사용되었다. 모든 승조원들이 잠수함의 안전과 각자의 임무에 대해 경각심을 불러일으키도록 훈련과정에 들어 있기 때문이다.

그러나 지금은 달랐다. 그때 들었던 것은 강의실의 오디오와 열악한 스피커였지만 지금 승조원들은 파괴음이 나대용함을 두들기는 소리를 직접 듣고 있었다.

우치적함이 최후를 맞는 소리가 바다를 두드리고, 그것이 다시 나대용함의 압력선체를 두들겼다. 고래가 울부짖는 것 같은 끔찍한 괴성이 울려퍼지자 최지훈 중사가 고개를 숙인 채 어깨를 들썩였다.

압력선체가 수압에 마지막까지 저항하는 소리, 그것은 단순히 잠수함의 표면을 덮는 고장력강과 함정의 용골과 늑골들이 뒤틀리는 소리가 아니었다. 그것은 우치적함의 승조원들이 내는 단말마의 비명소리였다.

"선체에…… 침수가 시작됐습니다……"

보고하는 김선욱 상사도 너무나 생생하게 들리는 소나음에 이를 딱딱거리며 떨고 있었다. 수압에 찢어진 압력선체로 곳곳에 파공이 생겨났고 그 틈으로 소방펌프의 압력보다 훨씬 강력한 60기압 이상의 물이 들어차고 있었다. 그 정도의 물줄기에 얻어맞으면 인체는 그 충격을 이겨내지 못한다.

물줄기 소리는 우치적함이 점점 더 가라앉으며 더욱 강해졌다. 그리고 김선욱 상사는 그 소음 속에서 혹시나 있을지 모를 승조원들의 흔적을 알아내려고 애썼다. 이유는 없었다. 단지 그것이 우치적함의 승조원들이 보내오는 마지막 유언처럼 느껴질 것 같아서였다.

"함장님…… 더 이상 듣지 못하겠습니다."

소나로 듣지 않더라도 선체를 통해 전달되는 우치적함의 최후는 너무나도 비참했다. 김선욱 상사가 머리에 쓰고 있던 소나 헤드셋을 내려놓자 김대헌 중령도 묵묵히 지켜볼 뿐 아무런 대답도 하지 않았다.

그런 음탐장을 김승민 대위가 어깨를 다독거리며 애써 위로했다. 하지만 축 처진 그의 어깨는 점점 더 떨리고 있었다.

"우치적은 정확한 선택을 했습니다. 우리 함정이 기동할 수 있는 공간을 확보해주려다 당한 것입니다. 위험을 먼저 경고하지 못한 제 책임입니다."

눈가가 촉촉하게 젖은 김선욱 상사가 허공을 응시하고 있었다.

There were three of us this morning I'm the only one this evening but I must go on; the frontiers are my prison.

작은 소리로 노래를 부르다가 목이 메인 이찬복 소령이 눈물을 줄줄 흘렸다. 그러나 이찬복은 고개를 번쩍 들고 다음 가사를 불렀다. 얼마 전에 70년대 팝송 매니아인 이찬복이 이 노래를 시디로 들려준 적이 있어 김승민도 내용을 조금 알고 있었다.

Oh, the wind, the wind is blowing, through the graves the wind is blowing, freedom soon will come; then we'll come from the shadows.

음유시인 Leonard Cohen이 부른 「The partisan」은 2차대전 당시 독일에게 침략당한 프랑스에서 전개된 레지스탕스 활동이 주요한 소재다. 영어 가사에는 없지만 이 노래 후반부의 프랑스어 가사에서는 좀더 직접적으로 독일과 프랑스를 언급하고 있다. 노래 속의 주인공은 레지스탕스 활동 중에 동료들과 조력자를 잃는 좌절을 겪는다. 그러나 주인공은 자유에 대한 희망을 끝까지 버리지 않는다.

나라를 지키기 위해서는 큰 희생이 따른다. 그러나 지키지 못하면 이 노래 가사나 무수한 역사를 통해 알 수 있듯이 더 큰 희생을 치러야 하는 법이다.

이제는 동료 우치적함도 없었다. 나대용함은 정상적인 방법으로는 도저히 일본을 상대할 수 없는 한국을 대표해 홀로 싸우게 되었다. 그러나 결코 좌절하지 않을 것임을 김승민은 알고 있었다. 우치적함 승조원들이 잠수함 우치적을 무덤 삼아 바다에 누웠듯이, 언제고 나대용함 승조원들도 같은 길을 갈 수 있었다. 김승민은 어쩌면 그 순간이 지금 다가오고 있는지도 모른다고 생각했다.

"작전관! 추정방위로 어뢰를 모두 발사한다!"

분노한 김대헌 중령의 눈동자가 이글거렸다. 다른 승조원들처럼 감상에 빠져 있을 때가 아니었다. 지금은 분노할 때였고, 복수할 때였다.

그러나 일본 잠수함의 위치도 제대로 탐지하지 못한 상황에서 어뢰를 쏘는 것은 이쪽 위치가 폭로되기 때문에 자살행위나 다름없는 일이었다. 그래서 김승민이 함장에게 다시 생각할 여유를 주기 위해 확인을 요청했다.

"발사관 모두를 말입니까?"

"그래! 당장 쏴. 급속발사해!"

함장의 명령이 무엇을 뜻하는지 함장도 잘 알고 있는 듯 입술을 깨물었다. 그렇게 함장의 마음은 변하지 않았다. 김승민도 이렇게 당할 수는 없다는 생각이 논리적인 사고를 앞질렀다. 냉정히 생각할 겨를을 갖기도 전에 김승민은 공격 컨솔에서 나대용함의 어뢰발사관 모두를 활성화시켰다.

"남은 어뢰는 다섯 발뿐입니다. 백상어 두 발, SUT 세 발입니다!"

"좋아. 충분하다. 백상어와 SUT 섞어서 침로 10도 간격으로 발사한다!"

"알겠습니다, 함장님!"

공격 컨솔에 어뢰 다섯 발 모두가 발사 가능한 것을 알리는 메시지가 뜨고 김승민은 각각의 어뢰에 침로를 설정했다.

"음탐장. 도와주십쇼. 백상어와 SUT를 섞어서 배열하려고 합니다. 음탐장이 SUT를 맡아주십시오!"

"알겠습니다, 작전관님!"

김승민은 나머지 어뢰를 음탐장에게 부탁하고 안쪽으로 발사될 백상어 어뢰 두 발의 침로를 입력하기 시작했다. 일정거리를 항주하고 나서 액티브 모드로 공격행동을 취하도록 설정한 김승민은 다시 한번, 어뢰가 표적을 탐지하지 못하더라도 수색을 계속 반복하도록 입력을 마쳤다.

한편 주소나 컨솔 중 메인 컨솔을 최지훈 중사에게 맡기고, 그 옆자리로 자리를 바꿔 앉았다. SUT 어뢰들은 백상어 어뢰 사이로 각도가 나누어져 도합 40도 각도로 부채꼴 모양으로 산개할 수 있었다.

"전 발사관 발사준비 완료됐습니다!"

"전 발사관 발사해!"

땀을 뻘뻘 흘린 김승민 대위가 이마를 닦았다. 함장의 명령과 함께 발사관 버튼을 누르는 김승민의 손가락이 축축하게 젖었다. 나대용함 승조원들의 분노를 가득 실은 어뢰 다섯 발이 차가운 물 속으로 쏘아져 나아갔다.

9월 14일 19:16   지바(千葉)현 다테야마(館山)시 남남서 21km
일본 해상자위대 잠수함 우즈시오

"좀더 유선유도를 할 수 있었는데!"

야마모토 이좌가 아쉬운 듯 손바닥을 주먹으로 내리쳤다. 한 놈은 잡았지만 또 한 척도 보낼 수 있었다. 그러나 그렇게 신속하게 대응어뢰를 쏴서 유선유도를 방해할 줄은 생각지도 못했다. 잠수함 우즈시오는 나대용함에서 발사한 어뢰를 피하기 위해 유선유도를 차단하고 숨어야 했다.

"그러게 말입니다. 두 발 모두 피하다니…… 운이 좋은 놈들입니다. 다음엔 우리도 놈들이 사용한 전술을 써먹읍시다."

화가 났지만 지능적이라고 생각했는지 부장 다케오 삼좌도 어뢰를 피할 때의 아슬아슬한 순간을 떠올리며 고개를 도리질쳤다. 즉각 심도를 낮춰 그늘로 피했기에 망정이지 한국 해군이 사용하는 SUT 어뢰의 탐지거리에 들어가면 회피를 자신할 수 없었다.

다케오는 한국 잠수함이 한 것처럼 우즈시오함이 긴박한 공격 상황을 맞았을 때 같은 방법으로 대응하는 게 좋겠다고 생각했다. 고교생이었을 때 시험시간에 커닝하는 것을 잠깐 떠올렸지만 원래 전쟁에서는 특허도 없고 커닝도 없는 법이었다. 좋은 거라면 훔쳐서 가지는 자가 이기는 게 원래 전쟁이니까.

"수뢰실, 재장전은 어떻게 됐나?"

"재장전 네 발 완료됐습니다. 남은 두 발은 진행 중입니다."

"좋아. 즉각 심도 50으로 올라간다. 히비키로부터 지원을 받도록 하자고."

"알겠습니다, 함장."

다케오 삼좌가 기운차게 대답하며 다시 밸러스트를 조작하도록 지시했다. 공격헬리콥터만 능선에 숨어서 대전차 미사일을 날리는 것이 아니었다. 우즈시오도 그와 같은 전술을 똑같이 시도할 수 있었다. 선무장은 약은 전술이라고 툴툴거렸지만 전쟁과 전투에서 룰이라는 것은 필요없었다.

음향채집선 히비키에서 모든 것을 추적하고 우즈시오는 단지 어뢰만 발사하면 되는 일이었다. 너무나도 쉬운 전술에 지금 한국 잠수함들은 완전히 함정에 빠진 것이었다.

"이번에는 놈에게 네 발을 쏘도록 한다. 유선유도가 차단되더라도 최종탐지위치에 자체유도로 명중할 수 있도록 어뢰를 미리 세팅하게!"

야마모토 이좌는 공격을 전담하는 선무장에게 다시 한 번 주의를 주었다.

"심도 상승합니다. 현재 심도 120!"

"통신케이블 풀어!"

야마모토는 심도보고를 받자 곧바로 통신부이를 사출하도록 지시했다. 그것은 남동쪽으로 무려 30km나 떨어진 곳에 머물고 있는 음향채집선 히비키와 연결하기 위해서였다. 능선 뒤에 숨어서 한국 잠수함의 위치를 파악하기 어렵기도 했지만 현재 이 해역에서는 수중소음이 극심했기 때문에 잠수함의 소나는 별로 도움되지 않았다.

"함장. 히비키로부터 음향정보가 링크되고 있습니다. 어엇……."

통신장이 히비키함으로부터 전송된 링크 체계를 이용해 순식간에 방대한 데이터를 우즈시오함의 주 전투시스템으로 전송했다. 그리고 전술상황 디스플레이에 새로운 표적이 찍힌 것을 확인하자마자 기겁했다.

"어뢰입니다! 어뢰가 발사됐습니다. 두 발이 본함 쪽을 향하고 있습니다. 거리 5,000!"

어뢰는 메라세의 해저능선을 넘어 우즈시오가 있는 방향으로 넓게 펼쳐져 다가오고 있었다. 그 중 바깥쪽으로 치우쳐 있던 두 발이 그대로 직진할 경우 우즈시오함 위치를 정확히 가로지르는 침로였다.

"맙소사! 피해야 합니다, 함장."

"심도 조정한다. 300까지 내려간다!"

당황한 야마모토가 진땀을 뻘뻘 흘릴 정도로 서둘렀다. 어뢰 다섯 발을 앞에 두고 태연할 수는 없는 일이었다.

"으악! 어뢰에서 탐신했습니다!"

"이런……."

카와이 수측장이 놀라서 소리쳤다. 어뢰의 탐신소나는 거리에 따라

굴절하기는 하지만 고주파 대역이기 때문에 직진성이 강하다. 어뢰의 탐신음을 직격으로 포착했다는 것은 이미 우즈시오함과 한국 잠수함이 발사한 어뢰 사이에 능선이 가로막히지 않았다는 뜻이었다.

"함장. 심도를 낮추는 것은 자살행위입니다. 차라리 부상하는 쪽이……."

"맞습니다, 함장. 놈들은 어뢰의 탐신소나로 우리를 잡으려고 하는 것입니다. 심도를 낮춘다 해도 피할 수 없을 것 같습니다."

다케오 삼좌의 의견에 선무장도 맞장구치자 함장의 표정이 잔뜩 곤혹스런 표정이 되었다. 그러나 카와이 수측장의 마지막 보고가 우유부단하던 야마모토 이좌의 갈등에 쐐기를 박았다.

"왼쪽에 있던 어뢰 두 발이 침로를 바꿉니다. 본함으로 향하고 있습니다!"

"부상한다!"

야마모토가 큰 소리로 부상을 명령했다. 어뢰가 탐지한 우즈시오함의 위치가 다시 한국 잠수함에게로 피드백된 것이었다. 나머지 어뢰 중 두 발이 정확하게 우즈시오함으로 방향을 바꾸자 야마모토 이좌의 안색이 하얗게 질려버렸다.

9월 14일 19:18 가나가와(神奈川)현 요코스카(横須賀)시 남쪽 52km 해상자위대 대잠초계기 P-3C 오라이언, 썬더 21

─대잠전지휘소에서 긴급연락입니다. 현재 우즈시오가 한국 잠수함으로부터 공격받고 있답니다. 추정위치는 J-3구역 동쪽입니다!

"알았다. 해당 위치로 이동한다."

카미오카 삼좌가 조종간을 기울이며 고도를 더 상승시켰다. 저고도에서 대잠작전을 해야 하는 대잠초계기의 특징상 야간작전은 위험부담이 컸다. 게다가 새벽부터 휴식을 거의 취하지 못했기 때문에 카미오카는 밀려오는 피로와도 싸워야 했다.

"부기장, 조종을 맡아줘."

"예. 잠시 쉬십시오."

후루가와 일위에게 인계한 카미오카는 조종간에서 손을 떼고 기지개를 길게 폈다. 1주일 동안 잠을 거의 못 잤다. 그리고 뒤척이면서 보낸 엊저녁의 짧은 잠. 그게 다였다. 이러다 졸다가 죽을 것 같다고 카미오카가 쓴웃음을 지으며 자조했다.

"택! 언제는 잠수함 작전구역으로 진입하지 말라더니, 다급할 때는 소용이 없군."

우즈시오는 카미오카가 강제부상시켰던 바로 그 잠수함이었다. 우습게도 지금 우즈시오가 대잠초계기를 잠수함 작전구역으로 불러들이고 있었다.

─파일럿. 택. 그러게 말입니다. 우즈시오가 비상통신부이를 쐈답니다.

"뭐? 비상통신부이?"

─그렇습니다. 어뢰가 접근 중이라는 보고입니다.

"뭐? 어뢰라고! 이번에도 또 어뢰를 요격해달라는 건가?"

고지마 일위의 이야기에 카미오카가 넌더리를 쳤다.

─장거리에서 어뢰를 쐈답니다. 어뢰를 요격해달라는 요청이 아니라 놈이 유선유도를 못하도록 잠수함 본체를 공격해달라고 합니다.

해자대의 잠수함이, 그것도 세계 최고 성능을 자랑한다는 오야시오급 잠수함이 한국 잠수함에 덜미를 잡힌 것도 창피한 일인데, 게다가 대잠초계기에게 지원을 요청하고 있었다.

그러나 그것은 한편으로 해자대가 갖고 있는 크나큰 우위이기도 했다. 잠수함이 수면 가까이서 지속적으로 지상지휘소와 통신을 나눌 수 있다면 잠수함의 전투능력은 배가된다.

잠수함이 탐지한 정보를 지상으로 송신하고 아울러 대잠초계기나 다른 수상함정들이 수집한 정보들을 제공받아 훨씬 더 정확한 전술데이터로 공격에 임할 수 있었다. 또 그만큼 방어에도 유리했다. 우즈시오는 그 점을 충분히 이용하려는 것이었다.

"다급하니깐 별 짓을 다하는군. 어떡하지? 어뢰를 사용해야 하나?"

카미오카 삼좌가 고지마 일위에게 물었다.

―어뢰가 자칫 우즈시오를 공격할 수도 있습니다. 폭뢰를 쓰죠.

"좋아. 폭뢰 공격을 시도한다. 확실히 잡자."

―이번에는 숨통을 끊어놓읍시다.

지친 고지마 일위도 굳은 어조로 대답했다.

9월 14일 19:19 지바(千葉)현 다테야마(館山)시 남서쪽 25km
한국 해군 잠수함 나대용

"놈이 전속항주로 부상하고 있습니다. 충돌예정시간 135초!"

"수면 위로 올라간다고 어뢰를 피할 수는 없다."

김대헌 중령이 초조하게 전술디스플레이를 노려보았다. 김승민 대위가 직접 SUT 어뢰의 유선유도 모드를 조작하고 있었다. 나대용함의 주 소나에서 탐지된 이상 저 오야시오급 잠수함은 아무리 발버둥치더라도 SUT 어뢰를 떨쳐낼 수 없었다. 그것이 유선유도의 최대 장점이었다.

"방위 이백삼십공(2-3-0), 수면 위에 항공기 소음입니다!"

"젠장! 대잠초계기입니다!"

김선욱 상사가 보고하자 이찬복 소령이 낭패를 당한 듯 진땀을 흘렸다.

　"어떡합니까? 함장님. 우리를 발견했을 겁니다. 심도를 바꿔 피해야 합니다."

　"현 침로, 현 심도, 현 항주속도를 유지해!"

　"함장님."

　이찬복 소령은 결연한 함장을 지켜보았다. 지금 심도나 침로를 바꾼다는 것은 유선유도를 포기하는 것이나 다름없는 일이었다. 그렇다면 SUT 어뢰가 목표에 명중하는 것도 확률게임이 되어버린다. 김대헌 중령은 또다시 가능성에 매달리지 않을 것이라고 다짐했다. 나대용함이 피격되는 한이 있더라도 어뢰 유도를 중단하지 않을 작정인 것이었다.

　"알겠습니다. 침로 유지합니다."

　이찬복 소령이 굳은 표정으로 대답했다. 그리고 전정실의 다른 요원들도 그 의미를 깊이 이해하고 있었다. 어차피 나대용함이 이곳에서 벗어날 수 없다면 마지막 순간까지 일본 잠수함에게 치명타를 날려줄 것이라는 결연한 의지가 전투정보실을 가득 채우고 있었다.

　─쿠쿵!

　"으윽."

　거대한 충격이 나대용함을 때렸다. 그러나 이제는 아무도 긴장하거나 떨지 않았다. 제자리를 지키는 승무원들은 계속 터지는 폭뢰에 무감한 듯 침착한 표정으로 각자의 디스플레이에 집중했다.

　"유선유도 링크는?"

　"아직 이상 없습니다."

　충격이 가시자 김대헌 중령은 제일 먼저 김승민에게 어뢰의 유도상태를 물었다.

　"죽을 때까지 유선케이블을 잃지 마라! 알겠나?"

함장 말에 김승민은 입술을 굳게 다무는 것으로 대답을 대신했다.

ㅡ쿠쿵쿵!

"어이쿠!"

이번엔 훨씬 더 강력한 충격이었다. 김대현 중령은 자리에 주저앉았다가 곧 다시 일어섰다. 뭔가에 한 방 맞은 듯 머리가 어지러웠지만 지금 해야 할 일을 결코 잊을 수 없었다.

"2번 어뢰! 유선 링크 해제됐습니다. 자체추적 모드로 자동 전환됐습니다!"

"남은 시간은?"

"70초입니다!"

어뢰 공격을 전담한 김승민이 어뢰 한 발의 유도선이 절단된 것에 낙심했지만 곧이어 다른 한 발에 새로운 설정을 추가로 입력하기 시작했다. 언제라도 어뢰 유선유도가 차단되는 즉시 어뢰가 액티브 소나를 사용하는 능동유도방식으로 전환되는 것과 동시에, 일본 잠수함의 최종 위치와 어뢰가 계속 반복해서 탐색할 구역을 어뢰의 추적프로세서에 지정해주기 위한 것이었다.

"앗! 바로 머리 위에 폭뢰가 떨어지고 있습니다!"

김선욱 상사가 비명을 지른 것과 거의 동시였다. 전투정보실 바로 뒤쪽, 기관실 구역 바로 위에서 폭뢰 한 발이 폭발했다. 거대한 충격으로 김대현 중령이 자리에서 쓰러지고 전투정보실의 조명이 한꺼번에 꺼졌다.

"지금이다. 침로 변경한다. 현 위치에서 이탈해!"

김대현 중령이 주저앉은 채로 지시를 내렸다. 어둠 속에서 전원이 나가지 않은 주 조종 패널과 전투시스템 중 콘솔 하나에서 뿜어내는 빛이 전투정보실을 어슴푸레하게 밝히고 있었다. 이찬복 소령이 함장 명령을 받아 타를 급격히 꺾는 조함하사의 어깨를 굳게 움켜쥐었다.

9월 14일 19:22   지바(千葉)현 다테야마(館山)시 남서쪽 26km
해상자위대 대잠초계기 P-3C 오라이언, 썬더 21

"명중했습니다!"

부조종사 나가우라 일위가 환호를 내질렀다. 투하 코스로 다시 진입
하려고 장주를 도는 동안 이번에는 또 다른 오라이언, 요기인 사쿠라
바 일위가 조종하는 초계기가 폭뢰를 투하하고 이탈했다.

─파일럿, 택! 목표가 계속 움직이고 있습니다.

그러나 소노부이로 수신되는 상황은 한국 잠수함이 아직도 살아 있
음을 알려주고 있었다. 불사신인가? 그토록 공격을 계속 퍼부어도 침
몰하지 않는 한국 잠수함에 넌더리를 내며 카미오카 삼좌가 신경질적
으로 소리질렀다.

"어떻게 된 거야! 제대로 맞힌 게 아닌가?"

카미오카가 검은 수면 아래를 이리저리 훑었다. 뭔가가 보이지 않을
까 부조종사도 함께 찾았지만 아무것도 보이지 않았다.

"어엇?"

그때였다. 한국 잠수함이 숨어 있는 방향 반대쪽 바다에서 오렌지색
풍선이 부풀어올랐다. 검은 물 속에서 솟아오른 밝은 오렌지색은 잠시
작아지는 듯하더니 곧 다시 크게 부풀며 수면 위로 100미터까지 치솟
는 엄청난 물기둥을 만들어냈다. 그 직후 다시 커다란 불빛이 물 속을
환히 비췄다. 이 광경에 놀란 카미오카가 얼어붙었다.

"우즈시오가 맞은 것 같습니다! 그것도 어뢰를 두 발이나……."

"맙소사…… 구명대 투하 준비해! 어서, 서둘러! 한 발은 정확히 명
중하지 못했어."

수면 바로 아래에 머물고 있던 우즈시오는 폭발과 함께 함미 부분이
튀어오르며 산산조각으로 박살났다. SUT 어뢰에 직격당한 함미 기관

실 구획이 통째로 날아가면서 후방 밸러스트의 부력을 잃은 우즈시오는 함수 부분이 잠시 솟았다가 물 속으로 빨려들어가듯 천천히 자취를 감췄다.

"침몰한 건가? 아아……."

어떻게 손쓸 새도 없이 우즈시오가 물 속으로 가라앉자 망연자실한 듯 카미오카가 계속 어둠 속을 반복해서 탐색했다. 그때 함수 부분이 다시 물위로 미끄러지듯 솟아오르며 거대한 우즈시오함의 선체 앞부분이 수면 위로 완전히 올라왔다.

"긴급부상을 한 것 같습니다. 저 상태에서는 오래 갈 수 없을 것 같은데요."

"구명대 투하 준비됐나? 투하 코스로 들어가겠다."

─투하 스탠바이.

대잠실로부터 보고를 받은 카미오카 삼좌가 기체를 난폭하게 꺾었다. 장주를 한 번 더 돌 시간도 없을 정도로 급했다. 게다가 이번에는 폭뢰를 투하하는 것보다 훨씬 더 정밀하게 우즈시오함 바로 위로 구명 부이를 투하해야 했다.

─투하. 투하.

자동팽창식 부이들이 우즈시오함 주위로 떨어진 것은 우즈시오함의 함수 해치가 열린 것과 거의 동시였다. 해치로 꾸역꾸역 빠져나온 자위관들이 바다 위로 몸을 던지는 동안 수면 위에 어렵게 떠 있던 우즈시오가 다시금 가라앉기 시작했다.

불과 열 명도 채 되지 않는 자위관들을 잠수함 밖으로 내보낸 우즈시오의 해치 부분이 곧 물에 잠기고, 더 이상은 아무도 빠져나오지 못했다. 그리고 곧 사령탑도 자취를 감추자 카미오카의 초점 흐린 눈동자가 검은 바다를 응시했다.

"저 한국 잠수함은 악마다. 연쇄살인마야……."

카미오카 삼좌가 눈에서 흐르는 분노와 슬픔을 한꺼번에 닦았다. 조종핸들을 잡은 손에 힘이 잔뜩 들어갔다.

"내 이놈을 꼭 잡겠어. 가루로 만들어 격침시키겠어. 무기가 떨어지면 동체로 충돌해서라도 꼭 저 잠수함을 때려잡고 말 거야!"

바다에 눕다

9월 14일 21:48 지바(千葉)현 다테야마(館山)시 남서쪽 25km
한국 해군 잠수함 나대용

—배터리실에 침수 발생! 배터리실에 침수 발생!

별안간 인터폰으로 다급한 보고가 울려퍼지자 김대헌 중령이 당혹
스런 표정을 감추지 못했다. 선체 곳곳에서 물이 새는 것을 간신히
막아내고 있었지만 이번엔 배터리실이었다.

"부장! 부장이 직접 내려가봐! 서둘러라. 배터리실에 침수가 되면
정말 큰일이다. 어뢰반 요원들을 데리고 가! 어서!"

"알겠습니다."

이찬복 소령이 대답을 마치자 기관실 쪽으로 냅다 뛰었다. 이어 함
전방구획에 있던 어뢰반에서 반장과 선임하사를 뺀 나머지 요원들이
우르르 이찬복을 따라나섰다.

함의 가장 아래쪽에 위치한 배터리실은 침수가 누적되면 가장 먼저

물이 고이는 구획이었다. 위험한 유독가스가 발생하지 않더라도 배터리가 침수되어 못 쓰게 되면 잠수함은 움직일 수가 없다.

이찬복이 기관실을 지나 배터리실로 이어지는 해치를 개방했다. 물론 이곳 기관실도 상황은 크게 다르지 않았다. 함 측면에 얻어맞은 폭뢰는 늑골 사이에 길게 파열된 틈을 만들어놓았고, 그 사이로 엄청난 압력의 해수를 막으려 기관반원들이 안간힘을 쓰고 있었다.

승조원들이 물이 쏟아지는 틈에 대고 모포와 매트를 눌러놓고는 나무판자를 댄 채로 가목을 지지하려 애썼지만 쉽지 않았다. 5인치 두께의 쇠파이프와 가목들을 동원해 바닥과 늑골 사이의 공간을 X자 모양으로 가로질러 지지하는 작업은 웃통을 벗고 나선 최지훈 중사가 맡고 있었다. 비쩍 마른 최지훈은 쏟아지는 해수를 온몸으로 받으며 작업에 몰두하고 있었다.

"빨리 덮개를 열어!"

아수라장 같은 기관실 틈바구니에서 이찬복 소령이 소매를 걷어붙이고 소리쳤다. 나대용함에 탑재된 배터리는 구조적으로 일반 자동차 배터리와 같은 납축전지다. 밀봉은 되어 있지만 만약 함정이 받은 충격으로 파손된 배터리에 바닷물이 침수되면 황산전해액과 반응해서 염소가스를 만들어낸다.

1차대전 때 독일군이 사용했던 염소가스는 흡입하면 폐포를 태워버리는 치명적인 독가스다. 만약 염소가스가 발생하면 승조원들이 피할 방법은 없었다. 더구나 지금과 같은 심도에서 잠수함의 내부 공기를 바깥으로 배출하는 것이란 불가능에 가까운 일이었다.

"젠장! 어떻게 하라는 거야!"

이찬복 소령이 쏟아지는 물줄기 소리 사이에서 고함을 질렀다. 배터리실은 말로만 배터리실이지 실제로는 하나에 1톤 가까운 중량의 대형 배터리들만 빼곡하게 들어차 있는 곳이었다. 그 사이에서 몸을 여유 있게 돌리기가 어려울 만큼 좁았다.

상체를 들이민 이찬복은 곧 물이 새는 위치를 발견할 수 있었다. 다행히 배터리실 격벽이 손상된 것은 아니었다. 다만 기관실에서 터진 물이 아래쪽으로 흘러내리며 배터리실에 차기 시작한 것이었다.

"배수펌프 가져와!"

당장 물을 퍼내야 했다. 퍼낸 물을 버릴 데가 없었지만 그래도 배터리실에 해수가 들이차도록 내버려둘 수는 없었다. 승조원들의 생명과 잠수함의 운명이 이곳에 달려 있었다.

"제기랄! 빨리 구멍을 막지 못하겠어? 이러다가 다 죽는다! 죽을힘까지 다 써보란 말이다. 이 자식들아!"

배수펌프 호스를 배터리실에 집어넣으며 이찬복이 고래고래 소리쳤다. 이번에는 기관실 좌측 벽면에서도 물이 쏟아졌다. 불과 1센티미터도 안 되는 구멍으로 쏟아지는 물은 엄청난 수압으로 뿜어졌다.

200미터 심도면 수압은 20기압이 넘는다. 1제곱센티미터도 안 되는 구멍일지라도 수심 2미터에서는 시간당 약 1.5톤의 물이 들이치는 데 반해 수심 200미터에서는 그보다 열 배 정도 많은 약 15톤의 물이 유입된다. 수압이 워낙 강하기 때문이 그 틈으로 들어온 바닷물은 마치 분무기처럼 뿌옇게 기관구획의 한쪽을 사우나탕처럼 만들어 구멍을 찾기도 어렵게 하고 있었다.

이 때문에 잠수함은 침수사고가 발생하면 즉각적으로 낮은 심도까지 상승해서 수압을 낮춰야 한다. 그러나 지금 나대용함이 부상하는 것은 자살행위나 다름없는 일이었다. 힘들더라도 어떻게든 현재 수심을 유지한 채로 침수를 막아야 했다.

이찬복은 침수구획의 배터리를 확인하고서 배전을 차단하도록 명령했다. 그런 다음 비좁은 배터리실을 빠져나왔다. 그리고 고민을 잠시 한 끝에 배터리실의 통풍장치와 덕트까지 폐쇄하도록 지시했다.

자칫 염소가스가 발생할 경우 통풍구를 통해 함 내부로 유독가스가 퍼지는 것을 막기 위해 취한 조치였다. 하지만 이럴 경우 배터리가 방전되면서 발생하는 수소가스를 처리하지 못하기 때문에 위험해지는 부분도 있었다.

그러나 어쩔 수 없었다. 당장 급한 위험부터 제거하는 게 우선이었다. 이찬복 소령은 부하들에게 배수펌프로 배터리실에 들어찬 물을 빼도록 지시하고는 이번에는 새로 터진 기관실 왼쪽 벽면으로 달려들었다.

"압력선체가 깨진 것 같습니다. 으아아!"

물줄기를 흠뻑 맞으며 서 있는 기관실 선임하사가 겁에 질린 채 소리를 질렀다. 아무리 찾아도 구멍을 발견하지 못하자 사색이 되어 있었다. 그러나 이찬복은 주저없이 물안개 속으로 뛰어들었다. 그리고 손을 홰홰 저으며 눈, 코, 입과 촉감까지 모두 곤두세우며 물의 압력을 따라 이곳저곳을 더듬었다.

"아! 여기다."

역시 배관이 문제였다. 해수 배관 하나가 압력을 못 이기고 찢어졌는데 공교롭게도 선체 외벽 쪽으로 물을 뿜어댄 것이었다. 강한 압력으로 분출된 물은 압력선체 벽면에 맞고 다시 반사되어 선체 안쪽으로 물줄기를 뿜어대고 있었다. 그런 것을 베테랑인 기관실 선임하사까지도 놀라서 선체 침수로 오판한 것이었다.

"12번 해수밸브다. 밸브 양쪽 다 잠그면 돼!"

선임하사가 양쪽 밸브를 조이자 폭포수처럼 쏟아지던 물이 거짓말처럼 멈췄다. 반대편 격벽 균열을 막고 있던 요원들도 가목을 단단히 조이자 침수도 서서히 줄어들었다. 갑자기 심도 200미터의 냉수를 뒤집어쓴 이찬복은 온몸에서 기운이 빠져나가는 것을 느끼며 제자리에 털썩 주저앉았다.

간신히 침수를 막았다고는 하지만 배터리의 3분의 1 정도가 수리를 하기 전까지는 못 쓰게 되어버린 것이 문제였다. 가뜩이나 전력이 모자라는 나대용함에게 그것은 치명적인 피해였다. 허탈하지만 그대로 넘어져 있을 여유가 없었다.

몸을 일으킨 이찬복이 힘겨운 걸음으로 다시 전투정보실로 향했다. 그때 다시 거센 충격이 나대용함을 휘감았다. 대잠초계기의 공격은 아직 끝나지 않았다.

9월 14일 22:14 부산광역시 영도구 태종대 남쪽 15km
한국 해군 잠수함 구조함 청해진

―끼이익!

해치를 닫고 잠금장치를 돌리고 나서 이석주 중사가 자리에 힘없이 주저앉았다. 해치가 완전히 폐쇄된 것을 알리는 램프가 반짝이자 이석주 중사는 입술이 잔뜩 튀어나온 채로 불만스럽게 계기들을 노려보았다.

이제 곧 감압실의 압력이 높아지기 시작할 것이다. 그리고 실내공기도 질소를 제거하고 대신 헬륨과 산소가 섞인 혼합기체로 대체될 것이다.

"꼭 우리가 가야 되는 겁니까?"

압력이 올라가기 시작하자 벌써부터 귀가 묵직하게 느껴졌다. 일본 잠수함이 침몰한 수심은 100미터에 조금 못 미쳤지만 수압은 10기압, 즉 대기압보다 열 배나 높은 압력이었다. 이렇게 감압실에서 압력에 적응하지 않고 잠수하면 신체는 그와 같이 급격한 압력변화를 견뎌내지 못한다.

"명령이야."

잠수지휘관인 조용기 준위라고 일본인을 구하는 일이 내킬 리가 없었다. 압력에 적응할 시간 동안 지루함을 달래기 위해 조용기 준위는 문고판 소설 한 권을 펼쳐들었다. 그러나 그 책의 실제 용도는 수면제였다. 한 문단도 읽기 전에 눈꺼풀이 무거워지기 시작했다.

압력이 차차 올라가는 것이 느껴졌다. 그리고 압력적응실 내부에는 일반 대기 대신에 질소를 제거하고 순수 산소와 헬륨기체가 혼합된 기체가 들어차기 시작했다.

"아! 아, 아!"

조용기 준위가 혼잣말로 중얼거리자 목소리가 디즈니 만화영화에 나오는 도널드 덕처럼 꽥꽥거리는 음성으로 들렸다. 헬륨기체를 흡입할 경우 일반 대기중보다 공명주기성분(Resonance Frequency Components)이 훨씬 증가한다. 음성 울림과 비슷한 공조현상이 일어나기 때문에 말 그대로 도널드 덕 이펙트라고 부르는 현상이었다. 이 현상은 다른 자각증상보다 더 먼저 알 수 있기 때문에 조용기 준위가 혼합기체를 흡입할 때 혼자 시험해보는 방법이었다.

그런데 잠수하기 전까지의 적응과정만 감압실에서 보내는 것은 아니었다. 잠수가 끝난 후에도 대기압에 적응하려면 오랜 시간이 소요된다. 200미터 수심일 경우 7~8일까지의 감압 절차가 필요하다.

소설책을 읽고 있는데 주인공이 누구인지 채 파악하기도 전에 곧 잠이 밀려왔다. 잠수는 신체 한계까지 체력을 소모해야 하는 고된 작업이었다. 지루한 감압 과정 동안 잠을 푹 자두는 것은 나중에 도움이 된다. 책은 조용기 준위에게 강력하고 친밀한 수면제였다.

9월 15일 05:23　부산광역시 영도구 태종대 남쪽 15km
한국 해군 잠수함 구조함 청해진

　─다이버 하잠(下潛)!

아퍼레이터가 외치는 구호와 동시에 구난함 청해진함의 선체 하단에 열린 통로로 잠수종(Diving Bell)이 움직이기 시작했다. 윈치가 풀리며 강철 케이블에 연결된 잠수종은 곧 어두운 심연 속으로 서서히 빠져 들어갔다.

조용기 준위는 내려가는 심도를 계속 확인하며 아래쪽을 주의 깊게 관찰했다. 강력한 조명이 해저를 향했지만 낙동강 하구 근처라서 해수는 더러웠고 시야도 몹시 좋지 않았다. 게다가 조류가 거세게 흐르며 해저 바닥의 미세한 모래와 뻘 입자들을 흩뜨려놓고 있었다.

수중카메라에 비친 해저면의 영상은 케이블을 통해 구조선 청해진함의 잠수지휘실로 연결되었다. 잠수지휘관이 그 영상을 지켜보면서 잠수종의 위치를 미세하게 조종했다.

잠시 후 어둠 속에서 언뜻 보기에도 해저지형과 확연하게 다른 거대한 인공구조물이 조용기 준위의 시야에 들어왔다. 반쯤 부서진 사령탑에 부착된 커다란 수평타는 한국 잠수함과 다른 일본 잠수함의 특징이었다.

"참담하군."

조용기 준위는 들릴 듯 말 듯 중얼거리며 어금니를 깨물었다. 사령탑은 처참하게 부서져 있고 그 옆에 커다란 구멍이 뻥 뚫려 있었다. 사령탑 바로 아래에 위치한 사령실도 그 구멍에서 가까운 거리였다. 침수를 확인한 조용기 준위는 곧 전방 해치로 접근하려는 계획을 포기했다. 일본 잠수함의 전방구획은 물이 가득 들어차 있을 것이 분명했다.

"후방 해치를 확인하겠음. 방위 공삼십공(0-3-0)으로 20미터 이동합시다!"

이제 남은 해치는 기관실 쪽에 위치한 후방 탈출 해치였다. 잠수종이 모선의 움직임에 따라 서서히 방향을 바꾸며 잠수함 오야시오의 함미 쪽으로 접근해갔다. 잠시 후 흰색으로 원형 테두리가 칠해진 탈출용 해치 위로 높은 촉광의 서치라이트 빔이 쏘아졌다.

"잠수부 투입한다."

조용기 준위가 지휘실로 짧게 보고하고는 이석주 중사에게 손으로 신호했다. 이제 수심 100미터의 바다 속으로 직접 들어가 해치를 도킹시킬 수 있도록 외부 작업을 진행해야 할 순간이었다.

"벨맨. 통신회선 점검."

"수신감도 양호!"

두 사람 사이에서 도널드 덕끼리 꽥꽥거리는 목소리가 오가고 서로 오케이 사인을 주고받았다. 이석주 중사가 먼저 해치를 열고 어두컴컴한 물 속으로 몸을 담갔다. 매번 하는 일이지만 언제나 바닥을 알 수 없는 깊은 우물로 들어가는 것 같은 기분에 조용기 준위는 어깨를 가볍게 떨었다.

9월 15일 06:12   지바(千葉)현 다테야마(館山)시 남서쪽 25km
한국 해군 잠수함 나대용

"더 이상은 견딜 수 없다. 부상하자."

"안 됩니다, 함장님! 놈들에게 잠수함을 넘겨줄 수는 없습니다.
이찬복 소령이 있는 힘을 다해 고개를 흔들었다.

"부장. 난 잠수함을 넘겨줄 생각이 없어."

조용히, 입술을 깨문 김대헌 중령이 이찬복에게 시선을 맞추었다. 함장은 잠수함을 파괴할 생각이었던 것이다.

"현 심도에서 자력탈출을 시도했다간 대부분 사상당할 거야. 어차피 부하들을 살리려면 잠수함을 수면 위로 올리는 수밖에 없어.

그런데 잠수함이 수면에 머물 수 있는 시간은 얼마 되지 않을 거야. 부장……."

"예, 함장님."

이찬복이 김대헌 중령의 부릅뜬 눈자위가 촉촉해졌다고 느낄 때쯤이었다. 이찬복 소령의 가슴이 덜컥거리며 북받쳐 올라오는 열기를 함장도 느꼈던 것일까?

함장은 단호하게 감정을 내리눌렀다. 그리고 잠시라도 감정에 비틀거린 스스로에게 화가 난 것처럼 더욱 굳어진 표정으로 이찬복을 불렀다.

"부장이 탈출을 지휘하라!"

화들짝 놀란 이찬복 소령이 함장의 말을 가로막고 나섰다.

"함장님이 탈출을 지휘하셔야 합니다. 함에는 제가 남겠습니……. 어이쿠!"

말을 채 마치기도 전에 이찬복 소령이 정강이를 움켜쥐며 한 발로 깡충깡충 뛰었다. 내처 한 번 더 조인트를 까려는지 발을 뒤로 뺀 김대헌 중령 뒤로 김승민과 최지훈이 달려들었다.

"부장, 그리고 너희들 다 잘 들어!"

김대헌 중령이 어깨를 붙잡고 늘어지는 김승민과 최지훈을 밀쳐내며 고함을 질렀다. 어느새 냉정을 되찾은 함장의 목소리에 모두가 꼼짝도 못하고 제자리에 서 있을 수밖에 없었다. 정말로 심하게 걷어차인 이찬복도 힘겹게 허리를 곧추세웠다.

"더 이상 함에 남겠다는 헛소리는 집어치워라. 나대용함과 함께 하겠다고? 그따위 싸구려 감정은 나라를 팔아먹는 것보다 더 나쁜 거야. 이유를 아나?"

함장의 일갈이 이번에는 김승민을 향했다. 부릅뜬 두 눈에서 불길이 치솟았다. 그러나 김승민은 대답할 수 없었다.

"용기가 있다면 잠수함 밖에 나가서라도 일본 해자대 놈들한테 고개를 빳빳이 세우고 끝까지 개겨라. 포로로 잡힐지라도 그것이 진정한 용기다. 지금 여기서 함에 남겠다는 것은 그 누구에게도 도움이 안 돼! 저열한 패배주의자들의 감상만 자극할 뿐이야. 알겠어? 함을 빠져 나가라. 그리고 한국으로 돌아가거든 다시 잠수함을 타라! 그것이 너희들이 수행해야 할 임무이고 동시에 내 마지막 명령이다. 알겠나? 이 자식들아!"

김대헌 중령의 숨이 거칠어졌다. 숙연한 분위기의 침묵이 흐르고 함장은 마치 외로움을 즐기는 것처럼 잠시 그렇게 홀로 우뚝 서 있었다.

"자, 그럼 탈출을 준비하자. 각 부서별로 비밀문건들은 전정실로 모아온다. 그리고, 부장!"

"함장님······."

이찬복 소령이 울먹이려 하자 함장이 다시 두 눈을 치켜떴다.

"탈출은 부상 즉시 전방 해치와 후방 해치를 이용해서 동시에 신속하게 실시한다. 부장이 나한테 시간을 만들어줘야 해. 무슨 뜻인지 알겠나?"

"알겠습니다."

"그리고······."

거친 숨을 내쉬며 함장이 승조원들을 돌아보았다. 그도 이 말만큼은 하고 싶지 않았지만 어쩔 수 없었다. 계획을 확실히 수행하려면 김대헌 중령 혼자서는 불가능한 일이었다.

"미안하지만 자원자 한 명만 받겠다. 나 혼자 나대용함을 좌초시킬 수 있으면 좋겠지만 조함을 맡아줄 한 명이 필요하다. 단 한 명이다."

승조원들이 함에서 빠져나가자마자 나대용함을 다시 잠항시키는 것이 함장의 계획이었다. 그리고 가능하다면 잠수함을 파괴심도까지 끌고 가야 했다.

지금 나대용함이 위치한 보소반도 남서쪽 해역은 얕은 바다였다. 그런데 불과 2,000미터 정도만 밖으로 움직이면 수심은 1,000미터가 넘는 태평양의 깊은 심연으로 이어진다. 인양이 아예 불가능하지는 않더라도 상당한 노력과 시간이 소요될 것이다.

"제가 하겠습니다."

다른 승조원들이 함장이 말한 의미를 미처 깨닫기도 전이었다. 용수철이 퉁겨지듯 반사적으로 상체를 세운 김승민 대위가 함장 앞으로 나섰다.

"넌 안 돼! 임마!"

"함장님!"

너무도 단호하게 김대헌 중령이 김승민을 거절했다.

"너도 조인트 한 방 맞아야 정신을 차리겠어?"

당장이라도 김승민을 후려칠 기세로 함장이 다가와 눈을 부라렸다.

"넌 남아라. 한국 해군 잠수함 부대에는 너 같은 함장이 필요해. 알겠어?"

하필이면 김승민이 나선 것에 대해 함장이 다시 화를 내려 하고 있었다. 아끼는 부하까지 희생시켜야 한다는 것은 함장으로서 도저히 용납할 수 없는 일이었다.

"함장님. 나대용함 승조원 그 누구나 장래에 함장이 될 자격이 충분한 요원들입니다. 그리고 훌륭한 부서장이 될 만한 요원들입니다. 그리고 함장님, 전 마음이 여려서 함장까지는 못 될 겁니다. 그러니 안심하십시오."

김승민 대위가 대답하면서 억지로 입가에 미소를 지었다. 가슴이 답답해지는 기억들로부터 이제는 자유로울 수 있을 것만 같았다. 김승민이 뜻밖에도 여유롭게 나서자 이번에는 함장이 잠시 머뭇거렸다.

"바보 같은 놈……."

김승민이 고집을 부리는 이유를 함장이라고 모르는 바는 아니었다. 그러나 함장이 남아야 한다면 자기도 남겠다고 조용히 미소짓는 김승민을 거절할 수가 없었다. 다만 극한 상황으로 부하들을 몰아넣은 스스로가 미울 뿐이었다.

함장은 스스로 욕심을 조금 줄여야 했다고 자책했다. 그게 오히려 함장의 신념에도 걸맞았다. 도쿄만에 진입하기 전에 함장이 부하들에게 밝힌 것처럼 안전하게 귀항한 다음 이곳에 다시 왔어야 했다. 그러나 이제는 너무 늦어버렸다.

"좋아. 작전관하고 나만 남는다. 나머지는 지금 당장 탈출 준비해! 부상 후 탈출할 거니깐 탈출복은 필요없다. 구명조끼만 착용한다."

승조원들은 함장의 명령에 대답하지 않고 침묵을 지켰다. 함장의 명령은 승조원들에게 엄청난 충격과 거센 슬픔으로 다가왔다. 김대헌 중령이 움직이려 하지 않는 부하들에게 다시금 소리쳤다.

"뭐해? 어서 움직이지 않고!"

온몸이 털북숭이인 산양이 올무에 걸려 몸부림쳤다. 그러나 산양이 몸부림칠수록 철사는 더욱 날카롭게 목살로 파고들었다. 높은 산을 뛰어다니며 다져진 근육이었지만 가느다란 철사 하나를 끊는 데는 전혀 도움되지 않았다.

지난 여름, 산양은 가시덤불에 숨어 사람들이 길에서 일하는 것을 지켜보았다. 땀을 뻘뻘 흘리며 일하는 사람들이 불쌍해 보였다. 산양은 바위투성이 산길을 거슬러 올라가 샘에서 찬물을 마셨다. 높은 산들 사이로 파란 하늘에서 하얀 구름이 흘러갔다.

지난 가을, 산양은 쇠꼬챙이를 등에 메고 산길을 헤매는 사람들을 발견했다. 핏발 선 그들의 눈에서 부질없는 탐욕을 읽었다. 산양은 그

날 저녁 산꼭대기에 올라 바다 위로 보름달이 떠오르는 황홀한 장면을
지켜보았다.

지난 겨울, 하얀 눈이 온 세상을 덮었을 때 산양은 바위 꼭대기에
서서 도도한 눈길로 세상을 굽어보았다. 인간이 만든 길에 자동차들이
꼼짝 못하고 세워져 있었다. 자동차를 버리고 나온 사람들은 허우적거
리는 걸음걸이로 눈밭을 헤치며 끝없이 줄을 지어 걸어갔다. 고상한
자태로 서 있던 산양은 연약한 인간들을 비웃었다.

지난 봄, 산양의 눈에 핏발이 섰다. 입에서 거품이 흘러나왔다. 인간
들이여! 제발 나를 대자연 속에서 자유롭게 뛰놀게 내버려다오. 산양
이 마지막 힘을 다해 몸부림쳤다. 그러나 올무는 점점 산양의 목을
조였다.

김승민 대위는 다른 승조원들이 탈출을 준비하려고 움직이는 동안
차분히 조함 컨솔에 앉았다. 시간이 점점 다가왔지만 뜻밖에 두려움은
별로 들지 않았다.

김승민은 이렇게 될 줄 알았다. 아니, 그나마 예측했던 것보다 훨씬
다행이었다. 임무는 제대로, 상부에서 요구하는 이상을 완수하고 아
직까지, 자그마치 아직까지 모든 승무원이 살아남았다. 지금부터 불
행이 시작되겠지만, 그 불행은 예상만큼 큰 것은 아니었다. 다만 그
작은 불행이 김승민과 함장에게는 모든 것을 잃는다는 의미가 있을
뿐이었다.

아직 주변에 모든 것이 펄펄 살아 뛰어다니는 것이 보이지만, 죽음
이 이제 곧 눈앞에서 어른거릴 것이다. 그러나 죽음은 두려운 것이
아니었다. 죽음이 모든 것을 앗아간다 할지라도, 모든 것을 의미 없는
무(無)로 돌릴지라도 신념과 자유를 결코 빼앗기지 않고 여기까지 왔
다. 김승민은 그런 의미에서 함장과 승조원들에게 감사했다.

그러나 이제 곧 김승민은 자야 할 순간이었다. 모든 것을 잊고 자야 할 시간이 오고 있었다. 산 자들은 산 자들이 해야 할 일에 치여 허덕일 것이라고 생각하니 조금 미안한 생각이 들기도 했다. 김승민은 눈가가 파르르 떨리는 최지훈에게 슬쩍 미소를 지어주었다.

이제 곧 꿈을 꿔야 할 때였다. 정의와 자유가 꿈틀대는 세상? 평화? 그런 건 이제 별로 의미 없었다. 김승민은 이미 꿈을 꾸고 있었다. 하고 싶은 모든 일, 할 수 없었던 모든 일을, 그리고 모든 생각을 꿈속에서 자유롭게 하고 있었다.

그러나, 김승민은 살고 싶었다. 죽도록 살고 싶었다.

그래도 이 일은 누군가 해야 할 일이었고, 해군 장교로서 그 의무에서 벗어날 수는 없었다. 알 수는 없지만, 이미 수많은 해군 장병들이 뜨거운 남해 바다에서 죽어갔을 것이다. 수많은 사람들이 치욕에 떨고 있을 것이다. 오직 해군이 나서서 해야 했다.

그리고, 함장이 함에 남았다. 김승민은 혼자가 아니었지만, 이제 곧 혼자가 된다.

문득 이 잠수함이 미덥게 느껴져 김승민이 컨솔을 슬쩍 쓰다듬었다. 그 순간 젊은 장교 얼굴 하나가 떠올랐다. 그는 웃지 않았다. 김승민에게 안타까운 눈길로 세차게 도리질치고 있었다. 그러나 김승민은 그에게 웃음을 지어 보냈다.

마지막으로 김승민은 아내를 떠올렸다. 그동안 힘든 생활을 함께 해온 아내에게 무척 미안한 감정이 들었다. 깊이 사랑했기에 더 슬펐다. 그러나 눈물짓는 아내 옆에서 아이가 해맑은 웃음을 보내오자 김승민이 눈을 부릅뜨고 고개를 들었다.

살고 싶었다. 살고 싶었다. 사무치도록 살고 싶었다. 갑자기 온몸이 부들부들 떨렸다. 이곳에는 존경하는 동료가 있고, 믿음직한 잠수함이 있고, 그토록 좋아했던 바다가 바로 옆에 있었다. 김승민도 이제 곧

바다의 일부분이 될 것이다. 하지만 그래도 살고 싶었다. 살아 숨쉬고 뜀박질하고 싶었다.

그러나 이제 잠들어 꿈을 꿀 시간이었다.

언젠가 이 나라가 수치를 씻었을 때 흰옷을 입은 아내가 아이와 함께 이곳 바다에 와서 꽃이라도 한 송이 던져준다면, 마음만큼 잘 해주지 못했던 아내가 이 차가운 바다에 따뜻한 눈물 한 방울을 더해준다면, 아빠로서 제대로 사랑도 주지 못한 아이가 이 깊은 바다 위에서 애타게 아빠를 부른다면…… 가슴이 찢어지게 아픈 슬픔이 되리라. 김승민은 북받치는 슬픔을 애써 누르며 조함핸들을 꽉 잡았다.

9월 15일 07:14 부산광역시 영도구 태종대 남쪽 15km
한국 해군 잠수함 구조함 청해진

"열어!"

박경호 상사가 관측창으로 포화 잠수복을 입은 조용기 준위로부터 신호를 받고 해치 개방을 지시했다. 포화 잠수복은 마치 텔레토비와 미셰린 타이어맨을 섞어놓은 것 같은 모습이었다.

레스큐 챔버(Rescue Chamber)라 불리는 탈출용 기구의 형태는 잠수종과 비슷하다. 하지만 훨씬 크고 내부는 잠수함에 직접 결합할 수 있도록 완전한 여압장치를 갖추고 있었다.

각도가 심하게 기울어진 해치에 도킹이 가능하도록 애쓴 것은 오로지 조용기 준위와 잠수팀의 공이었다. 박경호 상사가 고개를 끄덕여 잠수팀의 노고에 답하고 허리춤에서 권총을 꺼냈다.

손에 움켜쥔 9밀리 K-7 권총이 낯설게 느껴졌지만 박경호 상사는 마음을 다잡았다. 해치를 여는 순간 안쪽에서 허튼 짓이라도 한다면 곧바로 총알을 먹여줄 생각이었다.

일본 잠수함 승조원이라면 그에게 원수 이상 아무것도 아니었다. 그런 일본 승조원들 때문에 이런 고생을 해야 한다는 것만으로도 분노가 치밀어 올랐다.

"팀장님. 안전장치요……."

옆에 있던 장태순 중사가 권총에 안전장치가 젖혀지지 않은 것을 알려주자 박경호 상사가 허겁지겁 손가락을 슬라이드 위로 가져갔다. 마지막으로 권총을 쏘아본 것이 언제였을까. 몇 달 되지도 않았지만 권총이 낯설게 느껴졌다. 그리고 권총과 약실에 밀려들어가 있는 실탄이 난생 처음 보는 흉기처럼 보였다.

심하게 기울어진 일본 잠수함에 잠수종을 결합하는 것도 힘들었지만 그 때문에 같은 각도로 기운 잠수종 내부에서도 몸을 가누는 것이 쉽지만은 않았다. 장태순 중사가 둔중한 몸을 이리저리 비틀어댄 다음에야 힘을 쓸 수 있는 자세를 잡고서 엉거주춤 주저앉았다.

"으이씨! 왜 이렇게 뻑뻑하죠?"

해치에 붙어 있는 핸들을 돌렸지만 쉽게 돌아가지 않는 모양이었다. 박경호 상사가 거들었다. 손에 쥔 권총을 조심스럽게 바닥에 내려놓고 박경호는 장태순 중사와 마주 앉아 이번에는 아래쪽을 향한 채로 불편하게 자세를 잡아야 했다. 이윽고 두 사람이 있는 힘껏 용을 쓰자 핸들이 돌아가기 시작했다.

다시 권총을 집어든 박경호의 가슴이 뛰기 시작했다. 장태순 중사가 끙 소리를 내며 무거운 해치를 잡아 올리는 순간 권총을 든 박경호의 오른손이 해치 안쪽으로 잽싸게 향해졌다.

"어? 아무도 없는데요?"

"바보 같으니라고! 이건 탈출구잖아! 안쪽에 해치가 하나 더 있다. 내려가자고!"

박경호 상사가 편잔을 주었지만 피차 마찬가지였다. 반복 훈련을 수없이 많이 받더라도 긴장하면 실수를 하는 법이었다. 탈출구(Escape Trunk), 혹은 승강구라고 부르는 이 작은 공간은 잠수함 내부를 침수시키지 않고 승무원들을 밖으로 내보낼 수 있는 여압실이라고 할 수 있다.

장태순 중사가 먼저 사다리를 타고 하얀색으로 칠해진 원통 안으로 내려갔다. 뒤이어 박경호 상사도 권총을 허리춤에 다시 꽂고는 사다리를 잡았다.

약간의 압력차라도 해치를 가운데로 양쪽의 공기압력이 다를 경우 해치가 안 열릴 수도 있다. 박경호 상사는 레스큐 챔버에서 대기하고 있는 또 다른 요원, 즉 벨맨에게 잠수종 내부압력을 약간 더 낮추도록 지시했다.

"시작하지."

탈출구 벽면에 붉은색으로 짙게 칠해진 망치를 집어든 장태순 중사가 해치 주위의 압력강판을 힘껏 두드리기 시작했다. 짧게 세 번 강하게 내리치자 곧이어 안쪽에서도 응답이 들려왔다.

―깡! 깡! 깡!

그리고 장태순 중사가 핸들을 돌리려고 하는 순간 저절로 핸들이 돌아가기 시작하더니 곧 해치가 활짝 열렸다. 박경호 상사가 미처 허리춤에 찼던 k-5 권총을 집어들기도 전이었다. 장태순이 망치로 후려칠 듯이 자세를 잡으며 고함을 질렀다.

"손들어! 꼼짝 마라!"

안쪽에서 사내 하나가 눈동자가 휘둥그레지며 망치를 집어든 장태순 중사를 쳐다보았다. 겁에 잔뜩 질린 자위대원의 퀭한 눈동자는 이미 장태순과 박경호에게 저항할 뜻이 없어 보였다. 머쓱해진 장태순이 천천히 망치를 내려놓고 40대 후반으로 팍삭 늙어 보이는 자위대원에게 손을 내밀었다.

"우리는 대한민국 해군입니다. 안에 생존자가 더 있습니까?"

장태순이 안쪽을 가리키며 손짓으로 묻자 자위대원이 말없이 고개를 끄덕였다. 그리고 장태순이 내민 손을 굳게 잡았다.

"맙소사! 냄새……"

확 밀려드는 악취 때문에 박경호 상사가 얼굴을 찌푸렸다. 보나마나 심도가 낮기 때문에 오물탱크를 비울 꿈도 꾸지 못했을 것이다. 아니면 배출장치가 파손됐는지도 몰랐다. 경유냄새와 섞인 오물냄새는 좀처럼 참을 수 없을 만큼 고약했다.

잠수종은 구조함 청해진과 공기관이 연결되어 있기 때문에 오야시오함으로도 신선한 산소를 공급할 수 있었다. 하지만 우선은 손상된 잠수함의 공기순환장치가 작동해야 한다. 빨리 서둘러야 했다.

글썽거리는 자위대원의 눈동자를 쳐다본 장태순 중사는 그제야 일본 잠수함을 구조하는 일에 대해 가졌던 반감을 조금 누그러뜨릴 수 있었다. 손을 꽉 움켜쥔 자위대원이 연신 고개를 끄덕이며 둘에게 고맙다는 소리인지 일본말을 하고 있었다.

"구조 시작한다. 응급의료진 대기하고, 우리가 이탈하는 즉시 DSRV도 도킹을 시작하라고 전해!"

박경호 상사가 고개를 들어 잠수종에 대기하던 벨맨에게 고래고래 소리질렀다. 한 번에 구조할 수 있는 인원은 열 명이 채 되지 않는다. 잠수종이 왕복하는 동안 바로 옆에서 대기하고 있는 심해구난잠수정(DSRV)도 구조작업에 가세해야 구조작업을 빠른 시간 안에 마칠 수 있었다.

가뜩이나 승조원 수가 많은 일본 잠수함이기 때문에 쉽게 끝날 작업이 아닐 것 같았다. 장태순의 굳은 손이 늙은 자위관의 손을 힘차게 잡아당겨 탈출구로 끌어올렸다.

9월 15일 08:25   도쿄 신주쿠(新宿區) 이치가야(市ヶ谷)
방위청 신청사 A동 지하, 중앙지휘소

"총리대신!"

통산대신이 중앙지휘소 출입문을 박차고 들어왔다. 통산상은 이곳 멤버가 아니었지만, 누구도 통산상의 기세를 막지 못했다.

"방금 런던 전쟁위험평가위원회가 일본 근해를 항해하는 모든 선박과 화물에 대해 전쟁보험요율을 자그마치 3만 퍼센트로 책정했소. 이것은 선박과 화물에 부과되는 보험료가 평시보다 300배 이상 폭등했다는 뜻이오. 화물 종류에 따라 다르지만 예상사고율이 거의 40%에 육박하는 높은 요율이오. 이건 아예 무역과 선박 운항을 하지 말라는 것과 다름없소!"

통산상의 분노는 폭발하기 직전이었다. 통산상은 총리와 함께 주변에 앉아 있는 관료, 통합막료회의 소속 자위대 간부 등을 잡아먹을 듯이 노려보며 말을 이었다. 그러나 다른 사람들은 통산상이 도대체 무슨 말을 하는지 제대로 이해하지 못했다.

"또한 로이드 보험그룹은 보험계약자가 '위험의 변동'을 통지하지 않을 경우에는 보험계약이 실효된다고 일방적으로 선언했소. 이것은 일본 근해를 항해하는 선박들에 대한 전면적인 통항금지 선포나 다름없소. 국내선 화물선과 여객선도 모두 운항을 멈췄소. 총리대신! 왜 일본이 이런 꼴을 당해야 하오?"

걸프전 당시 걸프만을 지나가는 선박에 부과된 보험료는 평상시의 100배였다. 영국 런던에 소재한 전쟁위험평가위원회(The War Risks Rating Committee)는 세계 각국의 정황에 따라 전쟁보험요율을 산정하는데, 일본이 현재 처한 상황과 일본 근해를 통행하는 선박의 위험도를 걸프전 때보다 더 심각하게 평가한 것이다. 또한 이것은 한국으로 향하는 선박이 내야 하는 보험료보다 몇 배나 많은 것이었다.

그리고 108개 회원 보험사와 수많은 개인 투자자들인 네임스(NAMES)들의 투자를 받아 운영되는 로이드 보험그룹측은 세계의 모든 선박에 대해 일본 근해의 운항을 금지한 것이었다. 일본에 대해 상당한 호의를 가진 영국인들이라도 당장 손해가 급증하는 것을 지켜볼 수만은 없었던 것이다.

"신용장 내도액은 지난해 같은 기간에 비해 절반 이하로 급감하고……. 아니, 이건 말할 필요도 없지. 배가 아예 못 들어오는데."

"미안합니다. 당분간은 봉쇄된 도쿄만 대신 다른 항구를 통해 하역하는 편이 낫겠소. 그 일은 통산대신이 알아서 처리해주기 바라오."

치를 떠는 통산대신에게 총리가 정중하게 사과했다. 통산대신은 소속 정파를 떠나 일본의 운명을 걱정하고 있었기 때문이다. 그러나 통산대신은 총리의 사과를 받아들일 마음이 전혀 없어 보였다. 통산상은 오히려 더 크게 소리를 질렀다.

"총리대신! 당신 제대로 상황을 파악하고 있는 겁니까? 제 이야기를 잘못 들었나요?"

"도대체 무슨 소리요?"

"보험료가 폭등한 것은 일본 인근을 항해하는 모든 선박이라 했소. 도쿄만에 국한된 게 아니라고요! 선장이 미치지 않고서야 배가 도쿄만으로 향할 리도 없지 않소? 총리는 지금 상황이 얼마나 심각한지 아직도 모르고 있소? 그러고도 당신이 일국의 내각 총리대신이오?"

지금 국제선만 운항이 중단된 것이 아니었다. 일본 해안에서 운항하는 국내 화물선의 보험료 상승도 큰 부담이었다.

해상보험과 적하보험을 취급하는 보험사는 선박과 적하(積荷, cargo)라는 '물건', 즉 보험대상이 워낙 큰 액수이기 때문에 일단 국내 재보험사에 재보험을 들고, 국내 재보험사는 다시 외국 보험사에 재보험을 들어야 한다. 그러나 외국 재보험사들이 일본 선박의 재보험 인수를 거부하고 있었다.

당연히 국내 보험사는 보험계약을 회피하거나 보험료 액수를 높일 수밖에 없었다. 그러나 그처럼 높은 보험료를 지불하면 채산이 맞지 않을 정도가 아니라 아예 배보다 배꼽이 큰 경우가 된다. 일본의 국제 무역뿐만 아니라 국내 운항도 이런 이유로 완전히 멈춰버렸다.

"미안하오. 다 내 잘못이오."

총리가 얼굴을 감싸쥐었다. 통산상이 펄펄 뛰면서 총리에게 욕설을 퍼붓다가 제풀에 지쳐 나가려는 순간이었다. 지금까지 꾹꾹 참고 있던 미우라 마사노리 방위청장관이 나섰다.

"통산대신! 아무리 화가 나더라도 통산대신은 이곳 자위대 중앙지 휘소에 올 권한이 없지 않소? 일이 조금 잘못 돌아가고 있다 해도, 당신 너무하는 것 아니오?"

출입문을 나서려던 통산상이 방위청장관을 보고 기가 막힌 듯이 허탈한 표정을 지었다. 곧이어 통산상이 한 말은 충격이었다.

"방위청장관 당신도 똑같은 인간이야! 한국 해군은 상대도 안 된다면서 기고만장하더니, 일본을 이 꼴로 만들었어! 그리고 총리가 수상 관저나 국회에 나오지도 않고 이곳은 어제부터 전화 연락도 안 되니까 내가 여기로 직접 온 거야! 알겠어? 여기 지하실에 꼭꼭 숨어 있다고 문제가 없어지는 줄 알아?"

방위청장관이 놀라 수상 쪽으로 시선을 돌렸다가 금세 거둬들였다. 수상관저와 국회의사당 앞에서 지금 어떤 일이 벌어지고 있는지 알고 있기 때문이었다. 요시다 마사오 총리대신은 낯뜨거워 차마 얼굴을 들지 못했다.

지금까지 전사한 자위관들의 유족들을 비롯해 수많은 사람들이 그 두 곳말고도 도쿄 시내 곳곳에서 시위를 벌이고 있었다. 육상자위대와 경찰은 시민들의 분노를 막을 힘이 없었다. 폭력시위는 거의 없었지만 시위진압에 나서야 하는 자위관과 경찰들이 전혀 의욕이 없었기 때문이었다.

그리고 육상자위대 일부 부대는 시위진압을 포기하거나 거부하고 병영으로 복귀했다. 현장지휘관들이 동요하는 자위대원들을 제대로 통제할 수 없다는 보고가 곳곳에서 이어졌다. 정권이 붕괴되는 조짐이 이렇게 여기저기서 발견되고 있었다.

수상이 통산상에게 곤혹스러운 표정을 지으며 물었다.

"관방장관은 요 며칠 새 보이지도 않는데, 혹시 그가 어디 있는지 아시오?"

"관방장관은 어제 아침 의장에게 중의원직 사퇴서를 제출했소. 총리대신이 그것도 몰랐소? 기가 막히는군. 이제 보니 일본은 완전히 망했군, 망했어! 안전보장회의에서 그렇게 반대했건만…… 그래요! 다 내 잘못이오. 그때 내가 안전보장회의에서 좀더 적극적으로 반대했어야 했는데!"

수상이 깊은 한숨을 쉬었다. 하는 데까지 했다고 생각했는데도 일은 제대로 돌아가지 않았다. 수상이 울먹이는 목소리로 물었다.

"미안하오. 어떻게 해야 되겠소? 부디 의견을 내주시오. 소속 정당은 다르지만 우리는 같은 내각 각료 아니오?"

"수상. 일단 내각 총사퇴를 하고 당분간 임시내각을 구성해 종전 협상에 대비하시오. 그 직후에 중의원을 해산하고 총선거를 하면 되겠소."

통산상이 고개를 절레절레 젓더니 힘없는 걸음걸이로 중앙지휘소를 빠져나갔다. 내각이 정치적 위기를 맞아 이를 극복하는 두 가지 수단이 내각 총사퇴와 중의원 해산이다. 그런데 통산상은 두 가지 모두를 하라는 말이었다. 이것은 내각뿐만 아니라 국회 자체도 책임을 함께 나눠야 한다는 뜻이었다.

"진노우시로 야스노리, 이 나쁜 놈……."

수상이 이를 갈았다. 수상의 후견인이며 배후조종자 역할을 자임하던 관방장관은 사태가 이상하게 흐르자 책임지지 않기 위해 도망간거나 다름없었다.

"아아! 맙소사……. 한국 잠수함 몇 척이 일본을 해상봉쇄하는 것은 아무것도 아니오. 보험회사가 우리 일본의 목줄을 움켜쥐고 있소. 생각지도 못했던 강적이오. 그 강적에 맞설 무기는 현재 일본에 없소."

노여움이 부글부글 끓어올랐다. 한국에 대한 분노보다 이런 상황자체와 스스로에 대한 분노가 더 컸다.

"도쿄만을 엉망으로 만든 그 잠수함을 아직도 격침시키지 못했소?"

총리대신이 힘없이 물었다. 얼굴을 푹 숙인 다카다 세이이치 해상막료장은 차마 대답을 못했다. 그러나 총리는 해막장을 나무랄 힘도 없었다.

"통막장. 어제 오후에 오오스미를 통과했다는 한국 잠수함들은 잡았소?"

"제2호위대군이 총력을 다해 추격 중이지만, 세토내해 서쪽 입구근처에서 놓쳤습니다. 현지지휘관 예상으로는 한국 잠수함들이 아무래도 고베를 노리는 듯하답니다. 2호위대군이 한국 잠수함 수색과 오사카만 방어를 위해 증원을 요청하고 있습니다."

사토 야스오 통합막료회의 의장이 힘없이 보고했다.

"막을 자원이 없다는 것쯤은 다들 알지 않소? 도쿄만도 아직 열리지못했는데……."

"총리대신! 한국 해안에 잠수함들을 한 번 더 보내면 어떻겠습니까?"

축 늘어진 수상에게 이노우에 스스무 항공막료장이 건의했다. 그러나 수상은 서서히 도리질칠 뿐이었다.

"그만두시오. 국제적으로 욕은 욕대로 먹고, 망신만 당할 것 같소. 중국 정부가 펄펄 뛰는 걸 외무대신이 간신히 진정시킨 건 당신도 알지 않소? 참! 오야시오는 어떻게 됐소?"

오야시오 이야기는 하고 싶지도 않았지만 일본 정부 입장에서는 승조원들을 구해야 할 의무가 있었다. 오야시오는 11일에 벌어진 해상자위대의 '자랑스런' 쓰시마 해전에서 방공구축함을 포함해 한국 함정 네 척을 침몰시키는 혁혁한 전과를 거뒀다. 그러나 부산항에 투입돼서는 엉뚱하게도 중국 컨테이너선을 침몰시킨 다음 한국 해군에게 격침당하고 말았다. 오야시오가 비상 조난신호 부이를 사출했지만 일본은 오야시오의 승조원들을 구출할 수 없었다.

"부산 가덕도 남쪽 해상에서 한국 해군 구난함과 헬기 몇 대가 활발하게 움직이고 있습니다. 오야시오가 보낸 구조신호 부이의 전파발신 위치와 정확히 겹칩니다."

"한국이 오야시오 승조원들을 구조하고 있다는 말이오?"

통막의장은 차마 대답하고 싶지 않았지만 어쩔 수 없다는 듯이 수상에게 보고했다.

"그렇습니다. 한국 해군에서 제3국을 통해 현재 그 해역에서 일본 잠수함 승조원들을 구조하고 있다는 사실을 통막에 통보했습니다. 구조작업을 방해하거나 공격하지 말라는 뜻입니다. 저희 통막에서는 잘 통하는 주한미군 장성을 통해 한국 국방부에 사실을 확인하고 있는 중입니다."

"흥! 인질인가? 한국이 우리 승조원들을 구조한 다음에 포로학대행위를 하면 어떻게 하지요?"

"그, 그렇지는 않을 겁니다. 이라크를 흉내냈다가 자칫 국제적 고립을 자초하게 된다는 사실쯤은 한국 정부도 알고 있을 겁니다."

"호위대군 2개 전부를 투입해서 오야시오 승조원들을 구출할 수는 없겠소? 그들도 일본 시민이오! 국민의 생명과 재산을 보호할 책임을 진……."

통막의장이 수상의 말을 잘랐다.

"그건 어렵습니다."

"한국 공군이나 해군쯤은 상대가 아니라고 했지 않소?"

며칠 전에 막료장들이 자랑스럽게 떠들던 일을 생각하며 수상은 은근히 부아가 치밀어 올랐다. 막료장들은 얼굴을 들지 못했다.

통막의장이 꾸깃꾸깃 구겨진 지도를 펼쳐 수상에게 내밀었다. 이런 창피한 일로 벽이나 테이블의 대형 스크린에 지도를 투영하기가 너무 민망했기 때문이었다.

"현재 한국 남동지역에는 해병 제1상륙사단과 육군 2개 사단이 집결해 있습니다. 아, 물론 이 병력이 일본에 상륙하는 건 불가능합니다. 이 지역은 공습에 대비해 방공망도 예전보다 무척 조밀하게 형성되어 있습니다. 가장 큰 문제는, 오야시오가 침몰한 곳이 한국 지상군의 야포 사거리 이내라는 점입니다. 잠수함 승조원 구조를 위해서는 최소 하루 이상이 소요되는데, 현재로서는 지상에 전개된 야포 때문에 해상자위대가 한국 해안에 잠시라도 접근하는 것 자체가 아예 불가능합니다."

수상이 고개를 들어 천장으로 눈길을 버렸다. 차라리 한 잠 푹 자고 싶은 생각뿐이었다. 그러나 수상으로서 해야 할 책무가 있었다.

"한국은 아직도 버티고 있고, 앞으로도 버티겠다고 하고 있소. 한국에 대한 해상봉쇄가 완벽하지 않은 이유는 뭔가요?"

"사전에 중국과 러시아를 우리편으로 끌어들이지 못했다는 문제가 있습니다. 지금도 한국으로 향하는 선박들은 중국 영해를 따라가고 있습니다. 배들이 중국 영해 내부로 들어가지 않는 것은 중국 동해안에 암초와 모래톱이 산재해 해난사고를 우려한 것일 뿐입니다. 그리고 한국은 여기 경의선과 동해선이라는 철도를 통해 중국으로부터 물자를 반입하고 있습니다. 그리고 일본해에서는 러시아−북조선−한국으로 이어지는 해상중개무역이 성행하고 있습니다. 이번 분쟁을 통해 중국과 러시아, 북조선만 살판났습니다."

통막의장이 설명을 마치자 거의 얼이 빠진 수상이 혼잣말처럼 중얼거렸다.

"세계 제2위의 해군력을 갖췄다는 일본이, 한국을 해상봉쇄하기는 커녕 오히려 거꾸로 해상봉쇄를 당했다. 일본은 지금 전력으로도 일본의 바다를 지키는 데 해군력 부족을 느낀다. 대단한 모순이군. 왜 이꼴이 됐을까? 겨우 잠수함 몇 척 때문에?"

수상은 의자에 몸을 깊이 파묻은 다음 한참 동안 얌전한 학생처럼 조용히 있었다. 그렇게 가만히 있고 싶겠지만 지금 수상이 결정해야할 일은 너무 많았다. 외무대신이 조심스럽게 말을 꺼냈다.

"미국의 종전 압력이 더욱 거세졌습니다. 지금은 엄정 중립을 표방하고 있지만 언제 한국으로 돌아설지도 모릅니다."

"그건 그렇지 않을 거요. 다만 일본의 지역패권을 인정하기 싫다는 뜻이겠지요. 아직은 아시아에 대한 일본의 종주권을 인정하지 않겠다는 뜻이오."

수상은 딱히 미국에 대한 불만은 없었다. 모든 것이 일본 정부와 자위대의 무능력 때문에 벌어진 참사일 뿐이었다. 수상은 다른 핑계를 댈 수가 없어서, 그래서 더 허탈했다.

그때 다카다 세이이치 해막장의 부관이 급히 들어왔다. 항상 깔끔하던 부관이었지만 며칠째 면도도 못해 지금은 지저분한 막노동판 노동자나 다름없는 몰골이었다.

"한국 해군이 오야시오 승조원들을 전원 무사히 구조했습니다. 김해로 옮겨지는 중입니다."

"그걸 어떻게?"

사람들이 일제히 눈을 크게 떴다.

"한국 TV를 통해 일본 방송국에서도 생방송으로 나오고 있습니다."

"켜보시오, 당장!"

수상이 소리를 지르자 중앙지휘소 진행요원인 젊은 부인자위관이 회의실 뒤쪽으로 달려가 대형 TV를 켰다. 화면에는 대형 헬리콥터에서 내리는 추레한 사람들 한 무더기가 서 있었다. 헬멧을 쓰고 자동소총을 든 한국 병사가 손짓을 하자 추레한 사람들이 어깨가 축 늘어진 채 열을 지어 그쪽으로 향했다. 자세히 보니 화면 아래에 UBTS라는 한국 방송국 로고가 붙어 있었다.

―일본인 포로들은 군 병원으로 후송된다고 합니다. 건강 검진을 위해서라고 합니다.

―아! 그럼 한국인들이 저 불쌍한 사람들을 죽이지는 않을 것 같네요. 아아! 정말 다행이에요.

여성 앵커가 울먹거리는 목소리로 뉴스를 진행하고 있었다. 목소리를 들어보니 감상적인 뉴스 진행으로 잘 알려진 모 상업방송국 여성 앵커였다. 그런데 옆에서 통역이 한국 방송국 기자가 보도하는 말을 일본어로 통역하고 있는 듯했다.

―정말 고마운 일이에요. 오늘만큼은 한국인들에게 감사하는 마음을 가져도 될 것 같아요.

화면은 잠시 스튜디오로 옮겨졌다. 앵커가 두 손을 꼭 쥐고 울 듯 말 듯 슬픈 표정을 지었다. 감상적인 멘트와 순진한 표정으로 인기를 끌고 있는 앵커의 얼굴을 본 수상이 불쾌한 듯 외면했다.

"흥! 감동적이군."

―그런데 저 한국 군인들은 왜 코를 쥐고 있을까요? 얼굴도 잔뜩 찡그리고 있군요. 한국인들은 일본인 몸에서 냄새가 나서 싫어하나요?

—글쎄요. 반대 아닌가요? 요즘은 일본인들도 김치를 좋아해서 잘 먹지만, 옛날에는 한국인들 몸에서 마늘냄새가 난다고 싫어하는 일본인들이 좀 있었죠.

"무슨 소리야? 일본인들 몸에서 무슨 냄새가 난다고 그래?"

수상이 버럭 화를 냈다. 사실 별것 아닌 문제일 수도 있지만 자존심이 상하는 멘트인 것만은 분명했다. 그러자 다카다 세이이치 해막장이 기어 들어가는 목소리로 대답했다.

"작전을 마치고 귀항한 잠수함 승조원한테서는 냄새가 많이 납니다. 잠수함 승조원이 샤워를 한 번만 하고 전철에 타면 다른 승객들이 모두 고개를 돌릴 정도라고 합니다."

수상은 해막장 말을 들은 척도 하지 않았다.

9월 15일 08:45 도쿄 신주쿠(新宿區) 이치가야(市ヶ谷)
방위청 신청사 A동 지하, 중앙지휘소

—예. 새로운 긴급뉴스입니다. 니혼 마사하루 통신사에서 송고한 생방송 기사입니다.

총리대신은 힘없이 축 늘어진 채 TV에 시선을 고정시키고 있었다. 앵커가 요란을 떤 직후 화면이 바뀌었다. 그런데 방송국이 통신사 보도를 생방송으로 받아 중계한다는 게 조금 이상했다.

—우리 일본인들은 당분간 앞으로도 편한 잠을 이루지 못할 것 같습니다.

정박 중인 잠수함 몇 척과 수많은 동·서양인 기자들이 웅성거리는 곳을 배경으로 호리호리한 기자가 마이크를 잡고 있었다. 수상이 고개를 길게 빼서 그곳이 어딘가 궁금해하는 표정을 지었다. 그러나 통합막료의장이 그 궁금증을 풀어주자 수상의 호기심은 절망이 되었다.

"한국 해군 잠수함전단이 있는 경상남도 진해입니다."

─한국 해군은 오늘 아침 일찍 새로이 잠수함을 세 척이나 출항시켰습니다. 기자회견에 나온 잠수함전단장은 잠수함들의 작전 목적과 작전지역을 밝히지는 않았지만 도쿄만이 목표냐고 묻는 외신 기자들 질문에 부정하지는 않았습니다.

"끄응!"

"총리대신. 잠수함 세 척이라면 현재 한국 해군이 보유한 가용자원 전부를 투입하겠다는 거나 마찬가지인데, 가능할 것 같지는 않습니다. 게다가 세 척 모두 도쿄만을 향하지는 않을 겁니다."

"그래서, 걱정하지 말란 뜻이오?"

해막장이 고개를 푹 숙였다.

─한국 해군 잠수함전단장은 내일 오후 세 척을 추가로 투입하겠다고 발표했습니다. 잠수함전단장은 도쿄만에서 한국 잠수함 한 척이 침몰했지만 한국 해군에는 아직 잠수함이 열한 척이나 남아 있다고 말했습니다. 또한 그는 일본 잠수함이 한국 연안에 기뢰부설을 해서 큰 피해가 발생했는데 이에 대한 대책이 있느냐는 질문을 받고 '방어는 없다. 오직 공격뿐이다'라고 대답했습니다. 이것은 그동안 한국 해군과 민간 선박들이 입은 큰 피해에도 불구하고 일본을 계속 공격하겠다는 섬뜩한 선언이 아닐 수 없습니다. 일본 정부의 냉철한 판단이 요구됩니다. 한국 진해에서, 니혼 마사하루 통신사, 오마치 요시키 특파원입니다.

"줄기차게 보내는군. 사흘 동안 하루에 세 척씩이라니."

총리가 고개를 저었다.

"저 말은 믿을 수 없습니다, 총리대신. 오버홀 중이라서 작전에 투입할 수 없는 잠수함이 최소 두 척은 될 겁니다. 어제 오후에 오오스미를 통과한 한국 잠수함도 있으니 거짓말이 분명합니다."

오가와 히로노리 육상막료장이 의견을 말했으나 전혀 희망적으로 들리지는 않았다. 수상은 오마치 기자가 말한 '냉철한 판단'에 대해 곰곰 생각하기 시작했다. TV 화면에는 목소리가 사근사근한 그 앵커가 다시 나왔다.

—스튜디오입니다. 예, 정말 우울한 소식이군요. 한국 잠수함 단 두 척에 의해 도쿄만에 온통 기뢰가 깔리고 해상자위대는 엄청난 피해를 입었습니다. 새로 추가되는 저 잠수함들을 자위대가 어떻게 막을지 우려되지 않을 수 없습니다. 여기서 오오스미에 나가 있는 시모가타노스미오 기자에게 마이크를 돌리겠습니다.

—여기는 가고시마현 남쪽 오오스미해협 상공입니다. 취재헬기 아래로 보이는 바다에는 시청자 여러분이 보시는 것처럼 해상자위대 제 2호위대군 함정들과 대잠초계기들이 투입되어 한국 잠수함을 찾고 있습니다. 어제 저녁 다네가시마 근처에서 한국 잠수함을 발견했다고 합니다. 한국 잠수함은 어제 사세보 지방대 소속 호위함 한 척을 침몰시키고 동쪽으로 사라졌습니다. 해자대는 아직 한국 잠수함의 흔적을 발견하지 못했습니다.

TV 화면에는 도쿄만에서 며칠째 보던 장면과 별다를 게 없는 장면이 나왔다. 다만 배경이 도쿄만과 달리 확 트였다는 것 정도가 다를 뿐이었다. 수상이 의아한 눈빛을 띠자 통막의장이 황급히 나섰다.

"오해 마십시오, 총리대신. 오오스미해협에 있는 함정들은 한국 잠수함의 추가적인 투입을 저지하기 위한 사세보 지방대 소속입니다. 2호위대군은 오사카만에서 수색작전 중입니다. 혼란을 우려해서 언론에는 발표하지 않았습니다."

수상은 통막의장이 잘했다고 칭찬할 힘도 없었다. 이런 상황에서 작은 일을 잘한다고 무슨 의미가 있겠느냐는 생각만 들었다.

─여기서 군사전문가 후루사토 다미토 씨를 모시고 말씀을 나눠보 겠습니다.

"쳇! 군사전문가라는 놈들이 뭘 안다고. TV 끄시오!"

수상이 다시 버럭 소리를 지르자 부인자위관이 황급히 리모콘 버튼을 눌러 TV 전원을 껐다. 부인(婦人)자위관은 여군이며, 결혼 여부와 전혀 상관이 없다.

"자! 그만 합시다. 이번 게임은 우리가 졌소."

수상이 활기차게 말한 다음 박수를 쳤다. 중앙지휘소 멤버들이 놀라 고개를 들었다가 다시 일제히 숙였다. 수상이 한숨과 함께 박수를 멈췄다. 경기에서 패한 선수들이 서로 용기를 북돋기 위해 치는 것과 다름없는 허탈한 박수였다.

자위대 중앙지휘소는 돌연 침묵에 빠져들었다. 방위청장관과 통합막료회의 의장, 육해공 막료장, 기타 관료와 고급 자위관들은 아무도 입을 열지 못했다. 수상의 결정에 반대할 명분이 없었고, 이제는 그럴 용기도 나지 않았다.

"우리는 일단 도쿄만을 개통하는 게 시급하오. 그리고 종전협상을 위해서는 선물을 들려보내야 하는데, 뭐가 좋을까요?"

수상이 활달한 목소리로 참석자들에게 의견을 물었다. 분쟁은 이미 의미 자체를 잃었다. 그리고 이런 상태에서 분쟁을 끝낸다면 도저히 서로 대등한 입장에서의 휴전협상이 될 수 없었다. 일본이 뭔가 먼저 양보를 해야 하는 것이다. 참석자들은 이런 상상도 못한 결과가 현실화되자 받아들이기도 힘들었다.

"이게 어떻겠소, 방위청장관? 우리 잠수함이 한국 연안에 부설한 기뢰 위치를 한국에 먼저 넘겨주는 겁니다. 도쿄만에 부설된 기뢰 위치를 한국에게 달라고 부탁하고."

"그렇습니다. 하루빨리 도쿄만을 개통시켜야 합니다. 하지만 한국 정부가 우리측 제안을 선물로 생각하지는 않을 것입니다. 그리고 기뢰 부설 위치가 정확한지는……."

"그럼, 다른 방법이 있소?"

수상이 묻자 방위청장관이 고개를 숙였다. 지금은 일본이 한국의 바짓가랑이를 잡고 매달려도 부족할 판이었다.

"그리고, 해막장. 어떻소. 이번 사태에 책임을 지고 자결하시겠소? 그럼 내가 뒤에서 목을 쳐드리리다. 수상관저에 꽤나 괜찮은 칼이 있소."

"총리대신……."

다카다 세이이치 해막장이 당장 눈물을 쏟을 것 같았다. 그러나 수상은 해상막료장을 그다지 원망하는 것 같지 않았다. 그것이 해상막료장을 더욱 가슴 아프게 만들었다.

"물론 나도 책임을 져야겠지요. 나는 해막장 당신보다 더 큰 책임을 져야 합니다. 시민들과, 전사한 자위관들의 유족들에게 분노의 돌팔매질을 맞아야겠지요. 그것으로 내 죄를 씻을 수 있다면 좋겠지만. 어쨌든, 잔무를 처리합시다. 잔업수당은 없지만. 자! 외무대신!"

다들 올 것이 왔구나 하는 표정이었다. 외무대신이 수상에게 다가가자 수상이 뜻밖의 지시를 내렸다.

"노르웨이 대사를 불러주시오. 그에게 종전협상의 중재를 맡기겠소."

"노르웨이 대사라면…… 혹시 한국이 싫어하지 않겠습니까? 분쟁지역 중재협상에서 활약하는 노르웨이 사람들이 많은 것은 세계적으로 유명합니다. 하지만 한국 사람들은 노르웨이라면 그저 일본과 가까운 나라 정도로 인식할 뿐이라서 좋아하지는 않을 겁니다."

외무대신이 조심스럽게 의견을 밝혔다. 노르웨이는 북유럽의 어업 국가이며 고래 문제, 해양경계 문제 등에서 일본과 비슷한 정책을 추구하는 것으로 알려져 있다. 그런 노르웨이 대사에게 종전협상의 중재를 맡겼다가는 한국이 반대할 우려가 있었다. 외무대신이 걱정하는 것도 기우는 아니었다.

그런데 노르웨이는 노벨평화상 수상자를 결정하고 수상식이 열리는 곳이다. 그래서 노르웨이 사람들은 어릴 때부터 높은 국제감각을 익힐 기회를 갖고, 국제무대에서 국제평화를 위해 봉사하는 협상가도 다수 배출되었다. 또한 노르웨이는 북유럽의 선진 복지국가로, 개발도상국에 많은 원조를 하고 있었다. 국제평화와 인권신장을 위해 노력을 기울이는 민주주의 국가다.

"설마 그럴 리가 있겠소? 저번 대통령이 노벨평화상을 받은 나라가 한국인데, 노르웨이의 중재 능력을 모르지는 않겠지요"

총리가 도무지 이해하지 못하겠다는 표정을 지었다. 그러나 외무대신의 생각은 여전히 부정적이었다.

"아마 한국인 대부분은 노르웨이에 대해 잘 모를 겁니다. 한국 정부 관계자들 대부분도 노르웨이를 북유럽의 소국 정도로 인식하고 있는 것 같습니다. 그저 가끔 신문지상에 주한 노르웨이 대사가 어느 절의 템플 스테이 행사에 참가해서 참선을 했느니, 대사 부부가 어느 외식업체 주방에서 직접 연어를 요리해서 손님에게 대접했느니 하는 기사를 접한 게 전부일 겁니다."

노르웨이 외교관들이 워낙 소탈하고 시민생활에 깊숙이 접근하는 것은 유명한 이야기였다. 주재국 문화를 배우기 위한 열정도 남다르다. 그러나 노르웨이 외교관들은 총알이 빗발치는 분쟁현장에서 반정부 게릴라들의 기지를 방문하거나, 폭탄테러를 당하면서도 제3세계 정부와 소수민족 사이의 분쟁을 해결하기 위해 발벗고 나서는 용기 있는 사람들이었다.

총리가 외무대신 말을 이해 못하는 것은 당연했다. 총리도 비록 국제감각은 없지만 국제 분쟁 협상 과정에서 활약하는 노르웨이 외교관들의 위상에 대해서는 익히 잘 알고 있었다. 그런데 한국은 정부 관계자들도 모른다니 이해가 잘 되지 않았다. 그러자 외무대신이 총리를 안심시켰다.

"하지만 한국 외교부라면 당연히 알겠지요. 제가 주일 노르웨이 대사를 직접 만나서 부탁하겠습니다. 그런데 총리대신께서는 왜 미국에 중재요청을 하지 않습니까? 미국은 이번 분쟁의 조속한 해결을 강력히 요구하고 있고, 한국은 미국의 압력을 쉽게 거부하지 못할 겁니다."

"후후! 이 기회에 미국이 우리에게 뭔가 요구할까봐 그런 거요. 당연하지 않소? 내가 미국 대통령이라도 이럴 때……. 참! 노르웨이 대사는 같이 만나봅시다, 외상. 부탁하는 자는 공손해야 하는 법이오."

총리대신이 벌떡 일어섰다. 일단 결정한 이상 시간을 끌수록 손해였다. 지금도 일본 경제계는 큰 타격을 받고 있었다. 금융체질 개선과 기업의 구조개혁을 하지 못한 일본은 이번 일로 국제금융전문가들이 예상한 이상으로 큰 타격을 받았다. 일본 국민들이 고통을 받고 있다는 뜻이었다. 더 이상 앉아 있을 수만은 없었다.

그리고 도쿄만에서는 지금도 자위대와 한국 잠수함이 분쟁이 끝났는지도 모른 채 싸우고 있을 것이다. 이제 더 이상의 희생을 막을 의무가 일본 총리대신에게 있었다.

"잠깐! 총리대신. 송구스럽지만 여쭤볼 말씀이 있습니다. 이번 사태가 일어난 근본적 이유는 배타적경제수역과 대륙붕 등 해양경계에 관한 분쟁 때문입니다. 총리대신께서는 한국에 대폭적인 양보를 할 생각이십니까?"

회의실 밖으로 나가려는 수상을 통막의장이 잡고 물었다. 수상이 갑자기 실실 웃자 사토 야스오 통합막료의장이 바짝 긴장했다. '이번 분쟁에서 한국에 패한 책임은 전적으로 자위대에 있고, 특히 당신에게 있다'는 비난을 할 것 같아서였다.

통막의장은 자리에 연연하는 사람은 아니었다. 그리고 이번 실패에 어떻게든 책임을 지고 물러설 확고한 의향을 갖고 있었다. 그러나 이 번 분쟁의 실패를 이유로 일본 국민과 정계가 우경화되고 강성 인물들이 자위대를 장악하는 것을 바라지는 않았다. 수상은 통막의장의 걱정을 읽었는지 고개를 한번 내젓더니 빈 의자 등받이를 뒤에서 잡은 채 말했다.

"아니오. 이번 사태가 일어난 근본적 이유는 정치인 개개인의 이념 성향을 불문하고 정치인은 국가의 미래를 위해 일해야 한다는 사명 때문이오. 언뜻 보면 소수파 정권 총리인 내가 다른 대신들에게 휘둘리는 것 같으면서도, 여러분이 알다시피 사실은 거의 내 뜻대로 진행했소. 그동안 나에 대해 오해가 많은 줄 압니다. 그러나 그건 오해가 아니라 사실이고, 그렇게 해야 하는 것이 정치인의 책임이지요. 내 생각은 지금도 변한 게 없소. 그리고, 앞으로 한국 해군에 대한 연구가 강화되어야겠소."

총리는 관방장관 진노우시로 야스노리가 조종하는 대로 움직이는 꼭두각시가 아니었다. 위기의 순간에 한국에 대해 매우 강경한 대처를 요구한 것은 총리의 본심인 셈이었다. 그리고 일본 정부가 이번에 무리수를 둔 것은 조만간 한국 해군이 이지스 방공함을 보유하기 때문에 그전에 승부를 보기 위해서였다.

"통막의장이 걱정하는 것처럼 이제 EEZ 등 해양경계 획정 문제는 한국과의 협상에 의할 수밖에 없게 됐소. 1998년인가 그때처럼 일본 마음대로 하지 못하겠지요. 그러나 이번 협상이 불리하게 진행될 거라고 지레 짐작하거나 걱정하지는 마시오. 한국 정치인과 관료들은 정치인의 사명에 대한 개념이 별로 없으니까요. 혹시 압니까? 한국 협상팀과 정치인들이 '전통적인 우방 일본과의 우호관계를 조속히 회복하기 위해'라는 평계를 대며 일본에 대폭 양보할지 말입니다."

"한국 협상팀이 설마 그럴지도 의문이지만, 그건 국민에 대한 배신입니다. 하지만 제발 그렇게 해주면 좋겠군요."

출입문 옆에서 기다리고 있던 외무대신이 슬쩍 웃으며 나섰다. 특이하게도 이번 사태가 진행되는 동안 외무대신은 줄곧 중립을 유지해왔다. 외무대신은 처음부터 수상을 어느 정도 신뢰하고 있었고, 수상도 그 사실을 어렴풋이 알고 있었다. 그러나 이제 두 사람은 다시는 정치인으로 나설 수 없었다. 그건 내각에 참여한 다른 정치인들도 마찬가지였다.

수상이 빙긋이 웃었다.

"한국 국민들이 정치인을 시끄럽게 짖어대는 이웃집 개 취급한다는 이야기는 외무대신도 들었지요? 그리고 두 나라 모두 정치인들이 국민들에게 혐오의 대상이 된다는 점에서 비슷하다는 사실은 부끄럽지만 나도 인정하겠소. 하지만, 정치인들에 대한 감시와 견제라는 면에서는 일본 국민들이 훨씬 앞서 있습니다. 반면에 한국 정치인들은 국민에게 책임지는 경우가 드물지요. 그건 바로 한국 국민들 탓이오 우리는 바로 그 점을 노려야 합니다."

"오호! 총리대신은 정치인이면서 국민 탓을 하는군요. 아니! 외국 국민을 탓하는 것이니 상관없나요?"

총리와 외무대신이 의미심장한 미소를 주고받았다. 군사력이 동원된 분쟁은 이 정도 선에서 마쳐야겠지만, 총리는 한국 정치인과 관료들을 상대로 미사일과 포탄 대신 돈과 선물이 오가는 부패의 전쟁이 시작됐음을 선언한 셈이었다. 수상은 거대한 넓이의 바다를 한국에 양보할 생각은 추호도 없었다.

"자! 이제 다시 정치가와 외교관들이 활동할 장이 마련되었소. 외무대신도 당분간 공부께나 해야 할 거요."

"예. 선거기간 동안에도 종전협상과 해양경계를 긋는 협상은 계속 되겠지요."

수상을 따라 외무대신이 서류가방을 옆에 끼고 출입문을 나섰다. 수상이 깜빡 잊은 듯 걸음을 멈추고 뒤로 돌았다.

"자! 여러분, 그동안 수고하셨소. 특히 해막장, 이번 일로 너무 상심하지 마시오. 나도 개인적으로 느낀 바가 너무 많았소. 이번 일을 기화로 자위대든 정치인들이든 앞으로 더욱 정진해야겠소. 그리고 일본의 미래를 위해 특히 바다에 관심을 갖고 공부하고, 업무에 임해주시길 바랍니다. 수고하셨습니다!"

수상이 회의실 참석자들을 향해 깊이 머리를 숙였다. 무척 송구스런 마음이 든 방위청 관료들과 고급 자위관들이 허둥지둥 일어나 서둘러 답례했다. 수상은 활짝 웃는 얼굴로 자위대 중앙지휘소를 나섰지만, 그곳에 남은 사람들은 결코 개운하지 못했다.

odyssey

9월 15일 09:07   지바(千葉)현 다테야마(館山)시 남서쪽 25km
한국 해군 잠수함 나대용

"불어!"

메인 밸러스트 탱크(Main Ballast Tank)에 압축공기를 집어넣으라는 함장 명령이 떨어졌다. 이찬복 소령이 밸러스트 관제 패널의 스위치를 차례대로 계속 올려나갔다.

날카로운 압축공기 분출음이 들리고 곧이어 거품소리가 함을 완전히 둘러쌌다. 무거운 쇳덩어리를 감싼 밸러스트 탱크에서 바닷물이 밀려나가고 대신 공기가 들어차자 나대용함은 서서히 부력을 받으며 떠오르기 시작했다.

"심도 150!"

심도계를 확인하는 이찬복 소령이 숨을 헐떡거렸다. 곧 수면 위로 부상하면 신선한 바깥공기를 마실 수 있었다. 살아남을 수 있다는 기대감에 다른 승조원들도 더욱 조바심이 난 모양이었다. 그러나 한편으로 부상과 동시에 공격받을 가능성도 있었다. 김대헌 중령의 이마에도, 이찬복 소령의 이마에도 긴장으로 땀이 송골송골 맺혔다.

"심도 100!"

가속을 받은 나대용함의 상승속도가 점점 더 빨라지고 있었다.

"전 승무원, 부상 충격에 대비하라!"

긴급부상이었다. 나대용함의 함수가 잠항타에 의해 번쩍 들리며 상승각을 받아 빠르게 치솟기 시작했다.

"심도 50! 부상합니다!"

수면 위로 돌고래처럼 뛰어오른 나대용함은 그 즉시 수면 위에 다시 내려앉았다. 그리고 잠수함이 출렁거리며 충격에서 벗어나기까지 시간이 조금 더 걸렸다.

이윽고 함이 안정을 취하자 김대헌 중령이 이찬복에게 신호를 보냈다. 미련이 남은 듯한 이찬복의 눈빛에 함장의 굳은 눈빛이 대답을 대신했다. 이런 순간에 시간을 허비하는 짓 따위는 도저히 용서받을 수 없었다.

"전원, 탈출한다!"

이찬복 소령이 굳은 목소리로 소리치고는 전방 해치로 향하는 사다리를 오르기 시작했다. 해치가 열리자 이루 말할 수 없이 시원한 공기가 폐 속으로 깊숙이 빨려들어왔다.

탈출 순서대로 해치를 빠져나온 승조원들이 서둘러 구명부이를 바다로 집어던졌다. 자동팽창식 부이들은 물에 던지자마자 부풀어올랐고 승조원들이 질서정연하게 부이로 올라타기 시작했다.

"일본 구축함이 접근합니다!"

구명부이에 타려던 최지훈 중사가 동작을 멈추고 해상자위대 호위함을 가리켰다. 거리는 1,000미터 넘게 떨어져 있었지만 최고속도로 가속한 듯 함수 부분에 맹렬한 파도를 일으키며 나대용함으로 접근 중이었다.

"어서 서둘러! 놈들이 사격할지도 모른다. 어서!"

갑판 위에 승조원들이 줄줄이 늘어서 있는 상황에서 함포 사격이라도 받으면 끝장이었다. 이찬복이 바짝 긴장한 채로 목이 터져라 승조원들을 다그쳤다. 그런데 최지훈은 구명부이를 타지 않고 멀거니 서 있었다.

"부장님! 놈들이 발광신호를 보내고 있습니다. 보십시오!"

이찬복도 고개를 들어 발광신호를 주시했다.

"대체 뭐라고 하는 지랄이야?"

잠자코 발광신호를 읽어 내려가는 이찬복의 표정이 점점 이상하게 변해갔다. 그러다 이찬복이 갑자기 갑판에서 사령탑 쪽으로 뛰었다. 사다리를 올라간 이찬복은 허겁지겁 마이크를 연결하고는 사령실을 호출했다. 그러고는 생각나는 대로 아무 말이나 쏟아부었다.

"함장님! 멈추십시오! 멈추십시오! 놈들이 공격하지 않습니다. 반복합니다! 놈들이 우리를 공격하지 않습니다."

─도대체 무슨 소리야?

인터컴으로 김대헌 중령의 목소리가 들려오자 반색을 한 이찬복 소령이 다시 한 번 목청에 힘을 주었다. 이번에는 제대로 뜻을 전달할 수 있었다.

"일본 호위함 한 척이 발광신호를 보내오고 있습니다. 우리 함정을 외해로 유도하겠다는 뜻을 알려왔습니다. 함장님! 탈출을 중단시키겠습니다. 함장님도 얼른 올라오십시오!"

이찬복이 말을 채 끝마치기도 전에 어느새 사다리를 올라왔는지 김대헌 중령이 사령탑에 모습을 드러냈다. 100여 미터도 안 되는 가까운 거리에서 아사기리급 호위함 한 척이 확성기로 방송을 시작했다.

—강고쿠 해군노 잠수하무은 본함의 유도루 받기 바란다. 치무로는 이루파루공. 부상상태루 유지하라. 잠항응 허용하지 않는다. 반보쿠한다! 항구쿠 잠수함은 잠항으루 허용하지 않는다. 부상상태로 본함의 인도루 받아라.

"대체 무슨 수작이야? 뭘 꿍꿍이지? 나포하려는 게 아닌가?"

김대헌 중령이 확성기로 들려오는 어눌한 발음의 한국어를 들으며 고개를 갸웃거렸다. 함포는 정확히 나대용함을 조준한 채였지만 만약 발포하기로 마음먹었다면 진작에 발포했을 것이다.

"함장님! 본함을 공해상으로 유도하려는 것 같습니다. 어찌된 일일까요? 우리를 놓아주려는 것 같습니다!"

흥분한 이찬복의 얼굴이 발갛게 달아올랐다. 이유를 알 수 없었지만 나대용함은 공해로 나갈 수 있게 된 것이다. 도무지 그 이유를 알 수 없었다.

잠시 고민한 김대헌 중령이 결정을 내렸다. 만약 해자대에서 나대용함을 나포하려거나 기타 허튼 수작을 벌인다면 김대헌은 주저없이 자침을 실행할 작정이었다. 일단은 일본 호위함이 시키는 대로 잠수함을 움직여도 나쁠 것은 없었다.

"젠장! 나도 모르겠다. 기관장! 지금 당장 움직일 배터리가 남아 있나?"

"충전을 해야 합니다. 현 수준으로는 3노트도 내지 못합니다, 함장님!"

구명대를 걸치고 갑판 위에서 대기하던 기관장이 함장의 질문에 고래고래 질러대는 고함으로 대답했다. 신선한 공기에 취한 승조원들이 언제 그랬냐는 듯 활기를 찾고 쩌렁쩌렁한 목소리로 응답하고 있는 것이다.

"그럼 당장 디젤엔진을 돌려! 응? 다들 지금 거기서 뭐하고 있는 건가? 어서 움직이라고!"

"예! 알겠습니다! 함장님!"

기관장이 대답을 마치자마자 기관실 요원들을 이끌고 후방 해치로 서둘러 들어갔다. 기관실을 제외한 나머지 요원들이 어안이 벙벙한 채로 서 있자 김대헌 중령의 고함이 다시 터졌다.

"전원 각자 부서로 정위치하라! 탈출은 취소한다. 어서 뛰어! 동작 봐라!"

9월 15일 09:18 제주도 북서쪽 19km
한국 해군 구축함 충무공 이순신

"사령관님! 나대용함으로부터 연락입니다. 지금 귀환 중이랍니다!"

"뭐라고? 당장 회선을 연결해!"

자리에서 벌떡 일어선 김병륜 중장이 통신실로 뛰듯이 걸어나갔다. 우치적함이 침몰했다는 소식을 듣고 도쿄만에서 부하들을 모두 잃었다고 침통해하던 김병륜 중장은 감우식 소령의 보고에 뛸 듯이 기뻐하고 있었다.

"연결됐나?"

감우식 소령이 마이크를 건네며 고개를 끄덕였다. 헛기침을 몇 번 해댄 김병륜 중장의 손이 몹시 떨리고 있었다.

"감조군관인가?"

―예! 그렇습니다. 북극곰님!

우렁찬 목소리가 스피커를 울리자 김병륜은 감격이 북받치려는 것을 억누르려고 다시금 헛기침을 해댔다. 수많은 부하들을 잃었지만 살아 돌아온 잠수함 단 한 척에게서도 이토록 소중하고 감사하는 마음이 든다는 사실을 김병륜은 새삼 깨달았다.

감조군관이 나대용의 정식 호출부호는 아니었지만 그렇게 부른 경우가 많았다. 배 만드는 것을 감독하는 군관이란 뜻으로, 임진왜란이 끝난 다음 나대용이 이순신이 만든 것보다 인원이 적게 소요되는 거북선을 만들면서 조정으로부터 받은 직책이었다.

"피해는 어떤가! 사상자는?"

─피해는 경미합니다. 기지로 귀환하는 데는 지장이 없습니다. 사상자는…….

"뭐야? 안 들린다. 사상자는?"

갑자기 김병륜 중장의 눈가에 짙은 그림자가 드리워졌다.

─사상자는 없습니다. 작전관이 부속을 교환하다가 손가락을 조금 덴 것말고는 모두 이상 없습니다, 사령관님!

"와아아!"

김병륜 중장 뒤에 모여 있던 참모들이 일제히 환성을 터뜨렸다. 사상자 한 명 없다는 소식에 모두들 죽은 자식이 다시 살아난 것만큼이나 기뻐하고 있었다.

"귀함이 도대체 무슨 짓을 했는지 아는가?"

─모르겠습니다. 그런데 어떻게 우리가 귀환할 수 있는 겁니까? 해자대가 저희를 감시하고 있지만 공격행위는 하지 않고 있습니다. 그런데, 사령관님! 전쟁은 확실히 끝난 겁니까? 혹시…… 우리나라 정부가 일본에게 너무 많이 양보를 한 건 아닙니까?

눈물이 났다. 곁에 있다면 와락 껴안아주고 싶을 정도로 김병륜 중장은 나대용함 승조원들을 치하하고 싶었다. 그러나 무선통신으로 너무 많은 것을 이야기하기는 조금 위험했다. 김병륜 중장이 간단하게 말했다.

"그건 아니다. 그 부분에 대해서는 절대 걱정하지 마라. 귀함은 많은 일을 해냈다. 수고했다. 정말 수고했어. 특히 살아줘서 정말 고맙다."

―감사합니다, 사령관님.

"귀환하는 데 필요한 것은 없는가? 함 상태가 위험하면 지원함을 중간수역으로 투입하겠다."

―없습니다, 사령관님. 아! 당장 필요한 것이 하나 있습니다.

"뭔가?"

김병륜 중장이 귀를 기울였다.

―어뢰입니다. 어뢰가 너무 부족했습니다.

"뭐라고? 하하하!"

뜻밖의 요청에 김병륜 중장이 허리가 뒤로 휘도록 호탕하게 웃어젖혔다.

합참의 명령을 거부하고 우치적함을 잔류시킨 무모한 작전 때문에 곧 소환될 운명에 처한 김병륜 중장이었다. 해군참모총장이 김병륜을 적극 옹호하고 나섰지만 해군은 힘이 없었고, 해군작전사령관은 최악의 상황에 처해 있었다. 그런 김병륜이었지만 오로지 나대용함의 생존 소식만으로도 그동안 마음을 무겁게 짓눌러왔던 모든 짐을 훌훌 털어낼 수 있었다.

"다음부터는 어뢰를 더 실어주겠다. 기지로 돌아올 때까지 무사 귀환할 수 있도록 주변을 확실히 경계하라."

―알겠습니다. 그런데 주변에 해자대 함정들이 공격만 안 하지 온갖 위협을 다 하고 있습니다. 우리한테 함포를 겨누고 있는 놈들한테 어뢰를 먹여주고 싶습니다.

직접 보지는 못하지만 김병륜도 지금 나대용함이 처한 상황을 눈으로 보듯 알 것 같았다.

"귀함은 더 이상 일본 함정들로부터 공격받지 않을 것이다. 그 점은 안심하라."

단호한 목소리로 김병륜 중장이 나대용함에 약속했다. 일본도 그것은 받아들일 수밖에 없을 것이다. 한국은 이미 부산항을 공격한 일본 잠수함에게 비싼 보답을 지불했고, 그 대가를 받을 권리가 있었다. 또한 인질보상금을 받을 권리가 있었다.

"오늘 09시를 기해 일본과 적대관계가 잠정적으로 종료됐다. 그리고 종전협상이 진행되는 동안 양국간의 상호 적대적 행위는 금지되었다. 그러나 귀함의 노고를 치하하는 의미에서 일본 호위함에 대해 감자바위 정도는 먹일 수 있음을 특별히 허가한다.

―좋은 생각이십니다. 일본 호위함에게 감자바위로 대함경례를 대신하겠습니다.

김병륜 중장이 흐뭇한 미소를 지었다.

**9월 15일 09:43   지바(千葉)현 다테야마(館山)시 남서쪽 25km
한국 해군 잠수함 나대용**

"배터리는 어떤가?"

"속도는 느리지만 10노트 이하로는 디젤엔진으로 계속 충전하며 항주할 수 있을 것 같습니다, 함장님."

부장이 대답하며 다시금 하늘로 시선을 옮겼다. 하늘 높이 약간 두터운 새털구름이 햇빛을 잔뜩 머금은 채 서쪽으로 흘러가고 있었다.

사령탑에 서서 맡는 공기는 이루 말할 수 없을 만큼 맛있었다. 지옥에서 빠져나와 두 번 다시 이렇게 맑은 공기를 마시고 내뱉을 수 있을 거라고 생각한 나대용함 승무원은 없었다.

"담배 좀 작작 피워! 두 명씩 피우라고 한 걸 잊었나? 뭐? 그동안 못 피운 걸 한꺼번에 피운다고? 아예 뽕을 뽑아라.”

갑자기 사령실 탈출구로 굴뚝처럼 밀려 올라오는 담배연기를 맡은 이찬복 소령이 펄쩍 뛰었다. 사다리 바로 아래에는 승조원들이 예닐곱 명이나 모여 동시에 담배연기를 뿜어내고 있었다. 완전히 너구리 소굴이었다.

“내버려두지, 부장. 잠깐만…….”

함장은 그렇게 담배를 피워대는 승조원들에게 핀잔을 주고 싶지 않았다. 고개를 갑자기 아래 통로로 향한 김대헌 중령이 곧이어 두 명을 사령탑으로 올라오게 했다.

함장과 부장을 비롯한 항해당직, 그리고 견시수를 제외하고는 사령탑에 올라올 수 없다. 하지만 김대헌 중령은 승조원들을 더 올라오게 했다. 사다리 밑에서 담배를 피우는 게 너무 안쓰러워 보였기 때문이다. 그러나 담배를 피우지 않는 부장에게는 조금 고역이었다.

“와! 이제 살 것 같습니다. 지금 당장 죽어도 여한이 없을 것 같습니다.”

어느새 올라온 최지훈 중사였다. 고개를 하늘로 젖히고 코를 킁킁대는 최지훈은 코가 너무도 시원한지 잠시 아랫배가 볼록해질 때까지 숨을 들이마셨다.

“담배 일발 장전! 빨리 피우고 내려가. 밑에 기다리는 요원들이 있으니깐!”

“알겠습니다, 부장님!”

잽싸게 피워 문 담배 끝에서 은회색 연기가 피어오르며 맑은 공기에 휩쓸려 흩어졌다. 어느새 심심해진 이찬복 소령이 최지훈을 갈궜다.

“그런데, 최 중사. 자네 담배 피우나? 몸에도 안 좋은 걸 왜 피워? 자네답지 않게.”

“저는 지상에서는 절대 안 피웁니다. 하지만 부상할 때마다 피우는 담배 맛은, 캬아~ 기가 막히거든요. 아! 결혼하면 완전히 끊을 겁니다.”

“쯧쯧! 그래. 빨리 가게.”

이찬복이 최지훈을 아주 불쌍하다는 듯이 쳐다보았다.

“좌현 견시 보고! 좌현 30도. 거리 460. 강력한 소용돌이입니다.”

이찬복이 쌍안경을 들었다. 이찬복이 신기하다는 듯이 외쳤다.

“메일스트럼이야! 거기에 암초지역이 있었나? 원, 참. 여기 와서 별의별 현상을 다 보는군.”

메일스트럼(maelstrom)은 일반적으로 큰 소용돌이를 뜻한다. 원래 이것은 노르웨이 북서쪽 해안 앞바다 로프텐 제도 가까이에서 발생하는 소용돌이를 지칭했다. 뱃사람들에게는 전설적인 죽음의 소용돌이였다. 이것은 수면 아래까지 치솟은 암초 때문에 폭이 좁혀진 조류가 강하게 흐르며 다른 조류와 부딪칠 때 생기는 현상이다.

“예? 메일스트럼이라면, 일단 걸리면 꼼짝 못하는 거 아닙니까?”

“응? 그걸 자네가 어떻게 알지? 요즘엔 훈련전대에서 참 많은 것을 가르치는 모양이네?”

이찬복은 해양학 책에 그런 것이 있었나 기억을 되살려봤지만 떠오르지 않았다. 대신 이찬복은 애드가 앨런 포의 단편소설을 떠올렸다. 「메일스트럼」이라는 단편소설의 삽화에는 배건 집이건 나무건 사람이건 뭐건 무한대로 집어삼키는 거대한 소용돌이가 묘사되어 있었다. 그런 소용돌이에 걸리면 빠져나올 수 없었다.

“부, 부장님. 그게 아니라 게임에서…….”

“항해 게임인가? 흠. 해군에 맞는 게임이로군.”

“그것도 아니고…… 헤헤! 부장님, 그런데 우리가 부설한 기뢰는 다 어떻게 됐을까요? 기뢰제거작업을 하는 소해함들한테 하픈 몇 발쯤 먹여줘야 했습니다. 확실한 조이기가 됐을 텐데 아쉽습니다.”

"기뢰부설을 한 다음 소해함을 공격하는 걸 요즘은 조이기라고 하나?"

"해군 용어는 아닙니다. 어쨌든 그럼 적이 밖으로 못 나오지 않습니까? 안에 갇혀 있다가 말라죽는 겁니다. 기뢰에 압박을 받는 동시에 하픈에 방법 당하면 손발리 오그라드는데, 정말 아쉽습니다."

"도대체 뭔 소리여. 흠. 도쿄만에 진입하기 전날엔가 함장님이 그런 비슷한 말씀을 하긴 하셨지. 그런데 그때 자네 비번이었나? 그 일은 우치적이 이미 했다고."

우치적이란 말에 두 사람은 동시에 움찔했다. 그리고 우울한 얼굴을 동쪽 바다로 돌렸다. 우치적이 깊이 가라앉은 곳이었다.

"우현 견시 보고! 우현 170도, 720. 상공에 헬기. 함미에서 함수로. 민간 헬기가 본함으로 접근 중입니다!"

견시의 보고에 이찬복 소령이 뒤로 돌아 쌍안경을 들었다. 낯익은 벨(Bell) 212 헬기가 '두두두' 하는 단속적인 로터음을 내며 점점 가까워지자 나대용함 앞쪽에 떠 있던 시 호크 헬기가 새로 나타난 헬기로 재빨리 접근했다. 시 호크는 갑자기 나타난 헬기의 경로를 막아서며 정지비행에 들어갔지만 헬기는 그것을 무시하고 계속 나대용함 쪽으로 다가오고 있었다.

"뭐야, 저건?"

헬기의 열려진 문 안쪽에서 사람들이 나대용함을 향해 손을 흔들고 있었다. 낯선 광경에 김대헌 중령과 이찬복 소령이 어리둥절해하고 있는데 귀만 밝은 게 아니라 눈까지 좋은 최지훈 중사가 먼저 알아봤다.

"방송용 헬기 같습니다. 대체 뭘 찍어가겠다고……."

최지훈이 따라서 손을 흔들다 이찬복 소령의 잔뜩 굳은 인상에 얼른 손을 내렸다. 곧 낯익은 글자가 눈에 들어왔다. 동체 아랫부분에 뚜렷하게 쓰여 있는 기호는 유명한 뉴스 전문 방송이었다.

"꺼져! 이 자식들아!"

주먹을 흔들며 이찬복 소령이 쫓아내는 시늉을 했지만 헬기에 탄 사람은 오히려 인사에 응답한 것이라고 생각했는지 더욱 세차게 손을 흔들고 있었다.

"헬기들이 더 몰려오는데요?"

같은 방향이었다. 해상자위대의 흰색 도장이 아닌 엉뚱한 헬기들이 이번엔 한꺼번에 세 대나 몰려오고 있었다.

"아니! 저기도 보십시오. 웬 사람들이 꾸역꾸역 나와 있습니다."

이번에는 최지훈이 북동쪽의 반도를 가리켰다. 도쿄 남동쪽 다테야마시가 위치한 보소반도였다. 반도 끝 도로변과 언덕 위에는 어느새 모였는지 울긋불긋한 옷을 입은 시민들이 가물가물 떼로 모여 있었다.

"으이그! 구경하는 거야. 싸움이 나길 기다리면서 도시락 까먹고 있겠지."

이찬복 소령이 투덜거렸다. 영주들끼리 싸우는 전투를 언덕에서 구경하는 것이 일본에서는 낯선 풍경이 아니었다. 19세기에 미국 해군이 일본 어느 연안지방을 공격했을 때 구경꾼들이 떼로 몰려들었다는 이야기도 있다.

해자대의 헬기 하나로는 몰려오는 헬기들을 막을 수 없는지 시 호크 대잠헬기는 방송용 헬기들을 저지하는 일을 포기하고 다시 나대용함 앞쪽으로 날아갔다.

"구경났군, 구경났어."

이찬복 소령은 여전히 기분이 나쁜지 툴툴거리고 있었다. 나대용함을 둘러싼 헬기들은 주변을 빙글빙글 돌며 연신 카메라를 내리 비추었다.

9월 15일 10:03　지바(千葉)현 다테야마(館山)시 남서쪽 27km
방송사 헬리콥터

미국의 뉴스 전문 방송 도쿄특파원인 허먼 버커드는 생명줄에 전적으로 의지해 헬리콥터 밖으로 온몸을 내밀고 양팔을 흔들며 괴성을 질렀다. 카메라맨은 이런 장면을 고스란히 필름에 담고, 동시에 미국 본사로 전송하고 있었다. 생방송으로 나오는 것은 아니지만 일부는 편집해 정규 뉴스시간에 나올 수도 있었다.

"끼야호~ 나는 하늘을 날고 있다아!"

헬리콥터는 바다 위 100미터 상공을 비행하고 있었다. 몸부림치는 버커드 기자와 승강구 사이 저 아래 바다에 시커먼 잠수함이 서쪽으로 향하고 있는 모습이 보였다.

"버커드 씨! 정규 뉴스시간이 됐어요. 머릿기사이고 생방송이니 잘 부탁합니다. 1분 남았습니다."

턱수염을 기른 중년 백인 프로듀서가 마이크로폰 마이크에 대고 외치자 버커드 기자가 날렵하게 헬기 위로 뛰어올랐다. 버커드 기자가 현지 고용인인 일본 여성에게 윙크를 하더니 바지 뒷주머니에서 빗을 꺼내 머리를 빗었다. 그런 다음 춤추듯이 엉덩이를 흔들더니 손으로 무릎을 한 번 쳤다. 나이 70이 다 된 버커드 기자였지만 뒷골목 농구장 골대를 배경으로 랩을 하는 젊은 흑인 가수처럼 경쾌한 동작이었다.

뉴스시간이 조금 전에 시작됐을 테니 지금은 뉴스 캐스터 제시카 웰시가 수다를 떨 시간이었다. 도쿄 지국장을 겸하고 있는 프로듀서가 시계를 보며 사인을 넣었다. 카메라맨은 방송용 조명을 켜며 버커드 기자를 렌즈 중심에 담았다.

"생방송 5초 전, 4초 전, 3초 전……."

프로듀서가 휴대용 모니터를 보며 큐 사인을 넣었다. 버커드 기자가 마이크를 잡고 최대한 입술에 밀착시켰다. 아까 녹화편집하면서 심하게 뒤섞인 헬기 소음과 바닷바람 소리를 이번에 감안한 것이다.

"시청자 여러분 안녕하십니까? 저는 지금 도쿄 남쪽 사가미만 상공에서 취재헬기를 타고 있습니다. 드디어 일본과 한국의 분쟁이 종말을 고했습니다. 본사 높은 양반들께서는 섭섭해하시겠지만 미국의 전통적인 우방들이 이렇게 서로에 대한 증오를 접었다는 사실은 실로 다행이라 할 수 있습니다. 더 이상 이 바다에 유혈이 낭자하지 않게 되어 다행이기도 하고, 미 7함대 소속 유색인 장병들과 일본 젊은 여성들에게도 희소식입니다."

버커드 기자가 눈을 찡긋했다. 제시카 웰스가 눈을 치켜뜨는 모습이 눈앞에 선했다.

"시청자 여러분! 지금 저 아래에 잠수함이 보이십니까? 영웅들이 집으로 돌아가고 있습니다. 지난 4일 동안 도쿄만을 봉쇄하고 막강한 일본 해상자위대의 무능을 세계에 폭로하고 천만 도쿄 시민들을 공포에 몰아넣었던 위대한 영웅들이 임무를 마치고 무사히 귀환하고 있습니다. 그들은 기껏 30여 명에 불과하고 잠수함은 겨우 1,400톤에 불과합니다. 그러나 불굴의 용기와 뜨거운 애국심이 그들의 조국 대한민국을 구한 것입니다."

다른 카메라맨이 헬리콥터 아래를 찍고 있었다. 한국 잠수함은 천천히 움직였고, 그 뒤로 일본 호위함 한 척과 방송용 헬기 몇 대가 뒤따랐다.

카메라맨이 카메라를 조작하자 망원렌즈가 길게 늘어났다. 카메라 배율을 높여 한국 잠수함 사령탑에 서서 주변을 망원경으로 살피는 승조원들을 담고 있는 것이다. 그 사이 버커드 기자가 원고를 잠시 살폈다.

프로듀서가 버커드 기자에게 준비됐다는 사인을 넣었다. 녹화편집분이 방영될 시간이었다.

"이것은 50분 전, 한국 잠수함이 부상하는 장면입니다. 그 이후 한국 잠수함 승조원들은 일본 구축함의 위협을 받았지만 더 이상 유혈사태는 없었습니다. 분쟁이 끝났기 때문입니다!"

모니터 화면에서는 한국 해군 장교가 헬리콥터를 향해 인사를 하는 건지 욕하는 건지 알 수 없었지만 어쨌든 살아 있는 것이 분명한 한국인들이 잠수함 갑판 위에서 움직이는 장면이 나왔다. 이번에는 다시 생방송이었고, 버커드 기자가 카메라 초점에 맞춰졌다.

"한국인들은 가끔 인상 깊은 플레이를 보여주어 세계인을 놀라게 합니다. 여러분은 2002년 여름을 기억하십니까? 세계인에게 감동을 안겨주었던 한국 축구팀의 뜨거운 열정을 기억하십니까? 그 벅찬 감동을 온몸으로 껴안으며 광장을 가득 채웠던 붉은 물결을 기억하십니까? 그렇다면, 자! 따라해보십시오. 대~한 민국! 짜작짝 짝짝! 대~한 민국! 짜작짝 짝짝!"

헬리콥터 바닥에 주저앉은 프로듀서가 턱을 괴고 기가 막힌 듯이 버커드를 지켜보고 있었다.

"본 취재팀은 저 잠수함이 한국에 도착할 때까지 뒤따라가면서 취재에 임할 예정입니다. 분쟁은 끝났지만 혹시라도 일부 일본의 극단주의자들이 저 잠수함을 공격할지도 모르기 때문입니다. 대한민국 잠수함 나대용은 현대판 율리시즈가 되어 바다 위를 배회하며 고난을 겪을지, 아니면 다시는 돌아오지 못할 마지막 길을 걷게 될지는 아무도 모릅니다. 그러나 우리 취재팀은 저 위대한 영웅들을 지킬 것입니다. 치열한 전투현장에서 용감하게 싸워 살아남은 영웅이 비열한 암살자들에게 헛되이 죽어가는 허탈한 역사현장은 이번에는 결코 없을 것임을 보장합니다."

그런 허탈한 역사현장을 카메라에 담아 특종을 찍고 싶다는 뜻인지 약간 아리송한 멘트이기도 했다. 버커드 기자는 심각한 얼굴로 한국 잠수함 쪽으로 시선을 돌렸다. 카메라가 그 시선을 따라 바다 위를 훑었다. 한국 잠수함은 푸른 파도를 헤치며 서쪽으로 향하고 있었다.

"제가 어떻게 저 잠수함의 안전한 귀환을 보장하냐고요? 제가 약속을 하더라도 그건 현실적으로 불가능합니다. 그러나 저는 확신합니다. 자! 시청자 여러분. 남쪽 바다를 보십시오."

카메라맨과 프로듀서가 허둥지둥 헬기 바깥으로 고개를 내밀었다. 버커드 기자가 원고에 없는 이야기를 생방송으로 하자 당황하며 확인하려는 것이다.

그런데 정말로 남쪽 수평선 근처에 군함 몇 척이 나타나 이쪽을 향해 다가오고 있는 것이 보였다. 그리고 F-18로 보여지는 전투기 네 대가 상공을 비행하고 있었다. 버커드 기자가 신이 나서 떠들었다.

"저기 미합중국 함정들이 나타났습니다. 미국 해군 함정들이 일본의 위협으로부터 저 한국 잠수함을 지켜줄 것입니다. 찬란한 태양이 미소짓고 있는 도쿄 남쪽 사가미만 상공에서, 허먼 버커드입니다."

9월 18일 13:21   제주도 남동쪽 49km
한국 해군 잠수함 나대용

"뭐야? 뱃놈이 뱃멀미라니 말이나 돼?"

바깥바람을 쐬어도 소용이 없는 것 같았다. 아침나절부터 안색이 좋지 않던 최지훈 중사는 더 이상 버티지 못하고 사다리 아래로 미끄러져 내려갔다. 최지훈에게 비난의 눈길을 보내던 이찬복 소령이 툴툴거렸다.

그러나 말은 그렇게 했지만 이찬복 소령도 속이 영 안 좋았다. 일본 영해를 벗어날 때까지 계속 수상으로 항주하라는 일본 호위함의 지시에 응했기 때문이기도 하지만, 손상을 받은 나대용함이 잠항상태를 유지하는 것도 곤란했기 때문이었다.

수면이 약간만 거칠어도 나대용함은 심하게 요동쳤다. 나대용함과 같은 잠수함은 함형이 수중에서 속도를 내기에 적합하도록 만들어졌기 때문에 수면으로 항해할 때는 그만큼 요동이 심할 수밖에 없었다. 덕분에 고참 승조원 몇몇까지도 멀미에 고생하고 있었다.

도쿄만에서부터 줄곧 따라붙던 일본 호위함은 조금 전에 규슈 사세보를 향해 돌아갔다. 멀찌감치 떨어져서 나대용함과 속도를 맞춰 따라오던 미국 순양함과 구축함들도, 몇 시간마다 한 번씩 나타나던 뉴스 전문 채널의 취재헬기도 어느 순간부터 보이지 않았다. 이찬복은 그들이 조금 그리워지고 뭔가 허전한 기분이 드는 스스로를 돌아보며 놀랐다.

─항해함교! 함장이다. 곧 이순신함과 을지문덕함이 접근할 것이다. 확인되나?

"충무공 이순신함이 말입니까?"

이찬복이 인터컴으로 들려오는 함장의 목소리에 반문했다. 놀라운 일이었다.

─그래. 접속수역에 진입하는 대로 이순신함과 을지문덕함이 본함을 엄호할 예정이다. 수면에 위치가 확인되는 대로 보고하라.

"알겠습니다, 함장님."

교신을 끝낸 이찬복이 북서쪽 너머의 수평선을 응시했다. 벌써 제주도가 보일 거리에 다다랐지만 짙은 구름에 쌓인 섬은 보이지 않았다. 접속수역은 영해에서 바깥으로 12해리까지다.

"우현 견시 보고! 11시 방향! 상공에 헬기입니다."

견시의 보고에 이찬복이 쌍안경을 집어들었다. 가물거리는 검은 점이 점차로 커졌고, 그것은 똑바로 나대용함을 향하고 있었다. 외관을 식별할 수 있겠다 싶었을 때 이찬복은 그것이 링스 대잠헬리콥터라는 것을 알았다.

우현 견시가 보고한 내용 그대로를 이찬복이 전투정보실에 전해주자 함장이 이해하기 어려운 명령을 내렸다. 접근하는 헬기와 교신을 한 모양이었다.

─함장이다. 헬기가 착함을 위해 접근 중이다. 갑판 요원들에게 지원을 준비시켜. 함은 정지한다.

"아니, 함장님. 이 좁은 잠수함에 어떻게 헬기가 내린답니까? 그리고 헬기가 왜 우리 잠수함에 착함합니까? 본함에는 급히 후송해야 할 부상자도 없지 않습니까?"

말도 안 되는 소리라고 이찬복이 혀를 찼지만 명령은 명령이었다. 나대용함의 주 전동기가 정지하고 나서도 함정이 완전히 멈출 때까지 시간이 꽤 걸렸다. 어느새 나대용함에 접근한 링스 헬기는 비좁은 갑판 위에서 아슬아슬할 정도로 고도를 낮추고 있었다.

"조종사가 미친 거 아닙니까? 우리 배에 착함하려는 모양인데……"

밖에 나와 있던 승조원들이 거센 바람에 몸을 추스르면서 버럭 짜증을 냈다. 요란한 강풍에 수면 위로 물보라가 튀고 있었다. 눈 속으로 들어간 바닷물의 소금기 때문에 이찬복이 눈을 깜빡거렸다. 그러면서도 이찬복은 이 작은 잠수함에 헬기가 착함하도록 지시한 멍청한 윗분이 누군지 알고 싶다며 툴툴거렸다.

그때 갑판 위로 겨우 30센티미터 정도 낮게 떠 있던 링스 헬기의 옆 출입문이 활짝 젖혀졌다. 그리고 젊은 소령 하나가 조심스럽게 갑판 위로 뛰어내렸다. 뒤를 이어 땅딸막한 중년 사내 하나가 내리려는 것을 그 젊은 소령이 엉거주춤 불안한 자세로 도와주고 있었다.

"맙소사!"

짙은 선글라스를 낀 중년 남자를 이찬복이 못 알아볼 리 없었다. 카키색 근무복, 어깨 위로 반짝이는 별 세 개. 앗! 바람에 정모가 날아가자 드러난 빛나는 머리. 이찬복이 황급히 사령탑의 외부 사다리로 내려가자 김병륜 중장이 딱딱하게 말문을 열었다.

"함정 상태는 어떤가?"

"필승!"

"됐어!"

귀찮은 듯 답례를 한 김병륜 중장이 마치 부둣가에 계류된 함정을 순시하듯 전갑판에서 후갑판 쪽으로 성큼성큼 걸으며 나대용함의 외관을 살피기 시작했다. 이번에는 진짜로 놀란 김대헌 중령도 김승민 대위와 함께 후닥닥 사다리를 내려오고 있었다.

"필승!"

"수고 많았어! 자네들이 거기서 무슨 짓을 했는지 알고나 있나?"

함장 김대헌 중령에게 성큼 다가선 김병륜 중장이 잠시 배가 횡파에 흔들리자 중심을 잡으려 손을 홰홰 저었다. 애당초 귀환 중인 나대용함에 헬기로 내리겠다는 생각은 김병륜 중장의 고집말고는 아무것도 아니었다.

"자네들은 엄청난 일을 해냈어. 사실, 자네들을 그곳에 보낸 것 자체가 해군으로서 너무 부끄러운 일이지."

김병륜이 불쑥 손을 내밀었다. 김대헌 중령이 어색하게 부동자세를 취하며 절도 있게 오른손을 내밀었다. 그리고 그것을 잡고 힘차게 흔들던 김병륜 중장이 갑자기 고개를 돌리며 인상을 찌푸렸다.

피차 한두 번 겪은 일도 아니었다. 잠수함 승조원들의 작전귀환 때마다 겪었던 것이지만 이번에도 참기가 쉽지 않은 모양이었다. 바닷바람에다 헬리콥터에서 불어오는 거센 바람에도 불구하고 냄새가 전해진다는 사실이 놀라울 정도였다.

애써 표정을 편 김병륜 중장이 갑판에 도열한 승조원들과 차례로 악수하며 치하했다. 줄지어 관등성명이 튀어나왔다.

"수고했어. 그래, 수고했어. 죽은 자식인 줄 알았는데. 어디, 불알이나 한번 만져볼까?"

김대헌 중령이 쓴웃음을 지었다가 고개가 점점 아래로 내려갔다. 아래를 확인하려는 게 아니고, 작전사령관에게는 이번에 죽은 자식이 진짜로 있었기 때문이다. 김대헌 중령은 우치적함을 생각할 때마다 눈물이 나려 했다.

"우치적함은 인양을 계획 중이지만 심도 때문에 쉽지가 않을 것 같군."

먼 동쪽 바다를 쳐다보는 김병륜 중장의 뒷모습이 어두웠다. 그것은 김대헌 중령도 같았다. 산 자와 죽은 자는 그렇게 갈렸다. 서로 어느 쪽에 위치할지는 아무도 몰랐다. 그리고 그 이유도 없었다. 그저 운이라 치부하기에는 너무 분하고 억울했다.

"하지만 반드시 우치적함을 인양하겠네. 이건 우치적함과 그 승조원들에 대한 예의기도 하고, 국가적 자존심이 걸린 문제 때문이기도 하네. 일본 방송국의 조롱거리나 심해탐사용 잠수정들의 놀이터로 놔둘 수는 없지."

함장 뒤에 선 김승민에게 김병륜 중장의 눈길이 잠시 머물렀다. 그리고 뭔가를 이야기하려던 눈빛이 다시 조용히 바뀌었다.

"이번 일로 우리 국민들이나 정부가 남해의 중요성과 해군의 존재 가치에 대해 다시 생각할 기회를 가졌겠지. 하지만 늦었어! 더 빨리 알고 준비했어야 했어. 운이 좋아 최악의 결과는 피했다고 하지만, 결과는 여전히 이렇게 참혹할 수밖에 없어."

환영 분위기치고는 너무 가라앉았다고 느꼈는지 김병륜 중장이 말투를 바꿨다.

"참! 자네들 정원에서 두 명이 빠져 있더군. 귀항하기 전에 채워넣어야겠지?"

함장이 '어떻게'라고 묻기도 전에 작전사령관이 말을 이었다.

"음탐관 백형기 대위와 이재원 하사가 이순신함에서 대기하고 있네. 곧 헬기를 타고 올 거야. 젊은 사람들이 고집은 왜 그리 센지. 내 고집은 아무것도 아냐."

김병륜 중장이 호탕하게 웃었지만 무척 허탈한 느낌이 들어 다른 사람들은 따라 웃지 못했다. 김병륜 중장이 윗선에서 이뤄지고 있는 협상에 대해 짤막하게 요약했다.

"종전협상 중재를 일본 정부로부터 요청받은 주일 노르웨이 대사가 지금 서울에 와 있네. 국방부와 합참은 한국측이 주도적으로 종전협상을 이끌어냈다고 기뻐하고 있어. 언제는 나를 비겁한 놈이라고 실컷 욕하더니 이번에는 나라를 구한 영웅이라고 추켜세우기 바쁘더군."

김병륜 중장은 그렇게 생각하지 않았다. 파멸을 간신히 막았다고 그것이 이긴 것이 될 수는 없었다. 그리고 만약 앞으로 비슷한 사건이 발생했을 때 상부에서 기본적인 장비도 갖춰주지 않은 채 군인들을 죽음으로 내몰 것이라 생각하니 더욱 걱정스러웠다.

"그래서 오늘 아침에 예편원을 제출했네. 부하 장병들을 1,000여 명이나 죽이고 잠수함 몇 척을 사지로 몰아넣은 작전사령관치고는 최후가 나쁘지 않은 편이야."

김병륜 중장이 다시 허탈하게 웃었다. 부하들에게 죽으라는 명령을 내리는 것은 사람으로서 결코 쉬운 일이 아니었다. 그 자리는 피를 부르고 죽음을 부르는 자리였다. 누군가 반드시 앉아 있어야 했지만 이제는 김병륜이 그 자리에 앉아 있어야 할 이유는 없었다.

"다시 되돌릴 수만 있다면. 파도가 밀려왔다가 다시 나가는 것처럼 되돌릴 수만 있다면……."

김병륜 중장이 조용히 중얼거리며 고개를 들었다. 거센 파도 위로 하늘은 여전히 푸르렀다. 그러나 상처받은 함정과 해군 장병들, 가라앉은 함정, 그리고 가라앉은 영혼들을 다시 되돌릴 수는 없었다. 꿈결 같은 바람이 남해 바다 푸른 파도를 어루만지듯 부드럽게 불어왔다.

〈끝〉

부 록

©월간 플래툰

▲ 장보고(209)급 잠수함(나대용, 최무선 등)

수중배수량 : 1,285톤

크기(길이×폭×흘수) : 56×6.2×5.5미터

속도 : 22노트

승무원 : 33명

무장 : 533mm 어뢰발사관 8문(어뢰+하픈 대함 미사일 14발)

▼ 214급 차기잠수함(우치적)

수중배수량 : 1,860톤

무장 : 533mm 어뢰발사관 8문

(어뢰+미사일 20발)

©HDW

『남해』에 나오는
수상전투함 · 잠수함 · 어뢰

▼ 충무공 이순신급 구축함(DDG)

만재배수량 : 5,000톤

크기(길이×폭×흘수) : 154.4×16.9×4.3미터

속도 : 30노트

승무원 : 185명

탑재기 : 대잠헬리콥터 2대

무장 : 하푼 SSM 8기, 32셀 Mk41 VLS 1기(스탠더드/시 스패로 ESSM 미사일, 127mm 단장포 1문, 30mm 골키퍼CIWS 1기, 324mm 3연장 어뢰발사관 2문, RAM 21연장 발사기 1기

※동형함으로 나오는 문무대왕 · 계백함은 작가가 임의로 설정한 자매함정임.

해군본부 제공

▶ 광개토대왕급 구축함(DDH)

만재배수량 : 3,900톤

크기(길이×폭×흘수) : 135.4×14.2×4.2미터

속도 : 30노트

승무원 : 170명(사관 15명)

탑재기 : 링스 대잠헬리콥터 1기

무장 : 하픈 SSM 8기, 16셀 Mk48 VLS 1기(시
스패로 SAM 16기), 127mm 단장포 1문,
30mm 골키퍼CIWS 2기, 324mm 3연장 어뢰
발사관 2문

©월간 플래툰

▼ 울산급 호위함(FFK)

만재배수량 : 2,180톤

크기(길이×폭×흘수) : 102×11.5×3.5미터

속도 : 34노트

승무원 : 150명(사관 16명)

무장 : 하픈 SSM 8기, 76mm 단장포 2문, 40mm 연장포 3기, 324mm 3연장 어
뢰발사관 2문, 폭뢰 12기

©월간 플래툰

©월간 플래툰

▲ 포항급 초계함(PCC)

만재배수량 : 1,220톤

크기(길이×폭×흘수) : 88.3×10×2.9미터

속도 : 34노트

승무원 : 95명(사관 10명)

무장 : 하픈 SSM 8기(일부 함정), 엑조세 SSM 2기(일부 함정), 76mm 단장포 2문, 40mm 연장포 2기, 324mm 3연장 어뢰발사관 2문, 폭뢰 12기

©월간 플래툰

▲ 청해진급 잠수함 구조함(ASR)

만재배수량 : 4,300톤

크기(길이×폭×흘수) : 102.8×16.4×4.6미터

속도 : 18노트

승무원 : 130명

▶ 오야시오급 잠수함

기준배수량 : 2,700톤

크기(길이×폭×흘수) : 82×8.9
×7.9미터

속도 : 20노트

승무원 : 69명(사관 10명)

무장 : 533mm 어뢰발사관
6문(어뢰 및 UGM-84 하픈
SSM 합계 20발)

SS590 Oyashio / SS591
Michishio / SS592 Uzushio
/ SS593 Makishio / SS594
Isoshio

©JMSDF

342

©JMSDF

◀ 하루시오급 잠수함

기준배수량 : 2,500톤

크기(길이×폭×흘수) : 82×8.9×7.9미터

속도 : 20노트

승무원 : 69명(사관 10명)

무장 : 533mm 어뢰발사관 6문(어뢰
및 UGM-84 하픈 SSM 합계 20발)

SS583 Harushio / SS584 Natsushio /
SS585 Hayashio / SS586 Arashio /
SS587 Wakashio / SS588 Fuyushio /
SS589 Asashio

▶ 공고급
이지스구축함(DDG)

만재배수량 : 9,485톤
크기(길이×폭×흘수) : 161×21×
6.2미터
속도 : 30노트
승무원 : 307명(사관 27명)
탑재기 : SH-60 대잠헬리콥터
운용 가능(격납고 없음)
무장 : 29/61셀 Mk41 VLS 각 1
대(스탠더드 SM-2MR, 애스록
도합 90발), 하픈 4연장 발사기 2기,
127mm 단장포 1문, 20mm 팰렁스 CIWS 2기, 324mm 3연장 어뢰발사관 2문
DDG173 Kongo / DDG174 Kirishima / DDG175 Myoko / DDG176 Choukai

©JMSDF

◀ 하타카제급 방공구축함(DDG)

만재배수량 : 5,500톤
크기(길이×폭×흘수) : 150×16.4×4.8미터
속도 : 30노트
승무원 : 260명(사관 23명)
무장 : 하픈 SSM 8기, Mk13 단장발사기 1기(스탠
더드 SAM 40발), Mk112 8연장발사기 1기(애스록
SUM 8기), 127mm 단장포 1문, 20mm 팰렁스
CIWS 2기, 324mm 3연장 어뢰발사관 2문
DDG171 Hatakaze / DDG171 Shimakaze

©JMSDF

©JMSDF

◀ 다치카제급 방공구축함(DDG)

기준배수량 : 3,850톤

크기(길이×폭×흘수) : 143×14.3×4.6미터

속도 : 32노트

승무원 : 250~270명

무장 : 하픈 SSM 8기, Mk13 단장발사기 1기
(스탠더드 SAM 40발), Mk112 8연장발사기 1
기(애스록 SUM 8기), 127mm 단장포 1문,
20mm 팰렁스CIWS 2기, 324mm 3연장 어뢰
발사관 2문

DDG168 Tachikaze / DDG169 Asakaze /
DDG170 Sawakaze

©JMSDF

◀ 시라네급 헬기구축함(DDH)

기준배수량 : 5,200톤

크기(길이×폭×흘수) : 159×17.5×5.3미터

속도 : 31노트

승무원 : 350명

탑재기 : SH-60J 대잠헬리콥터 3기

무장 : Mk29 8연장발사기 1기(시 스패로
SAM 8기), Mk112 8연장발사기 1기(애스록
SUM 8기), 127mm 단장포 2문, 20mm 팰렁
스CIWS 2기, 324mm 3연장 어뢰발사관 2문

DDH143 Shirane / DDH144 Kurama

▶ 하루나급 헬기구축함(DDH)

기준배수량 : 4,950~5,050톤
크기(길이×폭×흘수) : 153×17.5×5.2미터
속도 : 31노트
승무원 : 370명
탑재기 : SH-60J 대잠헬리콥터 3기
무장 : Mk29 8연장발사기 1기(시 스패로 SAM 8기), Mk112 8연장발사기 1기(애스록 SUM 8기), 127mm 단장포 2문, 20mm 팰렁스CIWS 2기, 324mm 3연장 어뢰발사관 2문
DDH141 Haruna / DDH142 Hiei

©JMSDF

▶ 무라사메급 구축함(DD)

만재배수량 : 5,100톤
크기(길이×폭×흘수) : 151×17.4×5.2미터
속도 : 30노트
승무원 : 170명
탑재기 : SH-60J 대잠헬리콥터 1기
무장 : 90식(SSM-1B) SSM 8기, 16셀 Mk41 VLS 1기(애스록 SUM 16기), 16셀 Mk48 VLS 1기(시 스패로 SAM 16기), 76mm 단장포 1문, 20mm 팰렁스CIWS 2기, 324mm 3연장 어뢰발사관 2문
DD101 Murasame / D102/Harusame / DD103 Yudachi / DD104 Kirisame / DD105 Inazuma / DD106 Samidare / DD107 Ikazuchi / DD108 Akebono / DD109 Ariake

©JMSDF

▶ 아사기리급 구축함(DD)

만재배수량 : 4,200톤
크기(길이×폭×흘수) : 137×14.6×4.5미터
속도 : 30노트 이상
승무원 : 320명
탑재기 : SH-60J 대잠헬리콥터 1기
무장 : 하픈 SSM 8기, Mk29 8연장발사기 1기
(시 스패로 SAM 8기), Mk112 8연장발사기 1기
(애스록 SUM 8기), 76mm 단장포 2문, 20mm
팰렁스CIWS 2기, 324mm 3연장 어뢰발사관
2문

©JMSDF

DD151 Asagiri / DD152 Yamagiri / DD153 Yuugiri / DD154 Amagiri / DD155 Hamagiri / DD156 Setogiri /
DD157 Sawagiri / DD158 Umigiri

©JMSDF

◀ 하쓰유키급 구축함(DD)

만재배수량 : 3,800톤
크기(길이×폭×흘수) : 130×13.6×4.2미터
속도 : 30노트 이상
승무원 : 320명
탑재기 : SH-60J 대잠헬리콥터 1기
무장 : 하픈 SSM 8기, Mk29 8연장발사기 1기(시 스패
로 SAM 8기), Mk112 8연장발사기 1기(애스록 SUM 8
기), 76mm 단장포 2문, 20mm 팰렁스CIWS 2기,
324mm 3연장 어뢰발사관 2문

DD122 Hatsuyuki / DD123 Shirayuki / DD124 Mineyuki / DD125 Sawayuki / DD126 Hamayuki / DD127
Isoyuki / DD128 Harayuki / DD129 Yamayuki / DD130 Matsuyuki / DD131 Setoyuki / DD132 Asayuki /
DD133 Shimmayuki

▶ 우라가급 소해모함(MST)

만재배수량 : 8,400톤

크기(길이×폭×흘수) : 141×22×5.4미터

속도 : 22노트

승무원 : 129명+32명(기함요원)

MST463 Uraga / Mst464 Bungo

©JMSDF

©JMSDF

◀ 야에야마급 소해함(MSO)

만재배수량 : 1,150톤

크기(길이×폭×흘수) : 67×11.8×3.1미터

속도 : 14노트

승무원 : 60명

MSO301 Yaeyama / MSO302 Tsushima /

MSO303 Hachijou

▶ 히비키급 음향측량함(AOS)

기준배수량 : 2,850톤

크기(길이×폭×흘수) : 67×29.9×7.5미터

속도 : 11노트

승무원 : 40명

AOS5201 Hibiki / AOS5202 Harima

©JMSDF

◆ 어뢰의 발달과 유도어뢰의 등장

어뢰는 어형수뢰(魚形水雷)의 약칭이며, 1866년 오스트리아 해군의 G. 루피스와 영국인 엔지니어 R. 화이트헤드가 발명했다. 어뢰는 적함의 흘수선 아래쪽, 배 밑에서 직접 폭발하므로 배의 부력에 치명적인 손상을 입힐 수 있기 때문에 더욱 효과적이었다.

2차 세계대전까지 쓰였던 어뢰는 수상함을 목표로 일정한 심도와 방향을 항주하는 무유도 어뢰가 일반적이었으나 대전 중반부터 음향에 의해 유도되는 어뢰가 등장하기 시작했다. 잠수함은 수상함정과 달리 상하로도 움직이므로 이를 공격하기 위해서는 어뢰도 3차원적인 운동을 해야 하기 때문에 추적능력을 가진 본격적인 유도어뢰가 필요하게 된 것이다.

유도어뢰는 음향유도 어뢰가 대부분이다. 머리 부분에 소형 소나를 탑재하여 목표 함정이 내는 음파를 추적하거나 스스로 음파를 탐신하여 반사음을 통해 추적하게 된다. 최초 발사 후 항주 중에는 패시브 방식으로 목표가 내는 소음을 탐색해서 유도되고 종말에는 어뢰 쪽에서 음파를 직접 쏘아 적함에 부딪혀 되돌아온 반사파를 추적하는 액티브 방식을 사용한다. 이밖에 함정이 내뿜는 항적을 추적하는 항적추적(Wake Homing) 방식의 어뢰도 있다.

한편 현재 사용되는 어뢰에는 유선유도(Wire Guided)라는 독특한 유도방식이 사용되는 경우가 많다. 대부분의 잠수함용 중어뢰들은 유도케이블을 이용해 어뢰를 직접 조종하는 것이 가능하다. 그 이유는 어뢰는 내부 용적이 작기 때문에 어뢰에 탑재한 소나의 탐지능력이 떨어지는 부분을 잠수함에 탑재한 대형 소나로 보완해주기 위해서다. 수중에서 음파의 전달 특성이 그만큼 더 복잡하고 불확실하기 때문일 것이다.

이런 이유로 현대의 어뢰들은 장거리 목표를 공격하기 위해서는 유선유도 기능이 필수적이라 할 수 있다. 특히 잠수함이 어뢰를 직접 통제하고 지령하기도 하지만 그 반대로 어뢰에서 탐지한 정보를 잠수함의 공격시스템으로 되돌려(Feedback) 사용하는 등 가히 쌍방향 통신 어뢰라고 할 수 있을 정도로 어뢰가 표적에 명중하기까지 잠수함과는 수많은 정보가 교환되어야 한다. 이러한 방식은 지령유도방식에서 더 진보해서 미사일에서 다시 발사시스템으로 정보를 제공하는 TVM(Track Via Missile) 방식의 패트리어트(Patriot) 지대공 미사일과도 유사한데 어뢰의 경우는 TVT(Track Via Torpedo) 방식이라 부른다.

WHITE SHARK

◆ 어뢰의 추진장치와 속도

어뢰에 필요한 속도에 대한 일반적인 등식은 어뢰가 목표물보다 50% 이상 빨라야 한다는 것이다. 대전 직후의 디젤 잠수함 속도가 20여 노트였을 때 어뢰는 30노트 속력으로 충분했다. 하지만 핵추진 잠수함이 출현하면서 잠수함이 30노트가 넘는 순항속도를 확보하자 이를 공격하기 위해서 어뢰는 50노트 이상을 낼 필요가 있었다. 특히 1970년대 초에 등장한 러시아의 알파급 공격원잠은 안전잠항심도 700미터 이상, 최고속도 40노트라서 기존의 전기추진 어뢰로는 더 이상 대응할 수 없었기 때문에 서방 각국은 앞다퉈 고속추진 어뢰 개발에 나섰다.

당시 기술로는 시속 60노트 이상의 전기추진식 고속 어뢰는 생산이 불가능했고, 그 대신 체적당 에너지의 효율이 뛰어난 화학연료를 쓰는 열기관추진 어뢰가 고속 어뢰의 추진장치로 등장했다. 영국 해군의 스피어피시(Spearfish) 어뢰는 액체연료와 산화물을 연료로 가스터빈 엔진에 의해 추진되는데 900마력의 출력으로 70노트 이상의 속도를 낸다. 또 미국의 대표적인 어뢰 Mk-48 ADCAP도 60노트 가까운 속력을 내며 스웨덴의 신형 어뢰 Torpedo2000은 피스톤 엔진으로 50노트 이상을 내지만 열기관추진의 고속 어뢰에도 문제가 없는 것은 아니다.

열기관추진 어뢰의 단점이라면 기본적으로 소음이 크며, 또한 심도가 깊어질수록 속도가 느려진다는 것이다. 열기관 어뢰는 항주 중 배기가스를 방출하는데 수심이 깊어질수록 수압 때문에 배기가스를 내보내지 못하므로 출력효율이 저하된다. 그래서 수압에 상관없이 균일한 속도를 내기 위해 배기가스를 배출하지 않는 폐쇄 사이클 엔진을 사용하는 미국의 Mk-50 어뢰도 등장했다. 그러나 이것은 높은 가격 때문에 많은 숫자가 생산되지는 못했다.

어뢰는 흔히 알려진 것처럼 느린 속도에 값도 싼 구식 무기체계가 아니다. 음향유도를 위해 정밀한 소나와 음향분석기를 탑재한 현대의 신형 어뢰들은 컴퓨터를 탑재하고 있다고 해도 좋을 정도다. 가격도 한 발당 10~20억 원에 이르는 초고가 무기체계다. 특히 한국 해군이 도입한 독일제 SUT Mod 2 어뢰의 가격도 한 발당 100만 달러 정도로 알려져 있다.

어뢰는 발사관 직경에 따라 크기가 정해진다. 대부분 국가에서 사용하는 잠수함의 어뢰발사관은 533밀리 구경을 표준으로 하기 때문에 이에 맞춰 어뢰의 길이는 대개 6~6.5미터, 중량은 1.4~1.5톤 정도이며 650밀리 발사관을 사용하는 러시아의 대형 어뢰들은 길이가 8미터, 중량은 3~4톤에 이른다. 한편 항공기에서 탑재하는 어뢰들은 크기가 훨씬 작으며 이들 경어뢰는 발사관의 용적에 제한을 받지 않기 때문에 크기가 다양하다. 한국 해군이 사용하는 국산 어뢰 중 청상어(Blue Shark)는 경어뢰이며 백상어(White Shark)는 잠수함용 중어뢰다.

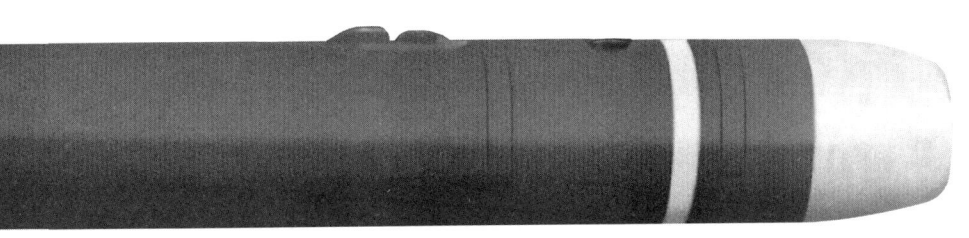

일본 해상자위대 함정편성표

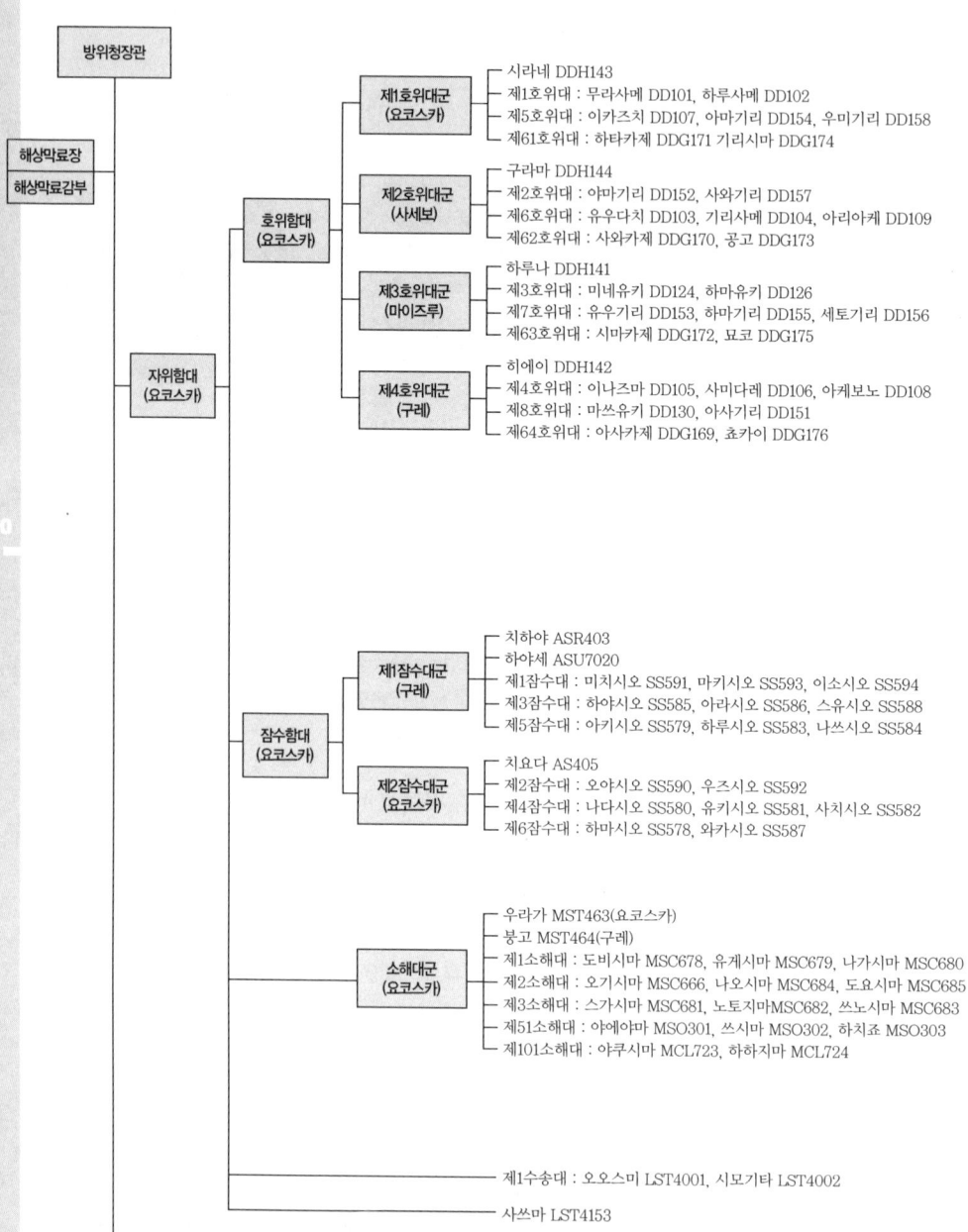

방위청장관

해상막료장
해상막료감부

자위함대
(요코스카)

350

호위함대 (요코스카)

제1호위대군 (요코스카)
- 시라네 DDH143
- 제1호위대 : 무라사메 DD101, 하루사메 DD102
- 제5호위대 : 이카즈치 DD107, 아마기리 DD154, 우미기리 DD158
- 제61호위대 : 하타카제 DDG171 기리시마 DDG174

제2호위대군 (사세보)
- 구라마 DDH144
- 제2호위대 : 아마기리 DD152, 사와기리 DD157
- 제6호위대 : 유우다치 DD103, 기리사메 DD104, 아리아케 DD109
- 제62호위대 : 사와카제 DDG170, 공고 DDG173

제3호위대군 (마이즈루)
- 하루나 DDH141
- 제3호위대 : 미네유키 DD124, 하마유키 DD126
- 제7호위대 : 유우기리 DD153, 하마기리 DD155, 세토기리 DD156
- 제63호위대 : 시마카제 DDG172, 묘코 DDG175

제4호위대군 (구레)
- 히에이 DDH142
- 제4호위대 : 이나즈마 DD105, 사미다레 DD106, 아케보노 DD108
- 제8호위대 : 마쓰유키 DD130, 아사기리 DD151
- 제64호위대 : 아사카제 DDG169, 쵸카이 DDG176

잠수함대 (요코스카)

제1잠수대군 (구레)
- 치하야 ASR403
- 하야세 ASU7020
- 제1잠수대 : 미치시오 SS591, 마키시오 SS593, 이소시오 SS594
- 제3잠수대 : 하야시오 SS585, 아라시오 SS586, 스유시오 SS588
- 제5잠수대 : 아키시오 SS579, 하루시오 SS583, 나쓰시오 SS584

제2잠수대군 (요코스카)
- 치요다 AS405
- 제2잠수대 : 오야시오 SS590, 우즈시오 SS592
- 제4잠수대 : 나다시오 SS580, 유키시오 SS581, 사치시오 SS582
- 제6잠수대 : 하마시오 SS578, 와카시오 SS587

소해대군 (요코스카)
- 우라가 MST463(요코스카)
- 붕고 MST464(구레)
- 제1소해대 : 도비시마 MSC678, 유게시마 MSC679, 나가시마 MSC680
- 제2소해대 : 오기시마 MSC666, 나오시마 MSC684, 도요시마 MSC685
- 제3소해대 : 스가시마 MSC681, 노토지마MSC682, 쓰노시마 MSC683
- 제51소해대 : 야에야마 MSO301, 쓰시마 MSO302, 하치죠 MSO303
- 제101소해대 : 야쿠시마 MCL723, 하하지마 MCL724

- 제1수송대 : 오오스미 LST4001, 시모기타 LST4002

- 사쓰마 LST4153

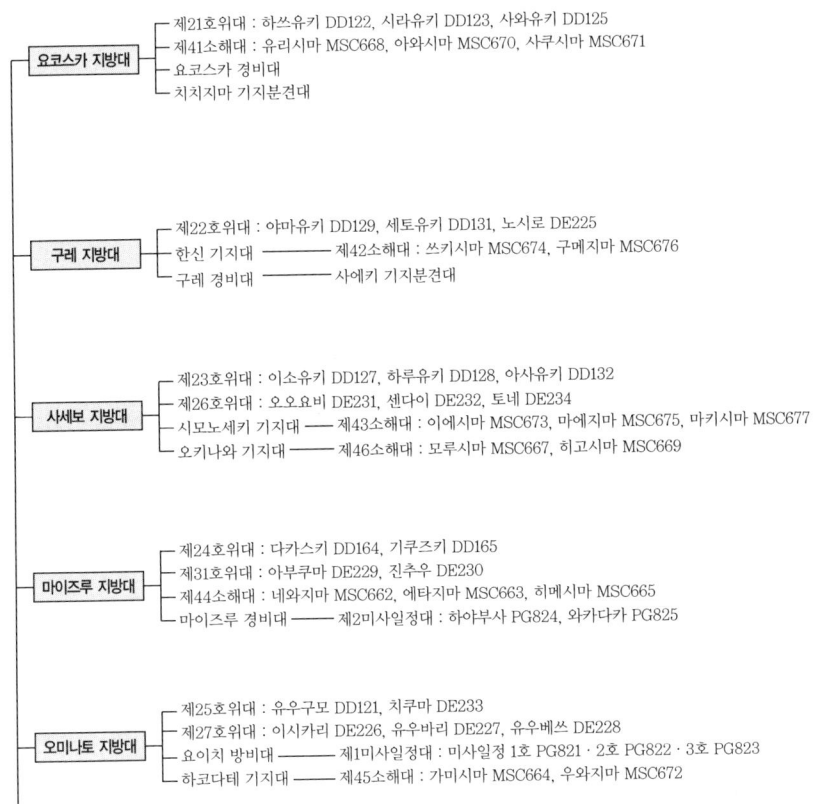

요코스카 지방대
- 제21호위대 : 하쓰유키 DD122, 시라유키 DD123, 사와유키 DD125
- 제41소해대 : 유리시마 MSC668, 아와시마 MSC670, 사쿠시마 MSC671
- 요코스카 경비대
- 치치지마 기지분견대

구레 지방대
- 제22호위대 : 야마유키 DD129, 세토유키 DD131, 노시로 DE225
- 한신 기지대 ——— 제42소해대 : 쓰키시마 MSC674, 구메지마 MSC676
- 구레 경비대 ——— 사에키 기지분견대

사세보 지방대
- 제23호위대 : 이소유키 DD127, 하루유키 DD128, 아사유키 DD132
- 제26호위대 : 오오요비 DE231, 센다이 DE232, 토네 DE234
- 시모노세키 기지대 —— 제43소해대 : 이에시마 MSC673, 마에지마 MSC675, 마키시마 MSC677
- 오키나와 기지대 ——— 제46소해대 : 모루시마 MSC667, 히고시마 MSC669

마이즈루 지방대
- 제24호위대 : 다카스키 DD164, 기쿠즈키 DD165
- 제31호위대 : 아부쿠마 DE229, 진추우 DE230
- 제44소해대 : 네와지마 MSC662, 에타지마 MSC663, 히메시마 MSC665
- 마이즈루 경비대 ——— 제2미사일정대 : 하야부사 PG824, 와카다카 PG825

오미나토 지방대
- 제25호위대 : 유우구모 DD121, 치쿠마 DE233
- 제27호위대 : 이시카리 DE226, 유우바리 DE227, 유우베쓰 DE228
- 요이치 방비대 ——— 제1미사일정대 : 미사일정 1호 PG821 · 2호 PG822 · 3호 PG823
- 하코다테 기지대 ——— 제45소해대 : 가미시마 MSC664, 우와지마 MSC672

35
부록

독도 문제에 가려진
제주도 남방 대륙붕 문제

_ **신재호** · 디펜스코리아 자문위원

1998년 한국과 일본은 새로운 어업협정을 체결했다. 이 협정의 정식 명칭은 '대한민국과 일본국간의 어업에 관한 협정'이므로 언뜻 어업협정에만 한정된 조약인 것처럼 보인다. 하지만 동 조약 제1조에서 이 협정은 배타적경제수역에 적용한다고 밝히고 있다. 사실상 이 협정은 장기적으로 배타적경제수역(이하 EEZ)을 확정할 때까지의 과도기적 협정이라고 할 수 있다.

1998년의 어업협정에 관한 언론의 관심은 지금까지 독도 문제에 집중되었다. 일부 민간 단체에서는 '신어업협정으로 독도가 일본령이 될 것이다'며 말도 안 되는 반대 캠페인을 벌이기도 했다. 하지만 어업협정상 독도 주변 해역이 한일 중간수역에 포함된 것은 비판을 피할 수 없는 일이다(정부는 협정 본문에서 중간수역이란 용어를 사용하지 않았다고 주장하고 있으나 특정 용어 사용 여부에 상관없이 그 해역 자체가 한국 단독 구역이 아니고 일본과의 공동 해역이 된 것은 사실이다). 독도 주변 해역이 한일 중간수역이 된 것은 결국 한국 정부가 독도가 사람이 거주하거나, 혹은 독자적 경제생활을 영위할 수 없는 섬이라는 점을 간접적으로 인정한 것이나 다름없기 때문이다. (이에 대해서는 한국해양대학교 국제법 교수인 김영구 박사가 충분히 지적한 바 있다.) 이 협정으로 독도에 대한 한국의 영유권이 직접적으로 영향을 받은 것은 아니지만, 장기적으로 독도 영유권의 대한 한국측 입장을 약화시키기에 충분한 것이다.

하지만 1998년 어업협정에는 독도 외에도 또 다른 숨겨진 이슈가 존재한다. 1974년 체결된 한국과 일본의 대륙붕협정은 제주도 남쪽의 거대한 대륙붕을 한일 공동개발구역으로 규정하고 있다. 1974년의 대륙붕협정은 한국과 일본의 중간수역을 훨씬 넘어서서 일본 쪽에 가까운 바다 밑 대륙붕까지 모조리 한일 대륙붕 공동개발구역에 포함시키고 있다. 언뜻 한국에 압도적으로 유리하고 일본측에 불리한 것처럼 보이는 대륙붕 경계선이 채택된 이유는 당시 한국이 원용한 국제법 학설 때문이다. 한국은 제주도 남쪽 바다의 대륙붕 경계를 설정할 때 한국과 일본의 지리적 중간지점을 무시하고, 제주도 남방의 대륙붕이 한반도로부터 발달한 대륙붕임을 주장(대륙붕 자연연장설)하여 한국에 일방적으로 유리한 경계선을 설정할 수 있었던 것이다.

문제는 1998년에 체결된 한일 어업협정이 장기적으로 한일 대륙붕협정과 모순, 충돌할 가능성이 있다는 점이다. 한일 어업협정은 단순한 어업협정이 아니고 한일간 EEZ의 잠정 합의안에 가까운 것이다. EEZ는 수면뿐만 아니라 수면 아래의 대륙붕까지 관할하는 제도다. 1998년에 체결된 어업협정은 한일 대륙붕 공동관할구역의 대부분을 잠정적인 일본측 수역(장기적으로 일본측의 EEZ)으로 양보하고, 나머지 일부만 제주도 남부 한일 공동관리수역으로 설정했다. 결국 1974년 협정상의 대륙붕 공동관할구역은 이제 바다 아래 대륙붕은 한일 공동관리구역이고, 바다 수면과 어로문제에 관한 한 1998년 이후 일본측의 단독관할구역이라는 이상한 해역이 된 것이다.

한국 정부가 이렇게 양보할 수밖에 없었던 이유는 물론 있다. 대륙붕 경계선을 설정할 때는 해저의 지질학·지형학적 문제도 고려되지만, EEZ는 원칙적으로 지질학적 문제를 고려하지 않고 거리 기준에 따라 획일적으로 설정되는 것이 보통이기 때문이다. EEZ는 기선으로부터 200해리까지 설정되는데, 제주도 남쪽과 일본 규슈 서쪽 바다 사이의 거리는 400해리가 되지 않으므로 일본과 한국 사이에 획일적으로 중간선을 설정할 수밖에 없었던 것이다.

그나마 제주도 남방에 부분적으로 공동관리수역이 설정된 이유는 일본측 무인도인 조도나 남녀군도가 EEZ 기점이 될 수 있는지 여부에 대해 한국과 일본의 견해가 달랐기 때문이다. 일본측의 무인도인 조도가 만약 EEZ의 기점이 될 수 있다면 1974년 협정상의 대륙붕 공동관할구역 전체가 일본측의 EEZ로 편입된다. 한국 주장대로 일본의 조도나 남녀군도가 무인도이므로 EEZ의 기점이 될 수 없다면, 구 대륙붕 공동관할구역의 일부(1998년 어업협정상의 제주도 남방 공동관리수역 전부)는 한국의 EEZ가 된다. 한일 양측의 견해 차이가 있었으므로 문제가 되는 해역만 공동관리수역으로 설정한 것이다. 한국 정부는 일본측의 조도 기점 주장에 반대하여 제주도 남방에 부분적이나마 공동관리수역을 설정한 데 대해 만족하고 있는 듯이 보인다. 하지만 한국 정부는 어업협정과 대륙붕협정의 근본적 모순에 대해 장기적으로 어떻게 해결할 것인지에 대한 상세한 해명은 하지 않았다.

유엔해양법과 국제 관행에 따르면 EEZ의 범위는 기선으로부터 200해리까지 인정하고, 양국 사이 해역이 400해리가 되지 않는 지역은 등거리선에 따라 중간선으로 경계선을 설정하는 것이 보통이다. 하지만 EEZ를 항상 중간선으로 경계선을 설정하도록 강제되어 있는 것은 아니며 국제법적 관행, 당사국의 조약에 따라 다른 방법에 의해 경계선을 설정하는 것도 인정하고 있다. 따라서 1998년 당시 한국 정부는 1974년 한일 대륙붕협정을 근거로 한일간의 어업협정 경계선 설정 때 좀더 넓은 영역을 요구할 수도 있었다. 설사 그러한 공세적인 요구를 일본측이 받아들이지 않더라도, 최소한 제주도 남방 해역에서의 공세적 주장을 지렛대로 활용하여 독도 문제에 관한 일본측의 양보를 얻어낼 수도 있었을 것이다. 그러나 한국 정부는 그 어느 것도 제대로 하지 않았다.

만약 1974년 대륙붕협정과 그 협정의 기초가 된 대륙붕 자연연장설을 원용하여 제주도 남방 해역에 대해 공세적 주장을 펼칠 경우, 서해에서 중국이 그러한 주장을 역으로 이용할 것을 한국 정부가 우려했는지도 모른다. 서해 대륙붕은 한반도가 아닌 주로 중국 대륙에서 발달한 대륙붕이다. 한국이 제주도 남방 대륙붕이 한반도에서 발달했음을 이유로 EEZ 경계 획정 때 등거리선 원칙을 거부한 상황에서, 중국이 서해 EEZ 경계 획정 때 한국 주장을 원용할 경우 한중 EEZ 협정 때 한국이 아주 불리한 상황에 빠질 수도 있기 때문이다.

정확한 진상은 알 수 없지만 만약 한국 정부가 그런 우려로 제주도 남방 대륙붕을 쉽게 포기했다면 지나치게 소심한 태도로 보인다. 서해 대륙붕은 제주도 남방 대륙붕과 달리 해구로 구분되지 않는 단일 대륙붕이며, 한중 양국 사이에는 대륙붕에 관한 어떠한 기존 조약도 존재하지 않기 때문이다. 서해와 남해를 분리하여 충분히 국제법적 대응논리를 만들 수 있음에도 한국 정부는 소극적 태도로 일관했다.

이러한 소극적 태도의 밑바탕에는 한국이 처했던 시대적 상황이 있었다. 1998년 한국은 IMF 위기를 맞아 차분하게 이해타산을 따질 수 있는 상황이 아니었다. IMF 위기상황에서 경제대국 일본의 협조가 절실했던 한국으로서는 미봉책으로나마 한일간의 분쟁을 마무리할 수밖에 없었을 것이다. 역으로 일본은 얄밉게도 한국의 그러한 위기를 이용하여 능숙하게 국익을 확보했던 것이다.

결국 1998년 어업협정은 독도 문제, 제주도 남방 대륙붕 문제에 있어 한국이 모두 양보한 것이라고 볼 수밖에 없다. 만약 현재의 어업협정 경계선이 그대로 EEZ로 전환될 경우 발생될 문제를 생각해보자. 1974년 대륙붕협정상의 한일 공동관리수역에서 만약 가까운 미래에 상상을 초월하는 초대형 해상 유전이 발견될 경우 EEZ와 대륙붕의 상호효력을 둘러싸고 한일 양국 사이에 격렬한 국제적 분쟁이 초래될 것이다. 유전 규모가 양국 경제의 체질을 바꿀 정도로 대규모일 경우, 그 분쟁이 반드시 외교적 협상으로 해결될 것이라는 보장도 없다. 어쩌면 무력충돌을 야기할 수 있을지도 모른다. 그런 점에서 1998년 어업협정은 EEZ와 대륙붕에 관한 한국 정부의 장기적인 대응전략 없이 체결된 졸속 조약이라는 혐의가 짙다.

한 가지 다행스러운 점은 상황이 여전히 유동적이라는 점이다. 1998년 어업협정은 EEZ로 이행하는 과도기적 · 잠정적 협정이지 그 협정 자체가 대륙붕협정을 배제하거나, 한일 양국의 EEZ를 확정하는 협정은 아니었다. 더 다행스럽게도 아직까지 EEZ와 대륙붕은 국제법적으로 별개의 제도이며, 나아가 1974년 체결된 한일 대륙붕협정은 유효기간이 무려 50년으로 정해져 있다는 점이다. 어업협정상 일본에 양보한 해역일지라도 여전히 그 수면 아래의 대륙붕은 지금도 엄연히 대한민국이 석유를 채굴할 수 있는 공동관리구역인 것이다.

따라서 현 시점에서 우리는 1998년 협정의 타당성을 둘러싸고 소모적인 내부 논쟁에 치중할 필요가 없다. 길거리에서 독도를 되찾자는 엉터리 캠페인을 벌이는 것보다 더 중요한 것은 제주도 남방 해역과 독도 문제를 한국에 최대한 유리하게 해결하기 위한 치밀한 외교적 · 국제법적 전략을 마련하는 일이다. 가깝게는 어업협정상의 관할구역을 EEZ 경계선으로 전환할 때까지 아직도 시간이 남아 있으며, 멀리 보면 한일 대륙붕협정의 유효기간인 2028년까지 아직도 많은 시간이 남아 있다.

앞으로 EEZ 경계선 확정 때 한국이 취할 수 있는 대책은 무엇일까? 제주도 남방 대륙붕에서는 비록 등거리 중간선 원칙에 따라 EEZ를 설정하는 것을 원칙으로 하더라도 과거 대륙붕협정상의 한국의 연고권을 이유로 등거리선보다는 한국에 유리한 지점, 예를 들어 구 대륙붕 공동관할구역의 중간선에 경계선을 설정하자고 주장해야 한다. 그리고 그러한 EEZ 협정에도 불구하고 무조건 2028년까지는 1974년의 한일대륙붕협정이 계속 유효한 것임을 주장해야 한다. 만약 일본이 무인도에 불과한 조도를 EEZ의 기점으로 주장한다면, 한국도 독도를 EEZ의 기점으로 주장해야 한다. 만약 일본이 대륙붕협정을 조약 만료 기간 전에 합의무효시키자고 주장한다면 한국은 독도나 제주도 남방 대륙붕 문제에 관한 일본측의 명시적인 양보를 요구해야 한다. 한국이 동원할 수 있는 국제법적 근거가 조금이라도 있다면 무조건 다 주장하고 보아야 한다.

이러한 주장이 일부 객관적 제3자에게는 한국의 무리한 억지요구로 보일지도 모른다. 하지만 그것은 억지가 아니다. 일본을 보라. 한국은 독도에 대한 역사적 연고권을 가지고 있고, 해방 이후 50여 년간 독도를 실효적으로 지배하고 있는 상황이다. 그럼에도 일본은 50년 동안 쉬지 않고 독도에 대한 영유권을 주장해왔다. 그 결과 일본은 1998년 어업협정 체결 때 한국으로부터 많은 양보를 이끌어낼 수 있었다. 현재 제주도 남방 해역에 대규모 해저 유전이 존재한다는 증거는 없다. 하지만 언젠가 대규모 유전이 발견될 가능성이 있고, 또는 다른 유용한 자원이 발견될 수도 있는 해역을 쉽게 포기할 수는 없다. 최악의 경우 부분적으로 포기해야 할 경우라도 그것을 대가로 다른 외교적 양보를 일본에게 요구해야 한다.

언론과 시민단체, 학계에서 1998년 어업협정을 비판하는 것은 좋지만, 그 비판이 장기적으로 한국의 외교적 입장을 불리하게 만들 수도 있는 주장은 삼가야 한다. 1998년 어업협정이 한국 정부의 독도 영유권 주장을 약화시킨 것은 사실이지만, 이제 알 만한 사람들은 그 사실을 다 알고 있으므로 더 이상 소모성 논쟁에 치중할 필요는 없다. 이제 우리 국민들은 1998년 협정이 독도 영유권과 전혀 상관이 없다고 해명하는 한국 정부의 고민을 이해해주는 것도 필요하다. 정부도 1998년 어업협정을 변명하고 해명하는 데 시간을 낭비할 것이 아니라, 장기적으로 EEZ와 대륙붕 문제, 독도 문제를 어떻게 해결할 것인지 새로운 국제법적 · 외교적 대응방안을 모색하는 데 노력을 집중해야 한다.

그리고 마지막 남은 과제가 하나 더 있다. 모든 외교적 분쟁은 평화적 수단으로 해결하는 것이 최선이다. 하지만 상대방이 평화적 해결수단을 포기하고 가용한 모든 수단, 특히 무력을 동원하여 사태를 해결할 유혹을 느낄 때 그에 대응하는 실력을 갖추는 것도 매우 중요하다. 반드시 전쟁을 전제하지 않더라도 우리가 적절한 군사력을 보유하고 있어야 상대방도 무력에 의존하고 싶은 유혹을 뿌리치고 평화적 해결을 모색할 것이다. 평화는 전쟁을 대비하는 자에게만 주어진다는 냉엄한 국제관계의 현실을 잊지 말자.

기본 용어에 대한 해설

❶ 영해(領海, Territorial Sea)

일반적으로 기선(基線)으로부터 12해리까지가 영해. 한국과 일본도 기본적으로 12해리다. 해수면, 해수면 아래, 해수면 아래 해상과 하층토까지 관할권이 미친다. 바다에 설정된 구역 중 가장 기본적이고 관할권이 강하다.

❷ 접속수역(接續水域)

기선으로부터 24해리까지 영역 중에 영해를 제외한 공간, 다시 말해 12~24해리 구역이다. 한국에선 접속수역에 대한 별도의 규정이 없었으나 1995년 12월 6일 개정되고, 1996년 8월 1일자로 시행된 새로운 '영해 및 접속수역법'에 최초로 규정됐다.

접속수역은 원칙적으로 관세, 재정, 위생, 출입국 관리 차원의 권한을 행사하기 위한 구역이며 군사적으로 큰 의미가 있는 것은 아니다. 그러나 몇몇 국가들은 안보상의 권한을 행사하는 경우도 있다. 접속수역에서 행사할 수 있는 권리는 점차 강화되고 있는 추세이고, 출입국 관리를 명목으로 보다 강력한 제재를 가할 수 있는 여지가 있다.

❸ 배타적경제수역(排他的經濟水域, the Exclusive Economy Zone : EEZ)

기선으로부터 200해리까지의 수역이다. 해당 국가는 해당 구역 내의 해수면, 해저, 해상, 하층토 및 그 수역 내의 생물과 에너지에 대한 주권적 권리를 행사할 수 있다. 기타 이 구역 내에 인공섬이나 시설물을 설치할 수 있고 해양의 과학적 조사 및 환경 보존에 대한 관할권을 가진다. 한국은 1996년 1월 29일 유엔해양법협약을 비준하고 이와 관련된 '배타적경제수역법'을 1996년 8월 8일 공포했다. 그러나 구체적 구역은 설정하지 못한 상태다.

다른 나라도 타국의 경제수역 내에서 항해와 상공비행권의 자유를 가지며, 바다 내에 관선(통신케이블 등)을 부설할 수 있다. 이러한 항해의 자유에는 군함도 포함된다. 단, 다른 나라의 경제수역 내에서 해상군사훈련을 할 수 있느냐는 논란이 계속되고 있다. 다른 나라가 케이블을 부설할 때는 경제수역을 소유한 국가의 동의를 얻어야 한다. 타국의 경제수역 내에 SOSUS 같은 장비를 설치하는 것이 가능한가에 대해서도 논란이 계속되고 있다.

❹ 어업협정

원칙적으로 어업권도 배타적경제수역에 포함된 권리지만, 한중일 3국간에 배타적경제수역의 구체적 구역을 확정하지 못한 상태이므로 잠정적으로 별도의 어업협정을 체결·유지하고 있다.

❺ 대륙붕협정

원칙적으로 200해리 영역 안의 대륙붕은 장기적으로 배타적경제수역에 포함될 가능성이 있지만 현재로서는 대륙붕 제도와 배타적경제수역은 별개의 제도다. 한일 양국간에 배타적경제수역의 구체적 수역을 확정하지 못한 상태이므로, 과거의 대륙붕협정을 그대로 유지하고 있는 상태다. 장기적으로 배타적경제수역이 확정되면 대륙붕협정과의 상호관계가 외교상 논쟁거리로 대두될 것이나, 어떻게 해결할지는 미지수다. 일부 학자들은 배타적경제수역이 완전 확정되더라도 이와 별개의 대륙붕 경계협정을 체결할 수 있다고 주장하고 있다. 한국은 1974년에 아주 유리한 대륙붕협정을 일본과 체결했으므로 이 협정을 계속 유지하는 것이 유리하다.

❻ 영공(領空)

일반적으로 영토(영해를 포함한 의미)의 직상공이 영공이다. 일반적으로 대기권(大氣圈)까지만 영공이며, 대기권보다 높은 외기권 우주(外氣圈 宇宙, Outer Space)는 영공이 아니다.

❼ 방공식별구역(防空識別區域, Air Defense Identification Zone : ADIZ)

국제법적으로 성문화된 규정은 없으나, 몇몇 국가들이 국제관습 차원에서 주장하고 있다. 한국과 일본도 방공식별구역 제도를 사용하고 있다. 방공식별구역 내에서 행사할 수 있는 권리는 아직 확정되지 않고 있으며, 국가에 따라 차이가 많다. 다시 말해 영공이 아닌 방공식별구역을 침범했다고 격추하는 것은 국제법 위반이 될 가능성이 높다. 그러나 일반적으로 피아식별 요구와 대응요격(격추를 의미하지 않음)은 할 수 있다. 어느 거리까지 방공식별구역으로 인정할 수 있을 것인지에 대해 국제법적 합의가 없는 상태이므로 장기적으로 이 구역에 대한 논쟁이나 사건이 발생할 가능성이 높다(예-1961년 프랑스 식민지 알제리 방공식별구역에서의 소련 항공기 요격사건).

그러나 1998년 12월 여수 간첩선 침투사건 때 북한 간첩선이 일본 방공식별구역으로 도주하자, 한국 해군은 간첩선을 추적하면서 일본측에 방공식별구역 진입을 통보했고, 1999년 3월 북한 괴선박의 일본 영해 침범사건에서 일본 해상자위대는 괴선박이 자국의 방공식별구역을 벗어나자 추적을 포기한 사례가 있다. 이처럼 방공식별구역은 관행적으로 군사작전상의 일정한 한계와 경계로 작용하고 있는 것이 사실이다.

❽ 비행정보구역(飛行情報區域, Flight Information Region : FIR)

민항기의 관제와 유도 및 조난항공기의 경보 업무에 사용되는 구역이다. 원칙적으로 해당국이 비행정보구역에서 무슨 권리를 행사한다기보다는 일종의 서비스를 제공하는 성격이다. 하지만 실질적으로는 해당 구역 내의 민항기에 대한 통제권을 가지게 되므로 군사안보와도 밀접한 관련이 있다. ICAO의 조정 아래 해당 국가의 협의를 통해서 결정된다.